国家一级学会中国唐代文学学会会刊

中国唐代文学学会
西北大学文学院 | 主办

李 浩 | 主编

Tang
Dynasty
Literature
Study

唐代文学研究

第十八辑

社会科学文献出版社
SOCIAL SCIENCES ACADEMIC PRESS (CHINA)

本刊得到西北大学中国语言文学一流（培育）学科经费资助

《唐代文学研究》 学术委员会

（以姓氏笔画为序）

李　浩　　张明非　　陈尚君　　尚永亮　　荣新江　　赵昌平
莫砺锋　　陶　敏　　阎　琦　　葛承雍　　葛晓音　　董乃斌
傅璇琮　　詹福瑞　　薛天纬　　戴伟华

《唐代文学研究》 编辑委员会

主　　编　李　浩
执行主编　李芳民
编　　委（以姓氏笔画为序）
丁　放　　卢盛江　　朱玉麒　　刘　石　　刘　宁　　刘明华
刘真伦　　杜晓勤　　杨国安　　杨晓霭　　李　浩　　李芳民
李德辉　　吴承学　　吴相洲　　沈文凡　　张伯伟　　张采民
陈　飞　　陈才智　　陈友冰　　罗时进　　胡可先　　查屏球
钱志熙　　徐　俊　　陶新民　　康　震　　淡懿诚　　蒋　寅
程国赋　　傅绍良　　谢思炜

卷首语

《唐代文学研究》是国家一级学会中国唐代文学学会会刊，由学会和西北大学文学院共同主办，西北大学唐代文学研究室承办。

《唐代文学研究》原为西北大学中文系（今文学院前身）唐代文学研究室创办于1981年的《唐代文学》，次年改称《唐代文学论丛》。1982年5月，中国唐代文学学会在西安成立，根据会议代表的意见并经学会理事会讨论通过，《唐代文学论丛》被确立为学会会刊。1984年8月在兰州召开的中国唐代文学学会第二届年会暨学术讨论会上，理事会确立了会刊应重视学术探索，突出学术性的编辑原则。从1988年起，会刊《唐代文学论丛》遂改名为《唐代文学研究》，并延续至今。自1981年创刊，《唐代文学研究》（包括其前身《唐代文学》及《唐代文学论丛》）共连续出版38年，刊布了千余篇有关唐代文学研究的论文，在海内外学术界产生了良好的反响。

近年来，随着研究论文的不断增多，学术信息交流频次的不断加速，《唐代文学研究》两年出版一辑的方式已不能满足学术研究的需要。为了适应新的学术形势，《唐代文学研究》自2019年开始改为一年出版两辑。我们希望改版后的《唐代文学研究》能够更加突出学术性、原创性、前沿性的特征，汇集唐代文学研究各个领域的优秀论文，及时展示海内外唐代文学研究的最新成果。我们特别希望刊载关注学科前沿问题、视野宏阔、见解独到的论文，并通过学术争鸣与探讨，推动唐代文学研究不断向深广发展。改版后的刊物不仅选辑中国唐代文学学会的年会论文，同时也接受外来投稿，投稿要求详见刊末约稿启事，欢迎各位学人赐稿！

2018年8月，中国唐代文学学会与复旦大学联合主办了"中国唐代文学学会第十九届年会暨唐代文学国际学术研讨会"，来自国内外近百所高校和科研机构的近二百位学者出席了大会,其中包括美国、日本、韩国、新加坡等国家和中国香港、澳门及台湾地区的学者三十余位。本次会议依专题分组讨论,分为版本文献考证、宗教地域与文学、诗史互证与唐诗学、唐诗艺术、接受史与学术史等五个专题组,共设三十多个分会场。本届年会的学术讨论注重唐诗文献的不同流传、重视运用新材料与出土文献、重视文本细读,前辈学者与中青年学者、国内学者与海外学者积极交流。会议共收到一百九十多篇论文,本辑文章主要选自此次研讨会的会议论文。

本辑收录的论文主要有以下特点。第一,将作家作品置于宏观语境下进行考察,从而提出新的思考。卢盛江《王昌龄声律思想研究》在声律说与唐人声律思想的背景下探究了王昌龄的声律思想及其意义。浅见洋二《论韩愈〈拘幽操〉——"罪人文学史"初探》从中国文学中"罪人文学史"的角度对韩愈的《拘幽操》进行了充分的诠解。傅君劢《在九世纪思想与文理(Aesthetic)嬗变的语境下再谈李商隐诗歌》在晚唐文学和文化嬗变这一宏观语境下对李商隐诗歌进行了再考察。李德辉《论唐代歌行体与送别酬赠诗的双向联系和平行发展》从唐代歌行体与送别酬赠诗的发展着眼,探讨了二者之间的联系与各自的发展状态。田恩铭《"平淮西"与元和士人的文学书写》将韩愈、元稹、白居易、刘禹锡、柳宗元等人关于平淮西的文学书写置于思想与史事交互呈现的空间进行阐释,并进而关注到中唐时期文儒内涵的变化。第二,运用新材料或新思路对学界有争议或存疑的传统问题进行新的探究。胡可先《骆宾王从军西域事辨证》结合传世文献、出土文献与骆宾王作品的印证,对学界异说颇多的骆宾王从军西域的经历进行了考辨。李芳民《音乐境界与身世之感——李商隐〈锦瑟〉意旨再探》聚焦于长期以来歧见纷出的《锦瑟》诗,从音乐境界与身世之感的角度对诗歌意旨进行了新的探讨。静永健《华阳公主的流风遗韵——兼谈以白居易为代表的永贞期青年才子群像》从华阳观的历史及华阳公主的生平切入,不仅探讨了以白居易为代表的永贞期青年才子的生活状态,还对《上阳白发人》《长恨歌》等作品中的人物形象原型提出了新见。刘真伦、岳珍《〈增广注释音辩唐柳先生集〉编纂、刊刻及其底本考索》对学界长期存疑的《增广注释音辩唐柳先生集》的作者、刊刻年代、底本等问题进行了系统研究。第三,着重于文本细读,并由此引发相关研究。下定雅弘《杜甫的"独善"——兼论其对仙境、仙道的憧憬》通过对杜甫作品的细读,对杜甫的"独善"思想进行了阐释。吕正惠《王昌龄诗集的版本问题——兼论朱警〈唐百家诗〉及其前身的版本学价值》由王昌龄诗歌中的异文问题引申出对王昌龄诗集版本相关问题的研究。夏婧《颜真卿〈送福建观察使高宽仁序〉疑伪辨》通过对清辑《全唐文》中所收颜真卿《送福建观察使高宽仁序》文本及相关文献史料的细致考辨,认为该篇的作者身份、文本真伪都值得存疑。第四,关注作家及作品的接受与传播。文学的接受与传播研究是唐代文学研究的重要组成部分,本辑选录有三篇论文。吴振华《试论韩愈诗歌在唐代的际遇——以唐代唐诗选本为中心》与苏岑《朝鲜文人的韩柳论》,都是有关韩愈作品接受史的研究,但一着眼于域内,一着眼于域外;一是从当时的诗歌选本出发探讨韩愈诗歌在唐代的被接受情况,一是从韩柳并称与比较的角度出发论析韩柳古文在朝鲜半岛的被接受状况。沈文凡、徐婉琦《贺知章文化的东亚传播——以缉考韩国汉诗文献为中心》对韩国汉诗中关于贺知章的文献进行了系统梳理,反映出贺知章性格与人生经历折射出的疏狂文化、荣归文化、赏识文化对东亚上层阶级文人的影响。可以看出,本辑的论文呈现内容多样化、视角多元化的特点,我们大体依论文内容分为作家与作品、历史与文学、文献考辨、接受与传播四个版块,希望便于读者阅读。

  关于编选情况,须做以下说明。第一,本次会议设有优秀论文评选环节,共评选出十五篇优秀论文。这些论文以及"抄本与印本工作坊"专题组论文因会议承办方将另行刊出,故不再收入本刊。第二,部分论文因已经发表或另投他刊,不再选入。第三,由于会议论文较多,而改版后一辑的容量有限,不能全部收入,编辑部根据稿件内容进行了编选。第四,本辑所收论文均根据作者最终寄回编辑部的稿件收录,为了统一全书体例,对其中一部分论文代为做了一些技术上的处理,未妥之处,请作者及读者见谅。

  《唐代文学研究》的前身《唐代文学论丛》由陕西人民出版社出版,《唐代文学研究》第一辑(1988年)由山西人民出版社出版;第二辑(1990年)至第十七辑(2018年),由广西师范大学出版社出版。对于以上各出版单位的支持与帮助,我们深表谢意。从本辑开始,《唐代文学研究》改由社会科学文献出版社出版。社会科学文献出版社对刊物的改版提供了很多有益的建议，为刊物的出版付出了辛勤的努力，在此特表示诚挚的感谢！

封面刊名题字集自傅璇琮先生 2012 年为西北大学唐代文学研究室的题字。傅先生生前曾担任中国唐代文学学会会长 16 年，晚年又担任学会名誉会长，为学会殚尽心力，对会刊《唐代文学研究》也给予了颇多关照与支持。刊名选用傅先生的题字，也表达了我们对傅先生无尽的追思与怀念。

《唐代文学研究》编辑部
2019 年 6 月

目　录

作家与作品

骆宾王从军西域事辨证……………………………………胡可先 / 003
王昌龄声律思想研究………………………………………卢盛江 / 021
杜甫的"独善"
　　——兼论其对仙境、仙道的憧憬………………〔日〕下定雅弘 / 041
论韩愈《拘幽操》
　　——"罪人文学史"初探…………………………〔日〕浅见洋二 / 055
在九世纪思想与文理（Aesthetic）嬗变的语境下再谈李商隐诗歌
　　…………………………………………………………〔美〕傅君劢 / 073
音乐境界与身世之感
　　——李商隐《锦瑟》意旨再探……………………………李芳民 / 085
论唐代歌行体与送别酬赠诗的双向联系和平行发展…………李德辉 / 099

历史与文学

华阳公主的流风遗韵
　　——兼谈以白居易为代表的永贞期青年才子群像
　　……………………………………………………〔日〕静永健 / 119
"平淮西"与元和士人的文学书写………………………………田恩铭 / 132

文献考辨

王昌龄诗集的版本问题
　　——兼论朱警《唐百家诗》及其前身的版本学价值 …… 吕正惠 / 157
《增广注释音辩唐柳先生集》编纂、刊刻及其底本考索
　　………………………………………………… 刘真伦　岳　珍 / 170
颜真卿《送福建观察使高宽仁序》疑伪辨 ………… 夏　婧 / 199

接受与传播

试论韩愈诗歌在唐代的际遇
　　——以唐代唐诗选本为中心……………………… 吴振华 / 211
贺知章文化的东亚传播
　　——以缉考韩国汉诗文献为中心 ………… 沈文凡　徐婉琦 / 239
朝鲜文人的韩柳论……………………………………… 苏　岑 / 258

第十八辑作者索引 …………………………………………… 270
《唐代文学研究》约稿启事 ………………………………… 271

Contents

Author and Works

A Discrimination on Luo Binwang's Experiences of Serving in the
　　Western Regions ·· Hu Kexian / 003
The Study on the Rhyme of Wang Changling's Works
　　·· Lu Shengjiang / 021
Tu‐Fu's Aspiration to Spiritual Land and Way ······ Shimosada Masahiro / 041
On Han Yu's *Juyou Cao*: A Preliminary Investigation of
　　"Convict Literature" ·· Asami Yoji / 055
Rethinking Li Shangyin's Poetry in the Context of Ninth Century
　　Intellectual and Aesthetic Transformations ············ Michael A. Fuller / 073
Musical Realm and Life Experience——On the Intention of
　　Li Shangyin's Poem "Jin Se" ······························ Li Fangmin / 085
Twoway Relations and Parallel Development between Farewell Poems and
　　Old Song Form in Tang Dynasty ···························· Li Dehui / 099

History and Literature

The Charm of Princess Huayang——Also on the Group of Young Talents During
　　Yongzhen Period Represented by Bai Juyi ········· Shizunaga Takeshi / 119
"Suppression of Huai Xi Riot" and Scholars' Literary Writing in Yuanhe
　　Period of Tang Dynasty ···································· Tian Enming / 132

Textual Research

The Issue of the Version of Wang Changling's Poetry——And on the Edition Value of Zhu Jing's Collection of the Hundred People's Poetry in Tang Dynasty ·· Lv Zhenghui / 157

Compilation, Publication and Textual Research on the *Collection of Tang Liu's Enlarged Annotations and Phonetics* ············ Liu Zhenlun, Yue Zhen / 170

A Textual Research on *Yan Zhenqing's Article Written to Gao Kuanren* ·· Xia Jing / 199

Acceptance and Dissemination

On the Fate of Han Yu's Poems During Tang Dynasty——Centered on the Selected Versions of Poems in Tang Dynasty ············ Wu Zhenhua / 211

East Asian Communication of He Zhizhang's Culture——Take the Korean Chinese Poetry Literature as the Focal Point ·· Shen Wenfan, Xu Wanqi / 239

Comment about Hanyu and Liu Zongyuan in Korea ············ Su Cen / 258

Contributors ·· 270
Contributions Wanted ·· 271

作家与作品

骆宾王从军西域事辨证*

摘 要："初唐四杰"之一的骆宾王有从军西域的经历，学术界对于这一问题颇多异说。本文通过对各种异说的清理，结合传世文献、出土文献与骆宾王作品的印证，重点考察骆宾王与裴行俭的关系，梳理骆宾王诗中的西域地名，探寻骆宾王所莅官职与从军事件的关联，进一步坐实骆宾王从军西域目的在于佐幕吏部侍郎裴行俭西征西突厥，时间是在调露元年春夏之际。后来骆宾王因事下狱，最后又跟随徐敬业讨伐武则天，也与从军西域事有着一定的关联。

关键词：骆宾王　从军西域　裴行俭　地名　下狱

胡可先

骆宾王一生三次从军，分别为南下、北上与西行。其南下从军时，留下作品有《兵部奏姚州道破逆贼诺没弄杨虔柳露布》《兵部奏姚州破贼设蒙俭等露布》等。据《旧唐书·高宗纪》，咸亨三年（672）"春正月辛丑，发梁、益等一十八州兵、募五千三百人，遣右卫副率梁积寿往姚州击叛蛮"[①]。又有《为李总管祭赵郎将文》云："姚州道大总管李义祭赵郎将之灵。"[②] 即在从军姚州时作，这是时间确定的从军过程。而其北上与西行的两次从军，都是学术界聚讼纷纭的问题，我们这里重点考察其从军西域之事。骆宾王从军西域，是其一生中的重要事件，但由于历史记载的阙略，从军过程忽明忽暗，学术界长期以来没有弄清楚。幸赖骆宾王的诗作存有多首

---

* 基金项目：国家社科基金重大项目"考古发现与中古文学研究"（14ZDB065）。
[①] （后晋）刘昫：《旧唐书》卷五，中华书局，1975，第 96 页。
[②] （唐）骆宾王：《骆临海集笺注》，（清）陈熙晋笺注，上海古籍出版社，1985，第 365 页

吟咏边塞之事，成为唐代边塞诗史上值得关注的篇章，骆宾王从军西域又事关初唐时期唐王朝对于西域经略的诸多问题，值得进一步探寻。

一　前人说法的检讨

自从清代陈熙晋以来，有关骆宾王从军的时间与所随从的主帅主要有三说。

一是咸亨元年（670）从薛仁贵西征。陈熙晋《续补唐书骆侍御传》："拜奉礼郎，为东台详正学士。咸亨元年，吐蕃入寇，罢安西四镇，以薛仁贵为逻娑大总管，适宾王以事见谪，从军西域。会仁贵兵败大非川，宾王久戍未归，作《荡子从军赋》以见意。未几，自塞外还。至蜀，从军姚州。"①骆祥发《骆宾王简谱》②、滕福海《骆宾王从军考》③、张志烈《初唐四杰年谱》④，大多沿袭陈熙晋的说法而稍稍加以补充。认为骆宾王是从薛仁贵以征讨吐蕃，但出发不久，主帅薛仁贵在前方即已大败，故骆宾王所随之部一度北走，转战蒲类海、交河、温肃州等地。他所参加的是一次失败的军事行动，但他却创作了不少边塞诗章，成为第一个亲到新疆的唐代著名诗人。

二是咸亨元年随阿史那忠西征。杜晓勤《骆宾王从军西域考辨》："骆宾王之从军西域前只担任过奉礼郎，未任东台详正学士；离京是在咸亨元年四月，并非在显庆四年和调露元年；此次远征西域的统帅亦非薛仁贵，而是阿史那忠；他们此行之军事目的并非前往青海讨击吐蕃，而是远征西域，安抚、劳问被吐蕃威胁、挟制的西域诸蕃部落。"⑤陈瑜、杜晓勤《从阿史那忠墓志考骆宾王从军西域史实》⑥，更进一步申述此说。而骆宾王未任过东台详正学士的说法，最早见于李厚培《骆宾王仕履有关问题辨正》⑦一文的第一部分"骆宾王未任过东台详正学士"。

---

① （唐）骆宾王：《骆临海集笺注》，（清）陈熙晋笺注，第389页。
② 骆祥发：《骆宾王简谱》，《浙江师范大学学报》1984年第2期，第86页。
③ 滕福海：《骆宾王从军考》，《温州师范学报》1994年第1期，第42页。
④ 张志烈：《初唐四杰年谱》，巴蜀书社，1993，第129页。
⑤ 杜晓勤：《骆宾王从军西域考辨》，载《唐代文学研究》第13辑，广西师范大学出版社，2010，第272页。
⑥ 陈瑜、杜晓勤：《从阿史那忠墓志考骆宾王从军西域史实》，《文献》2008年第3期，第29~37页。
⑦ 李厚培：《骆宾王仕履有关问题辨正》，《青海社会科学》1999年第1期，第85~89页。

三是调露元年（679）随裴行俭西征。郭平梁《骆宾王西域之行与阿斯塔那 64TAM35：19（a）号文书》认为："仪凤四年，他作为波斯军的掌书记随裴行俭至西域平阿史那都支之乱，先到西州，然后假托训猎，东出柳中、蒲昌，北越天山，经蒲类至庭州，复转道天山南麓西进，至温宿城，越拔达岭，至碎叶城；裴行俭东返后，他仍在西域逗留了一段时间。"① 王增斌《骆宾王从军西域时间考——兼探骆宾王生平》认为骆宾王从军西域在调露元年：一是从时间上与裴军行程完全吻合；二是从地点上，骆宾王诗与史籍相印证，战斗经过可以昭然若揭；三是从细节描写上，骆宾王诗与《旧唐书·裴行俭传》参证，亦甚为吻合；四是与"东台详正学士"官职设立的时间相合；五是骆宾王从军时间在调露元年，更与骆宾王当时的处境吻合。但王增斌又认为骆宾王一生有两次从军西域的经历，另一次是三十二岁时即公元 659 年左右，当高宗显庆四年间。② 薛宗正《骆宾王从征西突厥的诗篇》考证骆宾王于仪凤三年（678）从裴行俭以征讨西突厥之事，以为裴行俭两次举荐骆宾王佐幕从戎，前一次未成行，后一次即仪凤三年。而骆宾王之佐幕从戎为"不求生入塞，唯当死报君"，其间迂回奇袭破二蕃，最后到了碎叶城，留下了一些诗作。③

因为骆宾王从军西域的经历，史籍留存史料甚少，故而给后人研究带来很多困难，也因为史籍难征，故亦诸说纷纭。在史料较少的情况之下，我们还是需要通过骆宾王诗的解读，挖掘其时、地、人的信息，再进一步与当时西域背景的史实印证，以对各种说法进行衡定与证实。

二 骆宾王与裴行俭

考察骆宾王从军西域乃至其一生事迹，裴行俭是个关键人物。要弄清

---

① 郭平梁：《骆宾王西域之行与阿斯塔那 64TAM35：19（a）号文书》，《西北民族研究》1989 年第 1 期，第 61 页。
② 王增斌：《骆宾王从军西域时间考——兼探骆宾王生平》，《山西大学学报》1989 年第 2 期，第 50~54 页。
③ 薛宗正：《骆宾王从征西突厥的诗篇》，《乌鲁木齐职业大学学报》1992 年第 2 期，第 64~70 页；《北庭历史文化研究》，上海古籍出版社，2010，第 147~152 页；《历代西陲边塞诗研究》，敦煌文艺出版社，1993，第 39~53 页。

骆宾王从军西域的过程，我们得首先考察骆宾王与裴行俭的关系。张说《赠太尉裴公（行俭）神道碑》："在选曹见骆宾王、卢照邻、王勃、杨炯，评曰：'炯虽有才名，不过令长。其余华而不实，鲜克令终。'"① 说明裴行俭在主持铨选官吏时，与骆宾王、卢照邻、王勃、杨炯有过交集。我们这里要专门解读骆宾王写给裴行俭的诗文。

骆宾王给裴行俭上书赠诗是在裴行俭主持选曹即在他担任吏部侍郎时，而吏部侍郎在咸亨之前官名为"司列少常伯"。《旧唐书·裴行俭传》："总章中，迁司列少常伯。咸亨初，官名复旧，改为吏部侍郎。与李敬玄为贰，同时典选十余年，甚有能名，时人称为'裴李'。"② 《旧唐书·高宗纪下》记载，调露元年十一月"癸未，以吏部侍郎裴行俭为吏部尚书"。③ 新出土上元三年（676）《唐故殿中监万俟府君墓志》，题署："中书侍郎同中书门下三品薛元超撰，银青光禄大夫行吏部侍郎裴行俭书。"④ 也就是说裴行俭担任选曹之职应在总章中至调露元年十一月间。总章共三年，其三年即改元咸亨元年。因而我们可以大致确定其始为司列少常伯时间在总章二年（669），而结束于调露元年，这与《旧唐书·裴行俭传》"与李敬玄为贰，同时典选十余年"即相吻合。

骆宾王《上吏部裴侍郎书》云："四月一日，武功县主簿骆宾王，谨再拜奉书吏部侍郎裴公执事。"说明上书时为武功县主簿。又云："宾王一艺罕称，十年不调。……不汲汲于荣名，不戚戚于卑位，盖养亲之故也，岂谋身之道哉？"说明他在此前较为潦倒，十年不调，而其能安心在这样的任上主要是为了养亲。又云："况属天伦之丧，奄逾七月；违膝下之养，忽以三年。而凶服之制行终，哀疚之情未泄。兴言永慕，举目增伤。"说明上书时，其父亲已去世三年，自己刚刚结束守制。又云："况流沙一去，绝塞千里。子迷入塞之魂，母切倚间之望。就令观以卒岁，仰南薰之不赏；而使忧能伤人，迫西山而何几？君侯情深锡类，道叶天经，明恕待人，慈心应物。倪矜犬马之微愿，悯乌鸟之私情，宽其负恩，遂其终养，

---

① （唐）张说：《张说集校注》卷一四，熊飞校注，中华书局，2013，第723页。
② （后晋）刘昫：《旧唐书》卷八四，第2802页。
③ （后晋）刘昫：《旧唐书》卷五，第105页。
④ 该墓志仅见网络公布：http://www.kongfz.cn/20706011/pic/。

则穷魂有望，老母知归。"① 则骆宾王上此书的目的在于因母老而推辞裴行俭辟召其从军西域的邀请。按，据《旧唐书·高宗纪》及《旧唐书·裴行俭传》，上元三年（即仪凤元年）闰三月己巳朔，吐蕃入寇鄯、廓、河、芳四州。乙酉，洛州牧周王显为洮州道行军元帅，领刘审礼等十二总管以伐吐蕃，其时裴行俭以吏部侍郎受命为左二军总管。而裴行俭这一次行动，因为朝廷中将相不和而未能成行。这一年的秋冬，骆宾王即遭遇母丧。故其从军西域一定在上元三年（即仪凤元年）以后。

骆宾王有《上吏部侍郎帝京篇启》，文云："昨引注日，垂索鄙文。拜手惊魂，承恩累息。……虽少好读书，无谢高凤，而老不晓事，有类扬雄。"② 这里的"引注日"是指骆宾王参与铨选之时，因为裴行俭向骆宾王索要文章，骆就将《帝京篇》呈送给裴行俭。唐张鹫《朝野佥载》卷一云："唐明堂主簿骆宾王《帝京篇》曰：'倏忽抟风生羽翼，须臾失浪委泥沙。'后与徐敬业兴兵扬州，大败，投江水而死。此其谶也。"③ 而《新唐书·骆宾王传》："历武功主簿，裴行俭为洮州总管，表掌书奏，不应，调长安主簿。"④ 据知《帝京篇》是骆宾王为明堂主簿时作，并曾将该文呈奉于时为吏部侍郎的裴行俭。

骆宾王《咏怀古意上裴侍郎》诗云："三十二余罢，鬓是潘安仁。四十九仍入，年非朱买臣。"则这首诗作于骆宾王四十九岁时。又云："纵横愁系越，坎壈倦游秦。出笼穷短翮，委辙涸枯鳞。穷经不沾用，弹铗欲谁申。天子未驱策，岁月几沉沦。轻生长慷慨，效死独殷勤。徒歌易水客，空老渭川人。一得视边塞，万里何苦辛。"⑤ 则是骆宾王向裴行俭展示自己想从军出塞、报国立功的壮志。而这样的表达，一定是在作《上吏部裴侍郎书》推辞裴行俭邀请其从军西域之后。

据张说《赠太尉裴公（行俭）神道碑》："仪凤二年，十姓可汗匐延都支及李遮匐潜过袭戎，俶扰西域，朝廷凭怒，将行天讨，公进议曰：'敬玄败绩于茅戎，审礼免胄而入狄，岂可绝域更勋王师？今波斯王亡，侍子在

---

① （唐）骆宾王：《骆临海集笺注》卷八，（清）陈熙晋笺注，第283页。
② （唐）骆宾王：《骆临海集笺注》卷八，（清）陈熙晋笺注，第283页。
③ （唐）张鹫：《朝野佥载》卷一，中华书局，1979，第11页。
④ （宋）欧阳修、宋祁：《新唐书》卷二○一，中华书局，1975，第5742页。
⑤ （唐）骆宾王：《骆临海集笺注》卷四，（清）陈熙晋笺注，第110页。

此，若命使册立，即路由二蕃，便宜取之，是成禽也。'高宗善其计，诏公以名册送波斯，兼安抚大使，公往莅，遗爱洽于人心。是行也，百城故老，望尘而雅拜；四镇酋渠，连营而谐酒：一言召募，万骑云集。公乃解严以反谍，托猎以训旅，误之多方，间其无备。裹粮十日，执都支于帐前；破竹一呼，钳遮匐于麾下。华戎相应，立碑碎叶，盖美克隽不杀而用谋，安人以德而去害，廓氛祲于地表，焯皇灵于天外。"[1] 现存裴行俭《讨西突厥兵事疏》有详细记载，与《赠太尉裴公（行俭）神道碑》的内容完全吻合。实际上，这一次是裴行俭以计谋取胜的军事行动。在行动中，骆宾王被辟署军幕之中，经过甘肃、天山、交河、蒲类、疏勒，一直到碎叶。

尽管根据骆宾王与裴行俭关系的考察，我们可以大致确定骆宾王从军西域是在仪凤四年亦即调露元年。但其中还有不少疑窦需要弄清，下面我们再根据地理、时间以及骆宾王身世等进行剖析。

三　骆宾王从军西域诗文的地名探究

骆宾王因为与唐代政治具有特殊关联，加以一生官位不高，故史籍记载阙疑之处甚多。但骆宾王又是一位著名诗人，留下了许多重要诗章，尤其是其诗中涉及的西域地名，为我们探讨其西域行踪透露了一些重要信息，因此，我们可以通过探究骆宾王诗中的地名考察他的从军过程。

1. 蒲类

骆宾王有《夕次蒲类津》诗，"蒲类津"应即蒲类海之畔，即今新疆巴里坤湖。诗题一作"晚泊蒲类"。唐太宗于贞观十四年（640）平定高昌后，于西域置西州、庭州、伊州，庭州属县即有蒲类县，盖即因当地蒲类海而得名。这是骆宾王从军戍边经行庭州时所作的一首诗。诗有"二庭归望断，万里客心愁"[2] 句，"二庭"，即指南庭与北庭。据《旧唐书·西突厥传》："自焉耆国西北七日行，以至南庭，又正北八日行，至其北庭。"北庭即北庭都护府治所，南庭即高昌所在地。又有"晚风连朔气，

---

[1] （唐）张说：《张说集校注》卷一四，熊飞校注，第721页。
[2] （唐）骆宾王：《骆临海集笺注》卷四，（清）陈熙晋笺注，第117页。

新月照边秋"句，诗人到蒲类时，已经是秋天。

2. 天山

骆宾王《晚度天山有怀京邑》诗云："忽上天山路，依然想物华。云疑上苑叶，雪似御沟花。行叹戎麾远，坐怜衣带赊。交河浮绝塞，弱水浸流沙。旅思徒漂梗，归期未及瓜。宁知心断绝，夜夜泣胡笳。"① 这首诗是骆宾王从军西域时经过交河、弱水，再度过天山怀念京邑时所作。"旅思徒漂梗，归期未及瓜"，上句用《战国策·齐策三》事："今子，东国之桃梗也，刻削子以为人，降雨下，淄水至，流子而去，则子漂漂者将何如耳。"② 故"漂梗"为漂泊者。下句用《左传·庄公八年》事："齐侯使连称管至父戍葵丘，瓜时而往，曰：'及瓜而代'。"③ 言今年瓜时往，来年瓜时代之。故骆宾王诗是抒发自己戍边时希望早日回归京邑之情。

3. 疏勒

骆宾王《久戍边城有怀京邑》诗，有"拜井开疏勒，鸣桴动密须"④之句。上句用耿恭事："耿恭以疏勒城傍有水，徙居之。匈奴来攻，绝其涧水。城中穿井十五丈，无水。吏士渴乏，笮马粪汁饮之。恭曰：'闻贰师将军拔佩刀刺山而飞泉出，今汉德神灵，岂有穷乎！'乃正衣服，向井拜，为吏请祷，身自率士负笼，有顷，飞泉涌出，吏士惊喜，皆称万岁。于是令士且勿饮，先和泥涂城，并扬示之。"⑤ 虽然是用典，但唐诗用典常常与本事相关，故而这里不妨理解为骆宾王从军西域时经过疏勒之地。今人一般认为耿恭出征的"疏勒"是指疏勒城，位于汉代车师国境内的天山北麓。或有学者认为疏勒城应是位于吉木萨尔县南30公里的大龙口古城，即在唐时庭州境内。下句的"密须"则是商朝统治下的一个氏族部落，武王伐纣后成为密国，其地在甘肃的灵台县西北。这里也是用典，因为骆氏从军要经过甘肃灵台，故此用典与实地亦相关联。

骆宾王《从军中行路难二首》的第二首也是吟咏从军西域之事："君不见玉关尘色暗边亭，铜鞮杂虏寇长城。天子按剑征馀勇，将军受

---

① （唐）骆宾王：《骆临海集笺注》卷四，（清）陈熙晋笺注，第120页。
② 何建章：《战国策注释》，中华书局，1990，第358页。
③ （唐）孔颖达：《春秋左传正义》卷八，载《十三经注疏》，中华书局，1980，第1765页。
④ （唐）骆宾王：《骆临海集笺注》卷四，（清）陈熙晋笺注，第129页。
⑤ 吴树平：《东观汉记校注》卷一〇，中华书局，2008，第363页。

脉事横行。七德龙韬开玉帐，千里鼍鼓叠金钲。阴山苦雾埋高垒，交河孤月照连营。连营去去无穷极，拥旆遥遥过绝国。阵云朝结晦天山，寒沙夕涨迷疏勒。"① 这里叙说他的行程是经过玉门关—阴山—交河—疏勒之地的过程。

4. 温宿城

骆宾王有《宿温城望军营》诗，"宿温城"应为"温宿城"之误。"温宿城"即温肃州之城。骆宾王从军以征碎叶，需要经过温肃州。唐代从安西到碎叶的行军路线，据《新唐书·地理志》："安西西出柘厥关，渡白马河，百八十里西入俱毗罗碛。经苦井，百二十里至俱毗罗城。又六十里至阿悉言城。又六十里至拨换城，一曰威戎城，曰姑墨州，南临思浑河。乃西北渡拨换河、中河，距思浑河百二十里，至小石城。又二十里至于祝境之胡芦河。又六十里至大石城，一曰于祝，曰温肃州。又西北三十里至粟楼烽。又四十里度拨达岭。又五十里至顿多城，乌孙所治赤山城也。又三十里渡真珠河，又西北度乏驿岭，五十里渡雪海，又三十里至碎卜戍，傍碎卜水五十里至热海。又四十里至冻城，又百一十里至贺猎城，又三十里至叶支城，出谷至碎叶川口，八十里至裴罗将军城。又西二十里至碎叶城，城北有碎叶水，水北四十里有羯丹山，十姓可汗每立君长于此。自碎叶西十里至米国城，又三十里至新城，又六十里至顿建城，又五十里至阿史不来城，又七十里至俱兰城，又十里至税建城，又五十里至怛逻斯城。"② 这里叙述安西到碎叶城的路线非常清晰，中间有"温肃州"，这个"温肃"又称"温宿"，是汉代西域诸国之一，都城温宿城，现为新疆温宿县。

5. 碎叶

骆宾王诗中没有直接提到"碎叶"的地名，但薛宗正以为骆宾王《在军中赠先还知己》和《久戍边城有怀京邑》是在碎叶所作，诗中"边城"即指碎叶。这一说颇为合理。因前引张说所撰《赠太尉裴公（行俭）神道碑》载其平定西突厥，最后以在碎叶立碑告终，因而这一事件必定与碎叶相关。《册府元龟》卷四一〇云："唐王方翼为安西都护，高宗朝安

---

① （唐）骆宾王：《骆临海集笺注》卷四，（清）陈熙晋笺注，第134页。
② （宋）欧阳修、宋祁：《新唐书》卷四三下，第1149~1150页。

抚大食使裴行俭之讨遮匐也,诏以方翼为副。行俭军还,方翼始筑碎叶镇城,立四面十二门,皆屈曲作隐伏出没之状,五旬而毕,西域胡夷竞来观之,因献方物。"[1] 记载裴行俭平定西突厥,以王方翼为副。又据《册府元龟》卷九六七记载:"调露元年,以碎叶、龟兹、于阗、疏勒为四镇。"[2]《新唐书·地理志》焉耆都督府注:"有碎叶城,调露元年,都护王方翼筑,四面十二门,为屈曲隐出伏没之状云。"[3] 说明裴行俭于调露元年出征碎叶后,即将碎叶设立为安西四镇之一,故而留王方翼在此筑城。需要说明的是,裴行俭行军到达碎叶后不久,就班师回朝,而一部分军士随裴回朝,还有一部分军士留在碎叶,继续辅佐王方翼筑城戍边。骆宾王就是留在碎叶之人,故作了《在军中赠先还知己》诗,称"献凯多惭霍,论功几谢班"[4],是说裴行俭功成班师回朝。而"胡霜如剑锷,汉月似刀环。别后边庭树,相思几度攀",则是自己尚留在碎叶而赠送先还知己之语。故其《久戍边城有怀京邑》作于碎叶无疑,诗题"边城"就是碎叶城。

6. 轮台

骆宾王《西行别东台详正学士》诗有"塞荒行辨玉,台远尚名轮"[5] 之句,说明其从军西域要到轮台。而这里的轮台应该是指庭州的轮台,即《通典》所言:"庭州 今理金满县。……领县三:金满、蒲类 蒲类海一名婆悉海,有天山,自伊吾郡界入、轮台 其三县并贞观中平高昌后同置。"[6]

7. 三水、五原

骆宾王《早秋出塞寄东台详正学士》诗有"促驾逾三水,长驱望五原"[7] 之句,说明骆宾王从军西域是经过"三水"和"五原"的。"三水",据唐李吉甫《元和郡县图志》:"关内道邠州三水县,本汉旧县,有铁官,属安定郡,以县界有罗川谷,三泉并流,故以为名。"同书又载:"关内道盐州五原县,本汉马领县地,贞观二年与州同置。五原谓龙游原、乞地干

---

[1] (宋)王钦若:《册府元龟》卷四一〇,中华书局,1960,第4874页。
[2] (宋)王钦若:《册府元龟》卷九六七,第11372页。
[3] (宋)欧阳修、宋祁:《新唐书》卷四三下,第1134页。
[4] (唐)骆宾王:《骆临海集笺注》卷四,(清)陈熙晋笺注,第115页。
[5] (唐)骆宾王:《骆临海集笺注》卷四,(清)陈熙晋笺注,第114页。
[6] (唐)杜佑:《通典》卷一七四,中华书局,1988,第4559页。
[7] (唐)骆宾王:《骆临海集笺注》卷四,(清)陈熙晋笺注,第115页。

原、青岭原、可岚贞原、横槽原也。"① 又诗有"天阶分斗极，地理接楼烦"之句，"楼烦"为汉县名，《元和郡县图志》云："河南道岚州，《禹贡》冀州之域，春秋时属晋，晋灭后为胡楼烦王所居，赵武灵王破以为县。秦为太原郡地。在汉即太原郡之汾阳县地也。"② 汉之楼烦县地，唐时属于岚州。③

四 骆宾王从军几个重要问题的考察

骆宾王有三次从军的经历：一是北走燕赵，二是南赴姚州，三是从军西域。对于这三次从军，史传都语焉不详。而这三次从军，学术界都有所论及，除了咸亨三年（672）从军姚州讨伐叛蛮时间确定外，其他两次都有所争议，甚至将骆宾王的从军诗混淆于不同的从军经历当中。我们这里重点考察其从军西域的问题，而对其他两次从军仅做关联性的涉及。

1. 骆宾王为详正学士的问题

杜晓勤《骆宾王从军西域考辨》，陈瑜、杜晓勤《从阿史那忠墓志考骆宾王从军西域史实》都认为骆宾王没有担任过东台详正学士。按，骆宾王有《西行别东台详正学士》及《早秋出塞寄东台详正学士》诗，前诗有"上苑梅花早，御沟杨柳新"④ 之句，说明其离别京城从军的时间在春天。又有"台远尚名轮"之句，说明从军地点在西域。后诗是骆宾王从军西域后寄给曾经的同僚之作，时间已是秋天，在其离京的数月之后。再考骆宾王《久戍边城有怀京邑》诗有"棘寺游三礼，蓬山簉八儒。怀铅惭后进，投笔愿前驱。北走非通赵，西之似化胡"⑤ 之语。"棘寺"指太常寺，是回忆自己为太常寺奉礼郎之事。"蓬山"指秘书省，"八儒"本指儒分八派，此句谓自己为东台详正学士事，因详正学士的职责是校理图籍，故下句言"怀铅惭后进"，而"惭后进"说明自己在秘书省中年龄较大而不得志，故而"投笔愿前驱"。因此，骆宾王曾为东台详正学士是可

---

① （唐）李吉甫：《元和郡县图志》卷三，中华书局，1983，第62页。
② （唐）李吉甫：《元和郡县图志》卷一四，第395页。
③ 唐人出征西域，从长安出发，由北道行走，须经三水、五原、岚州等地。
④ （唐）骆宾王：《骆临海集笺注》卷四，（清）陈熙晋笺注，第114页。
⑤ （唐）骆宾王：《骆临海集笺注》卷四，（清）陈熙晋笺注，第129页。

确凿无疑的，而其从军西域是在为东台详正学士之后。

2. 阿史那忠与骆宾王从军西域的问题

杜晓勤根据新出土的《阿史那忠墓志》，论证骆宾王从军是入阿史那忠军幕，其理由有三，而这三项理由都值得商榷。一是咸亨元年讨伐吐蕃，将领是薛仁贵，同时朝廷又派阿史那忠为西域道安抚大使进行安抚，骆宾王这时就是随阿史那忠安抚西域的。① 这里把咸亨元年薛仁贵讨伐吐蕃与阿史那忠安抚西域分开讨论，以为骆宾王从军西域是跟随阿史那忠，其实这在骆宾王诗中找不到任何线索。而且《阿史那忠墓志》在"而有弓月扇动"前明确记载："总章元年，吐蕃入寇，拜使持节青海行军道大总管。长策远振，群凶□迹，武贤不捷，充国徒淹。西海诸蕃，征途万里。"其时是总章元年而并不在咸亨元年。这样，杜文所依据的立论基点都存在着很大问题。二是杜文认为阿史那忠出征路线与骆宾王诸西域诗所涉地名吻合。阿史那忠安抚西域出征的行军路线，正史缺载，墓志仅有上述两段记载，具体地点并不明确。杜文对《阿史那忠墓志》的用典等加以分析，得出"集中诸多从军西域之作与阿史那忠的这次军事行动若合符契"的结论，未免证据不足。三是杜文以为骆宾王没有担任过详正学士官职。② 从以上诸方面看，骆宾王随从阿史那忠出征以安抚西域还缺乏确切的依据。

3. 骆宾王由奉礼郎从军的问题

李峤有《送骆奉礼从军》诗，可以确认骆宾王由奉礼郎而从军。《新唐书·百官志》："奉礼郎二人，从九品上，掌君臣版位，以奉朝会、祭祀之礼。"③ 从九品上为唐代文职官员的初官。骆宾王《边庭落日》诗有"一朝辞俎豆，万里逐沙蓬"④ 句，"俎豆"用《论语·卫灵公》事："卫灵公问陈于孔子。孔子对曰：'俎豆之事，则尝闻之矣；军旅之事，未之学也。'"⑤

---

① 《阿史那忠墓志》记载其担任安抚大使仅有这样一段话，"而有弓月扇动，吐蕃侵逼。延寿莫制，会宗告窘。以公为西域道安抚大使兼行军大总管。公问望著于遐迩，信义行乎夷狄。饷士丹丘之上，饮马瑶池之滨。夸父惊其已远，章亥推其不逮"，"寻又奉诏□西域道安抚大使兼行军大总管。乘□出发，在变以能通；扶义斯举，有征而无战。威信并行，羌夷是□。洎乎振旅，频加劳问。"
② 骆宾王担任详正学士上文已经考明，因其诗中有记载，故为铁证。
③ （宋）欧阳修、宋祁：《新唐书》卷四八，第1242页。
④ （唐）骆宾王：《骆临海集笺注》卷四，（清）陈熙晋笺注，第125页。
⑤ （唐）孔颖达：《论语注疏》卷一五，载《十三经注疏》，第2516页。

这里的"俎豆"即祭祀，是指奉礼郎的官职。骆宾王为奉礼郎应在乾封二年（667），因前一年为应岳牧举曾谒兖州地方官求推荐，作《上兖州刺史启》，又《为齐州父老请陪封禅表》即作于唐高宗麟德二年封禅时，并命荐举人才随岳牧举送。骆宾王即本年由兖州岳牧举送，并于次年即乾封元年应岳牧举后拜奉礼郎。再据前引骆宾王《久戍边城有怀京邑》诗："棘寺游三礼，蓬山篚八儒。怀铅惭后进，投笔愿前驱。北走非通赵，西之似化胡。"①"棘寺"指太常寺，"蓬山"指秘书省。由"北走非通赵，西之似化胡"二句得知，骆宾王由奉礼郎从军应该是其第一次北走从军时期，并不是从军西域，"西之似化胡"的从军西域是后来的事。骆宾王从军北塞诗亦存留多首：《于易水送人》《远使海曲春夜多怀》《蓬莱镇》《边夜有怀》《海曲书情》等。

骆宾王与李峤的关系，据《新唐书·李峤传》："二十擢进士第，始调安定尉。举制策甲科，迁长安。时畿尉名文章者，骆宾王、刘光业，峤最少，与等夷。授监察御史。"② 若以骆宾王调露元年（679）作《咏怀古意上裴侍郎》诗时四十九岁计算，是年骆宾王三十四岁，长李峤十四岁，与《旧唐书》记载切合。又李峤举进士后为安定县尉，又举制科授长安县尉，应为其举进士的数年之后，而骆宾王乾封元年（666）受兖州地方官举荐，二年应岳牧举，其后授奉礼郎。陈冠明《李峤年谱》考订其为安定县尉在总章二年（669）。其送骆宾王从军的送别地点应该是长安，由此推论其时间应该在骆宾王乾封二年（667）为奉礼郎之后、李峤总章二年为安定主簿之前。③ 骆宾王后来为武功县主簿，武功属于畿县，与《旧唐书·李峤传》记载相合。骆宾王与李峤的交往诗还有《别李峤得胜字》，李峤有《饯骆四二首》，可见李峤与骆宾王关系甚为密切。

4. 骆宾王服丧守制的问题

滕福海《骆宾王从军考》以为："骆氏《畴昔篇》在自记其被囚之前，尚述及其遭母丧守制三年的生活：'如荼空有叹，怀桔独伤心。……

---

① （唐）骆宾王：《骆临海集笺注》卷四，（清）陈熙晋笺注，第129页。
② （宋）欧阳修、宋祁：《新唐书》卷一二三，第4367页。按，李峤及第时间，孟二冬《登科记考补正》卷二考证为麟德元年（664），是年李峤二十岁。（清）孟二冬：《登科记考补正》卷二，北京燕山出版社，2003，第60~61页。
③ 陈冠明根据清人陈熙晋《续补唐书骆侍御传》将骆宾王从军系于咸亨元年李峤在安定县尉任上，似不确。

挂冠裂冕已辞荣，南亩东皋事耕凿。'据《骆临海集笺注》卷八考证，上元三年（676）四月一日，武功主簿骆宾王作《上吏部裴侍郎书》，却其'表掌书奏'（《新唐书·艺文传》）之聘，却聘的理由是'流沙一去，绝塞千里，子迷入塞之魂，母切倚闾之望'，而'不能推心以奉母'。可知当时骆母尚健在。然则其丁母忧必在676年之后，680年之前。在这四年期间，除守制三年、入狱约一年之外，显然不可能插入至少一年零一季的从军西北之行，故其西行必在676年之前。"① 按，这样的推论是不正确的，一是唐代终制虽曰"三年"，实际只有二十五个月。《旧唐书·张柬之传》云："时弘文馆直学士王元感著论云：'三年之丧，合三十六月。'柬之著论驳之曰：'三年之丧，二十五月，不刊之典也。'"② 而骆宾王母丧在676年秋冬之际，至调露元年（679）春天已远超二十五个月。显然以母丧而否定骆宾王从裴行俭赴西域是证据不足的。

5. 有关裴行俭波斯道行军路线的吐鲁番文献

考察骆宾王留存下来的十余首从军西域的诗篇，有一个共同的特点，就是只咏行军而没有直接描写战争，因而这是一次特殊的从军经历。在学术界所提出的三种代表性说法中，也只有裴行俭调露元年平定西突厥的事件符合诗中所述的过程。因为据上文所引张说所撰《赠太尉裴公（行俭）神道碑》，这次平定西突厥是一次智取的过程，而不完全是战争的征服。这次征讨是采取裴行俭的计策，以册立波斯王子泥涅师为名，并在护送泥涅师西行的路上，以狩猎为名，召集安西四镇长官集会，并集结四镇诸子弟上万人整编军队，而后在接近阿史那都支的军帐时发动奇袭，迫使阿使那都支投降。这一过程不仅传世文献有所记载，在新出土文献当中也有能够支持的原始材料，这就是新出土的吐鲁番文献中的一份实证资料，这对于确定裴行俭行军路线与骆宾王研究作用很大。

吐鲁番出土文书《唐西州高昌县下太平乡符为检兵孙海藏患状事》云：

1. 高昌县
2. 孙海藏 患风痈及冷漏状当残疾
3. 太平乡主者，得上件人辞称：先患风痈，坐底

---

① 滕福海：《骆宾王从军考》，《温州师范学院学报》1994年第1期，第39页。
② （后晋）刘昫：《旧唐书》卷九一，第2936页。

4. 冷漏作为差波斯道行，行至蒲昌，数发动。检
5. 验不堪将行，蒙营司放留，牒送柳中县安养，
6. 并给公验。营司后更牒建中鞠曾之，患如得损，
7. 即令勒赴军所，追来相随，行至交河，患犹未
8. 除，交河复已再检，不堪前进，得留交河安养，
9. 并牒上大军知。今有大军牒，具患状牒州。州符
10. 下县收役讫。今造手实，巡儿悸至，谨连营司
11. 患公验如前，并请检大军牒，患状验检入疾请
12. 裁者，依状检营司牒，患状与孙藏状同者，又
13. 检波斯道军习牒，得高通达辞称：今知上件
14. 见患风痛及冷漏，不堪行动，见留西州交河
15. 县将息，情愿替行者，依检交河县牒，患状与状
16. 同侍郎判：依请，县宜准状者。又责保问乡勒
17. □ 保 人张丑是等五人。里正杜定护医
18. □ □ 风痛冷 漏有 年 。①

　　这份资料被郭平梁的文章所引用以印证骆宾王诗的地理问题，并言："裴行俭从西州出发，不是径直西行，而是绕圈子，先向东，经柳中、蒲昌二县，然后又向北，越过天山，转而沿天山北麓西进。"② 为什么裴行俭要这样兜圈子呢？是假装行猎，是为了迷惑阿史那都支等。作为波斯军的成员，骆宾王在行经这一带时亦留下了诗句。裴行俭所率领的波斯军如经庭州，循庭州至碎叶道，直取阿史那都支等，那当然要便捷一些，不过要是这样，则与册送波斯王兼安抚大食使的说法不甚协调，就会过早地暴露自己的行动目标。所以他们又从庭州绕到天山之南，然后再沿天山南麓西行，至温宿，越拔达岭，循西行至碎叶的路线而前进。阿斯塔那191号墓出土文书还有《唐永隆元年（公元六八〇年）军团牒为记注所属卫士征镇样人及勋官签符诸色事》记载：

---

① 唐长孺：《吐鲁番出土文书》（图文本）第3册，文物出版社，1994，第488页。
② 郭平梁：《骆宾王西域之行与阿斯塔那64TAM35：19（a）号文书》，《西北民族研究》1989年第1期，第60~61页。

(一)

7. 白欢进年卅一 _{送波斯王,样人康文义,进上轻车,签符到府。}

8. 赵力相年卅五 _{送波斯王,样人康昇住。}

9. 解养生年卅五 _{安西镇,样人白祐海,养生上轻车,签符到。}

(八)

7. 俾头年廿九 _{送波斯□样人汜墡□。}

(一〇)

2. □□□□年卅一 _{送波斯王样人张□。}①

这一批文书，共十三件，以上几条清楚地记载送波斯王的情况。姜伯勤云："这件文书证实，波斯王泥涅师680年仍在被护送途中，在此以后，他被从碎叶护送往吐火罗。"② 这是裴行俭调露元年班师回朝后，波斯王泥涅师由裴行俭安排的波斯军继续向西送行，在第二年即永隆元年到达吐火罗的情形。根据当时《赠太尉裴公（行俭）神道碑》的叙述，史书记载这次出征和安抚的背景，加以对骆宾王诗歌所涉地名的对比，相互之间是非常吻合的。

五　骆宾王从军西域的结论与推论

根据以上对骆宾王从军史料与骆宾王诗歌的印证，并对学术界现有说法的梳理，骆宾王从军西域，因为史料的缺乏，需要综合各种背景资料进行整合与辨析，才能得出靠近事实的结论。骆宾王从军西域牵连骆宾王生平事迹的诸多问题，需要综合各方面的线索进行清理。与骆宾王从军西域有关，我们还可以进一步推论：骆宾王由西域回到京城后下狱的时间；骆宾王后来跟随徐敬业讨伐武则天，也与从军西域事有着一定的关联。

第一，根据骆宾王《上吏部裴侍郎书》的考证，该文作于上元三年（即仪凤元年），在此之前，骆宾王不可能有从军西域之事。由此可以否定骆宾王从军佐薛仁贵、佐阿史那忠诸说。薛仁贵咸亨元年征伐吐蕃，不仅

---

① 唐长孺：《吐鲁番出土文书》（图文本）第3册，第279、282、283页。
② 姜伯勤：《敦煌吐鲁番文书与丝绸之路》，文物出版社，1994，第50页。

与骆宾王诸诗的地理路线不合,而且薛仁贵这次出征打了大败仗,与骆宾王诗歌表现的情怀也大相径庭。《阿史那忠墓志》虽记载有出征西域之事,但墓志并没有记载其出征的时间和地点,曰墓志的用典参照骆宾王诗得出"集中诸多从军西域之作与阿史那忠的这次军事行动若合符契"的结论,未免证据不足。再将阿史那忠出征西域时间确定在咸亨元年,骆宾王就更不可能是随从阿史那忠出征西域的。

第二,骆宾王从军西域目的在于佐幕吏部侍郎裴行俭西征西突厥,时间是在调露元年春夏之际。当代学者中,郭平梁之说最接近事实。因为仪凤三年唐朝派遣宰相李敬玄领洮河道行军大总管,与吐蕃将伦钦陵战于青海,唐军大败。西突厥二蕃首领阿史那都支、李遮匐乘机兴兵,安西告急。朝廷用裴行俭计策,以册立波斯王之机,路由二蕃,顺便攻取。调露元年,以裴行俭将册立名册送波斯,并兼安抚大使,以肃州刺史、检校安西都护王方翼为副。这时骆宾王为裴行俭军掌书记,故一路行军而作诗。骆宾王从军前的官职应为明堂主簿,兼东台详正学士。①

第三,骆宾王从军西域的路线是由京城出发,临行前作《西行别东台详正学士》诗;出长安后,经丝绸之路东段北道行走,经过三水县、五原县、岚州,即《早秋出塞寄东台详正学士》诗之"促驾逾三水,长驱望五原。天阶分斗极,地理接楼烦";后过萧关,经河西走廊,出玉门关,度天山,见《晓度天山有怀京邑》诗;经过交河,即《晓度天山有怀京邑》诗之"交河浮绝塞,弱水浸流沙";再由交河进入庭州蒲类,作《晚泊蒲类津》诗;然后由庭州折向天山南麓,经过温宿城,作《温宿城望军营》诗;再折向天山北麓峡谷西行,最后到达碎叶,西征西突厥胜利;裴行俭在平定祸乱之后,随即立碑纪功②,大约在秋末于碎叶启程,十一月归京献捷,擢为吏部尚书;骆宾王仍留碎叶,佐检校安西都护王方翼,作《在军中赠先还知己》诗,有"蓬转俱行役,瓜时独未还""落雁低秋塞,

---

① 按,唐总章元年(668)分万年地置明堂县,长安二年(702)废明堂县入万年县。故明堂县属于京兆府所辖,其官员能够兼任朝廷台省官职。据《唐六典》记载,唐代长安、万年、河南、洛阳、太原、晋阳六县,其主簿从八品上,高其他县主簿两阶。明堂独立为县时属京兆府,应与此等同。

② 1997年,俄罗斯考古学家在碎叶古城遗址发现了一块残碑,周伟洲判断此碑是《裴行俭纪功碑》。见努尔兰·肯加哈买提《碎叶出土唐代碑铭及其相关问题》,《史学集刊》2007年第6期;周伟洲《吉尔吉斯斯坦阿克别希姆遗址出土残碑考》,黑龙江教育出版社,2000。

惊凫起暝湾"句；第二年，骆宾王仍在碎叶，作《久戍边城有怀京邑》诗，有"春去荣华尽，年来岁月芜"句，因为进入了第二年，故称"久戍边城"。但骆宾王在碎叶到底停留了多长时间，尚难考定。值得注意的是，骆宾王跟从裴行俭到达西州之后赴碎叶的途中是有意绕道行进的，尤其是到了庭州后翻越天山南麓，而后又折向天山北麓回到庭州境内沿天山北麓峡谷西行。这是因为这次西行实际是赴碎叶征讨西突厥，而名义上却是赴波斯册立波斯王子，因而在行军过程中造成目标不是对准西突厥的假象，而最后达到奇袭的目的。

第四，骆宾王下狱的时间，是从西域回京担任长安主簿后，左迁临海丞前，其间又有侍御史一转。郗云卿《骆宾王文集序》云："仕至侍御史。后以天后即位，频贡章疏讽谏，因斯得罪，贬授临海丞。"① 按，骆宾王在御史台任职曾有两次。一次是在上元三年前，宾王有《乐大夫挽词五首》，乐大夫是乐彦玮。《旧唐书·乐彦玮传》："乾封元年，代刘仁轨为大司宪。官名复旧，改为御史大夫。上元三年卒。"② 挽词有"谁当门下客，独见有任安""青乌新兆去，白马故人来"之语，据知骆宾王确实做过御史大夫乐彦玮的属官，而且是在上元三年以前。而骆宾王《上吏部裴侍郎书》自称"武功县主簿"，《上吏部侍郎帝京篇》，据《朝野佥载》是时为"明堂主簿"，官品远低于侍御史，而且时间都在上元三年以后。是知骆宾王上元三年以前曾在御史台任过职，但仅仅是台中属官，而非侍御史。另一次是在从西域返京以后，因为军功在为长安主簿后不久即迁为侍御史。时间应在调露二年（680）之后。清人陈熙晋注释《宪台出絷寒夜有怀》云："郗云卿《骆宾王文集序》：'骆宾王，仕至侍御史。后以天后即位，频贡章疏讽谏，因斯得罪，贬授临海丞。'《旧书文苑传》：'骆宾王，高宗末，为长安主簿，坐赃左迁临海丞。'合二说观之，盖因为侍御时，讽谏得罪，而坐以前为长安主簿时之赃。"③ 系于调露二年，大致时段尚在情理之中，但所系之年似

---

① 郗云卿：《骆宾王文集序》，载（唐）骆宾王著《骆临海集笺注》附录，（清）陈熙晋笺注，第377页。
② （后晋）刘昫：《旧唐书》卷八一，第2758页。程曙光《骆宾王〈乐大夫挽歌五首〉考证》（《乐府学》第15辑，第118~126页），以为骆宾王这五首挽歌作于仪凤四年，在乐彦玮去世三年后，骆宾王丁母忧服阕之后。按，程文推测较多，似没有足够的理由以确定骆宾王非要到乐彦玮卒后三年才写挽歌。
③ （唐）骆宾王：《骆临海集笺注》卷四，（清）陈熙晋笺注，第154页。

可再下延。骆宾王在狱中还有著名诗篇《在狱咏蝉》云："哪堪玄鬓影,来对白头吟。"虽是用典,但仍有自咏的成分,应作于骆宾王的晚年。他在狱中又作《狱中书情通简知己》等诗。由此也可推定,骆宾王回京任长安主簿之后,又升任侍御史,不久因事下狱。

第五,骆宾王从军至碎叶平定西突厥之役,也为后来跟随徐敬业讨伐武则天埋下了伏笔。裴行俭调露元年西征碎叶平定西突厥之后,当年即班师回到长安。因为还有几件事没有完成,故在回长安之前也做了安排:一是继续将副使王方翼留在碎叶以筑碎叶城;二是由其带领的波斯军继续西行,于第二年到达吐火罗。后来在永淳元年(682),西突厥贵族十姓阿史那车薄啜起兵反叛,围攻弓月城,王方翼担任庭州刺史,破西突厥而大获全胜。故而王方翼在平定西突厥、筑安西四镇之一的碎叶城方面功勋卓著。但这样一位功臣,却因为是王皇后近亲,在弘道元年(683)唐高宗驾崩后,被武则天逮捕下狱,流放崖州,并死于流放途中。与王方翼有关,在唐朝权力集团当中,裴行俭是王皇后的重要支持者,但在前一年即永淳元年已去世。由裴行俭平定西突厥回朝升任吏部尚书揆之,骆宾王回朝升任侍御史也在情理之中。但永淳元年唐高宗驾崩以后,武则天就逐渐打击王皇后一线之人。因为骆宾王与王方翼、裴行俭的关系,与王皇后具有一定的牵连,其下狱事应当与此相关。也因为骆宾王下狱及贬谪都与武则天有关,故而骆宾王在出狱后为临海丞时,于文明元年(684)受徐敬业之辟为记室以讨伐武则天也就顺理成章了。不仅如此,他还写了著名的《讨武曌檄》,其中有"残害忠良"之语,或与武则天迫害王方翼等有功之大臣有关。

(作者单位:浙江大学人文学院)

王昌龄声律思想研究*

摘　要：永明声律说之后，王昌龄声律说有重要意义。王昌龄轻重辨音之说，实涉及等韵学问题，已经在用"等"观念区分字音，并其辨析与后来的等韵图吻合。王昌龄提出诗歌语言须轻重相间。举例犯小韵、蜂腰，一句中之上尾，说明永明声律说的影响仍在。"罗衣何飘飘"一句，殷璠评其"雅调仍在"，而王昌龄谓其音律相碍相妨，同一问题看法不一，说明人们仍在对诗歌声律做各种探索。王昌龄所说"落韵"，应该指不协韵，主张一首诗须一韵到底，中途不当转韵。他以为"转韵即无力"，与盛唐人是崇尚风骨的，崇尚一种力的美有关，也与王昌龄多写短诗有关。他把合律相对但失粘，或合律相粘却失对的诗句看作齐梁调诗，是对过去时代诗体的一种回味。

关键词：王昌龄　声律　落韵　转韵　齐梁调诗

卢盛江

永明声律说之后，唐人仍在探讨声律。王昌龄是一重要人物。探讨王昌龄声律之说，对于认识唐人声律思想，有着重要的意义。

一

王昌龄声律思想，集中在《文镜秘府论》天卷《调声》和南卷《论文意》引王昌龄《诗格》中。[①] 首先值得注意的是他的轻重辨音之说。

---

* 本文为"国家社会科学基金后期资助项目"（题"文镜秘府论研究"，批准号：07FZW002）的部分成果。
① 本文所引《文镜秘府论》，据拙著《文镜秘府论汇校汇考》（修订本），中华书局，2015。

王昌龄轻重辨音之说，他的调声说，是针对五言而言的。他说："凡四十字诗，十字一管，即生其意。"所谓"四十字诗"，就是五言八句诗。当然，他也说十二句诗、十四句诗、二十句诗，以及"六十、七十、百字诗"。他的调声说，就是针对这样的五言诗而言。他说十字一管，又说二十字一管，说的是诗意的变化，或二句一变，或四句一变，而这变化，也是音律节奏的变化。诗意诗情和声律节奏的变化要相谐调。这应该是调声说的题中之义。他的调声说又是他的格调说的一个重要内容。《论文意》他说："凡作诗之体，意是格，声是律，意高则格高，声辨则律清，格律全，然后始有调。"《调声》也说："意高为之格高，意下为之下格。律调其言，言无相妨。""律调其言"，正是为了律清格高。

王昌龄说：

且庄字全轻，霜字轻中重，疮字重中轻，床字全重，如清字全轻，青字全浊。

这段话是很值得注意的。庄、霜、疮、床四字，就声调而言，均属下平声，就韵而言，均属阳韵，就声母而言，均属齿音，何以有全轻、全重、轻中重、重中轻之分？清、青二字，就声调而言，均属平声，就声母而言，均属齿音清母，何以一个全轻，一个全浊呢？

比较合理的解释是庄、霜、疮、床四字，是从声母的发音方法来区别的。他是以声纽清音为轻，浊音为重，不送气音为轻，送气为重，擦音的气流较塞音、塞擦音稍强一些，噪音感重一些，因此也为重。"庄"字照纽，全清塞擦音不送气，故为全轻。"床"字床纽，全浊塞擦音，唐代北方音全浊平声为送气音，故为全重。霜、疮是介于轻、重之间的音。"疮"字穿纽，为送气音，因此为重；为次清音，清音中有轻的因素，故为重中轻。"霜"字审纽，全清，因此为轻；是擦音，实际要送气，发音较之塞音、塞擦音均重一些，因此为轻中重。至于清、青二字，则是从韵类的等位来区分的。"清字全轻，青字全浊"，其意当为"清字全轻清，青字全重浊"，"清"字为三等韵，故为全轻清，"青"字属四等韵，故为全重浊。

这实际涉及等韵学的问题。作为中国传统音韵学的一个重要分支，等韵学以等呼分析韵母的结构，以七音分析声纽的发音部位，以字母表示汉语的声纽系统。这是中国古代系统的讲语音的发端。王昌龄分析轻重，不正是用这样的方法吗？后来《广韵》末附"辨四声轻清重浊法"，平声下就以"清"为"轻清"，以"青"为"重浊"。照纽正是清音，床纽正是浊音，穿纽次清，而审纽清音。

这就很值得注意。以轻重辨音，并不始于王昌龄。晋郭璞注《山海经》，齐梁沈约《宋书·谢灵运传论》、北齐颜之推《颜氏家训·音辞篇》和隋陆法言《切韵序》就已经以轻重辨音。① 但从他们那里都还看不出等韵的观念。系统的以等呼分析韵母的结构，以七音分析声纽的发音部位，是后来的等韵学。今传最早的等韵图，有郑樵《通志》中的《七音略》，和南宋绍兴年间张麟之刊行的《韵镜》。《七音略》的底本，郑樵自己说是《七音韵鉴》，《韵镜》的底本，张麟之说是《指微韵镜》。唐末守温的《韵学残卷》里有"四等轻重例"一段，分列四声韵字。即使往前推，今存较早的韵图也大约出于唐末或五代。在这之前，隋陆法言《切韵》的语音知识只是分声调，分韵类，以及以二字拼一字之音。王昌龄以轻重辨语音，与宋代流传的等韵图如《韵镜》《七音略》完全吻合，可以说已经有了"等"的观念。他以庄、霜、疮、床四个韵母相同的字为例，辨析出它们全轻、全重、轻中重和重中轻的区别。后来等韵图所用的字母是三十六个，守温韵图的字母是三十个。王昌龄虽只涉及全清不送气的照纽、全浊送气的床纽、次清送气的穿纽、全清送气的审纽这四个字母，但是，他对语音的准确辨析，应该是以对整个字母系统语音的认识为基础。后来等韵图的韵类分四等，涉及《切韵》的一百九十三韵，王昌龄说"清字全轻，青字全浊"，只涉及"清""青"两个韵部，"清"字为三等韵，故为全轻

---

① 《山海经·北山经》："又南三百里，曰景山，南望盐贩之泽，北望少泽，其上多草、藷藇"。郭璞注："根似羊蹄，可食。今江南单呼为藷，音储。语有轻重耳。"沈约《宋书·谢灵运传论》："若前有浮声，则后须切响。一简之内，音韵尽殊；两句之中，轻重悉异。"《颜氏家训·音辞篇》："古语与今殊别，其间轻重清浊，犹未可晓。"《切韵序》："吴楚则时伤轻浅，燕赵则多涉重浊。……欲广文路，自可清浊皆通，若赏知音，即须轻重有异。"（周祖谟《广韵校本》卷首）但郭璞注是以缓读之为二字者为轻，而以急读之成一音者为重。沈约所说的轻重，多认为指声调。《颜氏家训·音辞篇》和《切韵序》所说的轻重，罗常培以为与声调有关，是以平、上为轻浅，以去、入为重浊（参罗常培《释轻重》，原载前"中央研究院"历史语言研究所《集刊》第二本第四部分，1932，收入《罗常培语言学论文选集》，中华书局，1963）。或谓与元音的开合洪细有关，开口呼为轻浅，合口呼为重浊，前元音为轻浅，后元音为重浊（参汪寿明《中国历代音韵学文选·切韵序》注，华东师范大学出版社，2003）。

清,"青"字属四等韵,故为全重浊。但是,他对这两个韵部等位的准确辨析,也应该是以大量韵部等位的认识为基础。王昌龄当然没有编制出后来那样详尽的等韵图表,也没有明确提出"等"这个概念,他只涉及四个声纽,两个韵部,但仅对这四个声纽、两个韵部的辨析,可以看出,他已经有了"等"的观念,已经在用"等"的观念区分字音,而且这种辨析和后来的等韵图完全吻合。这在音韵学史上是很值得注意的。

我们无法了解,王昌龄用"等"的观念区分字音,是他个人的独创,还是转述成说。"等"的观念,用韵图的格式表示字音的拼切,受到佛教悉昙学的影响,轻和重的概念,本来是用来表示梵文元音读法的不同,表示其读音长、短之分,后来译经者用来表示声类的差异,进而把韵书各韵比较异同,依其发音洪细轻重分作四个"等",更进而依四等与四声相配的关系,合若干韵母为一"转"。要之,等韵学受到佛教悉昙学的影响。王昌龄当然还没有提出那么复杂系统的认识,但他毕竟意识到语音的"等"的区别,声纽的轻重的区别。我们也无法了解,他何以会形成这种认识。或许,他被贬谪南方,特别是被贬江宁的时候,和僧人也有交往?或许在这种交往中他接受了悉昙学?他给我们留下了宝贵的音韵学的史料,也留下了许多难以解答的谜。

王昌龄说:"至如有轻重者,有轻中重,重中轻,当韵之即见。"他是说,语音之轻重,单独一个字、一个字的不易分辨,而遇到相关的韵就可被辨析。也就是说,在写作具体诗句的时候,自然会感到语音的轻重。他是从诗歌创作角度提出轻重说的,他以对语音的细致辨析,提出了他的调声说。

二

王昌龄提出,诗歌语言,须轻重相间。

《调声》说:"律调其言,言无相妨,以字轻重清浊间之须稳。"所谓"稳",是平稳,谐调。"律调其言",就是用语音的轻重之律调节诗句的声律语言,所谓"间之",应该就是沈约《宋书·谢灵运传论》所说的"若前有浮声,则后须切响。一简之内,音韵尽殊;两句之中,轻重悉异"的意思。这样才"言无相妨",就是声律谐调流畅,音和音之间不会滞涩相碍。

南卷《论文意》说:"夫用字有数般:有轻,有重;有重中轻,有轻中重;有虽重浊可用者,有轻清不可用者,事须细律之,若用重字,即以轻字拂之,便快也。"为什么说"有虽重浊可用者,有轻清不可用者"?具体含义不太清楚。《颜氏家训·音辞篇》:"南方水土和柔。其音清举而切诣,失在浮浅,其辞多鄙俗。北方山川深厚,其音沉浊,而钺钝得其质直,其辞多古语。"隋陆法言《切韵序》说:"吴楚则时伤轻浅,燕赵则多涉重浊。"(周祖谟《广韵校本》卷首)或者"轻清"即指南方之音,而"重浊"即指北方之音,或者王昌龄作为"诗夫子"讲诗之时,正在南言之江宁,面对的是南方学诗之士子,南方士子习用南音,而不习用北音,而王昌龄因此有是说,谓北方音虽重浊而有可用者,南方音虽轻清而有不可用者。王昌龄的基本思想,是轻重相间,"若用重字,即以轻字拂之,便快也"。所谓"拂",是辅弼,相佐,所谓"快",是快畅,声律快畅流畅。

《论文意》王昌龄又说:

> 夫文章,第一字与第五字须轻清,声即稳也;其中三字纵重浊,亦无妨。如"高台多悲风,朝日照北林"。若五字并轻,则脱略无所止泊处;若五字并重,则文章暗浊。事须轻重相间,仍须以声律之。如"明月照积雪",则"月""雪"相拨;及"罗衣何飘飘",则"罗""何"相拨;亦不可不觉也。

这段话的基本原则,是既不能五字并轻,也不能五字并重,而要轻重相间。这和前面那段话所说的"若用重字,即以轻字拂之"是同一个意思。这个原则并没有什么新意。他的新意,在于对轻重相间做了具体解释,涉及具体的轻重相间之法。

涉及的一点,是第一字与第五字须轻清,而"其中三字纵重浊,亦无妨"。这是说什么?第一字与第五字须轻清,意思非常明确,但"其中三字纵重浊"指什么?稍有歧解。其实他的意思也很明确,前面既已说了"第一字与第五字须轻清",因此他说的"其中三字纵重浊",不是指五言诗中任意三字,而是指五言诗中间三字。这里说的轻清和重浊指什么?他举了二句例诗:"高台多悲风,朝日照北林。"从例句看,前句高(平清豪韵一等)台(平浊咍韵一等)多(平清歌韵一等)悲(平清脂韵三等)风(平清东韵三等),后句朝(平清宵韵三等)日(入清浊质韵三等)照

（去清笑韵四等）北（入清德韵一等）林（平清浊侵韵三等）。他不应该是从声母清浊来区分，因为上句中间三字为"浊清清"，只有"台"一字为浊声，下句中间三字即使"日"字读为浊声，也是"浊清清"，只有"日"一字为浊声。他也不应该是从韵类等位来区分，因为上句前三字为一等韵，而后二字为三等韵，中三字既有一等韵，也有三等韵。后句则中间三字既有四等韵（照），也有一等韵（北）和三等韵（日）。都不符合中间三字重浊的条件。这里的轻清重浊，应该是就声调而言，而且是就下一句而言。下一句"朝日照北林"，中间三字全部为仄声，而第一字和第五字都为平声，正与他所说的第一字与第五字须轻清，中间三字重浊的条件相合。因此，他所说的，是第一字和第五字须用平声，而中间三字可用仄声。

为什么第一字和第五字须用平声，为什么这样"声即稳"，而用仄声则不稳？可能因为仄声欹侧涩促，给人不稳定的感觉，而平声轻扬舒缓，给人平稳的感觉。也可能由声而及情，第一字和第五字用平声，声韵和诗情都更显得舒展，而用仄声，则声韵诗情都显得欹侧不平。这是涉及的一点。这里体现的是刘滔提出的平声有用处最多的思想。

涉及的又一点，是"明月照积雪"和"罗衣何飘飖"二句。这二句的四声和清浊分别是：明（平清浊）月（入清浊）照（去清）积（入清）雪（入清），罗（平清浊）衣（去清）何（平浊）飘（平浊）飖（平清浊）。他说前句是"月""雪"相拨，后句是"罗""何"相拨。

什么是"相拨"？"月""雪"，"罗""何"何以相拨？一说，拨为拂之假借。一说上句多仄声，下句全为平声，"月""雪"，"罗""何"相拨挽救了单调。一说相拨是带来声律上的抑扬[①]。

[①] 〔日〕中泽希男《王昌龄诗格考》："拨为拂之假借，《说文通训定声》：'拨，假借为拂。'"〔日〕小西甚一《研究篇》下册："（罗衣何飘飖）全句都是平声，……可能王昌龄的意思是说，只是因为'罗'字（昌龄似把它作为清音）和'何'字相拨打破了单调吧。'明月照积雪'一句，四字连续仄声，而且其中甚至有三个字是清音，似也缺乏变化，可能第二的'月'字（昌龄似把它作为浊音）和第五字'雪'字相拨，而挽救了单调吧。"〔《二松学舍大学论集》（创立百年纪念），1977〕〔日〕兴膳宏《文镜秘府论译注》："（明月照积雪）第一字'明'为平声之外，全部为仄声。可能看到其中'月'（入声十月韵）和'雪'（入声十七薛韵）互相影响，带来声律上的抑扬。"（《弘法大师空海全集》第5卷，日本筑摩书房，1986）

其实,"拨"无须假借为"拂"。因为他紧接着前段说:"若用重字,即以轻字拂之",就直接用了"拂"字。"拨"就是"拨",是碰撞、摩擦之意。孟浩然《早发渔浦潭》:"卧闻渔浦口,桡声暗相拨。"岑参《走马川奉送封大夫出师西征》:"半夜军行戈相拨,风头如刀面如割。"所用的"拨"都是这个意思。既然是碰撞、摩擦,所谓"月""雪"相拨,"罗""何"相拨,不会是挽救了声律的单调,或带来了声律上的抑扬。相拨,指声律上相互碰撞、相互摩擦、相互阻碍,是声律的不谐调。当然,"月""雪","罗""何"何以相拨?可能也是因声母之清浊同异。因为"月"字清浊,"罗"字也是清浊。如果把清浊读作清音,则"月""雪"同为清音,如果把清浊读作浊音,则"罗""何"均为浊音,如何有抑扬谐调的声律?

"月""雪","罗""何"何以相拨,可能有其他原因。"月""雪"同为入声,分为五言诗的第二字和第五字,按照永明声律说,二、五同声,犯蜂腰病。"月"字月韵,"雪"字薛韵,月韵和薛韵可通押,同一句内隔字用同韵字,应该又犯小韵病。可能因此而说"月""雪"相拨。

至于"罗""何"相拨,可能也是因为同属下平声七歌韵,同一句内隔字用同韵字,和"月""雪"一样也犯小韵病。当然还可能也因为它们同为平声。但这一句五字全为平声,为什么只说"罗""何"相拨?令人费解。其中可能有某些我们今天难以弄清的原因,这原因当中包含当时对调声的某些认识。如果非要给一个解释,可能还是与诗句的节奏有关。"罗""何"分为五言诗的第一字和第三字。五言诗的句式节奏,一般是上二下三。沈约曾说:"五言之中,分为两句,上二下三。"[①] 可能作于隋至初唐间的天卷《诗章中用声法式》也说五言诗是"上二字为一句,下三字为一句"。按照上二下三的句式节奏,第二字和第五字正好分别是上二和下三之尾,刘善经就因此把第二字与第五字同声的蜂腰病称为"一句中之上尾"[②]。照此理解,五言诗的第一字和第三字正好分别为上二和下三之头,五言诗二、五同声可称为一句中之上尾,那么,一、三同声是不是可以称为一句中之平头呢?"罗衣何飘飖"的"罗""何"恰好在第一

---

① 《文镜秘府论》西卷《文二十八种病》"第三蜂腰"刘善经引。
② 《文镜秘府论》西卷《文二十八种病》"第三蜂腰"。

字和第三字的位置，是不是因此而说"罗""何"相拨呢？之所以恰好举"明月照积雪"的"月""雪"相拨和"罗衣何飘飖"的"罗""何"相拨这两个的例子，是不是因为它们一个属一句中之上尾，而另一个属一句中之平头呢？这样说，当然推测的成分居多，但是，一为一句中上尾相拨，一为一句中平头相拨，正好两两相对，不是很容易引起人们这样的联想吗？不然，还有别的什么更好的解释呢？

如果以上分析大致还可行，再进一步细究，会发现有几点值得注意。

这段话说的轻重相间，都是就五言诗一句的首字尾字而言。"第一字与第五字须轻清"，说的是诗句五字之首字和尾字，"月""雪"相拨，"罗""何"相拨，分别为五言诗一句中的第二字和第五字，第一字和第三字，关注的也是头尾，不过是五言诗上二下三两分句之尾和头。关注首尾，五言一句的首尾和分为两句的首尾，可不可以说，这是王昌龄轻重相间说的一个特点呢？这是值得注意的一点。

王昌龄时代，近体诗律早已成熟，沈约等人的永明体早已发展为近体。但从这段话来看，"月""雪"相拨，"罗""何"相拨，都犯小韵，"月""雪"相拨，又犯蜂腰，犯一句中之上尾。小韵、蜂腰、一句中之上尾，都是从永明声律说来的。"罗""何"相拨，如果可以说是一句中之平头，也可以说是永明声律说的引申，由一句中之上尾，引申为一句中之平头。提出"第一字与第五字须轻清"，关注首字尾字，基本思想也是从永明声律说来的。如果这样分析尚可成立，那么，可不可以说，当近体诗律已经成熟的时候，王昌龄等人仍然没有忘记永明声律说。这是值得注意的又一点。这说明什么呢？是对历史的一种回味、留恋、继承，还是在近体诗成熟之后继续探讨新的声律格式，力求在声律上有所创新？恐怕这两点都不能否定。

这里说的轻重清浊，似已不指声母之清浊，至少仅用声母之清浊难以解释。这里所说的轻重清浊，需要用声调的平仄来解释。当然，"月""雪"相拨，"罗""何"相拨，如果是说它们犯小韵，那他所说的轻重，还可能指韵。但这里所说的韵，已与韵的等类无关，与等韵学所说的轻重清浊无关。虽然已有用等韵的观念对语音细致辨析，辨析出全轻、全重、轻中重和重中轻，辨析出韵类的等位，但是在实际运用中，却依然落在声调的平仄上，落在一般的韵类上。这是值得注意的又一点。这又说明什呢？等韵毕竟是新的观念，传统的诗歌韵律依然是用四声，用平仄。等韵学对语音的辨析虽然细致系统，但更带有纯音韵学的意味，从音韵学的认识到普遍地运用于诗歌创作成为诗歌声律，需要一个过程。后来的词学可能就更多地注意这些问题，而唐代诗律则还未能。或者正是这个原因，王昌龄一面显露出新的等韵的观念，一面仍然用传统的四声平仄和韵，来理解轻重清浊，来说明诗歌声律。从这段话，是不是可以说明这一点呢？

最后值得注意的一点，是"罗衣何飘飖"一句。殷璠《河岳英灵集》也评论了这句诗。"罗衣何飘飖，长裾随风还"，十字俱平，但殷璠认为"雅调仍在"①。一说"雅调仍在"，一说"罗何相拨"，就是说，音律相碍相妨，看法截然不同。同为盛唐，而看法不一，这又说明什么呢？是不是说明盛唐时候，人们对诗歌声律的看法远不像我们想象得那么简单，还有各种看法呢？是不是说明人们对诗歌声律还在做各种探索呢？

三

王昌龄涉及的又一点，是通韵、落韵问题，以及与此相关的转韵问题。

《文镜秘府论》南卷《论文意》说：

> 今世间之人，或识清而不知浊，或识浊而不知清。若以清为韵，余尽须用清；若以浊为韵，余尽须浊；若清浊相和，名为落韵。

《文镜秘府论》六地藏寺本双行小字注："故李概《音序》曰：上篇名落韵，下篇通韵。"王昌龄虽然没有提到通韵，但与落韵相对，他说的"若以清为韵，余尽须用清；若以浊为韵，余尽须浊"，应该就是通韵。

通韵、落韵，是中国音韵学史上值得注意的一对概念。

这对概念，应该是从梵文悉昙学来的。日僧安然《悉昙藏》卷二说："五五配呼各为通韵，三种交呼各为落韵。"又说："横行二纽中总归第五

---

① 《文镜秘府论》南卷《集论》引。

竖行相呼为通韵，竖行交呼为落韵。"① 这是就悉昙字母体文五类声来说的。悉昙体文即父音字母分为喉（牙）、腭、舌、齿、唇五类声，每一类又分不送气和送气柔声二种，不送气和送气怒声二种，还有不送气的非柔怒声即鼻音一种，共为五种。五类五种，五五二十五，就是所谓五五配呼。按照《悉昙藏》所说，柔声和柔声、怒声和怒声各自配呼，也就是所谓横行配呼，就是通韵。而柔声和怒声，以及非柔怒声三种交呼，也就是所谓竖行交呼，即各为落韵。竖行交呼有二合、三合、四合、五合字，都各为落韵。横行交呼是单合，竖行交呼是合字，因此《悉昙藏》又说："单合是通韵也，其于合字是落韵也。"就是说，因悉昙体文五类声配呼或交呼方式的不同，而有通韵和落韵的区别。

中土文人比较早论及通韵、落韵的是齐梁时的沈约。安然《悉昙藏》卷二引沈约《四声谱》："韵有二种，清浊各别为通韵，清浊相和为落韵。"沈约这里，应该是对梵文悉昙学通韵、落韵的简明概括。悉昙体文五类声之柔声不送气音为清音，送气音为次清音，怒声为浊音，非柔怒声为清浊音。因此，清浊各别为通韵，也就是《悉昙藏》所说，柔声和柔声，怒声和怒声各自配呼而为通韵。柔声和柔声，怒声和怒声各自配呼，也就是清音和清音配呼，浊音和浊音配呼。因此清浊各别，为通韵。而所谓清浊相和为落韵，也就是《悉昙藏》所说，柔声和怒声，以及非柔怒声三种交呼为落韵。柔声和怒声，以及非柔怒声三种交呼，也就是清音和浊音交呼，也就是沈约所说的清浊相和。因此，沈约这段话，首先是对悉昙学的通韵、落韵做了明确简要也是通俗的概括。悉昙字母的复杂语音关系，不一定是一般的中土士子都容易理解的，但中土士子懂清浊。清浊、和是中国传统的概念。他用"清浊各别"和"清浊相和"来概括通韵和落韵各自的内涵，确实简明而又通俗。

但是，沈约所作的毕竟是《四声谱》。他提出通韵、落韵，应该是为了说明汉语"四声"的问题，而不仅仅是说明悉昙学的问题。换句话说，他是借用外来的梵文悉昙学的概念，来说明中土汉语的"四声"问题。这样看，所谓清浊各别，清浊相和，也应该是针对汉语语音而言，而且，应

---

① 〔日〕安然：《悉昙藏》，载《大正新修大藏经》第84卷，日本大正一切经刊行会，1931。

该与沈约所倡导的永明声律说有关，或者就是永明声律说的一个具体内容。它可能指诗歌在声律运用上通韵和落韵的两种情况。"清浊各别为通韵"，在梵语里说的是清声和清声配呼，浊声和浊声配呼，换句话说，也就是同声配呼。而诗歌中，同声配呼，也就是同声相应，则如《文心雕龙·声律》所说的："同声相应谓之韵。"是指诗歌同声相应押韵的情况。至于"清浊相和为落韵"，如果也是针对押韵而言，则可能是指清浊异声，不合押韵规律的情况。押韵的清浊相和则有碍韵律的和谐美，因此为"落韵"。落，是偏离，落下的意思。"落韵"，就是不合韵。但如果"清浊相和为落韵"不是针对押韵情况而言，而如《文心雕龙·声律》所说的"异音相从谓之和"。因为清浊相和，正是异音相和。如果是这样，则所谓"清浊相和"，会不会就是指一句之中清浊相异相和呢？沈约自己在《宋书·谢灵运传论》的那段著名论述不就说"欲使宫羽相变，低昂舛节，若前有浮声，则后须切响。一简之内，音韵尽殊；两句之中，轻重悉异"吗？要之，沈约是借悉昙梵文之通韵、落韵，来说明永明声律之体。

再接着，是《文镜秘府论》六地藏寺本双行小字注引李概《音序》所说的："上篇名落韵，下篇通韵。"这里说的落韵、通韵，应该是指分韵的两种情况。我们知道，李概著有《音谱决疑》，此《音序》应该就是李概《音谱决疑》之序。关于《音谱决疑》，从敦煌本王仁昫《刊谬补缺切韵》可知其梗概。据周祖谟《颜氏家训·音辞篇注补》，《音谱》是分韵的，"佳皆不分，先仙不分，萧宵不分，庚耕青不分，尤侯不分，咸衔不分，均与《切韵》不合"。既是分韵，则是和《切韵》一样，带有韵书的性质。既是韵书，又说"上篇名落韵，下篇通韵"，则这落韵、通韵者，所说乃分别为上篇、下篇之内容特点。它应该是韵书的特点，应该是分韵的不同情况。至于具体指分韵的何种情况，则不得而知。它大概不可能像梵语悉昙学那样，一部为清浊声各自配呼，一部为清浊声交相配呼，汉语是无法用这样的方法上下两部区别分韵的。或者如后来等韵家那样分韵为独韵、合韵，或者独韵只有阴声韵和阳声韵，而合韵兼有阴声韵和阳声韵，或者独韵者只有开口音或合口音，而合韵者则兼有开口音、合口音，可能是以阴声韵、阳声韵或者合口音、开口音的不同来区分韵的清浊，独韵者清浊各别，因此为通韵，而合韵者清浊相和，因此为落韵。李概《音谱决疑》或者是这样来分上下篇？他所谓"上篇名落韵，下篇通韵"，或者可以做这样的解释？虽然李概《音谱决疑》不应该有等韵的观念，但分韵方法或者与之相仿？

后来的诗话，也常用"落韵"论诗，而多以落韵指不合押韵规律，偏离本来之韵部。《苕溪渔隐丛话》后集卷十八"五季节杂纪"："苕溪渔隐曰：裴虔余云：'满额鹅黄金缕衣，翠翘浮动玉钗垂。从教水溅罗襦湿，疑是巫山行雨归。'《广韵》、《集韵》、《韵略》垂与归皆不同韵，此诗为落韵矣。"垂为四支韵，归为五微韵，是以不协韵偏离正韵为落韵。《历代诗话》卷五六引《缃素杂记》记李师中送唐介谪官诗："孤忠自许众不与，独立敢言人所难。去国一身轻似叶，高名千古重于山。并游英俊颜何厚，未死奸谀骨已寒。天为吾君扶社稷，肯教夫子不生还。"并说"难寒二字，在二十五寒韵，山还二字，在二十六删韵"，《缃素杂记》是把此诗作为进退韵，说，《冷斋夜话》"乃以此诗为落韵诗"。看来，《冷斋夜话》也是以不合韵为落韵。又《诗话总龟》卷一引《雅言系述》："卢承丘，长沙人，披褐居吴芙蓉山，常著文。为芙蓉集作落韵诗，虽一时讽骂，闻者亦可为戒。《题花钿》云：'傅粉销金剪翠霞，黛烟浓处贴铅华。也知曾伴姮娥笑，将来村里卖谁家。'又《题渡头船》云：'刳木功成济往还，古溪残照下前山。看看向晚人来少，犹自须来觅见钱。'"前诗《题花钿》，华、家、霞均为麻韵，不知何故被称为落韵。而后计《题渡头船》，还、山为删韵，钱为先韵，则明显不协韵。又《五代诗话》引《十国春秋》记李如实作"落韵诗"，其诗曰："炎蒸不可度，执尔生凉风。在物成非器，于人还有功。殷勤九夏内，寂寞三秋中。想君应有语，弃我如秋扇。"扇字仄声，显然不合韵。

这就可以来看王昌龄所说的"落韵"。

他说："若以清为韵，余尽须用清；若以浊为韵，余尽须浊。"这说的应该是押韵。因此，他说"若清浊相和，名为落韵"，所谓"落韵"，应该是指不协韵。这可能不难理解。难以理解的是，为什么说"若以清为韵，余尽须用清；若以浊为韵，余尽须浊"？他的意思是不是说，同一韵部，尚须分清浊，押韵之时，若以清为韵，则尽须用清，而不能用这一韵中的浊声之字？比如，阳部韵，用庄，则不能用床，用霜，则不能用疮？这可能就是他要辨析庄字全轻，霜字轻中重，疮字重中轻，床字全重的原因？

但是，王昌龄所说的，可能是另一个意思。这就要说到他的另一段论述。《文镜秘府论》南卷《论文意》引王昌龄说："诗不得一向把。须纵横而作；不得转韵，转韵即无力。"从这段话来看，王昌龄是不主张转韵的。从王昌龄的诗歌创作来看，也是不转韵的。《全唐诗》王昌龄存诗四卷，仅《行路难》一首转韵，另《唐写本唐人选唐诗》收入《题净眼师房》一首亦转韵。

这样看来，他所说的"落韵"，可能确实是从转韵上来讲的，可能确实是主张一首诗若用某一韵，则须一韵到底，中途不当转韵。或者是若用平声韵，则均须用平声韵，而不能杂以仄声韵。或者是在这个意义上，他说"若以清为韵，余尽须用清；若以浊为韵，余尽须浊；若清浊相和，名为落韵"。

关于转韵，魏晋南北朝已有论述。刘勰《文心雕龙·章句》篇说："昔魏武论赋，嫌于积韵，而善于资代，陆云亦称四言转句，以四句为佳。"从刘勰这段话来看，魏武帝曹操对押韵有过论述。曹操是"嫌于积韵"，即讨厌一韵到底，而希望更迭转韵。这应该是可以见到的批评史上对转韵也是押韵问题的最早论述。陆云也有论述，见于《与兄平原书》。陆云的看法和曹操相似，只是更为具体，他认为四句就应该转句。他所谓的"转句"，也是转韵。后来有齐永明二年（484）尚书殿中曹奏定朝乐歌诗和梁刘勰的论述。齐尚书殿中曹奏定朝乐歌诗，事见《南齐书·乐志》，奏说："又寻汉世歌篇，多少无定，皆称事立文，并多八句，然后转韵。时有两三韵而转，其例甚寡。张华、夏侯湛亦同前式，傅玄改韵颇数，更伤简节之美。近世王韶之、颜延之并四韵乃转，得赊促之中。"刘勰的论述见《文心雕龙·章句》，说："两韵辄易，则声韵微躁，百句不迁，则唇吻告劳。妙才激扬，虽触思利贞，曷若折之中和，庶保无咎。"看法稍有不同，都不赞同二韵而转。后来初唐的《文笔式》，不赞成一连六句押同一韵而不转韵①，齐尚书殿中曹以为四韵八句一转，乃得赊促之中，刘勰没有具体说几句转韵为好，只说两韵辄易和百句不迁都不行。他们可能都考虑到文章语气节奏的缓急，刘勰《文心雕龙·章句》就说："若乃改韵从调，所以节文辞气。"朝乐歌诗以四韵八句为转，可能还有

---

① 关于《文笔式》论转韵，笔者另有具体论述。

《诗经》押韵的影响，因为《诗经》不少诗歌，特别是颂诗，和后来朝乐歌诗一样，都是祭祀乐诗。《诗经》颂诗和其他作品，多章与章转韵，而每章句数，就在八句上下。曹操、陆云和刘勰都是就赋而言，《文笔式》也是就赋颂而言，齐永明二年奏章是就朝乐歌诗而言，但赋与诗在押韵问题上是相通的。在转韵问题上，刘勰持"折之中和"的态度，既不能转韵过多过急，也不能一韵到底，百韵不迁。刘勰事实上主张转韵，曹操、陆云、《文笔式》等明确主张转韵，王昌龄明确反对转韵，看来在转韵问题上，古代人们有不同的看法。这或者也是古代调声术的一个特点。

至于王昌龄为什么不主张转韵？其中原因或可探寻。他说是"转韵即无力"。盛唐人是崇尚风骨的，崇尚一种力的美。王昌龄大量诗作，特别是他那些写边塞的诗，更是昂扬风发而劲健有力。主张一韵到底或者与他的这种审美好尚有关。另外，王昌龄多为短诗，少为长诗。他那些脍炙人口的七言绝句自不必说。即使是那些五言古诗，60句的只有一首，30句以上的只有三首。另有一首七言45句。其余的都是30句、20句以下的短篇。多为短诗，可能也是不主张转韵的一个原因。再一点，可能与传统的看法有关，与传统的对诗体审美特点的体味。传统的看法，刘勰是主张转韵的，而后来的人们，则多认为七言古诗以转韵为正，而五言古诗以不转韵为正。明胡震亨《唐音癸签》卷四："刘勰云：改韵从调，所以节文辞气。两韵辄易，则声韵微躁；百句不迁，则唇吻告劳。七古改韵，宜衷此论，为裁若五言古，毕竟以不转韵为正。"他认为刘勰所说，只是针对七言古诗来说的。他又说："汉魏古诗多不转韵，十九首中，亦只两首转韵耳。李青莲五古多转韵，每读至接换处，便觉体欠郑重。惟杜少陵，虽长篇亦不转韵。如《北征》六十五韵，只一韵到底，一韵五言正体，转韵五言变体也。"《师友诗传录》："初唐七古，转韵流丽，动合风雅，固正体也。工部以下，一气奔放，弘肆绝尘，乃变体也。"七言古诗应该写得流丽，因体貌流丽，因此以转韵为正体，以不转韵为变体。而五言古诗须郑重，若转韵则觉体欠郑重，故以不转韵为正体，以转韵为变体。这纯是诗体审美的直觉。这实际涉及不同诗体的不同审美特性和不同审美情味的问题。一如诗之与词，诗味与词味相通而有别，如同一道界分青山色。这是一个很有意思的问题。王昌龄所说的清浊相和为落韵，说的转韵即无力，就涉及这样一个问题。

四

　　王昌龄提出轻重相间，提出落韵和转韵，这些调声问题与近体诗律有关。但是，他还更为具体更为直接地谈到近体诗律问题。这主要体现在《文镜秘府论》天卷《调声》中。

　　王昌龄说："诗上句第二字重中轻，不与下句第二字同声为一管。上去入声一管。上句平声，下句上去入；上句上去入，下句平声。以次平声，以次又上去入；以次上下入，以次又平声。如此轮回用之，宜至于尾，两头管。上去入相近。是诗律也。"这里说"诗上句第二字重中轻"的"重中轻"，可能并不是要把平声和入声再区分为轻重，把四声分为六声，它只是指诗上句第二字的那个音为"重中轻"。若此音为"重中轻"，则下句第二字不得与之同声。而这个所谓"重中轻"，从下文来看，已具体指或平声，或上去入声。因此，小西甚一的理解可能有误。① 如中泽希男《文镜秘府论校勘记》所说，"上去入一管"意思不清，可能有讹脱，可能意为上句第二字平声，下句第二字上去入声而为一管。他是以两句异声相对为一个意义单位，这就是所谓"一管"。它这里完全是讲诗律的对法和粘法。"上句平声，下句上去入"，是对法，接着的"上句上去入，下句平声"，前句粘上，下句对上。"以次平声，以次又上去入"，又是一粘一对。"以次上下入，以次又平声"再又一粘一对，恰好四对八句，恰好是一首五言八句律诗粘对法的完整表述。这里四声完全二元化了，"上去入"与平声相对，就是仄声，《眼心抄》就用了"侧"替换"上去入"三字。所以这里不是说，同为仄声，上一联第二字用上声，则下一联同位之字需用去声或入声。王利器引任注应该有误。② 王昌龄说

---

① 〔日〕小西甚一《文镜秘府论考·研究篇》上册："更为重要的是，上去入声可以不区别轻重这一事实本身。据《作文大体》可知，似乎上声和去声的轻重由于互相关涉而难于区分，因此实际上不分轻重，采用的是只有平声和入声分有轻重的六声。……现在把轻中重作为全轻，重中轻作为全重，王昌龄的调类就成为：'平轻、平重、上、去、入。'"（日本大八洲出版社，1948）此说当有误。
② 王利器《文镜秘府论校注》引任注："案谓每管之声不同，须论平上去入四声，不止分平侧也。即诗上句第二字若是平声，则下句第二字用上或去或入，此为一管。第二管上句若是平声，则下句不得再用上，而须用去或入，余类推。每管之间，声须异也。"（中国社会科学出版社，1983）此说当有误。每管之间声须异，当是指平仄之异，而不是同为仄声上去入声须异。

"两头管",是说两头一管,而所谓"头",是"换头"之"头",也就是这里讲的"第二字"。他这里用"第二字"讲"两头",说明他已经注意到元兢所说的"单换头"的情况,所谓"单换头",就是元兢所说的"唯换第二字,其第一字与下句第一字用平不妨"。他说:"上去入相近。"所谓"相近",是音相近,相对于平声来说,上去入声之音更为接近,因此为"相近"。他认为这就是诗律。而这确实是粘对法诗律的简明而完整的表述。

王昌龄论及几种诗体:五言平头正律势尖头、七言尖头律、齐梁调诗。依照《眼心抄》,则还分作五言平头正律势尖头、五言侧头正律势尖头、平头齐梁调声、侧头齐梁调声、七言平头尖头律、七言侧头尖头律。这里,"平头""侧头"的"头"和"两头管"之"头"意同。所谓"平头"指五言诗起句第一、二字尤其是第二字为平声,也就是所谓平起,而"侧头"则指起句第一、二字特别是第二字为侧声。所谓"尖头",是首句不押韵,且首句末字为仄声。所谓"势",是样式,格式,诗式,也是诗体。所谓"正律势",就是"律诗的正体"之意。各种诗体都有例诗。① 他举出的这各种诗例,近体诗的各种诗体基本包括进去了。他先说"上句平声,下句上去入"云云,说明平仄、仄平、平仄、仄平的八句粘对规则,再用诗例,而且是各种诗例,说明各种诗体,其中包括各种句式,五言之 A 仄仄仄平平,a 仄仄平平仄,B 平平仄仄平,b 平平平仄仄,七言之 A 平平仄仄仄平平,a 平平仄仄平平仄,B 仄仄平平仄仄平,b 仄仄平平平仄仄,都包括进去了。所谓调声,就是指近体诗的这些调声规则。

为什么以"平头"为"正律"?可能因为如《论文意》王昌龄所说,"第一字与第五字须轻清,声即稳也",而诗之首句首二字为平声,声韵也有平稳的感觉。也如《文笔式》所说:"但四声中安平声者,益辞体有力。"(西卷《文笔十病得失》),这体现了刘滔所说的平声赊缓,有用处

---

① 五言平头正律势尖头有皇甫冉"中司龙节贵",钱起《献岁归山》诗"欲知愚谷好",佚名五言绝句"胡风迎马首",陈闰《罢官后却归旧居》诗"不归江畔久",五言侧头正律势尖头有崔曙《奉试明堂火珠》诗"正位开重屋",平头齐梁调声有何逊《伤徐主簿》诗之"提琴就阮籍",侧头齐梁调声有张谓《题故人别业》诗"平子归田处",何逊《伤徐主簿》诗之"世上逸群士"和"一旦辞东序",七言平头尖头律有皇甫冉诗"闲看秋水心无染",七言侧头尖头律有皇甫冉诗"自哂鄙夫多野性"。

最多的思想。

"齐梁调诗"有点特殊。唐人集中有不少标有"齐梁体"或"齐梁格"之类的诗作，有些未标名的，或标名为"玉台体"之类的，也可能是被看作"齐梁体"。这些诗都有些特殊。

这些诗都有律句。《全唐诗》检得26首齐梁体，其中岑参一首，刘禹锡一首，白居易二首，李商隐一首，温庭筠七首，曹邺一首，皮日休二首，陆龟蒙二首，贯休九首，另外，《赵秋谷所传声调谱》所列的沈佺期《和杜麟台元志春情》和白居易《宿东亭晓兴》都有律句。律句平仄的几种形式，五言的如A型仄仄仄平平，a型仄仄平平仄，B型平平仄仄平，b型平平平仄仄，都有。不少有律对句和粘式句，有不少甚至就是完全合律的律体诗，如岑参《夜过盘石隔河望永乐寄闺中效齐梁体》(《全唐诗》卷二〇〇)、温庭筠《咏嚬（一作齐梁体）》(《全唐诗》卷五七七)、温庭筠《太子西池二首（一作齐梁体）》(《全唐诗》卷五七七)。

有些诗，虽然句子不合律，失粘或者失对，但也是"若前有浮声，则后须切响。一简之内，音韵尽殊；两句之中，轻重悉异"，符合齐梁时沈约提出的声律规则。如刘禹锡《和乐天洛城春齐梁体八韵》①。八韵十六句中，五个律句，三个律句之外，"断云发山色""白头自为侣"，均仄平仄平仄，不合律但平仄相间。另外如白居易《洛阳春赠刘李二宾客齐梁格》(《全唐诗》卷四五二)，"雪消洛阳堰"，仄平仄平仄；"藉草开一尊"，仄仄平仄平。温庭筠《春晓曲一作齐梁体》(《全唐诗》卷五七七)，"似惜红颜镜中老"，仄仄平平仄平仄，贯休的二首诗也都有这样的句子②。这些诗句，均非律句而平仄相间。

在齐梁体平仄相间的这类句子中，有一种是平平仄平仄（七言仄仄平

---

① 全诗为："帝城宜春入，游人喜意长。草生季伦谷，花出莫愁坊。断云发山色，轻风漾水光。楼前戏马地，树下斗鸡场。白头自为侣，绿酒亦满觞。潘园观种植，谢墅阅池塘。至闲似隐逸，过老不悲伤。相问焉功德，银黄游故乡。"(《全唐诗》卷三五五，中华书局，1960)

② 贯休《闲居拟齐梁四首》(《全唐诗》卷八二七)第一首之"爽籁生古木"（平仄平仄仄）、"苟免悲局促"（平仄平仄仄），第二首之"独赖湖上翁"（仄仄平平平），贯休《拟齐梁寄冯使君三首》(《全唐诗》卷八二七)第一首之"赖逢富人侯"（仄平仄平平）、"故山有深霞"（仄平仄平平），第二首之"孤云忽为盖"（平平仄平仄），第三首之"雪林槁枯者"（仄平仄平仄）。

平仄平仄），这种句子，后来被称为是 b 型句的拗救（五言平平仄平仄，七言仄仄平平平仄仄）。这类句子在"齐梁体"诗中特别多。①

就篇幅而言，唐人齐梁体多为六句八句，最多的十六句，和齐梁人诗相似。齐梁人作诗，多为五言诗，而唐人齐梁体诗则时有七言②。近体诗一般押平声韵，而唐人齐梁体诗则时押仄声韵③。这些诗，多写闺情，写游乐，画如月之眉，梳似云之鬓，春日淑景，日晏歌吹，敛袂献酒，藉草开尊，萦歌画扇，敞景柔条，柳岸杏花，梅梁乳燕，枕上梦，扇边歌，诗风有似齐梁。但如温庭筠《边笳曲》（一作齐梁体，《全唐诗》卷五七七），也写"朔管迎秋动，雕阴雁来早""嘶马悲寒碛，朝阳照霜堡"。温庭筠《侠客行》（一作齐梁体，《全唐诗》卷五七七）也写"阴云蔽城阙""宝剑黯如水"，写得颇有苍劲之气。而贯休《闲居拟齐梁四首》（《全唐诗》卷八二七）也写"夜雨山草滋，爽籁生古木"，写"独赖湖上翁，时为烹露葵"，贯休《拟齐梁体寄冯使君三首》（《全唐诗》卷八二七）也写"庭鸟多好音，相呼灌木中"，写"清吟待明月，孤云忽为盖"，写得清丽幽雅。

相对于不拘平仄格式的古体诗而言，齐梁诗虽不合律但讲一简之内，音韵尽殊，两句之中，轻重悉异，无疑属于新体诗。唐人齐梁体诗无疑有

---

① 如白居易《九日代罗樊二妓招舒著作齐梁格》（《全唐诗》卷四四四）之"罗敷敛双袂"，温庭筠《边笳曲（一作齐梁体）》（《全唐诗》卷五七七）之"雕阴雁来早"，曹邺《霁后作（齐梁体）》（《全唐诗》卷五九三）之"无人可招隐"，皮日休《寄题天台国清寺齐梁体》（《全唐诗》卷六一五）之"十里松门国清路"，皮日休《奉和鲁望齐梁怨别次韵》（《全唐诗》卷六一六）之"夜夜飞来棹边泊"，陆龟蒙《寄题天台国清寺齐梁体》（《全唐诗》卷六二八）之"半夜楢溪水声急"，陆龟蒙《齐梁怨别》（《全唐诗》卷六三〇）之"檐外霜华染罗幕"和"应倍相思树边泊"，贯休《闲居拟齐梁四首》（《全唐诗》卷八二七）第一首之"闲吟竹仙阁""迢迢远山绿""池痕放文彩"，第四首之"残云落林薮"，贯休《拟齐梁体寄冯使君三首》（《全唐诗》卷八二七）第二首之"清吟待明月""输多未曾赛""秋空共澄洁"，第三首之"雌黄出金口"。
② 温庭筠《春晓曲（一作齐梁体）》（《全唐诗》卷五七七），皮日休《寄题天台国清寺齐梁体》（《全唐诗》卷六一五），皮日休《奉和鲁望齐梁怨别次韵》（《全唐诗》卷六一六），陆龟蒙《寄题天台国清寺齐梁体》（《全唐诗》卷六二八），陆龟蒙《齐梁怨别》（《全唐诗》卷六三〇），都是标名为齐梁体的七言诗。王力《汉语诗律学》以为，齐梁格诗"只有五言，没有七言"，说显误。
③ 如皮日休《奉和鲁望齐梁怨别次韵》（《全唐诗》卷六一六），陆龟蒙《寄题天台国清寺齐梁体》（《全唐诗》卷六二八），陆龟蒙《齐梁怨别》（《全唐诗》卷六三〇），贯休《闲居拟齐梁四首》（《全唐诗》卷八二七）之第一首、第三首，贯休《拟齐梁体寄冯使君三首》（《全唐诗》卷八二七）之第二首、第三首，均押仄声韵。

仿效齐梁诗的痕迹。那些不合律但仍然平仄互间的诗句，那些虽合律但失对或失粘的句子，虽有七言但以五言为主，并且多为六句八句，多者不过十四句十六句，即便那诗的内容风格，也多为黛攒艳春，娇鸟暖睡，轻柔软丽。

但是，从齐梁人的诗律到唐人近体诗律，毕竟有了发展。最初只是一般的前有浮声，后须切响，只是一般的回避平头上尾蜂腰鹤膝。而到后来，四声二元化的同时，平仄律也有很大发展，出现合律的句子，出现只注意两句间相对，而不注意两联间相粘的对式，出现注意两联间相粘的粘式，出现粘式和对式叠合的形式，最后在初唐完成对式和粘式回环往复的近体诗的粘对式，完成五言八句的成熟的五言律体诗和其他律体诗。很多平仄格式出现了，那种在唐人齐梁体诗中经常运用的平平仄平仄式的句子，与其称为是 b 型句的拗救，不如看作成熟律句出现之前的平仄句式的一种尝试，到后来，唐人也用这种平仄句式来作拗救。当然，五言发展到七言，诗风也变了。唐人齐梁体诗无疑反映了这整个发展过程。那些合律相对但失粘，或合律相粘却失对的句子，正是齐梁声律诗向唐人律体诗过渡的现象。在律体诗已经完全成熟，并且广为普及运用的唐代，包括中唐晚唐，仍然标名写作"齐梁体"诗，应该是对过去时代诗体的一种回味。唐代律体诗是从齐梁诗体发展来的，相对于不拘平仄的古代来说，唐代律体诗和齐梁声律诗，都可以属于新体诗。可能正因为此，唐人在回味、写作作为新体诗的齐梁体诗的时候，也把实际已经成熟了的律体诗作为新体诗的一种，把它作为齐梁体诗进行写作。这当然已是广义的齐梁体诗。唐人标名为齐梁体的诗，既有不合律不合粘不合对的诗篇或句子，又有完全合于近体律的诗篇，何以会有这种现象？就因为他们把近体律诗和齐梁声律诗一样，看作新体诗，看作广义的齐梁体诗。

《调声》中所论的"齐梁调诗"也应作如是观。所举例诗，张谓《题故人别业》诗第三句首字当平用仄，第四句首字当仄用平，第五句首字当仄用平，此外完全合律。① 何逊《作徐主簿》"世上逸群士"一首，二、四句完全合律，首句第三字，第三句一、三字均当平用仄。"一旦辞东序"

---

① 张谓《题故人别业》："平子归田处，园林接汝濆。落花开户入，啼鸟隔窗闻。池净流春水，山明敛霁云。昼游仍不厌，乘月夜寻君。"

一首第三句首字当平而用仄，第四句首字当仄而用平。均稍有偏离，而在近体诗律允许范围之内。而"提琴就阮籍"一首失粘。基本合律而有失粘，把这样的诗作为齐梁调诗，反映的正是唐人的认识。

（作者单位：广西民族大学　南开大学）

杜甫的"独善"
——兼论其对仙境、仙道的憧憬

摘　要： 求仙在杜甫"独善"中占有很重要的位置。据我的初步调查，杜甫表明求仙的诗句在近六十首诗中可以见。这些诗可以分为两大类，一是对仙境的憧憬，二是对仙道的追求。对仙境的憧憬，指寻访仙境或者住在仙境的愿望。表示这种憧憬的诗歌有近30首。杜甫对仙道的追求，其主要目的在长生养老。表现杜甫对仙道的憧憬的诗有20多首。他对仙的憧憬从年轻时便始终不渝，到晚年随着对北归中原几乎绝望，衰老的速度加快，他对仙境的憧憬、对仙道的追求越来越强烈。

关键词： 独善　仙境　沧州　仙道　葛洪

〔日〕下定雅弘

求仙在杜甫"独善"中占有很重要的位置。拙论的目的在于以白居易"独善"的观念为引导，重新审视杜甫求仙的态度。

"兼济"与"独善"二词原本出于《孟子·尽心上》："穷则独善其身，达则兼善天下。"白居易把《孟子》的独善（即个人修养）的意义转用于离开公务时、私人的闲适和快乐。[①]

杜甫虽然还没有确立白居易那样明确的独善观念。但他的思想与创作已充分具备了独善的实际内容。杜甫在其充满艰辛的生活中，日日追求独

---

① 白居易《与元九书》说："或退公独处，或移病闲居，知足保和，吟玩情性者一百首，谓之闲适诗。……故仆志在兼济，行在独善。……谓之讽谕诗，兼济之志也。谓之闲适诗，独善之义也。"然则"或退公独处，或移病闲居，知足保和，吟玩情性"就是"独善"之义。

善的欢乐与慰藉，即爱妻子、爱动植物、爱饮食、游山水等。对仙、佛的追求也一直慰藉、鼓励着杜甫的人生，在杜甫"独善"中占着不可或缺的地位。

关于这些"独善"的内容，我在2018年4月下旬在郑州开的杜甫研讨会上已做了较全面的讨论。① 这次，我把焦点放在杜甫对"仙"的追求方面。

据我的初步调查，杜甫表明求仙的诗句在56首诗②中可以见。这些诗可以分为两大类，一是对仙境的憧憬，二是对仙道的追求。③

一　对仙境的憧憬

对仙境的憧憬，指寻访仙境或者住在仙境的愿望。表示这种憧憬的诗歌共有29首。④ 其中用"沧州"语表示这种愿望的例子有9个，表示对"桃源"憧憬的例子有8个，表现憧憬"福地"的例子有2个。

这种愿望及其实践在天宝三载（744）与李白相识以前就有了。晚年的回忆诗《壮游》0955⑤是大历元年（766）所作，时杜甫在夔州。其中

---

① 《杜甫的"独善"》（首届诗圣杜甫与中华诗学国际学术研讨会会议论文，郑州，2018年4月）。有关杜甫"独善"的主要拙文如下：《杜诗は杜诗の口语をどのようにとりいれたか？—春と老いの表现をめぐって—》（《白居易研究年报》4，2003年9月）、《杜诗における「独善」—その食の喜び—》（《白居易研究年报》14，东京：勉诚出版，2013年12月）、《杜甫における独善—最晚年の〈南征〉をめぐって—》（《中国文史论丛》10，2014年3月）、《杜甫における「独善」-その饮酒の喜び—》（《新しい汉字汉文教育》58，东京：全国汉文教育学会，2014年5月）、《杜甫の诗の魅力—その内容と形式》（《杜甫全诗訳注》2，讲谈社学术文库，2016年7月）、《白居易が与えてくれる喜び—杜甫に见る〈独善〉—》（《白氏文集》1《季报》119，东京：明治书院，新释汉文大系97，2017年5月）、《杜甫における仙境と仙道への憧憬》（《中国文学报》91，2018年10月）。

② 请看附表1。

③ 郭沫若先生《杜甫的宗教信仰》（《李白与杜甫》，人民文学出版社，1971）中，作为杜甫信仰道教的一证，举《三大礼赋》说："《三大礼赋》到底是怎样的性质呢？都是十足地歌颂道教的东西，今天读起来，实在令人难受。"此作品颂扬玄元大皇帝，《朝献太清宫赋》中登场道士天师张道陵。但其目的在于投玄宗所好，成功求仕。这属于杜甫兼济方面的问题，与杜甫求仙精神没有关系。因此拙文不论《三大礼赋》和有关它的诗作。

④ 请看附表1。

⑤ 此作品号码是下定雅弘、松原朗编《杜甫全诗译注》（讲谈社学术文库，2016）的统一编号。下同。

曰："东下姑苏台，已具浮海航。到今有遗恨，不得穷扶桑。""扶桑"意味着"仙境"，与"沧州"差不多。这是说他在开元十九年（731）二十岁时南游吴越，已准备浮海，去寻海上的仙山——扶桑三岛。这愿望没有具体实现，杜甫直到晚年都还视之为"遗恨"。①

下面按作诗的时间顺序，看看其典型例子。

如《桥陵诗三十韵因呈县内诸官》0115最后说："流寓理岂惬，穷愁醉不醒。何当摆俗累，浩荡乘沧溟。"诗作于天宝十三载（754）。"桥陵"为睿宗墓地，在奉先城西北三十里之丰山。诗记桥陵景象、山川形胜，赞美县内诸公，最后坦言自己旅居生活的困境，表现意欲摆脱世俗牵累，在大海上驰骋去仙界的愿望。②

《奉先刘少府新画山水障歌》0130："闻君扫却赤县图，乘兴遣画沧洲趣。"诗作于天宝十四载（755），时杜甫在奉先县。"沧洲趣"出于谢朓《之宣城郡出新林浦向板桥》（《文选》卷二十七）："既欢怀禄情，复协沧州趣。"李善注："扬雄《檄灵赋》曰，世有黄公者，起于沧州，精神养性，与道浮游。"

《曲江对酒》0209后四句说："纵饮久判人共弃，懒朝真与世相违。吏情更觉沧洲远，老大徒伤未拂衣。"诗作于乾元元年（758），时杜甫在左拾遗任上。诗写他不得不做官，归隐之念不能实现的慨叹。可以看出，仕途不如意加强了他对仙界的憧憬。

《秦州杂诗二十首》其十四0297："万古仇池穴，潜通小有天。神鱼今不见，福地语真传。近接西南境，长怀十九泉。何时一茅屋，送老白云边。"这组诗作于乾元二年（759）秋，时杜甫在秦州。组诗多侧面地反映了秦州的景物特征和当时动荡不安的生活氛围。其中此诗把东柯谷看作仙境，表现愿意定居此仙境的心情。"仇池"是山名，因山上有仇池而得名。"小有天"是道家所传洞府之名。杜甫说"福地语真传"，说明他相信"福地"的存在。

---

① 郭沫若：《杜甫的宗教信仰》，载氏著《李白与杜甫》，人民文学出版社，1971，第181、182页。
② 杜诗要点的记述主要参考以下三本译注：韩成武、张志民著《杜甫诗全译》（河北人民出版社，1997），张志烈主编《【今注本】杜诗全集》（天地出版社，1999。书名改为《杜诗全集今注》，天地出版社，2007），李寿松、李翼云编著《全杜诗新释》（中国书店，2002）。

《江涨》0464："江发蛮夷涨，山添雨雪流。大声吹地转，高浪蹴天浮。鱼鳖为人得，蛟龙不自谋。轻帆好去便，吾道付沧洲。"诗作于上元二年（761）春，时杜甫在成都。诗中描绘江水涨势之凶险，表达归隐沧州的意愿。杜甫很爱下大雨江水上涨的势头，涨水的巨大能量给杜甫旺盛的活力，昂扬去访沧州的情绪。

《题玄武禅师屋壁》0572 曰："何年顾虎头，满壁画沧洲。赤日石林气，青天江海流。锡飞常近鹤，杯渡不惊鸥。似得庐山路，真随惠远游。"此诗作于宝应元年（762），时杜甫游梓州所辖的玄武县。城东玄武山上有玄武庙，作者题此诗于庙壁。这里有顾恺之画的沧州仙境的画。诗将"沧洲""锡""鹤""惠远"等仙界和佛教两方面的语汇混在一起，表现出仙佛完全融合的世界。这里可以看出，作为杜甫"独善"世界的伴侣，两者很接近。

《观李固请司马弟山水图三首》与上面的诗一样，是看了山水图画而写的诗，作于广德二年（764）冬。当时杜甫去成都李固家中，看其弟所画的山水画，题诗三首，叙画中山水景物和人物之幽闲，叹不能身入其间以出凡尘。其三 0800 最后两句说："浮查并坐得，仙老暂相将。""浮查"，即浮槎，是传说中来往于海上和天河之间的木筏。作者说，画中的浮槎尚可容人并坐，希望仙翁姑且携我同往。

《西阁二首》作于大历元年（766）秋，杜甫寓居夔州西阁时。首章写阁前之景，次章则自道其不愿久留西阁而欲入海求仙的旨趣。其二 0975 说："懒心似江水，日夜向沧洲。不道含香贱，其如镊白休。……豪华看古往，服食寄冥搜。诗尽人间兴，兼须入海求。"懒心如江水，只向沧州流去。郎官地位并不卑贱，无奈因年老发白而休官。……豪华富贵已成往古，何不服食求仙！人间的诗兴已写尽，今须入海寻求仙山。杜甫访仙境的希求越来越强。

《卜居》1083："归羡辽东鹤，吟同楚执珪。未成游碧海，著处觅丹梯。云嶂宽江北，春耕破瀼西。桃红客若至，定似昔人迷。"此诗是大历二年（767）春杜甫即将由赤甲迁居瀼西时所作。诗前四句表白思乡之情；后四句写东游未能成行而欲赴瀼西，重寻寓舍，并隐隐透出避世之意。"未成游碧海"意思是游东海仙境未能达成。在北归越来越难实现的情况下，杜甫探访仙境的愿望在这里显得更迫切了。

《奉赠卢五丈参谋琚》1406 最后四句说："流年疲曩蟀，体物幸鶺鸰。孤负沧洲愿，谁云晚见招。"此诗系大历四年（769）秋在潭州时所作。他表明，复归朝臣几乎绝望，因而把剩余的短暂时间，都寄托在实现抵达仙境的强烈愿望上。

《幽人》1418："孤云亦群游，神物有所归。灵风在赤霄，何当一来仪。往与惠询辈，中年沧洲期。天高无消息，弃我忽若遗。内惧非道流，幽人见瑕疵。洪涛隐笑语，鼓枻蓬莱池。崔嵬扶桑日，照耀珊瑚枝。风帆倚翠盖，暮把东皇衣。咽嗽元和津，所思烟霞微。知名未足称，局趣商山芝。五湖复浩荡，岁暮有余悲。"此诗是大历四年冬，杜甫流寓潭州时所作。"幽人"，指世外仙侣。"惠询"，疑即为《送惠二归故居》诗1098 中的惠二，询乃其名。"见瑕疵"，发现不足之处。"往与惠询辈"以下的六句乃作者因幽人见遗而自发深省，当年与惠询辈相约一同归隐于沧州仙境；孰料天高路遥久无消息，想必此辈已得道升天而把我抛弃？恐怕是自己向道之心不坚定，被幽人发现了许多毛病。最后四句说，我有追求虚名的俗念，与学道颇不相称，因此不能够去商山采芝。在茫茫五湖闲漂泊，年残岁暮，真有不尽的悲愁。如此，诗中除了表现杜甫晚年漂泊痛苦的心情，亦见想与仙侣一起去沧州居的真切思念。

二　对仙道的憧憬

杜甫对仙道的追求，其主要目的在长生养老。表现杜甫对仙道的憧憬的诗共有 26 首。[①] 具体表现大都可以从"葛洪"和"丹砂"二词看出。

例如，《赠李白》0019："……岂无青精饭，使我颜色好。苦乏大药资，山林迹如扫。李侯金闺彦，脱身事幽讨。亦有梁宋游，方期拾瑶草。"诗作于天宝三载，杜甫时在洛阳。李白因高力士的谗言被追放，在洛阳认识杜甫。诗说，难道就没有使我容颜美好的青精饭吗？只是苦于缺乏炼丹的资金，好久没走入山林，我的行迹已消灭了。李侯是金马门的才子，如今离开了宫廷要到山林去采药和访道。我也想去梁宋一游，正好与你同行，希望能拾到仙境中的瑶草。杜甫想做仙药，表现期待着与李白一起去

---

① 请看附表1。

旅游探索仙草的心情。

《赠李白》0024 说："秋来相顾尚飘蓬，未就丹砂愧葛洪。痛饮狂歌空度日，飞扬跋扈为谁雄。"这是天宝四载（745）秋，作者与李白同游兖州时赠李白的诗。诗中叙述李白与杜甫彼此至今都还没有炼就丹砂，真是愧对葛洪，可以看出作者与李白相约一起炼丹。葛洪是东晋仙道理论家、炼丹术家。他听说交趾出丹砂，就求做勾漏令。

《奉寄河南韦尹丈人》0033 是天宝七载（748）所作，时杜甫在京都近畿偃师。诗中对河南尹韦济的才德给予盛赞，并陈述了自己漂泊困顿的生活，寄希望于对方的援引。其后半说："浊酒寻陶令，丹砂访葛洪。江湖漂短褐，霜雪满飞蓬。牢落乾坤大，周流道术空。……尸乡余土室，谁话祝鸡翁。""尸乡"，地名。在偃师西二十里。"祝鸡翁"，仙人。《列仙传》卷上载，洛阳人，居尸乡北山下。这几句是杜甫自己此时的形象。可以看出他对"道术"造诣很深。但此形象有点复杂，把自己比作"牢落"仙人，一方面保持自尊心，另一方面又带着卑躬屈膝的色彩。

《太平寺泉眼》0311 最后四句说："何当宅下流，余润通药圃。三春湿黄精，一食生毛羽。"诗作于乾元二年（759）秋冬之际，时杜甫在秦州。诗中赞叹太平寺里泉眼的神异，泉水的明净，表达要在此卜居，服食修炼的愿望。

《为农》0396 说："锦里烟尘外，江村八九家。圆荷浮小叶，细麦落轻花。卜宅从兹老，为农去国赊。远惭勾漏令，不得问丹砂。"诗作于上元元年（760）初夏，杜甫居成都草堂。"为农"，务农。首联描写成都田园风光的美好。颈联表示终身为农远离京华的寂寞感情。最后二句意为，深感愧于葛洪，未能像他那样去炼丹求仙。此诗表达的情感也较复杂，先表白到成都才能定居的喜悦，但后四句将兼济的志愿、对仙道的憧憬两个都达不成的无奈感情错综在一起。

《丈人山》0482："自为青城客，不唾青城地。为爱丈人山，丹梯近幽意。丈人祠西佳气浓，绿云拟住最高峰。扫除白发黄精在，君看他时冰雪容。"此诗作于上元二年。"丈人山"即青城山，在成都西北约 60 公里的青城县。传说黄帝封此山为五岳丈人，故称。"黄精"，多年生草木，道家以为食之可令人长寿。诗中将对仙境的憧憬和对仙道的向往融合在一起。

《陪章留后侍御宴南楼》0651 中说:"屡食将军第,仍骑御史骢。本无丹灶术,那免白头翁。"此诗作于广德元年(763)六月,杜甫离开成都而在梓州,为陪宴梓州刺史章彝而作。后二句悲叹自己的衰老,表达未能得到丹灶术的遗憾心情。

《赠王二十四侍御契四十韵》0745 作于广德二年,杜甫从阆州回到成都草堂时作。诗中说:"锦里残丹灶,花溪得钓纶。"幸而锦里草堂还留有锅灶,浣花溪畔还能闲钓垂纶。这就是铁证!杜甫在成都时,亲力亲为,挑战炼丹。

《寄司马山人十二韵》0752 是广德二年杜甫归成都后所作。司马山人事迹不详,此指道士。诗写二人交情,赞山人道术。其中说:"道术曾留意,先生早击蒙。""击蒙"谓"启蒙"。两句意为:我也曾留意学习道术,早年就请教先生得到启蒙。最后四句:"永作殊方客,残生一老翁。相哀骨可换,亦遣驭清风。"杜甫自叹衰老漂泊,望得其指教。

《奉汉中王手札报韦侍御萧尊师亡》0957 是大历元年(766)在夔州所作。杜甫收到汉中王的亲笔信,从中获知故友韦、萧二人逝世的噩耗,遂作此以痛悼之。其中说:"少年疑柱史,多术怪仙公"。"柱史"即"柱下史"。相传老子李耳曾为此官,而唐代的侍御史相当于柱下史。"仙公",这里称萧史(跨凤升仙者)。两句意为,韦侍御史,此官当长寿,怎么会年纪不大就去世,萧史成仙,而萧尊师亦学仙怎么会早亡。毫无疑问,杜甫完全相信长生养老的道术。

《寄刘峡州伯华使君四十韵》1156 是大历二年在夔州所作。时刘君在峡州,杜甫作诗相赠。其中说:"药囊亲道士,灰劫问胡僧。"意为,我因病而亲近了当地道士,自怜落入劫火的余灰之中。又说:"姹女萦新裹,丹砂冷旧秤。但求椿寿永,莫虑杞天崩。"道家炼丹,称水银为"姹女"。意为,弃旧丹炼新药但求长生不老,无须像杞人一样忧虑天塌天崩。可以看出,病越重对仙道的向往越深。

《昔游》1247 是大历二年秋天在夔州所作。这首诗里,作者追忆了天宝三载游梁宋、齐鲁时入王屋山求仙访道的经过,流露出其愿不遂的遗憾心情,并期待不久将乘荆楚之游再访庐山、衡山。其中说:"昔谒华盖君,深求洞宫脚。玉棺已上天,白日亦寂寞。"四句意为,我游梁宋时曾去拜谒华盖君,深入王屋山山脚,可惜仙人已入玉棺上天,只剩下寂寞的白日映照山间。又："东蒙赴旧隐，尚忆同志乐。伏事董先生，于今独萧索。胡为客关塞，道意久衰薄。妻子亦何人，丹砂负前诺。虽悲发鬓变，未忧筋力弱。杖藜望清秋，有兴入庐霍。""东蒙"即蒙山，在山东省境内；因其濒临东海，故称为"东蒙"。"董先生"，即董奉先，人称董炼师；他当时在东蒙山修炼，天宝中修九华丹法于衡阳，栖朱陵后洞。"庐霍"，庐指庐山，霍指衡山。此段意为，于是把我的去路转向蒙山，至今忘不了与同志在一起的乐趣。当时曾服侍过董炼师，而今还未能得到丹药，甚感萧索孤单。我为什么这么久客居边塞夔州？可叹道意久已衰薄。可惜求仙访道空负了前诺，妻子儿女算得了什么！黑发变白纵然可悲可哀，但我并不忧虑年老体弱。当此秋天，我挂杖向荆楚眺望，等到清兴袭来时再访庐霍。可以看出，杜甫对仙道的向往从去年到今年，与日俱增。

三　南征与仙道

我在这一章想确认，杜甫人生最后一段的南征与求仙的关系。"南征"是跟"北归"对立的说法。北归意味着回京都长安、故乡洛阳。南征，据杜甫本身的用法有两种意思。一、离开成都之后漂泊湖南诸地；二、大历四年，从潭州去衡阳。这里说的南征指后者，即从潭州去衡阳。

为了正确认识杜甫晚年最后对仙道的切实向往，这里先探讨一下杜甫当时心中仙、佛的关系是怎样的。长篇排律《秋日夔府咏怀奉寄郑监李宾客一百韵》1155 中的最后一段，有极为尊重佛教的诗句。此诗作于大历二年，时杜甫客居夔州。诗是寄给好友郑申和李之芳的。当时郑、李二人，一人在江陵，一人在夷陵。由于他们多次问候杜甫，杜甫写了这首酬赠诗，尽情地向他们倾吐了自己的一腔悃诚。全诗重点是感慨漂泊流寓的遭遇，最后以皈依佛教作结。"本自依迦叶，何曾藉偓佺。……晚闻多妙教，卒践塞前愆。……勇猛为心极，清羸任体孱。金篦空刮眼，镜象未离铨"。意为，我本想皈依佛门，何曾打算凭借仙人偓佺成仙。……晚年多多领教释氏殊妙之教法，最终能够痛改前愆。……《楞严经》上说："发大勇猛，行诸一切难行法事。"去志已决，管什么身瘦体孱。金篦徒然可以治疗病眼，而执"镜象"以为实有，不离铨衡之间。杜甫皈依佛教的决心坚定，好像完全否定仙道。

但是，咏此诗后，杜甫好像忘掉了这些话，在《昔游》（见前）1247 和《忆昔行》1319（后揭）中表达了往昔不能见华盖君时的遗憾心情与再访董炼师学仙道的愿望。《秋日夔府咏怀奉寄郑监李宾客一百韵》1155 强烈否定仙道，实际上却是仙、佛对杜甫的影响不相上下的表现。

之后到大历四年，对仙、佛的尊重憧憬交替出现。但对佛教的尊重以《岳麓山道林二寺行》1395 为最后一首，如拉锯战般对两者的憧憬结束了。① 之后杜甫将心思专门倾注在仙道上。在最后的日子里，他的追求集中在仙道上。自大历元年至最晚年包含仙或佛的表现的诗共有 26 首，其中 19 首中可见有关仙的表现，7 首中可见有关佛的表现。大历四年《奉赠卢五丈参谋琚》1406 以下的诗都表示对仙的憧憬。郭沫若先生说："杜甫的精神面貌，在他辞世前的几年，特别倾向于佛教信仰。"这一点，郭先生说得不正确。②

对仙道的追求如此迫切就是实行南征不可或缺的原因。③

《忆昔行》1319 是大历三年（768）出峡后所作。王嗣奭《杜臆》卷一〇："公困于羁旅，故有此忆。亦以泛舟潇湘，而董炼师在衡阳，欲乘便访之，因而追忆华盖君也。然词笔玄超，真带仙灵之气。"诗说："忆昔北寻小有洞，洪河怒涛过轻舸。辛勤不见华盖君，艮岑青辉惨么麽。千崖无人万壑静，三步回头五步坐。秋山眼冷魂未归，仙赏心违泪交堕。弟子谁依白茅屋，卢老独启青铜锁。……秘诀隐文须内教，晚岁何功使愿果。更讨衡阳董炼师，南浮早鼓潇湘舵。"此诗全篇充满了追求仙道的切实心情，而且已经很具体了。去衡阳跟董炼师学道术的念头，大历二年在夔州时已有，到此时，南下衡阳的念想比以前更强烈。

《咏怀二首》是大历四年春自潭州行舟，途中阻病而将到衡阳时所作。其二 1392 叙述行踪，忧思访道衡山。其二后半说："多忧污桃源，拙计泥铜柱。……葛洪及许靖，避世常此路。贤愚诚等差，自合受驰骛。羸瘠且

---

① 请见附表 2。
② 郭沫若：《李白与杜甫》，第 195 页。
③ 朱东润《杜甫叙论》（人民文学出版社，1981）第十章"此曲哀悲何时终"说："他又多少次想北上襄汉，但是那条路走不通，剩下的是向南，南方有他的亲友，是避祸的好地方。不仅如此，他总不会忘去勾漏采药的葛洪。还有苏耽呢，那是后汉末年郴州的仙人，到现在还留下他的橘井，怎能不引起诗人的向往！"

如何，魄夺针灸屡。……南为祝融客，勉强亲杖屦。结托老人星，罗浮展衰步。""污桃源"，玷污桃源胜地。"铜柱"在衡阳，此代指衡阳。"葛洪"，上见。"许靖"，三国时期蜀人，曾避孙策之难，赴交州。"此路"，指作者南征所行之路径。"贤愚"，贤，指葛洪、许靖。愚，指作者自己。"赢瘠"，病弱消瘦，指自己。"祝融"，衡山峰峦名，董炼师炼丹之地。"罗浮"，山名，在广东博罗县境内，道教圣地。东晋咸和年间（326~334），葛洪曾在此山修道炼丹。

这一段意为，原本打算去武陵桃源，恐忧虑甚多的我会污染胜地，为谋生计只好衡州去了。……葛洪和许靖，为避世也曾走过此路。自己与他们愚贤当然不同，合该受奔波之苦。自己病弱消瘦，几次靠针灸才没丧生。……到衡阳之后将访祝融峰，以求一睹董炼师尊容。若能得到老人星保佑而长寿，则当再访罗浮山求仙而不返。可以看出，去衡山跟董炼师学炼丹的心思，这时最终决定下来了。

因战乱和疾病，北归无望（即兼济之志达不成）的情况下，杜甫决定将自己人生最后剩下的时间，用于实现对仙道的热望（即独善之愿）。

南征的另一理由是寻求接济生活的人。大历四年夏，杜甫初到衡州时写的《哭韦大夫之晋》1398 揭示了南征的这另一个理由。[①]"丈人叨礼数，文律早周旋。……南过骇仓卒，北思悄联绵"。杜甫依靠韦之晋去衡州，但他到衡州时，韦之晋已由衡州刺史调到潭州做刺史，而且不久病卒于潭州。杜甫到衡州后知道此消息，表达了沉痛的哀思。

对衡山的憧憬和期待生活的安定，此两种理由结合起来，促使杜甫往赴南方。到衡州后，杜甫不能依靠韦之晋，也去不了衡山，只得返潭州。但大历五年（770）夏，湖南兵马使臧玠在潭州叛乱，为逃避兵火，杜甫再一次赴衡州。他准备从衡州溯耒水到郴州，投靠刺史崔伟。可是遭遇洪水，不得不返回衡州。后知潭州战火结束，六月回到潭州。同年秋离开潭

[①] 闻一多《少陵先生年谱会笺》（《唐诗杂论》，中华书局，1956）大历四年条："按公至湖南，必欲依韦之晋。"冯至《杜甫传》（人民文学出版社，1952）中《悲剧的结局》说："他到衡州，本来想投奔在郾瑕时彼此相识，如今任衡州刺史的韦之晋。"（第134页）。生活方面可以依靠的朋友，朱东润（1981）提韦迢和崔伟，不提韦之晋。陈贻焮《杜甫评传》下卷（上海古籍出版社，1988）第二十章《萧萧夕霁》四"回雁峰前的歌哭"说："前面解'拙分泥铜柱'句，说老杜来衡，为谋生计。那么，此行的具体目的究竟何在？闻一多说是'欲依韦之晋'。"（第1272页）

州,想经过汉阳到襄阳,溯汉水回长安。途中,冬天,客死在潭州和岳州之间。①

杜甫最后对仙道的憧憬如下。《送重表侄王砅评事使南海》1430(大历五年,在潭州):"我欲就丹砂,跋涉觉身劳。"《风疾舟中伏枕书怀三十六韵奉呈湖南亲友》1457(大历五年冬,湘江船上)是绝笔②,其结句说:"葛洪尸定解,许靖力难任。家事丹砂诀,无成涕作霖。"

结　语

郭沫若先生《李白与杜甫·杜甫的宗教信仰》中说:"以上举了十好几例,……可以看出杜甫从年轻时分一直到他临终,都在憧憬葛洪、王乔,讨寻丹砂、灵芝,想骑白鹤、跨鲸鳌、访勾漏、游仙岛。"郭先生说得很对。

加之,对仙境、仙道的憧憬不仅跟仕途之志(兼济)对立,往往处于跟它对等的地位。《为农》0396说:"卜宅从兹老,为农去国赊。远惭勾漏令,不得问丹砂。"(前见)。前两句表示仕途无望的寂寞感情,后两句表白未得到丹药的遗憾心情。《览镜呈柏中丞》1050说:"起晚堪从事,行迟更学仙。"起身晚,哪能胜任事务?行动迟缓,岂能再学仙?两者都是他的最大志愿。这种诗句明确表示,对仙境、仙道的憧憬和仕途愿望,此两者都是杜甫一辈子怀抱的最大的志愿。并且其地位有时候比仕途之志还高。《奉赠卢五丈参谋琚》1406结句说:"孤负沧洲愿,谁云晚见招。"(前见)宁愿寻到沧州,不愿复归朝臣。

杜甫对仙境、仙道的憧憬在他生涯中一直跟兼济对立,处于跟它对等的地位,在诸多独善中占有居首位置。

---

① 略据仇兆鳌之说。《杜诗详注》(中华书局,1979)《暮秋将归秦别湖南幕府亲友》题注说:"朱注:此诗,王彦辅、黄鹤皆以为作于五年,故有公卒于潭岳之说。"(第2089页)

② 《杜诗详注》说:"此诗作于耒阳阻水之后,其不殒于牛肉白酒明矣。但云'葛洪尸定解',盖亦自知不久将殁也。编年者当以此章为绝笔。"(第2097页)另一有力的学说:杜甫最后的诗是《聂耒阳以仆阻水书致酒肉疗饥荒江诗得代怀兴尽本韵至县呈聂令陆路去方田驿四十里舟行一日时属江涨泊于方田》1451,参看萧涤非主编《杜甫全集校注》(人民文学出版社,2014)《关于饫死耒阳说》(第6062~6067页)。

附表1

番号	诗题	年号	西历
	【仙境】		
14	临邑舍弟书至苦雨黄河泛溢……	开元29？	741
29	送孔巢父谢病归游江东兼呈李白	天宝5	746
31	赠特进汝阳王二十二韵	天宝5	746
62	玄都坛歌寄元逸人	天宝11	752
115	桥陵诗三十韵因呈县内诸官	天宝13	754
130	奉先刘少府新画山水障歌	天宝14	755
209	曲江对酒	至德3	758
230	望岳	乾元2	759
297	秦州杂诗二十首其十四	乾元2	759
307	赤谷西崦人家	乾元2	759
464	江涨	上元2	761
481	野望因过常少仙	上元2	761
539	谢严中丞送青城山道士乳酒一瓶	宝应1	762
572	题玄武禅师屋壁	宝应1	762
587	冬到金华山观因得拾遗陈公学堂遗迹	宝应1	762
717	游子	广德2	764
721	玉台观二首其二	广德2	764
798	观李固请司马弟山水图三首其一	广德2	764
799	观李固请司马弟山水图三首其二	广德2	764
800	观李固请司马弟山水图三首其三	广德2	764
808	春日江村五首其一	永泰1	765
955	壮游	大历1	766
964	不寐	大历1	766
975	西阁二首其二	大历1	766
1083	卜居	大历2	767
1394	望岳	大历4	769
1406	奉赠卢五丈参谋琚	大历4	769
1418	幽人	大历5	770
1453	过洞庭湖	大历5	770
	【仙道】		
19	赠李白	天宝3	744

续表

番号	诗题	年号	西历
24	赠李白	天宝 4	745
27	冬日有怀李白	天宝 4	745
33	奉寄河南韦尹丈人	天宝 7	748
36	饮中八仙歌	天宝	742~
266	遣兴三首其三	乾元 2	759
311	太平寺泉眼	乾元 2	759
347	寄张十二山人彪三十韵	乾元 2	759
396	为农	上元 1	760
482	丈人山	上元 2	761
571	送段功曹归广州	宝应 1	762
651	陪章留后侍御宴南楼	广德 1	763
720	玉台观二首其一	广德 2	764
735	将赴成都草堂途中有作先寄严郑公五首其四	广德 2	764
745	赠王二十四侍御契四十韵	广德 2	764
752	寄司马山人十二韵	广德 2	764
957	奉汉中王手札报韦侍御萧尊师亡	大历 1	766
1050	览镜呈柏中丞	大历 1	766
1156	寄刘峡州伯华使君四十韵	大历 2	767
1247	昔游	大历 3	768
1319	忆昔行	大历 3	768
1392	咏怀二首其二	大历 4	769
1430	送重表侄王砅评事使南海	大历 5	770
1434	奉送二十三舅录事之摄郴州［崔伟］	大历 5	770
1445	入衡州	大历 5	770
1457	风疾舟中伏枕书怀三十六韵奉呈湖南亲友	大历 5	770

附表 2

番号	诗题	时	西历	仙/佛
955	壮游	大历 1	766	仙
957	奉汉中王手札报韦侍御萧尊师亡	大历 1	766	仙
964	不寐	大历 1	766	仙
975	西阁二首其二	大历 1	766	仙

续表

番号	诗题	时	西历	仙/佛
1050	览镜呈柏中丞	大历 1	766	仙
1083	卜居	大历 2	767	仙
1156	寄刘峡州伯华使君四十韵	大历 2	767	仙
1147	别李秘书始兴寺所居	大历 2	767	佛
1155	秋日夔府咏怀奉寄郑监李宾客一百韵	大历 2	767	佛
1156	寄刘峡州伯华使君四十韵	大历 2	767	仙
1247	昔游	大历 3	768	仙
1252	大觉高僧兰若	大历 3~	768~	佛
1253	谒真谛寺禅师	大历 3~	768~	佛
1264	写怀二首其二	大历 2	767	佛
1319	忆昔行	大历 3	768	仙
1352	留别公安太易沙门	大历 3	768	佛
1392	咏怀二首其二	大历 4	769	仙
1394	望岳	大历 4	769	仙
1395	岳麓山道林二寺行	大历 4	769	佛
1406	奉赠卢五丈参谋琚	大历 4	769	仙
1418	幽人	大历 5	770	仙
1430	送重表侄王砅评事使南海	大历 5	770	仙
1434	奉送二十三舅录事之摄郴州	大历 5	770	仙
1445	入衡州	大历 5	770	仙
1453	过洞庭湖	大历 5	770	仙
1457	风疾舟中伏枕书怀三十六韵奉呈湖南亲友	大历 5	770	仙

（作者单位：日本冈山大学）

论韩愈《拘幽操》
——"罪人文学史"初探

摘　要：韩愈《琴操十首》之一的《拘幽操》，超越了《拘幽操》本辞的内容框架，是一篇获得颇多关注的独特作品。《拘幽操》本辞中描写了商纣王时因受谗言而入狱的西伯昌（周文王）的愤懑，这点在韩愈的《拘幽操》中并未直接表现出来。相反，韩诗中表现的是文王对纣王的尊崇与敬畏，因此也有人将之理解为表现臣对君的绝对忠义的作品。但同时，也有一些观点认为此诗通过"反语"表现了文王的愤懑。韩愈的《拘幽操》就这样成了一篇可以激发读者做出各种解释的作品。本文将韩愈《拘幽操》一诗置于中国"罪人文学史"中进行考察，揭示了"罪人文学"在聚焦于自己身处的"黑暗"之上进行书写，以及噤口不言、隐藏自己内心的这两点上呈现的独特之处。

关键词：韩愈　罪人　谗言　幽　钳口结舌

〔日〕浅见洋二

　　唐代文人韩愈有题为《琴操十首》的乐府连作。所谓琴操，是指有琴曲伴奏的歌辞。操，有演奏之意。宋代郭茂倩所编《乐府诗集》的"琴曲歌辞"部分收有"十二操"，这"十二操"与其他一些琴曲歌辞共同收录在东汉蔡邕所编《琴操》中。"十二操"作于何时，出自何人之手，众说纷纭。蔡邕《琴操》认为"十二操"中有周公、孔子之作，但无明确证据。现在学界多认为"十二操"出自汉代无名氏之手，但也不能排除其中有先秦时的作品的可能性。古琴曲"十二操"与其他古乐府一样广受后世文人青睐，成为他们创作模拟的对象。韩愈的《琴操十首》模仿的就是除《水仙操》《怀陵操》之外的其他十操,分别是《将归操》《猗兰操》《龟山操》《越裳操》《拘幽操》《岐山操》《履霜操》《雉朝飞操》《别鹄操》《残形操》。在唐代,虽然有李白和张祜的拟乐府《雉朝飞操》,但像韩愈那样创作多首拟乐府琴曲连作且流传下来的例子则极为罕见。韩愈对"十二操"有着极高的关注度,这一点引人注目。

本文重点考察的是韩愈《琴操十首》中的《拘幽操》。着重考察此诗的原因有二。其一,这首诗表现了被国家最高权力者问罪而入狱之人的状态与感情,这是中国文学史上一个常见的主题,但此诗却有其独特之处。其二,此诗对日本江户时代后期的儒学思想产生了重大影响。山崎闇斋(1619~1682)及其后学弟子(崎门学派)非常重视此诗表现的极具特征的君臣关系和忠义道德,他们对《拘幽操》的评价远远超过中国文人。从比较思想史的角度来看,中日对这首诗评价的差异问题值得进一步探讨。

韩愈《拘幽操》不管是在文学上还是思想上都是值得关注的作品。以下,本文将从上述两个视点对此诗略陈己见。①

一 《拘幽操》——与本辞(古辞)的比较

在探讨韩愈《拘幽操》之前,首先来看《乐府诗集》所引蔡邕《琴操》的解题。此解题主要围绕《拘幽操》歌辞的撰者、产生背景等诸多本事展开:

> 一曰《文王哀羑里》。《琴操》曰:"《拘幽操》,文王拘于羑里而作也。文王修德,百姓亲附。崇侯虎疾之,谮于纣曰:'西伯昌,圣人也。长子发,中子旦,皆圣人也。三圣合谋,君其虑之。'乃囚文王于羑里,将杀之。于是文王四臣散宜生之徒,得美女、大贝、白马

---

① 在2017 DOT(Deutscher Orientalistentag, 2017. 9. 21, Jena)国际学术研讨会的讨论小组 Chinese Perspectives on Light and Darkness 上,笔者以 "Texts from the Darkness, Darkness in the Texts: Su Shi's Literary Activities under Speech Regulation" 为题做了会议报告,主要论述了因言论而被问罪的苏轼的文学活动。本文是在这篇会议报告的基础上形成的,借鉴了 "Light and Darkness(光明与黑暗)" 主题报告的视点,可以说是对中国 "罪人文学史"进行考察的尝试。

朱鬶以献于纣，纣遂出西伯。文王在羑里，演《易》八卦以为六十四，作郁厄之辞曰：'困于石，据于蒺藜。'乃申愤而作歌云。"①

暴君殷纣王之时，因遭受"潜"（谗言）而被问罪入狱的西伯昌（周文王）申愤而作《拘幽操》。周文王被囚禁羑里之事是否属实暂且不论，因其亦见于《史记》的《殷本纪》和《周本纪》，可推测应是自古流传下来的故事。

下面来看上述背景下被视为周文王所作的《拘幽操》歌辞：

> 殷道溷溷，浸浊烦兮。朱紫相合，不别分兮。迷乱声色，信谗言兮。炎炎之虐，使我愆兮。幽闭牢阱，由其言兮。遘我四人，忱动勤兮。②

据蔡邕解题，歌辞是文王的"申愤"之作。开头四句从正面批判殷朝政治混乱，中间六句写纣王听信谗言囚禁文王，最后二句写四位大臣竭尽全力营救文王。可以说，蔡邕记录的本事忠实地反映了《拘幽操》本辞的创作背景。

此外，《拘幽操》还有一种异文传世。以《乐府诗集》为主，几乎所有文献中的《拘幽操》本辞都只有上述十二句。但《太平御览》卷五七一所引《古今乐录》中还有以下十二句。这十二句在知识分子间的传播程度尚未明确，韩愈很可能没有看到这个文本。

> 得此珍玩，且解大患兮。仓皇运命，遗后昆兮。作此象变，兆在昌兮。钦承祖命，天下不丧兮。遂临下土，在圣明兮。讨暴除乱，诛逆王兮。③

歌辞的开头四句写纣王欣喜地接受四位大臣为救文王献上的宝物，接下来四句写文王承天命、接受上天安排。"象变""兆"之语，正如蔡邕所记本事，表现的是文王演绎八卦之事。承接上文，末尾四句写文王及其继承者武王以天子身份灭纣平定天下。这里描写文王（武王）时用"圣明"，

---

① （宋）郭茂倩：《乐府诗集》卷五七，中华书局，1979，第831页。
② （宋）郭茂倩：《乐府诗集》卷五七，第831页。
③ 《太平御览》（上海涵芬楼影印宋本复制重印本），中华书局，1985，第2582页。另据《隋书·经籍志》，《古今乐录》的撰者为陈沙门智匠，全十二卷。

说纣王是"逆王"(违背天命的王)①,其主旨是圣明的文王诛讨"逆王"殷纣王。此歌辞已超出了蔡邕所记本事的内容,变成了祝贺周王朝成立的作品。从它依据了殷周的革命历史背景这一点来看,此歌辞应是周王朝的正统被认可之后上溯而成的作品。

下面来看韩愈的《拘幽操》。韩愈在"文王羑里之作"的短短序文之后,叙述如下:

> 目窈窈兮,其凝其盲。耳肃肃兮,听不闻声。朝不日出兮,夜不见月与星。有知无知兮,为死为生。呜呼臣罪当诛兮,天王圣明。②

辞中站在文王的角度描述了在什么也看不到,什么也听不到的黑暗中被囚禁的状态。在此基础上,末尾二句文王向纣王诉说了自己的心声:"我罪孽深重理应被诛,天王是圣明的存在。"在之前所见的本事中,文王确实蒙冤,其自身也这样认为。但是在韩愈的笔下,文王却主动承认自己有罪,认为纣王对自己的处罚是正当的,甚至称赞纣王"圣明"。

至此,通过研读、比较《拘幽操》本辞与韩愈之作,我们可以发现两者之间存在较大差异,其中最为重要、最为明显的一点就是:本辞中文王直接宣泄出来的对纣王的愤懑,在韩愈的作品中并没有呈现,取而代之的是文王对纣王的尊崇、敬畏之心。用一句话概括,即韩愈诗表现了臣子(文王)对君主(纣王)的忠义之心。另外,这种差异并非仅在本辞中可以看到。上述《古今乐录》所引异文的诗句认为文王"圣明",纣王是"当诛"的逆王,而韩愈的作品表现的是纣王"圣明",文王"当诛",可见这两者的差异极大。总而言之,本辞与韩愈之作表达了完全对立的观点。韩愈的模拟之作在创作主旨上超出了本辞的框架。这一超越在宋代以后的东亚,尤其是日本思想史上被视为非常重要的问题,引发了众多的讨论。

---

① 末句"逆王"之语在古代并不常见,所以最初"王"与"逆"应是不常结合在一起的。关于末句,元代姚燧《巩昌路同知总管府事李公神道碑》(《牧庵集》卷二一)云:"隳名城,摧坚阵,徕伪臣,禽逆王与斩叛将,大小之战四十。"笔者依此将异文的末句释为"诛讨逆王"。

② (唐)韩愈著,钱仲联集释《韩昌黎诗系年集释》卷十一,上海古籍出版社,1984,第1158页。

二 是"绝对的忠义",还是"愤激之反语"?

韩愈《拘幽操》对江户时代后期的日本思想家,尤其是山崎闇斋及崎门学派产生了极大的影响。他们编著了很多与《拘幽操》相关的著作。其中,编纂、汇集与《拘幽操》有关的中国文献资料的著作主要有山崎闇斋所编《拘幽操》、浅见䌹斋所编《拘幽操附录》;阐述《拘幽操》的论著有(传)佐藤直方讲《拘幽操辨》、浅见䌹斋讲《拘幽操师说》、三宅尚斋著《拘幽操笔记》等。[①] 这些思想家认为,韩愈的《拘幽操》与孔子、孟子、朱熹等人流传后世的作品相比并不逊色。文人韩愈的一篇文学作品为何会在崎门学派中产生如此重大的影响,崎门学派何以赋予此诗如此深刻的思想内涵?当我们从中国文学史的视点来审视这些问题时,大概会感到些许意外,但正是在此处暗含着非常值得关注的信息。

崎门学派如何理解韩愈的《拘幽操》,他们认为这篇作品表达了怎样的主旨?众所周知,崎门学思想主要是在朱子学思想的基础上成立的。那么,首先需要了解的是在中国本土的思想史上,韩愈《拘幽操》是如何被认知和评价的。从现存文献来看,韩愈此诗在知识分子间获得广泛关注、高度评价的时代是宋代。北宋程颐评价此诗末尾二句"道得文王心出来,此文王至德处也"[②],但他对文王的"至德"并未多作阐述。南宋朱熹根据程颐的评语,做了进一步的阐述。他在回答弟子"君臣父子,同是天伦,爱君之心,终不如爱父,何也"这一问题时,做了如下回答:

> 离畔也只是庶民,贤人君子便不如此。韩退之云:"臣罪当诛兮,天王圣明。"此语,何故程子道是好?文王岂不知纣之无道,却如此说?是非欺诳众人,直是有说。须是有转语,方说得文王心出。看来臣子无说君父不是底道理,此便见得是君臣之义处……[③]

---

① [日] 西顺藏・阿部隆一・丸山真男编《山崎闇斋学派》,载《日本思想大系》31册,东京:岩波书店,1980。
② (宋) 程颢、程颐:《二程集》,载《河南程氏遗书》卷一八,王孝鱼点校,中华书局,1981,第232页。
③ 黎靖德编《朱子语类》卷一三,王星贤点校,中华书局,1986,第233页。

在这里，朱熹认为韩愈《拘幽操》所要传达的是"君臣之义"，并将之作为一篇阐述"忠"的作品来看待。崎门学派就是根据这种说法来接受、阐释韩愈《拘幽操》的。以山崎闇斋《拘幽操》、浅见絅斋《拘幽操附录》为首的上述与《拘幽操》相关的著作中，程颐、朱熹之语被当作重要的材料引用。

在宋代，从韩愈《拘幽操》中看出忠义的并非仅有程颐和朱熹，与程颐同时代的徐积（字仲车）也有类似的言论。徐积是北宋有名的德行之士，晁说之《晁氏客语》曾引用过他如下言论：

> 徐仲车言退之《拘幽操》为文王羑里作，乃云"臣罪当诛兮，天王圣明"，此可谓知文王之用心矣。《凯风》七子之母犹不能安其室而云"母氏圣善，我无令人"，重自责也。[①]

《诗经·邶风·凯风》是一首孝子思母之歌。诗中的母亲抛弃七个孩子而改嫁他人，并非是理想的贤母。但儿子并没有批判母亲，反而歌颂母亲"圣善"并深感自责。也就是说，此诗表现的是"绝对的孝"这一伦理观念。徐积在此处把文王对纣王的"忠"与七子对母亲之"孝"结合起来进行了论述。[②]

韩愈的《拘幽操》被崎门学派奉为经典，是因为他们尊崇儒家（朱子学）的思想观念，且一直是在这个框架内来解读作品的。崎门学派倡导对君主的绝对忠义，并衷心追求这一理念。他们认为周武王讨伐纣王是不忠的行为，所以对殷周革命（武王伐纣）持否定态度。不管是怎样的暴君，臣子都应为君主尽忠效力。被纣王下狱的文王即使蒙冤，也应该心甘情愿地接受。韩愈《拘幽操》也因此被崎门学派当作表明绝对忠义的作品而称赞。

但是，韩愈《拘幽操》是否真是表明"绝对忠义"的作品？末尾二句"臣罪当诛兮，天王圣明"是否可以被理解为表达了"绝对忠义"？此二句表面上确实是承认自己有罪，称赞君王英明，但是诗歌语言有时会委

[①] （宋）晁说之：《晁氏客语》，文渊阁四库全书影印本。
[②] 徐积之语虽未见于崎门学派的著作，但在江户时代其他思想家的著作，例如室鸠巢（1658～1734）《读韩愈拘幽操》（《鸠巢先生文集》卷一）中被引用。

婉地隐藏真意。此二句是否能单纯地解释为对君主的"忠",是有必要慎重考虑的。我们很难想象文王会真正对实行非道政治的暴君纣王(再加上他听信谗言囚禁文王)抱有忠义之念。崎门学派的思想家只关注韩愈的作品,对《拘幽操》本辞或蔡邕所记本事并没有任何阐述。他们是没有看到这些文献,还是即使看到了也故意忽视了,我们就不得而知了。如果他们在阐释时能插入对《拘幽操》本辞或本事的议论,或许会产生其他见解。

实际上,崎门学派所尊崇的朱熹也曾对韩愈《拘幽操》表达了文王发自内心的忠义这一观点表现出疑虑。在之前所引章节中,朱熹认为韩愈《拘幽操》表达的是文王的本心,但他在以下章节中却对曾经支持的程颐之说表现出了疑虑:

> 韩退之《拘幽操》云:"臣罪当诛兮,天王圣明。"伊川以为此说出文王意中事。尝疑这个说得来太过。据当日事势观之,恐不如此。若文王终守臣节,何故伐崇?只是后人因孔子"以服事殷"一句,遂委曲回护个文王,说教好看,殊不知孔子只是说文王不伐纣耳。尝见杂说云:"纣杀九侯,鄂侯争之强,辩之疾,并醢鄂侯。西伯闻之窃叹,崇侯虎谮之曰:'西伯欲叛。'纣怒,囚之羑里。西伯叹曰:'父有不慈,子不可以不孝;君有不明,臣不可以不忠。岂有君而可叛者乎?'于是诸侯闻之,以西伯能敬上而恤下也,遂相率而归之。"看来只这段说得平。①

朱熹在这里赞同纣王虽"不明",但文王始终保持着忠义之心这一观点,认为其较稳妥。这种见解与韩愈《拘幽操》表达的主旨有微妙的差异:在韩愈的作品中,文王认为纣王是"圣明"的,但是在这里用的是"不明"。朱熹认为文王对纣王并非是纯粹的忠义,至少文王并非是全面维护殷朝政治体制的(实际上文王曾讨伐黎、崇等商朝诸侯)。②

韩愈《拘幽操》所述的忠义,是否真的可以理解为发自文王内心的忠义?朱熹之后的知识分子也同样有这种疑虑。如清代方世举附于本诗的按

---

① 黎靖德编《朱子语类》卷七九,王星贤点校,第 2038 页。另,文中参考的"杂说"出处未详。
② 崎门学派并未采纳朱熹的解释,他们阐述的是朱熹早期的观点,朱熹此后对此做过修改。

语参考了南宋末刘辰翁（字会孟）的解释——"刘会孟详此诗，谓其极形容之苦，不可谓非怒者"。按刘辰翁的解释，韩愈《拘幽操》是表现文王苦恼、愤怒的作品。近年，屈守元、常思春两位学者在《韩愈全集校注》此诗末二句的注中写道："此愤激之反语耳。岂真颂纣圣明耶？"[①] 认为此二句是表现愤激的一种反语，并非是真心赞扬纣王"圣明"。这种解释与刘辰翁的解释相似。刘辰翁所言"苦""怒"是韩愈作品中文王的情感还是作者韩愈的情感，我们不得而知。可以说文王与韩愈的形象是重叠的，这里的"苦""怒"既是文王的情感，也是韩愈的情感。屈守元、常思春两位学者的解释或许也可以如此理解。

韩愈《拘幽操》到底蕴含了怎样的深意？刘辰翁与屈守元、常思春认为最后二句是具有讽刺意味的反语，韩愈真正想表达的是文王的"苦""怒""愤激"，这确实是一种独到的见解。但是，我们依旧很难判断到底是应该按字面意思来解释，还是按隐藏真意的反语来解读。在这里不容忽视的是，本诗是一首乐府诗。众所周知，乐府最大的特征之一就是作品与作者之间存在相当的距离。乐府诗中的叙述者，有必要与现实作者区分开来。[②] 虽然作者常常将本意隐藏在作品背后，反语就是在这样的前提下成立的。但从作品与作者相分离的乐府诗中读取作者本意这一做法是否妥当，还有很大疑问。这里笔者不对此二句是否为"反语"做出判断，而是想将韩愈《拘幽操》置于中国罪人文学的这一谱系中加以探讨。

三　"谗言"

回顾中国文学史，我们会注意到中国古代有非常多被问罪的文人。他们获罪大多是因为官场的权力斗争，其中有很多是被对手有意陷害的。这些冤案导致了很多文人入狱，贬谪之例更是不胜枚举。仅就《文选》所收作品的作者来说，有屈原、司马迁、曹植、嵇康、陆机、谢灵运、江淹

[①] 屈守元、常思春主编《韩愈全集校注》第2册，四川大学出版社，1996，第808页。

[②] 关于韩愈《琴操十首》的创作时间，目前还存有争议。争论主要围绕《琴操十首》是不是元和十四年（819）因《论佛骨表》获罪被贬潮州时的作品而展开。但是，如果考虑到乐府诗的特性，那么是否应把此诗定为韩愈被贬潮州时的作品，还是需要斟酌的。本文不对此问题做深入探究。

等。而唐代也可举出骆宾王、陈子昂、沈佺期、刘长卿、李白、韩愈、柳宗元等众多贬谪文人。中国文学史仿佛呈现了一种"罪人文学史"的样态，韩愈《拘幽操》也在这个谱系中占有一席之地。

在中国的权力斗争中攻击敌对者时采用的手段有"谗言"，也就是为了让对手获罪而妄加批判。这一手段自古就有。"谗言"（"谮"）在《拘幽操》本辞、本事中均有提及。我们先顺着"谗言"这一线索简单梳理一下中国"罪人文学"谱系的一部分。

《诗经》中便有很多因谗言而无辜获罪的怨愤之声。诗歌本文中直接出现"谗"或"谮"的作品有《小雅》中的《沔水》《十月之交》《巧言》《巷伯》《青蝇》《桑柔》《瞻卬》等。① 兹举其中部分诗例：

> 黾勉从事，不敢告劳。无罪无辜，谗口嚣嚣。下民之孽，匪降自天。噂沓背憎，职竞由人。（《十月之交》）

> 彼谗人者，谁适与谋。取彼谗人，投畀豺虎。豺虎不食，投畀有北。有北不受，投畀有昊。（《巷伯》）

此外，《毛诗》小序（各诗篇题解）指出有"谗""谮"之意的诗歌有《王风·采葛》《唐风·采苓》《陈风·防有鹊巢》《小雅·裳裳者华》《小雅·车辖》《小雅·角弓》等。另外，郑玄笺指称有"谗""谮"之意的有《小雅》中的《小弁》《无将大车》《菀柳》《白华》，及《大雅》中的《板》《召旻》等。以上是直接使用"谗""谮"二字的例子。与"谗""谮"意义相近的词语有很多，如果把使用这些词语的例子也涵括进来的话，应该有更多。

《诗经》收录的"谗言"之诗竟有如此之多，这确实令人感到意外。在此需要确认的是，这些诗均是站在遭受谗言诋毁的受害者的立场来叙述的。② 在中国文学史上，宣泄因谗言而获罪的怨愤自古就是一个重要的主题。这一主题在后世也被广泛继承。在韩愈生活的唐代就有很多表现这一主题的诗歌。唐代文人沈佺期的诗歌应是表现因谗言而陷入困境、遭受贬

---

① 以下《诗经》诸篇皆引自（清）阮元撰《十三经注疏》本（嘉庆二十年重刊宋本），中文出版社，1971年影印。
② 当然，这里的谗言是受害者主观上认为的谗言，客观上是不是真正的谗言还有探讨的余地。此处不对这个问题做深入探讨。

谪的典型作品。长安四年（704）春，沈佺期因受贿之事被问罪而入狱，作于此时的《被弹》云：

> 知人昔不易，举非贵易失。尔何按国章，无罪见呵斥。平生守直道，遂为众所嫉。少以文作吏，手不曾开律。一旦法相持，荒忙意如漆。幼子双圐圙，老夫一念室。昆弟两三人，相次俱囚桎。万铄当众怒，千谤无片实。庶以白黑谗，显此泾渭质。劲吏何咆哮，晨夜闻扑扶。事间拾虚证，理外存枉笔。怀痛不见申，抱冤竟难悉。穷囚多垢腻，愁坐饶蚍虱。三日唯一饭，两旬不再栉。是时盛夏中，暵赫多瘵疾。瞪目眠欲闭，喑呜气不出。有风字扶摇，鼓荡无伦匹。安得吹浮云，令我见白日。①

"庶以白黑谗，显此泾渭质"意谓用颠倒黑白的谗言来凸显自身的清白。此外，同时期的诗歌《枉系二首》云：

> 吾怜曾家子，昔有投杼疑。吾怜姬公旦，非无鸱鸮诗。臣子竭忠孝，君亲感谗欺。萋斐离骨肉，含愁兴此辞。（其一）
> 昔日公冶长，非罪遇缧绁。圣人陷其子，古来叹独绝。我无毫发瑕，苦心怀冰雪。今世多秀士，谁能继明辙。（其二）②

这两首诗列举了历史上曾参、周公旦、公冶长蒙冤入狱的故事。由上述诗句可知，《被弹》《枉系二首》均是以自身无罪为主要着眼点来诉说的。③

在中国"罪人文学史"上，"无罪"却因谗言而获罪的文人诉说自身清白的作品构成了一个重要的谱系。最初表达这一主题的典型作品是战国时期楚国屈原的《离骚》。屈原在作品中反复申述自己的正直高洁，控诉周围众人的妒贤嫉能，这一主题对后世产生了深远影响。《拘幽操》本辞的"殷道溷溷，浸浊烦兮。朱紫相合，不别分兮。迷乱声色，信谗言兮。炎炎之虐，使我愆兮。幽闭牢阱，由其言兮"，

---

① （唐）沈佺期、宋之问撰《沈佺期宋之问集校注》卷一，陶敏、易淑琼校注，中华书局，2001，第66页。
② （唐）沈佺期、宋之问撰《沈佺期宋之问集校注》卷一，陶敏、易淑琼校注，第73页。
③ 据陶敏、易淑琼考（见《沈佺期宋之问集校注》前言，第4页），沈佺期受贿之事应是冤案。

也表达了具有高洁品质的文王被谗言诋毁而入狱的愤懑，在这个谱系中占有重要位置。

那么，在将韩愈的《拘幽操》定位在罪人文学谱系中时，我们可以确定的是什么呢？很明显的一点是，在本辞中明显呈现的主人公对谗言的愤懑和主张自身无罪的这些要素，在韩愈作品中并未涉及，反而说"呜呼臣罪当诛"，承认自己有罪。崎门学派之所以认为韩愈《拘幽操》是表现绝对忠义的作品，也是依据这一点。从此点来说，韩愈《拘幽操》在罪人文学史上占有独特的位置。

四 "暗"与"明"

在解读韩愈《拘幽操》时，我们应该关注《拘幽操》这一乐府诗题所具有的意义。所谓《拘幽操》，就是"拘（拘束）"于"幽（黑暗）"中之人的歌。本辞中就有表现黑暗的"幽闭牢阱"一句。韩愈《拘幽操》共十句，其中八句都是在描写文王被囚禁的牢狱的黑暗："目窈窈兮，其凝其盲。耳肃肃兮，听不闻声。朝不日出兮，夜不见月与星。有知无知兮，为死为生。"通览中国罪人文学谱系可知，自古文人就把牢狱的黑暗作为诗歌表现的一个要素。以下主要从文人描写幽暗空间的角度来梳理中国罪人文学的发展脉络。

从获罪入狱者的视角来描述"幽暗"空间的罪人文学的例子，首先是《文选》中的一些诗文。如汉司马迁《报任少卿书》的"深幽囹圄之中"①，汉·杨恽《报孙会宗书》的"身幽北阙"②，魏·嵇康《幽愤诗》的"萦此幽阻"③，晋·陆机《谢平原内史表》的"幽执囹圄"等。这些诗文刻画的皆是置身于幽暗封闭空间中的罪人形象。

再来看唐代沈佺期的诗句。上述《被弹》"一旦法相持，荒忙意如漆"一句意谓一旦犯法被囚禁就会陷入一片漆黑茫然，不知所措的状态。陶敏、易淑琼释"如漆"为"一片黑暗茫然"。可以说是同时表现了被囚之人慌乱茫然的心境与其所置身的漆黑环境。沈佺期在别的诗中也有类似

---

① （南朝·梁）萧统：《文选》卷四一，李善注，上海古籍出版社，1992，第1859页。
② （南朝·梁）萧统：《文选》卷四一，李善注，第1870页。
③ （南朝·梁）萧统：《文选》卷二三，李善注，第1083页。

表现。如《答魑魅代书寄家人》:"身犹纳覆误,情为覆盆伤。"① 前句悔恨自己招来无端的怀疑,而关于后句,陶敏、易淑琼引用《抱朴子·辨问》中的"日月有所不照,圣人有所不知,……是责三光不照覆盆之内也",把"覆盆"解释为"反扣的盆子,光线不能照射其中,喻冤狱"。据此可知,"覆盆"指代的是所有光线都照射不到的黑暗之处,这也正是沈佺期置身牢狱的比喻。景龙元年(707),沈佺期遇赦,当时所作《喜赦》诗有"律通幽谷暖,盆举太阳辉"②之句:前句写春天来到阴冷的幽谷,紧接着后句写"覆盆"被举起,太阳光照射进来。此二句比喻诗人的罪名被洗雪,遇赦后从牢狱中解脱出来。

上述所举沈佺期《喜赦》还提及了照射幽谷的太阳光辉。"暗"和"明"的二元对立模式,在罪人文学谱系中极为重要。正因为有光明才有黑暗,也正因为有黑暗才显出光明。黑暗和光明互为前提而存在,二者是相互支撑的关系。那么,"明"为何物?在中国文学史上,与幽深黑暗的牢狱相对立的光辉、光明之地是怎样的场所?从政治上来说,光明的中心应是帝王及其所在的朝廷。梁江淹的狱中书简《诣建平王上书》有"迹坠昭宪,身恨幽圄"③之句,写自己被光玥的宪章惩罚,身处黑暗的牢狱。与"幽圄"相对的是"昭宪",是用"昭(光明、光辉)"来形容帝王制定的象征权威、权力的法规和宪章。这样用光辉、光明来形容帝王和朝廷的说法还有很多。比如将帝王比作太阳,或在宫殿悬挂的匾额中使用"光明正大"一词等。沈佺期和韩愈之所以用到"圣明"一词,大概也是因为将皇帝视作了光明的存在。

被比喻为"光"的帝王(朝廷)与处于黑暗中的罪人——罪人文学中的这种对立模式在唐代李白的作品中亦有所见。至德二载(757),李白于浔阳狱中(因被当作叛乱之人,受永王之乱的连坐,获罪入狱)所作《狱中上崔相涣》有以下几句:

羽翼三元圣,发辉两太阳。应念覆盆下,雪泣拜天光。④

---

① (唐)沈佺期、宋之问撰《沈佺期宋之问集校注》卷二,陶敏、易淑琼校注,第108页。
② (唐)沈佺期、宋之问撰《沈佺期宋之问集校注》卷二,陶敏、易淑琼校注,第124页。
③ (南朝·梁)萧统:《文选》卷三九,李善注,第1788页。
④ (唐)李白:《李白集校注》卷一一,瞿蜕园、朱金城校注,上海古籍出版社,1980,第717页。

上述沈佺期诗中"太阳"与"覆盆"的二元对立模式,在李白这首献给宰相崔涣的诗中也有所见。李白把皇帝(玄宗、肃宗)比喻为太阳,又把囚禁自己的牢狱比喻为"覆盆"。以上四句主要写诗人身处黑暗的"覆盆"中,渴望被太阳光("天光")照射。另外,同时期之作《上崔相百忧草》云:

> 冶长非罪,尼父无猜。覆盆傥举,应照寒灰。①

李白在此借用公冶长虽身在缧绁之中,孔子仍将女儿嫁给他的故事②,写他与公冶长一样,虽然被囚禁但并非有罪,入狱并非是他的过错,进而使用"覆盆傥举"之语,诉说了渴望罪名被洗雪,被光照射的愿望。

如果按上述沈佺期、李白诗中"暗"与"明"的对立模式("覆盆"与"太阳"的对举模式)来解读韩愈《拘幽操》,可以有如下理解:与沈佺期和李白相同,韩愈《拘幽操》也表达了置身黑暗牢狱者渴求帝王的光明来使自己获救的心情。③ 在什么也看不到、什么也听不到的黑暗中,文王甚至丧失了知觉与思考能力,不知自己是死是生。④ 这里所表现的并非是我们通常能够体验的黑暗,而是仿佛要夺走自己生命的强烈的、极度的黑暗。正是在这种终极的黑暗中,禁锢之人才会产生不知所措的无力感,也才会强烈渴求无可替代的"圣明"之光。可以说,韩愈《拘幽操》延续了罪人文学的传统,并将"暗"与"明"这一对立模式进一步深化。

---

① (唐)李白:《李白集校注》卷二四,瞿蜕园、朱金城校注,第1406页。
② 《论语·公冶长》:"子谓公冶长可妻也,虽在缧绁之中,非其罪也。以其子妻之。"
③ 清代陈沆在《诗比兴笺》(卷四,上海古籍出版社,1981,第194页)中将本诗表现的"君圣臣罪之旨"与韩愈被贬潮州时所作《路旁堠》一诗的"臣愚幸可哀,臣罪庶可释"(《韩昌黎诗系年集释》卷一一,第1102页)结合起来看,这可以说是与文中观点相近的一种解释。此外,近年杜兴梅、杜运通在《论韩愈〈琴操十首〉》(《乐府学》第6辑,学苑出版社,2010)中,关于本诗有这样的论述:"在希望得到皇上怜悯的同时,曲折地鞭挞了皇上听信谗言而忠奸不辨的昏聩。"这里揭示出两点,一是对皇帝恩赦的期盼,二是对听信谗言使朝政混乱的皇帝的批判。第一点与本文的观点基本一致。第二点也可以认为是与屈守元、常思春两位学者所提出的通过"反语"表达"激愤"这一观点相近,但笔者在这里不做判断。另外,笔者在这里想要介绍另一种解释。清水茂在《韩愈》(载《中国诗人选集》第11卷,东京:岩波书店,1958,第81页)中,对诗的末尾二句有这样的理解:"皇帝定下的罪名是明察后的结果,因此是正确的。"可以参考。
④ 旧注所引孙汝听的注中有"皆言幽囚之际,耳目无所闻见,不知为死为生也"(《韩昌黎诗系年集释》卷一一,第1160页)。

五 "钳口结舌"

上一章节主要考察了中国文学中，站在光辉的帝王和朝廷对立面的置身黑暗中的罪人形象。韩愈《拘幽操》中的文王正是这样的形象：匍匐在圣明帝王脚下，身体藏在耳目无所闻见的黑暗中。那么被问罪，被弃掷于黑暗中的文人会有怎样的行为举动？下面来看上述所举陆机《谢平原内史表》和江淹《诣建平王上书》书简中的具体内容。陆机与文王一样也是遭受谗言诋毁而入狱的文人。罪行被赦免后，他在献给当初营救自己的恩人成都王颖的《谢平原内史表》中说："畏逼天威，即罪惟谨，钳口结舌，不敢上诉所天。"表明自己谨慎地服从天子降下的惩罚。江淹也是因谗言而蒙冤入狱的文人，其《诣建平王上书》是向建平王申诉自身清白的作品。"事非其虚，罪得其实，亦当钳口吞舌，伏匕首以殒身"① 一句，表现了他如果真的犯罪，甘愿服法认罪。

上述两封书信表达的均是被帝王问罪之人应该服罪的想法。值得注意的是，陆机和江淹都使用了"钳口结（吞）舌"，也就是噤口不言这样的词汇。"钳口结（吞）舌"一词可以说呈现了蒙冤之臣的姿态：即使遭受不实之罪，也尽量不直接表达内心的愤懑。类似的词语还有很多，如"避言""慎言""谨言""闭口""噤口""绝口""慎口""咋舌"等。这些传统的处世方法均是士人在与国家权力发生冲突时，为了避免招来祸患而采取的行动。笔者认为"钳口结（吞）舌"虽然表现了对"圣明"帝王的服从，但此词的内涵并不止于此。文人有时表面上是服从的姿态，但实际上做出这种姿态是为了保守内心的自由，我们可以把这种生存策略称为"罪人策略"。②

韩愈作为获罪文人之一，也曾采用过"钳口结（吞）舌"的策略。如元和十年（815），他在写给被贬友人李绛的书简《与华州李尚书书》中云："接过客俗子，绝口不挂时事，务为崇深，以拒止嫉妒之口。"③ 告

---

① （南朝·梁）萧统编《文选》卷三九，李善注，第4册，第1790页。
② 参见拙论《"避言"——从〈论语·宪问〉论中国古代的言论与权力》，载拙著《文本的密码——社会语境中的宋代文学》，李贵、赵蕊蕊等译，复旦大学出版社，2017。
③ （唐）韩愈：《韩昌黎文集校注》卷三，马其昶校注、马茂元整理，上海古籍出版社，1998，第227页。

诫李绛在与人交往时要注意自己的言论,不要给人留下诋毁的口实。这里所说的"绝口",就是"钳口结(吞)舌"的同义语。除了告诫友人,他也经常警告自己注意自身言论。如从江陵贬谪地被召还后的元和二年(807)所作的《剥啄行》,其前半部分云:

> 剥剥啄啄,有客至门。我不出应,客去而嗔。从者语我:子胡为然?我不厌客,困于语言。欲不出纳,以埋其源。空堂幽幽,有秸有芫。门以两版,丛书于间。窅窅深蛰,其墉甚完。彼宁可臲,此不可干。①

这部分诗句主要写拒绝访客等断绝与人交往之事。其中"我不厌客,困于语言。欲不出纳,以埋其源"写他为了避免他人把谈话内容当作诋毁的材料,所以采用不发言的手段来防患于未然。

此诗值得注意的是韩愈拒绝发言,躲在"幽幽"的"空堂"闭门不出之事。他所在的"空堂"是一个被"窅窅"堙壕围绕,与外界完全隔绝的空间。"幽幽"和"窅窅"句,描述了诗人幽暗寂静的深居环境,这样的描写应该与他曾获罪有很大关系。如前所述,罪人通常被囚禁在黑暗的空间中。此处的"空堂"或许也可以被看作这种黑暗的空间。当然,此时韩愈的罪已经被赦免,但他会在曾经被问罪的意识下将"空堂"塑造成一个类似牢狱的、与外界完全隔绝的幽暗空间。

承接上述内容,我们再来分析韩愈的《拘幽操》。诗中的叙述者(文王)也在践行着某种"钳口结(吞)舌"。当然这并非是真正意义上的"钳口结(吞)舌",否则此诗的内容也就不会被说出来了。如果把韩诗中文王所述的内容与《拘幽操》本辞比较,我们可以发现如下的差异。如前所述,《拘幽操》本辞前四句写商朝政治混乱,中间六句写纣王听信谗言囚禁文王,最后两句写四位大臣竭尽全力营救文王,全篇讲述的都是叙述者的所见所闻。与之不同,韩愈《拘幽操》几乎没有涉及文王的所见所闻,只是从文王的切身感受来描述与外界隔绝的牢狱的黑暗。诗中写到叙述者无法有所见闻与思考,丧失了这种能力。但反过来想,他其实是在有意避开述说自己也许能够有所见闻与思考的这种可能性。从这一点看,也可以说韩愈诗中的叙述者在努力践行"钳口结(吞)舌"。

---

① (唐)韩愈著,钱仲联集释《韩昌黎诗系年集释》卷六,第662页。

如前所述，刘辰翁和屈守元、常思春两位学者均把韩愈《拘幽操》解读为"反语"，认为其表达的是文王的"愤激"之情。这种解释之所以成立，是因为本诗可以引申为"钳口结（吞）舌"的表现方式，使人认为诗歌文本的背后隐藏着叙述者真正想表达的意思。为了避开直接陈述某件事，选用另一件事来叙述。为了隐藏某种想法，用其他信息来提示，有时甚至会在诗中出现这样完全相反的、曲折的表现。暂且不论从韩愈的《拘幽操》中是否能够读到"愤激"之情，可以肯定的是，此诗是在这样的语言环境中成立的。

代结语——罪人文学史上的苏轼

屈守元、常思春在解读韩愈《拘幽操》末尾二句时先说道："此愤激之反语耳。岂真颂纣圣明耶？"紧接着又指出："东坡在狱与弟辙诗'圣主如天万物春，小臣愚暗自亡身'，亦此意也。"众所周知，苏轼曾因乌台诗案入狱。其诗《予以事系御史台狱，狱吏稍见侵，自度不能堪死狱中不得一别子由，故作二诗授狱卒梁成以遗子由》[①]是被赦出狱后的作品。从屈氏、常氏两位学者所举二句可知，苏轼称自己是卑微"愚暗"的臣子，赞美皇帝是"圣主"。但屈氏、常氏认为此二句也是反语，表现的是苏轼的"愤激"之情。笔者对这种解释感到怀疑，但对这种将罪人苏轼的诗句与韩愈《拘幽操》联系起来论述的观点非常感兴趣，所以在本文结语的部分拟对"罪人文学"中苏轼的文学活动进行简单概括。

苏轼是中国罪人文学史上最为典型的"罪人"之一，他也承认自己是罪人。如乌台诗案时所作《十月二十日恭闻太皇太后升遐。以轼罪人，不许成服，欲哭则不敢，欲泣则不可，故作挽词二章》[②]，诗题就以"罪人"自称。这种"罪人"意识时常出现在苏轼诗中，如贬谪黄州时的《陈州与文郎逸民饮别，携手河堤上，作此诗》："此身聚散何穷已，未忍悲歌学楚囚。"[③]《子由自南都来陈三日而别》："夫子自逐客，尚能哀楚囚。"[④]

[①]（宋）苏轼：《苏轼诗集合注》卷一九，冯应榴辑注，黄任轲、朱怀春校，上海古籍出版社，2001，第975页。

[②]（宋）苏轼：《苏轼诗集合注》卷一九，冯应榴辑注，黄任轲、朱怀春校，第973页。

[③]（宋）苏轼：《苏轼诗集合注》卷二〇，冯应榴辑注，黄任轲、朱怀春校，第979页。

[④]（宋）苏轼：《苏轼诗集合注》卷二〇，冯应榴辑注，黄任轲、朱怀春校，第980页。

还有之后贬谪惠州时所作《闻正辅表兄将至，以诗迎之》："人言得汉吏，天遣活楚囚。"①《正辅既见和，复次前韵，慰鼓盆，劝学佛》："我亦沾濡渥，渐解钟仪囚。……犹胜嵇叔夜，孤愤甘长幽。"②这些都是直接在诗中称自己为"楚囚""钟仪囚"的例子。

在中国传统的罪人文学谱系中，罪人被书写成一种从"光明"的世界被放逐到"黑暗"中，却又渴望得到"光明"的救济的存在。苏轼的作品中，也出现了这样的罪人形象。比如，在被贬黄州时所作《晓至巴河口迎子由》一诗中，苏轼在回忆到被系御史台之狱时写道："去年御史府，举动触四壁。幽幽百尺井，仰天无一席。"在诗中，监狱被形容为"幽幽百尺井"，即被黑暗包围的井底。但这里还不是完全的黑暗，仰头还可以看到远处的微弱的"天"的光亮。这里散发出微弱光亮的"天"，应是与皇帝的形象重合的。

苏轼在出狱之后，也视自己为被光明放逐的、潜身于黑暗中的存在。如贬谪黄州之作《定惠院寓居月夜偶出》："幽人无事不出门，偶逐东风转良夜。"③《过江夜行武昌山上，闻黄州鼓角》："清风弄水月衔山，幽人夜度吴王岘。"④贬谪海南岛时所作《吾谪海南，子由雷州，被命即行，了不相知，至梧乃闻尚在藤也。旦夕当追及，作此诗示之》："幽人拊枕坐叹息，我行忽至舜所藏。"⑤等。"幽人"虽多指隐逸之士，但也有指代罪人的用法。虽然苏轼在创作这些诗时没有身陷囹圄，但应是把自己看作了像文王一样被"幽拘"的罪人。

此外，"幽人"意识下的苏轼也在努力践行罪人"钳口"的生存策略，即言论的自我控制、自我约束。如贬谪黄州时写给李之仪的书简《答李端叔书》云："得罪以来，深自闭塞。……轼自喜渐不为人识，平生亲友无一字见及，有书与之亦不答，自幸庶几免矣。……自得罪后，不敢作文字，此书虽非文，然信笔书意，不觉累幅，亦不须示人。必喻此意。"⑥主动断绝与人的交流，不公开发表诗文。这种策略不仅应用于贬谪时期，

---

① （宋）苏轼：《苏轼诗集合注》卷三八，冯应榴辑注，黄任轲、朱怀春校，第2009页。
② （宋）苏轼：《苏轼诗集合注》卷三八，冯应榴辑注，黄任轲、朱怀春校，第2011页。
③ （宋）苏轼：《苏轼诗集合注》卷二〇，冯应榴辑注，黄任轲、朱怀春校，第997页。
④ （宋）苏轼：《苏轼诗集合注》卷二三，冯应榴辑注，黄任轲、朱怀春校，第1146页。
⑤ （宋）苏轼：《苏轼诗集合注》卷四一，冯应榴辑注，黄任轲、朱怀春校，第2104页。
⑥ （宋）苏轼：《苏轼文集》卷四九，孔凡礼点校，中华书局，1986，第1432页。

还用于"元祐更化"的元祐年间。如《次韵王定国得颍倅二首》其二："自少多言晚闻道，从今闭口不论文。"①《叔弼云，履常不饮，故不作诗，劝履常饮》："平生坐诗穷，得句忍不吐。"② 这些均是描述害怕被问罪而抑制言论活动的诗句。③ 苏轼诗文中的类似言论还有很多。

韩愈和苏轼分别是唐、宋两代具有代表性的文人。他们身上有很多共通之处，都在中国罪人文学史上留下了重要的印记。

（作者单位：日本大阪大学文学研究科）

---

① （宋）苏轼：《苏轼诗集合注》卷二六，冯立榴辑注，黄任轲、朱怀春校，第1326页。
② （宋）苏轼：《苏轼诗集合注》卷三四，冯立榴辑注，黄任轲、朱怀春校，第1707页。
③ 关于苏轼言论的自我控制，参见拙论《言论统制下的文学文本——以苏轼的创作活动为中心》（收于前揭拙著《文本的密码——社会语境中的宋代文学》）。

在九世纪思想与文理（Aesthetic）嬗变的语境下再谈李商隐诗歌

摘　要：本文首先探讨考察文学史的一些最基本的方法，然后论证回归文学体验本质的问题对于我们解读晚唐诗人李商隐所具有的价值。笔者认为，将李商隐置于晚唐文学和文理嬗变这一宏观语境下，将有助于我们开辟一条解读其诗歌的新路径。本文分为四个部分：（1）言与文的区别：文的基本性质在于文理（aesthetic）判断；（2）文理判断的历史性；（3）中晚唐诗歌之文理系统；（4）晚唐文理系统语境中的李商隐诗歌。

关键词：李商隐　中晚唐诗歌　文理判断

〔美〕傅君劢

一　文学的层面

从最基本的问题出发："文"与"言"有何不同？"文"代表了"言"的文理秩序，但是文之文理秩序是如何引申"言"之意涵的呢？这里首先要说明一下为什么一定要用"文理"一词来翻译"aesthetic"这一概念。文学、艺术和生活中的"aesthetic"远比关于美的论述更具深度和广度。"文"给"言"带来的是意义而非美感。历史上很多文人学者注意到"文"之独特表现力。陶潜曾说，"夫导达意气，其惟文乎"[①]。苏轼也曾主张："物固有是理，患不知之，知之患不能达之于口与手。所谓文者，

[①]　（东晋）陶潜：《感士不遇赋序》，载陶潜著、龚斌编注《陶渊明集校笺》卷五，上海古籍出版社，1996，第365页。

能达是而已。"① 赵秉文沿袭了这一观点:"文以意为主,辞以达意而已。古之文不尚虚饰,因事遣辞,形吾心之所欲言者。间有心之所不能言者而能形之于文,斯亦文之至乎!"② 也就是说,"文"能够生成未经雕琢的"言"所无法实现的表达与再现的可能性。然而笔者认为,这里所谈的语言的文理秩序还有一种更深层的功能。伊曼努尔·康德在其《判断力批判》一书中对这一功能做过最为系统的阐述。康德认为,我们在对世界有任何认知以前,首先需要预感到我们所面对的世界中存在着可以被认知的规律。否则我们将没有理由在变动不居的生活体验中探寻有关具体事物和事件的知识。康德将这种根本性的直觉(有知识可以被探求的直觉),称为第一直觉,也就是一种奠定了我们认知世界基础的直觉。我们直觉上确信可以通过某种概念分类将两个客体归为同类,尽管我们还无法定义该概念分类。文理判断肯定存在此种概念,而该概念所指涉之规律尚不为人所知(如已知其规律则不能称其为文理判断了)。"文理直觉"一词就表达了这层含义:我们看到的表象好像含有内在规律。这种有关文理的见解与王应麟对诗歌的著名描述异曲同工。他在《困学纪闻》中写道:"司空表圣云:'戴容州叔伦谓诗家之景,如蓝田日暖,良玉生烟,可望而不可置于眉睫之前也。'"然而,二者的不同点在于,无论我们所面对的事物是一件物品,一个事件,还是一首诗词,文理判断之于王应麟足以成为一种对于美的体验,而对于康德而言,文理判断只存在于我们与事物互动的那一瞬间。而接下来补足这一文理判断瞬间的是对所认知客体内部固有之规律的反思和探询。因此,"文"作为文本的一个面向,为我们指明了语言模式中所固有的一种更宽泛的秩序,一种我们起初知之甚少却迫使我们思考和学习的秩序。为了捕捉"文"的这种文理秩序,笔者将采用"文理"这一概念来说明"文"这一表现模式中内在的概念结构和更为宽泛的整体秩序。

二 文学实践的历史维度

将文理判断理解为在无具体认知概念下对事物潜在规律的一种直觉,

---

① (宋)苏轼:《答虔倅俞括》,载《苏轼文集》卷五九,第1793页。
② (金)赵秉文:《竹溪先生文集引》,载《闲闲老人滏水文集》卷一五,《四库全书》第1190册,第236页。

在九世纪思想与文理（Aesthetic）嬗变的语境下再谈李商隐诗歌

这一观点同时也定义了一种独特的、关于"文"的文学史。这个意义上的文学史有别于那些关于文学的社会、政治或制度史。历史语境将阅读的文理体验以两种相互关联的、制约文学史发展动态的方式呈现出来。第一种方式以语言的系统性为出发点，正是这种系统性生成了文学体验。语汇绝非寥寥数语本身那么简单。它们不仅指代一个具体的事物，同时也涵盖该事物在其自身所处的多元系统中的功能（概念上的同时也是体验上的功能）。因此以言为文并不仅仅规范语序和指示字面含义，还建立在定义语言的深层语义网络系统之上。对语义的直觉也是对更为宽泛的涵义网络的直觉。然而，这种赋予词汇深层意涵的经验和概念结构是始终随着社会中物质、社会和文化组织的变迁而发展变化的。因此，一个诗人的写作整合了他所用语言中蕴含的其所处时代的世界体系，而后世的读者却只能通过他们自己时代的世界结构来解读诗人的诗作。诗人在其作品中所表达的文理直觉展现的是他所处时代所固有的意涵，而当他的诗作给予后世读者强烈的文理体验时，他们对文理体验的直觉展现的却是他们自己所处时代所固有之意涵。诚然，诗人和读者处于两个截然不同的时代。比如"情"这个核心概念便可以作为这种错位的一个重要例证。对于李商隐和他的明清读者来说，"情"分别植根于两个不尽相同的概念秩序中（稍后将对其做进一步阐述）。

如上所指出，第一种方式所谈的历史性存在于词汇的层面，即词汇的含义产生于其所处时代的概念结构。既然词汇含义本身具有了历史性，那么将其作为基本要素的诗歌之文理判断也便同样地具备了历史性。但是后者的历史性更为深入。这就是我们要谈的第二种方式。它强调文理体验的高度历史性，体现了建构于诗歌中的文理直觉秩序的本质。诗歌文理直觉的对象不仅仅局限于词汇的字面含义。通过文理直觉的经验，读者确信诗歌必有其自身的规律，即一种尚未被认知的概念。其实读者借助词汇的含义而获得文理直觉的可能性受制于其所处时代的概念结构，因此不可避免地具有历史性的限制。因为文化是发展变化的，一种先前还令人耳目一新的意涵可能性可能会变得陈腐乏味，或者干脆与另一历史时期的概念秩序毫无关联甚至完全相悖。拿杜甫来说，他在晚期诗歌作品中所展现的强劲有力的诗学想象，勾勒出了一种文理体验的新的潜在模式，这种模式对于他的那些恪守中古文化秩序的同侪来说意义甚微，而在那些因安史之乱而面临激烈文化转型的新一代中唐读者之中却颇受青睐。与此同时，那些叛乱结束之后最为杰出的守旧派诗人大多很快被淡忘也是由于贯穿他们诗歌创作的文理直觉依赖的是一种行将就木的文化秩序，他们诗歌中的这种根深蒂固的文理秩序已然无法在后世的读者中引发共鸣。

三 安史之乱以降唐代精英思想中的"人道"（Human Way）

本文的目的在于将李商隐诗歌置于九世纪中国文士文化传统的文理命题之中，该文化传统在安史之乱的浩劫之后经历了重大的转变。此前的贵族秩序秉承人类领域（human realm）等级脱胎于天与地的二元结构，安史之乱之后对于贵族秩序的那种传统信念转瞬成空。老迈、疲惫，而又沉迷杨贵妃美色的唐玄宗将统治权交到了一众轮番上台的宰相手中，而正是他们导致了安禄山的叛乱。参政议政的士族门阀子弟显然对如何有效地应对持续蔓延的混乱失序感到力不从心和无能为力。面对如此的衰败，士大夫阶层开始为政治、社会、文化和道德权威探索新的模式。中唐时期的诗人由此跳出了"天地"二元结构的藩篱，把目光转向了人类领域中的"道"——它也是早期儒家传统的一个基本概念。当然这不单单是对古代经典的回归。他们需要对显著的人性秩序存续的本质做出阐释。它的基础是什么？这种秩序的具体细节有哪些？它们又如何被认知和应用？

正如许多学者已经阐明的，安史之乱之后的文士作者不再把"天地人"的结构看作一种自上而下、垂直结合的单一整体，而是把它们视为在一个系统中独立存在的三个领域，每个领域都有其自己的规律，它们既彼此呼应又最终各自拥有自主的秩序和权威。在这一区隔三个领域的系统中，与"天—地"模式相类似的"人文"（human patterns）不仅是已确立的文化传统，更是以文化为写照的人性之本质特点。我们可以看到这一关于文化之本质基础的论断在九世纪有诸多表达。例如李翱（774~836）曾写道：

> 日月星辰经乎天，天之文也。山川草木罗乎地，地之文也。志气言语发乎人，人之文也。志气不能塞天地，言语不能根教化，是人之文纰缪也。山崩川涸，草木枯死，是地之文裂绝也。日月昏蚀，星辰错行，是天之文乖戾也。天文乖戾，无久覆乎上。地文裂绝，无久载

在九世纪思想与文理（Aesthetic）嬗变的语境下再谈李商隐诗歌

乎下。人文纰缪，无久立乎天地之间。①

李翱在文中将"志气言语"而不是孔子所谈的"斯文"这个概念所折射的文化传统视为"人文"。在人类领域中，人类本性奠定了其自然表达之呈现模式的基础。举例来说，独孤郁（776~815）有如下解释：

> 夫天之文位乎上，地之文位乎下，人之文位乎中，不可得而增损者，自然之文也。……夫天岂有意于文彩耶？而日月星辰不可逾；地岂有意于文彩耶？而山川丘陵不可加。《八卦》《春秋》岂有意于文彩耶？而极与天地侔。其何故得以不可越自然也？②

独孤郁主张人文具有恒久不变的、不可化约的特点。虽然独孤郁坚持"人文"的自然性，对文士们来说颇具挑战的是对这些模式的理解。这里，对"文"的创造成为中心议题。也就是说，在九世纪的范式下，为人类领域的整体性提供基础的那种始终如一的人文模式与前面讲到的康德对经验领域的先验整体性所做出的超验性推论异曲同工。在这两种模式中，文理判断的可能性均要求一种对宏大结构的判断，即认为这个宏大结构是生成所有经验的因素。人类的文化课题旨在揭示那种假定的存在于人类经验中潜在的规律，而该目标只能通过文理经验的调节实现。梁肃将这种文理调节的功能解析如下：

> 夫大者天道。其次人文。在昔圣王以之经纬百度。臣下以之弼成五教。德又下衰，则怨刺形于歌咏，讽议彰乎史册。故道德仁义，非文不明。礼乐刑政，非文不立。③

这里我们可以看到一种从观念到文本的转变，即对人类领域的潜在秩序之观念在写作中被明确地呈现出来。一些作者的确指出了儒家经典的核心性，但这恰恰是因为人性秩序就是内在于现世世界和持续的经验中的，正如它也内在于圣人的著作中一样。由此，那个用来揭示人类经验逻辑性的

---

① （唐）李翱：《杂说上》，载萧占鹏《隋唐五代文艺理论汇编评注》第 2 册，南开大学出版社，2002，第 804 页。
② （唐）独孤郁：《辩文》，载萧占鹏《隋唐五代文艺理论汇编评注》，第 948 页。
③ （唐）梁肃：《常州刺史独孤及集后序》，载《全唐文》卷五一八，第 5259 页。

创造"文"的课题被从经典文本延伸至现世的写作中。白居易在给元稹的信中不仅确认了《诗经》中所有诗篇的持久影响力，同时也肯定了这种影响力来源于构成人的那些特质本身：

> 夫文尚矣，三才各有文，天之文三光首之，地之文五材首之，人之文六经首之。就六经言，诗又首之。何者。圣人感人心而天下和平。感人心者莫先乎情，莫始乎言，莫切乎声，莫深乎义。诗者：根情，苗言，华声，实义。上自圣贤，下至愚骏，微及豚鱼，幽及鬼神，群分而气同，形异而情一。未有声入而不应，情交而不感者。①

我们可以顺理成章地从认为《诗经》源于人性本质之感应性的论点推导出一个更宽泛的结论，即所有感人至深的写作都是基于这种感应特质。由此白居易提出了一种隐含于书写中的人性感应特质："天地间有粹灵气焉。万类皆得之，而人居多。就人中，文人得之又居多。盖是气凝为性，发为志，散为文。"② 在此，白居易的上述论证中所概括的多层命题为我们提供了一个思考九世纪诗歌创新的语境，尤以李商隐的诗歌创作为是。

四 关于人性体验的诗歌

中晚唐时期的重要作家都探索了从人与世界的互动中衍生出来的意义模式。诗人们特别对形式结构和语言进行了探究，二者都能够追溯人对世界的感应。这种感应是由普遍存在的物质——"气"和"性"——塑造出来的，而"气"和"性"也为人对世界的体验中潜在的一种更为宏大的"人文"之秩序提供了基础。

那一时期的诗人重点强调了对他们创作中的体验之解读。比如韩愈的《秋怀诗十一首》第八以其深幽的起笔，描绘了一次试图理解屋外秋叶景象所表达的含义却最终归于失败的尝试，以及一种让景物自我表达的欲望。随后韩愈又描写了他内心的沉思作为对"秋"的感应，这里的"秋"

---

① （唐）白居易：《与元九书》，载朱金城笺校《白居易集笺校》卷四五，上海古籍出版社，1988，第2790页。
② （唐）白居易：《故京兆元少尹文集序》，载朱金城笺校《白居易集笺校》卷六八，第3653页。

被人文话语定义为时间的流逝与消亡,而天地之秋在其诗中则不复存在。

秋怀诗十一首(第八)①

卷卷落地叶,随风走前轩。鸣声若有意,颠倒相追奔。空堂黄昏暮,我坐默不言。

这种对人类感性特质及其意义的关注在中唐诗歌中呈现一种更为激进的态势。例如,当孟郊写《寒溪八首(第三)》的首联时,颓败的意象几近幻象,然而这首诗之作者并非癫狂之人,只是对烦扰的感性的一种探索。

寒溪八首(第三)②

晓饮一杯酒,踏雪过清溪。波澜冻为刀,剸割凫与鹥。宿羽皆翦弃,血声沉沙泥。独立欲何语,默念心酸嘶。

孟郊为我们描绘了一幅常见的寒冬景象并配以一个充满烦扰、肆意篡改自己见闻的叙述者。诗的焦点不在于景色本身,而在于一种在人性意图支配之下对景色的解读,而这种解读必须由读者重新构建。这首诗的连贯性,即诗中所潜在的秩序,是关于人类的敏感性而非发现与世界本身的秩序。然而,需要强调的是,在中唐时期对"人文"的构建过程中,诗中的感应/共鸣,尤其是触景而生的情,具有一种客观的、实质性的特点。它们让我们了解了人以及人通过自身的感官所认识的世界。气固于性,而事物动性以生情:人的感应模式,即便极端如孟郊的探索,仍然是人类领域中的意义的一部分。

孟郊的诗通过对高度感性的描摹考察了意义的人性秩序,这种创造性的手法在后来的诗歌传统中罕有体现。但是李贺更为追根究底地探讨了意图性在建构对世界之解读时所起到的作用。他的两首诗展示了两种迥异的手法。例如,在《苏小小墓》一诗中,诗中叙述者生动的想象是如此之热烈,以至于读者完全无法分辨哪些是实景描写,哪些是主观臆想。

---

① 屈守元、常思春编《韩愈全集校注》第1册,四川大学出版社,1996,第366页。
② (唐)孟郊:《孟郊诗集校注》,华忱之、喻学才校注,人民文学出版社,1995,第233页。

苏小小墓①

  幽兰露,如啼眼。无物结同心,烟花不堪剪。草如茵,松如盖。风为裳,水为珮。油壁车,夕相待。冷翠烛,劳光彩。西陵下,风吹雨。

诗中的比拟令其描写更显怪异,人们可以对其有多种解读,但谁也无法确定诗的结尾到底发生了什么。可是这又不是一首毫无章法的诗:它的高明之处在于巧妙地展示了各种将人性意义倾注在"苏小小墓"上的手法。诗中,一个痴迷的讲述者任意解读眼前之墓园景象,并使用多重手法展现苏小小始终栖居于此的臆想。当原本的墓园被比拟成居所,它便获得了新的意涵,这种意涵并非来自外部的客观世界,而是产生于人类在客观世界中构建秩序的主观活动中。李贺在这首诗中就做了此种探索。其实,按照中晚唐文士之观点,所谓的主观境界有其特种综合规律。这些规律基于人类性情和五官本然的性质。因此李贺的这首诗的文理体验的内在秩序也仍明显囿于中唐时期强调人类领域一致性的创作法则。

  在李贺的那些探讨感性特质如何塑造人与经验之互动的诗歌中,最为大胆的诗作恐怕当数《金铜仙人辞汉歌》了。该诗完全抛开人类领域,通过非人类的感性对一次事件进行了想象。

金铜仙人辞汉歌②

  茂陵刘郎秋风客,夜闻马嘶晓无迹。画栏桂树悬秋香,三十六宫土花碧。魏官牵车指千里,东关酸风射眸子。空将汉月出宫门,忆君清泪如铅水。衰兰送客咸阳道,天若有情天亦老。携盘独出月荒凉,渭城已远波声小。

作为青铜之神是一种怎样的体验?由完全不同的"气"构成,仙人当有不一样的情感状态。尽管诗中青铜塑像流下的是融化的铅泪,它却慨然道:

---

① (唐)李贺:《李长吉歌诗王琦汇解》,王琦等评注,载《三家评注李长吉歌诗》卷一,上海古籍出版社,1998,第46页。
② (唐)李贺:《李长吉歌诗王琦汇解》,王琦等评注,载《三家评注李长吉歌诗》卷二,第66~67页。

"天若有情天亦老。"人拥有着从人性中生成的情感，也便只能想象出如此的仙人。由此该诗绝妙的想象性笔触可见一斑。

晚唐新一代的诗人继续探讨了人类感性特质在积极塑造我们面对世界时生成之意义中的角色。但是除了李商隐的最为极端的诗作，这些诗人更多地关注了人与世界互动中的小片段。从杜牧的绝句如《泊秦淮》《山行》到其与晚唐风格契合的极工整的诗行，这些诗歌对琐碎细节的探索也都采用了多种多样的形式。以贾岛和姚合为代表的苦吟诗人，他们对诗歌的精雕细琢不仅仅是形式上的实践，同时也具有文理目的。尤其是在关于宇宙秩序的二元想象（天—地）逐渐式微以后，诗联的创作就变成了对引人入胜的结构进行的探索，这种结构通过人类特有的为系统化的经验分门别类的行为显现出来。也就是说，晚唐诗人创作的诗联并不仅仅是工整优美的：这种美感呈现的事实更能帮助我们了解人类领域。贾岛的《宿山寺》一诗中的第二组对句不失为一个很好的例证。

宿山寺[①]

众岫耸寒色，精庐向此分。流星透疏木，走月逆行云。绝顶人来少，高松鹤不群。一僧年八十，世事未曾闻。

其中的主动动词"透"和"逆"不仅令诗行更为生动，同时也突出了由人类感知力造成的错觉。尤其是，虽然是浮云在明月旁流转，看起来却像是明月在浮云中逆向穿梭。贾岛当然明白这一点，因此这一诗行展现的是一种人的阐释行为。

五　李商隐与伤感诗歌

李商隐属于注重挖掘人类经验秩序的晚唐诗歌世界中的一分子。他沿袭了中唐时期对于立足于人类共有的先天特质的"人道"（human way）之阐述，这种先天特质赋予所有人同等的机会来使用"人文"这一标准范式。例如，他在给崔龟从的信中写道：

[①] （唐）贾岛：《贾岛集校注》卷八，齐文榜校注，人民文学出版社，2001，第387~389页。

> 夫所谓道，岂古所谓周公、孔子者独能邪？盖愚与周、孔俱身之耳。以是有行道不系今古，直挥笔为文，不爱攘取经史，讳忌时世。①

正如刘青海教授所论证的那样，李商隐跟中唐诗人一样，认为人类所共有的"气"是他能够探讨"人道"的基础。对于李商隐和中唐诗人来说，这种"气"不可避免地导致了人性的变化无常，但同时也规定了人参与更宏观的世界规律的方式。② 在一篇给王茂元写的祭文中，李商隐引用了庄子的话，他写道："冥寞之间，杳忽之内，虚变而有气，气变而有形，形变而有生。今将还生于形，归形于气，漠然其不识，浩然其无端。"③ 从某种程度上说，祭文自身的一个文体特点就是探索关于宏大的人类生死循环的有限知识，而李商隐看起来也认为对于人类领域来说这种知识极为有限。跟中唐诗人一样，李商隐将其对"气"的本体论认知作为写作过程的实质基础。刘青海教授认为李商隐在其《容州经略使元结文集后序》中对元结写作的描述实际上表达了他自己对创作得更为宽泛的理解。在这篇"后序"中，李商隐如是写道："次山之作，其绵远长大，以自然为祖，元气为根，变化移易之。"④ 如刘青海教授所述，以"元气"为创作的根本将李商隐从儒家规范的桎梏中解脱出来。李商隐在该"后序"中也明确地辩驳道：

> 论者徒曰："次山不师孔氏为非。呜呼！孔氏于道德仁义外有何物？百千万年，圣贤相随于涂中耳。次山之书曰：'三皇用真而耻圣，五帝用圣而耻明，三王用明而耻察。'嗟嗟此书，可以无乎。孔氏固圣矣，次山安在其必师之邪！⑤

因为李商隐与中唐时期的重要诗人有着共同的思想和写作信念，笔者

---

① （唐）李商隐：《上崔华州书》，载《樊南文集》，上海古籍出版社，1988，第442~443页；（唐）李商隐著，周振甫选注《李商隐选集》，上海古籍出版社，1986，第323~325页。
② 刘青海：《李商隐"元气自然论"及其尚真、任情的诗歌思想》，《文学评论》2017年第6期，第48~57页。
③ （唐）李商隐：《重祭外舅司徒公文》，载《樊南文集》，第346~351页。这段引文一部分是对"庄子至乐"的引用，一部分是对其转述。
④ （唐）李商隐：《容州经略使元结文集后序》，载《樊南文集》，第431~435页。
⑤ 见周振甫对该段落的阐释，周振甫选注《李商隐选集》，第433页。

在九世纪思想与文理（Aesthetic）嬗变的语境下再谈李商隐诗歌

认为他的诗歌也因此反映出同一种核心意图，一种关于探讨和表达塑造人类经验领域的、基于本体论意义上的互动模式之意图。尤其是他那些有关爱情愁绪、忧虑以及失落的诗歌与孟郊诗中的烦扰以及贾岛对诗联的精雕细琢颇为相似。但是李商隐的那些探讨爱情愁思之多元模式的诗歌之所以别具一格，在于其诗歌的确切性，这种确切性使其诗歌拥有引发共鸣的巨大力量。举例来说，周振甫就强调说李商隐的那些描写情人愁绪的诗歌并非含混暧昧，事实上其所描绘的形象非常清晰具体。[①] 试以《无题》一诗为例：

无题[②]

来是空言去绝踪，月斜楼上五更钟。梦为远别啼难唤，书被催成墨未浓。蜡照半笼金翡翠，麝熏微度绣芙蓉。刘郎已恨蓬山远，更隔蓬山一万重！

诗中暗含了叙事的元素：一次落空的会面，一纸匆忙写就的短签，一抹充满渴望的身影，一切都在阻隔与沮丧中戛然而止。这些都绝非抽象模糊的意象，而是极尽真实且耳熟能详的细节：它描绘出一种事实与情感的独特交会。"匆忙写就的短签"这一处理尤为精彩。笔者认为这种构建出来的（事实与情感的）独特交融刻画了人类渴望的一个剪影，而这恰恰就是这首诗的文理意图所在，的确，该诗对这一文理意图的完成度令人无比赞叹。[③]

这首诗的连贯性，其文本中所内在的文理统一性，都体现在其自身生成的"意境"中。对于晚唐的诗人和读者来说，这种对人类感性特质的挖掘传达了他们当前最直接的文化议题，因此是完全合时宜的。在这里有必要重申的是，李商隐的《无题》一诗所建构出来的环境与其所触发情感的结合体，属于对"人性规律"之描述的一部分，人类通过这种"人性规律"生成和划分意义。情感是人类感应特质动态变化的基本组成部分，这

---

① （唐）李商隐著，周振甫选注《李商隐选集》，第 45~46 页。
② （唐）李商隐著，刘学锴、余恕诚校注《李商隐诗歌集解》第 4 册，中华书局，1988，第 1467~1469 页。
③ 正如周振甫所述，李商隐的《无题》诗确实写出了一种新的意境，突破了前人的创造（周振甫选注《李商隐选集》，第 35 页）。

种感应机制不仅制约着个人生活，同时也塑造了国家统治的原则。当欧阳修强调"尧、舜、三王之治，必本于人情"①时，他也不失为那一时代的一员。

笔者认为当这种赋予人文中的情感元素以实质性功能的做法在宋朝的文化转型中逐渐式微以后，将《无题》一诗看作感性特质的一个片段变得越来越不合时宜，因为它无法有效描述诗歌中隐含的文理一致性。于是，宋代的读者开始寻求更为具体的"意"来解读这首诗。如果李商隐建议其朋友利用他诗中描摹渴望的这一定格片段来表达自身的忧思（"夫君自有恨，聊借此中传"②），刘学锴教授正与其背道而驰。刘教授对李商隐诗歌之后世接受史的研究表明，后世的读者（主要是自南宋以后）对其诗歌的解读往往局限在一些他们不得要领的、独特而隐晦的意涵中。③ 然而，即便诗歌意涵的流失不可否认，这些诗歌在明朝、清朝乃至现代，仍然是文理意义上最扣人心弦、家喻户晓、影响深远的作品。

最后，笔者主张，由于后世对李商隐诗歌的解读不可避免地立足于他们自己所处时代的文理议题上，因此这些解读应成为他们自己时代（而非唐代）的文化和文学史的一部分。如果我们尝试让李商隐回归晚唐的文理命题和文化使命中，我们将会发现一个迥然不同的世界（以及诗歌），这个世界具有别样的价值，也将采用不同的视角来看待我们用以与世界互动的人文。这无疑将会延伸并丰富我们对诗歌的解读以及对自我的理解。

（马旭 译）

（作者单位：Department of East Asian Studies，University of California，Irvine，USA）

---

① （宋）欧阳修：《纵囚论》，载《欧阳修全集》卷一七，中华书局，2001，第288页。
② （唐）李商隐：《谢先辈防记念拙诗甚多异日偶有此寄》，载《李商隐诗歌集解》，第1487页。
③ 刘学锴：《李商隐诗歌接受史》，安徽大学出版社，2004。

音乐境界与身世之感

——李商隐《锦瑟》意旨再探

摘　要：李商隐《锦瑟》一诗的意旨，自宋代以降解说纷然，归纳众说则有十余种，而以"自伤身世"说影响最广。然检视旧说，梳理源流，后起的解说者对于宋人的"音乐"说之合理性汲取者少，对诗所传达的"惘然"情调理解亦较疏略。《锦瑟》之旨，乃在于以"锦瑟"为核心，通过音乐境界的摹写来表达思华年时的身世"惘然"之感。思华年之身世之感的音乐化表现是其突出特点，此外其在唐代音乐诗的艺术表现以及作为咏物言怀诗的艺术创新，皆具有特殊的价值与意义。

关键词：《锦瑟》　意旨　音乐境界　身世之感

李芳民

《锦瑟》是李商隐诗歌的代表作，也是其诗歌中意旨最为朦胧难解的作品。金人元好问曾有"独恨无人作郑笺"（《论诗绝句三十首》之十二）之憾，清人王士禛也有"一篇《锦瑟》解人难"（《戏仿元遗山论诗绝句三十二首》之十一）之叹，近人梁启超则说："义山集中近体的《锦瑟》《碧城》《圣女祠》等篇……这些诗，他讲的什么事，我理会不着。拆开一句一句的叫我解释，我连文义也解不出来。但我觉得他美，读起来令我精神上得一种新鲜的愉快。须知美是多方面的，美是含有神秘性的，我们若还承认美的价值，对于这种文学，是不容轻轻抹煞啊。"[①] 由此可见

---

① 梁启超：《中国韵文里头所表现的情感》，载氏著《饮冰室合集》第13册，中华书局，2015，第119~120页。

《锦瑟》意旨索解之不易。尽管如此，历代读者对《锦瑟》的解读却依然兴致盎然。自宋以降，阐释《锦瑟》之旨，就其主要者已有十余说，如"令狐青衣"说、"咏瑟"说、"悼亡"说、"自伤身世"说、"诗序"说、"伤唐祚"说、"令狐恩怨"说、"情场忏悔"说、"寄托君臣朋友"说，等等。近世以来，"悼亡"与"自伤身世"二说支持者甚众，而又以"自伤身世"说相较更为通达，成为影响最大的一说。但细审"自伤身世"说，觉其间似仍有未尽融彻圆满者。今检视旧说，细读文本，不避谫陋，略申己意。总括而言，鄙意以为，《锦瑟》乃是以"锦瑟"为关目，借摹写瑟之音乐境界而传达其回顾平生身世时的复杂心理感受之作。

一

李商隐诗歌的朦胧难解，主要集中于无题之作，而《锦瑟》则历来被看作其无题诗的代表。比如清人田同之即说："义山《锦瑟》诗，拈首二字为题，即无题义，最是。"[①] 据现代学者研究统计，李商隐的无题诗约百首，除直接标以"无题"者外，另有两类则是取首句首二字与取诗篇中间或结尾数字为题者。[②] 前一类直接标以"无题"者，无题可谓真无题，而后两类，其情况就较复杂了。即以取首句首二字为题者言，其旨意也有可解与不可解之别，如首二字取地名者如《潭州》，取禽鸟名者如《流莺》，等等，其意旨皆可解会。而类于《锦瑟》者，虽取首二字为题，后人对其旨意之解读，却颇感困惑。《锦瑟》一诗，乃至被视为"诗谜"。

其实，若将《锦瑟》与《潭州》《流莺》等相较，则其间也颇有相似之处，以对《潭州》《流莺》等的解读来比照《锦瑟》，则或有可资鉴之者。对《潭州》《流莺》等旨意的解读，无不将取为题的首二字与诗中所写内容相联系，那么，理解《锦瑟》诗的意旨，是否也可以将"锦瑟"二字与诗中所写内容联系起来呢？鄙意以为，义山既取"锦瑟"为题，则其诗中所写当不能与"锦瑟"全无关系，故而理解此诗，不可放过题目"锦瑟"二字之于整首诗的意义。

---

① （清）田同之：《西圃诗说》，载郭绍虞编选《清诗话续编》上册，富寿荪校点，上海古籍出版社，1983，第758页。
② 杨柳：《李商隐评传》，江苏人民出版社，1981，第411~415页。

音乐境界与身世之感

回顾《锦瑟》旨意诠解之历史,最初的解读者其实是很注意"锦瑟"之于整首诗的意义的,也就是最初人们都将"锦瑟"作为关注点,以其为诗旨解说的重心所在。北宋黄朝英《缃素杂记》记载:"山谷道人读此诗(《锦瑟》),殊不晓其意,后以问东坡,东坡云:'此出《古今乐志》,云:"锦瑟之为器也,其弦五十,其柱如之,其声也适、怨、清、和。"'案李诗,'庄生晓梦迷蝴蝶',适也;'望帝春心托杜鹃',怨也;'沧海月明珠有泪',清也;'蓝田日暖玉生烟',和也。一篇之中,曲尽其意,史称其瑰迈奇古,信然。刘贡父诗话以为锦瑟乃当时贵人爱姬之名,义山因以寓意,非也。"①《缃素杂记》所记黄庭坚请教苏轼及苏轼为之作解是否确有其事,不可详考,但《锦瑟》为咏"瑟"之音乐,在宋代则是非常流行的一种说法,当时从此说者,又往往在此基础上复加演衍。比如许顗说:"《古今乐志》云:'锦瑟之为器也,其柱如其弦数,其声有适、怨、清、和。'又云:'感(当作适)怨清和,昔令狐楚侍人能弹此四曲,诗中四句,状此四曲也。'章子厚曾疑此诗,而赵推官深为说如此。"② 这是综合了刘攽《刘贡父诗话》中以《锦瑟》"或谓是令狐楚家青衣也"的意思,而把它当作是令狐楚侍人所弹奏的四曲。胡仔也以为《锦瑟》是写音乐的,不过他认为诗是描摹音乐境界的,因为以文字描摹音乐,总不免有模糊性,因此其所描摹的境界可以移作不同乐器:"古今听琴阮琵琶筝瑟诸诗,皆欲写其音声节奏,类以景物故实状之,大率一律,初无中的句互可移用,是岂真知音者。但其造语藻丽,为可喜耳。……如玉谿生《锦瑟》诗云:'庄生晓梦迷蝴蝶,望帝春心托杜鹃。沧海月明珠有泪,蓝田日暖玉生烟。'此亦是以景物故实状之,若移作听琴阮等诗,谁谓不可乎?"③ 而邵博、张邦基则坚持认为《锦瑟》中间两联的四句分别为曲名。邵博说:"如李义山《锦瑟》诗,'庄晓梦迷蝴蝶,望帝春心托杜鹃','庄生'、'望帝',皆瑟中古曲名。"④ 张邦基也说:"李商隐《锦瑟》诗云:'庄生晓梦迷蝴蝶,望帝春心托杜鹃。沧海月明珠有泪,蓝田日暖玉生烟',人多不晓,刘贡父《诗话》云:'锦瑟,令

---

① 转引自刘学锴、余恕诚《李商隐诗歌集解》,中华书局,2004,第1581页。
② (宋)许顗:《彦周诗话》,载(清)何文焕《历代诗话》,中华书局,1981,第394页。
③ (宋)胡仔:《苕溪渔隐丛话》前集卷十六,上海古籍出版社,1962,第103~105页。
④ (宋)邵博:《闻见后录》卷十八,明津逮秘书本。

狐绹家青衣，亦莫能考。'《瑟谱》有适、怨、清、和四曲名，四句盖形容四曲耳。"① 这种以《锦瑟》之旨为写音乐的认识，一直到明代中期还很受推赏。只是从明后期的胡应麟、胡震亨开始，才对此提出了批评。胡应麟重提宋人之"青衣说"，以为："'锦瑟'是青衣名，见唐人小说，谓义山有感作者。观此诗结句及晓梦、春心、蓝田、珠泪等，大概'无题'中语，但首句略用锦瑟引起耳。宋人认作咏物，以适、怨、清、和字面附会穿凿，遂令本意憒然。且至'此情可待成追忆'处，更说不通。学者试尽屏此等议论，只将题面作青衣，诗意作追忆，读之自当踊跃。"② 胡震亨不同意胡应麟的观点，认为《锦瑟》是情诗，谓："以锦瑟为真瑟者痴。以为令狐楚青衣，以为商隐庄事楚、狎绹，必绹青衣亦痴。商隐情诗，借诗中两字为题者尽多，不独《锦瑟》。"③ 至清代，则悼亡、自伤、自况、寄托等说兴起，而持悼亡之说者一时甚盛。近代以来，又有感国祚兴衰、伤唐室残破、诗集自序等之说。众说纷然，虽或能启人之思，但亦难免有治丝益棼之感。且后起诸说，对于诗题"锦瑟"二字与诗歌音乐之间的联系的关注、显见越来越少，多数人以为"锦瑟"在诗中只是诗人用以作感物起兴的④。

二

考后起诸说较少关注题目中之"锦瑟"与音乐之关联，原因在于对诗之第二句"一弦一柱思华年"中"思华年"三字的关注，也即解诗时对诗中重心的关注发生了改变。比如，清人徐夔说："此义山自伤迟暮，借锦瑟起兴，'无端'是惊讶之词，孔融所谓五十之年忽焉已至也。五十之前，如庄生之梦不可追；五十以后，如望帝之心托之来世。珠玉席上之珍，无如沉而在下，韬光匿彩，只自韫椟而已。'此情可待'谓始原不薄，自今追忆，不觉憮然，能不痛念而自伤哉！'当时'，言非一日也。细寻脉

---

① （宋）张邦基：《墨庄漫录》卷一，四部丛刊三编景明钞本。
② （明）胡应麟：《诗薮》"内编"卷四，上海古籍出版社，1979，第65~66页。
③ （明）胡震亨：《唐音癸签》卷二十三，古典文学出版社，1957，第205页。
④ 以"锦瑟"作为起兴者，清以后之学者多有持此论者，如朱鹤龄（见《李义山诗集笺注》）、朱彝尊（见《李义山诗集笺注辑评》）、杜诏（见《唐诗扣弹集》）、姚培谦（见《李义山诗集笺注》）等。

络，原自可解，纷纷妄谈，何啻梦中呓语？"① 杜诏也说："诗以锦瑟起兴。'无端'二字，便有自讶自怜之意，此瑟之弦遂五十邪？瑟之柱如其弦，而人之年已历历如其柱矣，即孔北海所谓五十之年忽焉已至也。庄生梦醒，化蝶无踪，望帝不归，啼鹃长托，以比华年之难再也。感激而明珠欲泪，绸缪而暖玉生烟，华年之情尔尔。不但今日追忆无从，而在当日已成虚负，故曰'惘然'。"② 应该说关注"思华年"这一点，对理解此诗意旨是很重要的，因为以往以瑟之音乐作解者，确有忽略这一重要信息指向的倾向，"'思年华'三字，一篇之骨。"（朱鹤龄笺注、沈厚塽辑评《李义山诗集辑评》评语），"'思华年'三字，即一篇之眼目"（汪辟疆语），可谓醒人耳目之语。但由于接下来的颔联、颈联四句皆用典故，与上言之"思华年"在意脉榫接上，造成了迷离与朦胧，遂又致使诗旨的解释言人人殊，歧说纷出。后来持"自伤身世"说者，大致以此四句为作者对一生身世遭际的比喻，不过由于这样的解释多以个人的读诗感受为主，带有很强的主观性，因而有人甚至完全不同意如此作解。清黄子云即说："诗固有引类以自喻者，物与我自有相通之义。若'锦瑟无端五十弦，一弦一柱思华年'，物与我均无是理。'庄生晓梦'四语，更又不知何所指。"他甚至进一步猜测说："必当日獭祭之时，偶因属对工丽，遂强题之曰'锦瑟无端'，原其意亦不自解，而反弁之卷首者，欲以欺后世之人，知我之篇章兴寄，未易度量也。子瞻亦堕其术中，犹斤斤解之以适怨清和，惑矣！"③ 其实，"一弦一柱思华年"句，由弦、柱联想及自身年岁，其含义应该是比较明显的，诗人写诗，连类而及产生联想，也是诗歌创作中惯常的思维习惯，因此，黄子云的反诘，并不十分有力。但是，若不能将"思华年"与以下两联所描摹的境界在意脉上贯通，乃至与全诗首尾及诗题相照应，而欲求得诗旨解释得圆融无碍，也是比较困难的。

检视旧说，诗旨为写瑟之音乐说所具有的合理成分，似不应该完全否定，起码它提出了对此诗中间两联所含有信息的富有启发性的理解，也提供了对解说此诗旨意的有价值的启迪。如果联系诗题之"锦瑟"，再仔细分析"思华年"与中二联的联系，将中二联解作描摹音乐境界以寄寓生平

---

① 转引自刘学锴、余恕诚《李商隐诗歌集解》，第 1588 页。
② （清）杜诏编《唐诗叩弹集》卷七，清康熙四十三年采山亭刻本。
③ （清）黄子云：《野鸿诗的》，清昭代丛书本。

身世经历时的心理感受,则不仅诗的意脉能够前后贯通,而且与诗题"锦瑟"也有了照应。具体说来,做出这样解说的理由有二。

其一,诗题与诗中描写的照应。诗既以《锦瑟》为题,虽然是取诗之首句前二字,但也不能完全排除它的意义指向性。对此,可与《流莺》《潭州》两诗作比较。为做对比,将二诗原作引录如下:

> 流莺飘荡复参差,度陌临流不自持。巧啭岂能无本意,良辰未必有佳期。风朝露夜阴晴里,万户千门开闭时。曾苦伤春不忍听,凤城何处有花枝?(《流莺》)
> 潭州官舍暮楼空,今古无端入望中。湘泪浅深滋竹色,楚歌重叠怨兰丛。陶公战舰空滩雨,贾傅承尘破庙风。目断故园人不至,松醪一醉与谁同!(《潭州》)

前诗题作《流莺》,所以诗即围绕流莺的特点、遭际展开,而其中自伤之意亦寓焉。其中间两联,紧承首联对流莺命运的感慨,分别写流莺巧啭之本意不被理解的深衷与其不论早晚阴晴、不管千门万户之开闭而殷勤啼鸣的境遇,结末流露伤春与同情之意。后诗取"潭州"为题,首联写身居潭州官舍,日暮独上空楼,触动有关潭州人事之感,中间两联写湘妃之竹、屈原楚歌、陶侃战舰、贾谊旧宅,皆与题目《潭州》相呼应,末联收束以抒写所待之人未到的孤寂与愁怀。仔细分析,中间两联都是与题目有照应关系的,其都是对题目内容的进一步展开。由此看来,与二诗完全相类的《锦瑟》,其中间两联,也不会与"锦瑟"毫无关系,其也一定是围绕"锦瑟"展开的进一步的描写。

其二,篇法上起与承的关系。从诗歌的结构上看,按诗法,律诗八句四联,大都遵循起承转合的规矩,也就是说,中间两联一般都要对首联有承继与接转。"七言近体……大抵有起而后有承,有承而后有接,有接而后有转,有转而后有结。一开则一合,一扬则一抑。"[①]《锦瑟》诗的首联为"锦瑟无端五十弦,一弦一柱思华年",其颔联按照律诗作法,要承接首联,应接其"思华年"之意,但同时也应与首句中的"锦瑟"相

---

① (清)吴翌、吴铨鏕:《诗书画汇编》卷上,转引自陈伯海主编《唐诗论评类编》上册,上海古籍出版社,2015,第448页。

关联，因此，其中间两联的"思华年"，一定是围绕锦瑟之意写"思华年"的内容的，这样中间两联的描写也就必然是对"瑟"之音乐描写和表现"思华年"内容的结合。但后世解者多脱离此意，而拟之于人事、政事。清人杜庭珠即谓："'梦蝶'，谓当时牛、李之纷纭；'望帝'，谓宪、敬二宗被弑，五十年世事也。'珠有泪'，谓悼亡之感；'蓝田玉'，即龙种凤雏意，五十年身事也。"① 清宋翔凤也说："《锦瑟》一篇，盖义山五十后自序之作也。五十弦瑟最悲，而己之身世已似之矣。首二句点明年纪。'庄生'句是悼王氏妇，即《转韵》诗'怜我秋斋梦蝴蝶'，以庄子有鼓盆之事，故以自比。悼伤后，乃应柳仲郢东蜀之辟，正义山五十岁后事，故有《悼伤后赴东蜀遇雪》诗。又《赴职梓潼留别畏之》诗，有'柿叶翻时独悼亡'之句，'望帝'云云，正指东蜀也。'沧海'句追记随郑亚在岭表也。'蓝田'句追叙在河阳以前妇子之乐。通首皆追忆，故先近事，以及远事，即末云'此情可待成追忆，只是当时已惘然'也。义山晚年编订平生之诗，而以此篇冠首。"② 这样的解读，虽然紧扣"思华年"，却与中间两联承接"锦瑟"并展开叙写没有关系了。

三

回顾《锦瑟》一诗意旨解读的演变过程，大致经历了从以诗旨乃描写"瑟"所弹奏音乐之"适怨清和"境界到以叙写诗人自身身世经历的变化。在这一演变中，有关对诗中音乐描写内容的解读的关注逐渐减少，但也不是再无人关注于此。清人何焯是持悼亡说的，但他解释时还是注意到"瑟"的音乐特性及其之于诗歌的意义。谓："此悼亡之诗也。首特借素女鼓五十弦之瑟而悲，泰帝禁不可止发端，言悲思之情由不可得而止者。次连则悲其遽化为异物。腹连又悲其不能复起之九原也。"③ 很显然他是从"瑟"这一乐器的音乐特性出发来阐述整个诗歌的情感基调的，而其这一认知，又同典籍中关于瑟的形制形成有关。因为《史记·封禅书》以及《汉书·郊祀志》都有这样的记载："泰帝使素女鼓五十弦瑟，悲，帝禁

---

① 转引自刘学锴、余恕诚《李商隐诗歌集解》，第1588页。
② （清）宋翔凤：《过庭录》卷十六，清咸丰浮溪精舍刻本。
③ （清）何焯：《义门读书记》卷上，清乾隆刻本。

不止，故破其瑟为二十五弦。"由于这一记载对五十弦瑟的乐理性质的描述，人们产生了以《锦瑟》写身世之感而又以"悲"为核心的解读倾向。但结合诗末联"此情可待成追忆，只是当时已惘然"看，若诗中只有"悲"的情感，其中之"惘然"之感又如何能解释得通达圆融呢？既云"惘然"，则情怀必定复杂莫名，单是言"悲"何以称"惘然"？必百味杂陈，难以说清，回顾当日，方可有"惘然"之感。盖惘然者，迷糊不清也。所以仅从典故原本之意来解释诗意，仍感难以圆融无碍。况且，关于五十弦之"瑟"的音乐性质，《史记·封禅书》及《汉书·郊祀志》的描述，只是从瑟的形制起源出发，用以说明瑟之不同形制的形成。泰帝因素女所弹曲太过悲伤，故破五十弦之瑟为二十五，但并不意味着五十弦瑟的音乐只能弹悲伤之音。从有关瑟的后世论述看，瑟之音乐也不是只专主悲声的。元人熊朋来《瑟谱》云："《尔雅》释曰：'瑟者，登歌所用之乐器也。'古者歌诗必以瑟，《论语》三言瑟而不言琴，《仪礼》'乡饮'、'乡射'、'大射'、'燕礼'，堂上之乐，惟瑟而已。"[①] 宋人陈旸《乐书》亦云："《明堂位》曰：'大琴、大瑟、中琴、小瑟，四代之乐器也。'《尔雅》曰：'大琴谓之离，大瑟谓之洒。'由是观之，琴瑟，堂上之乐，君子所常御，所以乐心者也。然琴则易良，瑟则静好，一于尚宫而已，未尝不相须而用。"[②] 所以，单纯从五十弦之瑟的原始典故出发来解读《锦瑟》诗中情感为悲，是不完全合适的。

其实，对《锦瑟》诗中的解释，既注意诗中的音乐描写，又注意其与"思华年"之关系，并将之做出圆融之解的，并非古无其人，清雍正初年徐德泓、陆鸣皋的《李义山诗疏》中关于《锦瑟》的疏解即已注意二者的关联：

> 陆鸣皋曰："无端"二字，即含兴感意，而以"思华年"接之。物象人情，两意交注，首尾拍合，情境始佳。若仅谓写瑟之工，便成死煞。
>
> 徐德泓曰：此就瑟而写情也。弦多则哀乐杂出矣。中二联，分状其声，或迷离，或哀怨，或凄凉，或和畅，而俱有华年之思在内也。

[①] （元）熊鹏来：《瑟谱》卷一，清指海本。
[②] （宋）陈旸：《乐书》卷四十二"周礼训义"，清文渊阁四库全书本。

故结联以"此情"二字紧接。追维往昔，不禁百端交感，又不知从何而起，故曰"可待"，曰"惘然"，与"无端"两字合照，惝恍之情，流连不尽。①

陆解注意其中之物象与人情的关系，以为其"两意交注，首尾合拍，情境始佳"，而不同意其专意写瑟之工，其说不仅启人良多，也可谓别出手眼。而徐解则更为细致完善。一是其强调"就瑟而写情"，也就是注意到"瑟"与诗歌写情之间的联系，既注意"瑟"这一物，又注意诗意之所在为"情"；二是指出"弦多则哀乐杂出"，也就是不认为《锦瑟》只是写悲情，而是哀与乐相混杂，这与前人从《史记·封禅书》以及《汉书·郊祀志》中素女弹五十瑟、泰帝因其悲甚而破为二十五的典故出发而以抒悲伤之情的解说即有了区别；三是对于中间两联的意义的揭示，指出其是"分状其声"，并以为其"或迷离，或哀怨，或凄凉，或和畅，而俱有华年之思在内也"，从音乐境界描写的角度给予了中间两联以合理的解释；四是其解释能够照顾全诗的整个结构与意脉，对末联与首联及中间两联之间的联系解释得透彻而圆融。正是由于此，刘学锴先生对此解说给予了很高的评价，谓：

> 综合徐、陆的笺解，可以看出他们解《锦瑟》主要是抓住"思华年"这条主线，和"无端""惘然"等关键性词语，将声象、物象和人情融合在一起，来揭示诗的丰富蕴涵。既避免像许多注家那样泥定于一端（单纯咏瑟，单纯悼亡，单纯写身世经历，单纯序诗歌创作，如此等等），又不排斥每一种有一定依据的具体解说。引导读者沿着"无端""思华年""惘然"这条主线，在心象与物象、声象与心境的融通中多方面地体味诗的丰富内蕴，从而使这首诗的蕴涵得到最大限度的发掘。可以说，这是自宋代以来数十种对《锦瑟》的解说中最不执着穿凿、最通达而少窒碍的解说，也是最富于包容性而能为持各种不同看法的读者接受的一种解说。如果不是真正把握了《锦

---

① 见刘学锴、余恕诚《李义山诗歌集解》，第1589页。按，徐德泓、陆鸣皋的《李义山诗疏》，长期以来国内未见其本流传，直到21世纪初刘学锴先生自日本得其复印本并撰文介绍，其方广为人所知。见刘学锴《一部国内失传多年的李商隐诗选疏选评本——徐、陆合解〈李义山诗疏〉评介》，《安徽师范大学学报》2001年第3期。

瑟》诗百端交感、意蕴虚涵的特点，不可能作出如此切当而富于包容性的解说。①

20世纪80年代，刘学锴、余恕诚两位先生编撰《李商隐诗选》，其时他们可能还未看到陆、徐合解的《李义山诗疏》，但对《锦瑟》诗意的解说，已与陆、徐有相通之处，指出"本篇素称难解，歧说纷纭。实则首尾两联已明言这是思华年而不胜惘然之作。华年之思，即因睹瑟之形（五十弦）、闻瑟之声（弦弦柱柱所发的悲声）而生。所以颔、腹两联即承'一弦一柱思华年'，既摹写锦瑟所奏的迷幻、哀怨、清寥、缥缈的音乐意境，又借助于描摹音乐意境的象征性图景对年华所历所感作概括形象的反映。锦瑟既是诗人兴感的凭借，又是诗人不幸身世的象征"。②嗣后，在《李商隐诗歌集解》中，他们结合众解，结合李商隐其他诗中的相关描写，对此说又做了更细致的解说，并将《锦瑟》之诗旨，定为"自伤身世"，云：

自伤身世之说，较为切实合理。律诗之警句，虽多见于颔腹二联，而其主意，则往往于首尾二联点明。本篇以"思华年"总领，以"可待成追忆"与"惘然"作结，实已明示诗系追忆华年往事，不胜惘然之作。颔腹二联则概写"华年"情事，而"惘然"之情即寓其中。……

首联谓见此五十弦之锦瑟，闻其弦弦所发之悲声，不禁怅然而忆己之华年往事。因锦瑟而"思华年"，固因其有"五十弦"而触发华年已逝之悲（五十当是作诗时诗人大致年岁），亦缘作者之身世即似此锦瑟也。……

颔腹二联，即承"思华年"而写回忆中之华年往事，此二联仍当与题面"锦瑟"有关。所谓"一弦一柱思华年"，实与"弦弦掩抑声声思，似诉平生不得志"之意相近。即因瑟声而触动身世之感，而身世之感亦蕴含于瑟声也。故"适怨清和"四境虽未必完全切合实际，然四句所写皆瑟声所传之乐境与华年之处境遭际则无疑。"庄生"句系状瑟声之如梦似幻，令人迷惘，用意处在"梦"字"迷"字。而

---

① 刘学锴：《一部国内失传多年的李商隐诗选疏选评本——徐、陆合解〈李义山诗疏〉评介》，《安徽师范大学学报》2001年第3期。
② 刘学锴、余恕诚：《李商隐诗选》，人民文学出版社，1986，第254~255页。

此种境界亦即以象征诗人身世之如梦似幻,惘然若迷。庄生梦蝶之典,所取义者为其变幻迷乱,而非所谓栩栩然安适。

"沧海"句写瑟声之清寥悲苦。与"望帝"句虽同属哀怨悲苦之境,然一则近乎凄厉,一则近乎寂寥,自有区别。……此句托寓才能不为世用之意较为明显,无庸烦征。"蓝田"句似写瑟声之缥缈朦胧,如蓝田日暖,良玉生烟,可望而不可置眉睫之前。或以喻己所向往追求者,皆望之若有,近之则无,属虚无缥缈之域,如《无题》所云"如何雪月交光夜,更在瑶台十二层"者是也。或解为喻己如美玉沉埋而辉光终难掩抑,亦可通,然与瑟声所表现之缥缈朦胧意境及"可望而不可即"之意象似隔一层,且与末联"惘然"之情不甚切合。要之,颔腹二联并非具体叙述其华年往事,而系借瑟声之迷幻、哀怨、清寥、缥缈以概括抒写其华年所历之种种人生遭际、人生境界、人生感受。其寓意当就全句所展现之完整意境而求之,不得但执一句一词之索解。

末联含意明白。"此情"统指颔腹二联所抒写之情事,二句谓上述失意哀伤情事岂待今日追忆方不胜怅恨,即在当时亦惘然若失矣。"惘然"二字总括"思华年"之全部感受。[①]

经过这样仔细的诠释,《锦瑟》一诗之意旨大致得以圆通的诠解,尤其是围绕"锦瑟"、音乐与作品的情感三者之间关系的揭示,应该是较以往其他诸说要更合理通达得多了。

四

《锦瑟》一诗意旨的探求,从清人陆鸣皋、徐德泓再到今人刘学锴、余恕诚两位先生,其大致获得了比较圆通的诠解。笔者对于刘、余两位先生的解说基本赞同,但仍有三点需要做些补充。

其一是对《锦瑟》诗旨的概括。陆、徐对于此诗的意旨,强调其是借瑟写情,他们分析了诗的抒情特点与诗的结构意脉,但并未从总体上概括

[①] 刘学锴、余恕诚:《李商隐诗歌集解》,第 1599~1601 页。

诗之主旨具体含义为何。刘、余两位先生则强调指出本诗之旨为"自伤身世"。不过，对于此诗的基调是"自伤"还是"感慨"，似可再做斟酌。关于五十弦之瑟，其音为悲，前已说过《史记·封禅书》以及《汉书·郊祀志》是描述其形制形成的一种说法，未必五十弦只能弹奏悲音。对于此，徐德泓已说过"弦多则哀乐杂出矣"的话，并由此分析中间四联所写音乐境界，亦不主悲之一端，而是迷离、哀怨、凄凉、和畅兼而有之。刘、余在分析时也指出"颔腹二联并非具体叙述其华年往事，而系借瑟声之迷幻、哀怨、清寥、缥缈以概括抒写其华年所历之种种人生遭际、人生境界、人生感受，如此，则以"自伤身世"概括诗旨，似不尽确切，与其说是"自伤身世"，不如说是借瑟写"身世之感"。李商隐的一生，固然是悲剧的一生，但就诗人自己回顾往事的感受，则可能既有悲，亦有欢，既有凄凉，也有安适，五味杂陈，故才有"惘然"的体验。因此，窃以为《锦瑟》之旨，准确点说，应是作者以"锦瑟"为核心，借助摹写瑟之音乐境界来抒发其身世遭际之感慨的，这样概括，或者更符合诗中所蕴含的信息。

其二是诗中摹写音乐境界的创造性及其价值。诗写音乐，在唐代作品中甚夥，也不乏著名诗人的出色之作。总体而言，唐人以诗歌写音乐，其艺术是不断发展的。盛唐人的笔下，其写音乐的技巧尚比较朴素。比如，常建、李白皆曾有写琴之音乐的诗：

江上调玉琴，一弦清一心。泠泠七弦遍，万木澄幽阴。能使江月白，又令江水深。始知梧桐枝，可以徽黄金。（常建《江上琴兴》）

蜀僧抱绿绮，西下峨眉峰。为我一挥手，如听万壑松。客心洗流水，余响入霜钟。不觉碧山暮，秋云暗几重。（李白《听蜀僧濬弹琴》）

常建、李白的手法，都是从听者的感受出发，突出琴声的音乐效果，手法上或用移情，或用比喻，尽力写出琴音的动人的力量。而韩愈的《听颖师弹琴》，则以比喻为主，通过音乐形象的变化，写出颖师琴技的高超：

昵昵儿女语，恩怨相尔汝。划然变轩昂，勇士赴敌场。浮云柳絮无根蒂，天阔地远随飞扬。喧啾百鸟群，忽见孤凤凰。跻攀分寸不可上，失势一落千丈强。嗟余有两耳，未省听丝篁。自闻颖师弹，起坐在一旁。推手遽止之，湿衣泪滂滂。颖乎尔诚能，无以冰炭置我肠。

诗中通过儿女私语、勇士出征、风飘浮云柳絮、凤鸣百鸟群、攀登失势跌落等形象描写，生动地表现出颖师所弹琴音的丰富多变，末又以冰炭置肠的感受，写颖师琴音的动人效果。

以上写音乐的诗歌，从手法上来说，还是以比喻的修辞手段为主，但到李贺写音乐的诗歌，则对上述音乐诗歌的手法有了超越。看李贺的《李凭箜篌引》：

吴丝蜀桐张高秋，空山凝云颓不流。江娥啼竹素女愁，李凭中国弹箜篌。昆山玉碎凤凰叫，芙蓉泣露香兰笑。十二门前融冷光，二十三丝动紫皇。女娲炼石补天处，石破天惊逗秋雨。梦入神山教神妪，老鱼跳波瘦蛟舞。吴质不眠倚桂树，露脚斜飞湿寒兔。

读过李贺此诗，再看其他诗人的音乐描写手法，不能不叹服李贺所具有的超凡的创造力。诗中围绕音乐境界的描写，展开神奇的想象，有拟人，有比喻，有夸张，有虚写，有实写，尽力将诉诸听觉的音乐，变成具体可感的物象，使人通过直观的物象体会难以把握的音乐境界，音乐境界因此而形象化了。诗人调动的手法是多样的，尤其值得注意的是其运用神话传说描写音乐境界，可谓既有创造性，又别开生面。以神话传说表现音乐，其境界既有神秘感，又有一定的模糊性，形成了人们理解音乐境界时的张力，也使音乐境界的意义蕴涵变得更为丰厚。

李商隐与李贺都是富于浪漫精神的诗人，李商隐很可能潜在地接受了李贺的影响，因此他的音乐描写隐约中也似有李贺的影子。但李商隐又比李贺更进了一步，形成了不同于李贺的特点。《锦瑟》中间两联的音乐描写，其主要特点是用典，且多有神话性与故事性，这显然与李贺以"江女啼竹""素女含愁""女娲炼石""吴质不眠""露湿寒兔"等神话故事写音乐境界有相似之处，但不同的是，李贺诗中的指向性很明确，那就是描摹音乐境界，而李商隐则是将几个富有故事性的典故平列一处，从而使中间两联的意境表现张力更大，模糊性更强，在朦胧之境中形成理解上的多义性与复杂性。这样一来，《锦瑟》一诗的音乐描写，就将唐人诗歌表现音乐的艺术大大地拓展了。

其三，诸多解《锦瑟》者，都不同意将之当作咏物诗。陆鸣皋已说过"若仅谓写瑟之工，便成死煞"的话，而从诗的主要内容为"思华年"来看，它确实主要是以抒写情怀为内容的，不像传统咏物诗那样，把重心放在所咏对象的形象特征刻画描写上。但《锦瑟》一诗，题标"锦瑟"，中间又以描摹不同的音乐境界为主，这种音乐境界又是与题目中"锦瑟"相关的，而音乐境界又是作者身世感受的音乐化表现，如此一来，诗中具体描写实围绕"锦瑟"来展开，便又不能说完全没有咏瑟的意味在内。而就咏物诗而言，举凡杰出之作，也莫不是将咏物与抒情做到紧密结合，不隔不泥，融合无间。《锦瑟》一诗，其中之"锦瑟"、音乐描写与身世之感，可谓融和一体，具有优秀咏物诗的基本特征。如果我们不同意它是传统意义上的咏物诗，而把它当作一种在表现手法上别有新创的新型咏物诗来看，那么，这首诗是否也可看作李商隐在诗歌类型创新上的一种贡献呢？

《锦瑟》一诗的诠解，向来聚讼最繁，索解为难，笔者一如众多喜爱义山诗者，对此诗揣摩良久，于中间两联的内容及意义亦多沉潜玩味，而每觉其必定与"锦瑟"之题目不能脱节，因而有其乃写音乐境界之感悟。综观全诗，对其旨意因也有借音乐境界传达身世感慨的理会。及读到陆鸣皋、徐德泓以及刘学锴、余恕诚先生的解读，不禁有先得我意、道我所欲言之感。然细微之处，亦稍有差异，因述《锦瑟》意旨之所在，略为解读如上。其所未当者，祈明达君子，有以教之。

（作者单位：西北大学文学院）

论唐代歌行体与送别酬赠诗的双向联系和平行发展[*]

摘 要：在唐代，送别酬赠诗除了按一般套路写作外，还有部分作品以歌行体式出现，二者的结合对彼此都有影响。和送别酬赠题材的结合，给歌行带来了显著变化：第一，出现了歌行别体——散体歌行，以别于歌行正体；第二，主题的复沓和文情的丰富；第三，改变了送别赠人诗单一化的格局，丰富了此类诗歌的题材、内容、情调、风格；第四，丰富了送别酬赠诗的表现方式，使之分化为客观再现型和主观表现型。虽然互相渗透，但总体上看仍是两种不同的诗型，走不同的发展道路，总体趋向是既有写法和内涵上的双向联系，又在交叉影响中平行发展。

关键词：歌行体 送别诗 酬赠诗

李德辉

一般认为，歌行体属于体式概念，送别、酬赠诗则是题材概念，这三者是不可能有什么交集的。因此人们很少将其结合起来研究，已有的成果如王艳花《论李白的歌行体送别诗》（《甘肃社会科学》2009 年第 1 期）、赵莉《论岑参歌行体送别诗之新创》（《南京工程学院学报》2013 年第 2 期），虽然观点正确，但目标集中在李白《梦游天姥吟留别》《灞陵行送别》、岑参《白雪歌送武判官归京》《轮台歌奉送封大夫出师西征》等少数名篇上，以为主要是李、岑诗的问题，尚未扩大到整个唐诗，更未意识

---

[*] 本文为国家社科基金重大课题"中国古代文学制度研究"（项目批准号：17ZDA238）成果；"湖南科技大学中国古代文学与社会文化基地"（湘教通〔2004〕284 号）成果。

到在唐代，歌行体不仅和送别诗有关，还和酬赠诗有关。长期以来，人们已习惯于从某类题材或体式入手提出问题，很少注意到部分唐诗的题材和体式还存在相互影响的关系。而要说清楚这一问题，又非从诗体和题材的关系入手不可。仅用一般的套路去就事论事，论述单个作家、少数作品，不仅会有《文心雕龙·序志》所说的"各照隅隙，鲜观衢路"的局限，忽略其中具有共性的东西，甚至还会发生误判。经验表明，当一类研究进行到一定程度，就有必要超越个案研究，做整体的观照。事实上在唐代，不仅李白、岑参有歌行体的送别酬赠诗，刘希夷、孟浩然、李颀、王维、王季友、王翰、杜甫、任华、元结、顾况、刘长卿、独孤及、韦应物、刘商、颜真卿、李端、皇甫曾、皇甫冉、钱起、卢纶、韩翃、皎然、张谓、窦庠、戴叔伦、权德舆、韩愈、孟郊、刘禹锡、李吉甫、武元衡、杨衡、齐己等三十多位作者，都有类似的创作。从初盛唐到中晚唐，绵延不断。因为作品较多，内容独特，宋人将其收入《文苑英华》"歌行"门，别立"杂赠""送行"两类，二十卷歌行，占去二卷，加上散见于其他卷次的，总数约占八分之一强，可见其本身就是一个有独立学术价值的研究对象。至于送别酬赠诗和歌行体的关系，更是一个较有诗学理论探讨色彩的重要问题，尚未得到完满的解释。作家作品之多、延续时间之长、牵涉面之广，都表明并不单是李、岑的个人风格问题，而是送别、酬赠诗和歌行体的关系问题，是唐人怎样对待歌行体和送别酬赠诗的问题，具有整体的相关性。对于这类涉及全局的问题，整体研究显然要比个案研究好，本文的讨论由此而发。

一 歌行体的优势及其与送别酬赠诗的结合

送别、酬赠诗都是交往诗的种类，可简称交往诗。在唐代，交往诗的发展不仅有赖于人际交往的现实推动，亦曾凭借诗体变革提供的动力。送别、酬赠诗作为交往诗的题材类型，其写作有常体，也有变体。常体即五七言古、近体，习见，不易出新，因为过于寻常老套，不能吸引读者。变体则为歌行，采用此体去写离别赠人诗，题材虽然还是一个，表达的重心却有送别和歌行两个点，从体式到文辞都有新意，对读者的吸引力较大，容易推出精品名篇。在唐代，颇有以此两种体式来送别、赠人的例子。因此所谓诗体变革的动力，就本文的主题而言，即歌行体创作的求新求变。

唐人歌行创作的变革途径之一，是和送别、赠人诗的创作结合。之所以选歌行体来变革送别酬赠诗，主要是因为歌行体的突出优势：七言长篇，叙事抒情，文采优美，形象丰富，字数句数都未固定，篇幅可长可短，容量较大，又无押韵、对偶的严格限定，便于用笔的自由变化，迂回别致，层层铺叙。而五七言律绝则有很多的规定必须遵从，没有这些优势，只适合按套路写作，不能满足自由书写的创作要求，因此选择了歌行体。以歌行体来作送别酬赠诗，既有利于展现歌行的体式风范，增添诗歌的艺术韵味，也有助于送别、赠人主题以不同以往的新颖方式呈现，更能吸引读者。因为是送别酬赠题材和歌行体的叠加，所以既不能全用歌行体的写法，也不能全是送别酬赠诗的格套，而是各取一半，这么处理，既可展现诗人的才气、个性，又未忽略送别赠人的主题。虽是传统的送别赠人诗，因为有歌行体的优势，却可写得不染俗气，个性鲜明，在发扬此二体诗歌优点的同时，还能够在一定程度上规避其不足，因此有才气、有个性的诗人都愿意采用。

由于歌行本身就是最能体现唐人艺术个性和创作才情的诗体，而送别赠人诗又是陈腐格套最多、最难见精彩，写作最易流于庸俗的诗型，故最易发生变革。改变传统观念和写作习惯，通过题材和文体的互渗来谋取发展，不失为一条有效途径，不少唐人也是这么做的，因此才有本文所说的唐代歌行体与送别酬赠诗的双向联系和平行发展。所谓双向联系，是指歌行体和送别酬赠诗互相有写法上的借鉴和发展机缘上的联系，歌行通过寄体于送别酬赠题材获得了发展，送别酬赠诗也因为和歌行体的结合产生了新变，互相都借助和对方的结合而改变了自身面貌。平行发展则是指送别酬赠诗尽管借助歌行体的力量获得了改进，歌行体也因为和送别酬赠题材的兼容而改变了旧貌，但毕竟是两种不同的诗，有着不同的艺术特点和写作要求，总体来看仍是交集少独立多，走的是两条不同的发展路径。写法上虽有交叉，路线上却是在交叉影响下平行发展，两不相妨。

乐府诗和歌行体也有交叉，部分歌行体还采用乐府题目。照理说，也可采用乐府诗来改革送别酬赠诗。但实况是，唐人很少这么做。原因在于乐府诗固有的局限。按照当今学界的研究结论，乐府旧题诗有题名、本事、曲调、体式、风格五个要素①，其中题目、本事都是前定的，约束着后代作者，只要用到乐府诗题，就须回归传统，题咏古事。哪怕是别有寄托，也须借古喻今。而乐府诗的体式和风格尽管比较灵活，未曾划一，但也不是完全可以不顾前行作品的，仍须照顾传统，照应古题和古辞。这样就从标题、内容、文辞、体式、风格五个方面限制了作者的自由发挥，自然不可能满足送别赠人主题的充分表达。读者想要创作，必须遵从这些规定，不能完全撇开，另搞一套，因此，乐府诗确实不适宜作送别诗，而歌行体却很适合，因为这种诗体自由度最大，有体制上的天然优势。部分酬赠诗的标题确实接近乐府，如宋之问《浣纱篇赠陆上人》等，但也不是乐府诗，而是歌行体，因此并无以乐府诗送别的情况存在，歌行体送别赠人却很普遍。

歌行属于形式范畴，送别酬赠属于内容范畴。虽然各为一事，看似互不相侵，但其实也有交集。歌行是一种诗歌样式，对于具体内容和命题方式并无明确限定，人们可以用歌行体来写作不同题材的作品，并不一定要像常见的歌行那样中规中矩地写作，也可以有不同的选择。比如，采用乐府诗的题目，咏古事；或采用非乐府诗的题目，写今情。这样，看似互不关联的事物就可建立联系。事实上，到武后、中宗朝，就已有人以歌行体写作送别诗，做法与众不同。此后作者日多。唐人本有创作古乐府的风尚，到盛唐，人们已不满于沿用老题目，而是要借用老题目来写新意思。或是撇开老题目，另制新标题。于是"歌行的篇题+送别赠人的主题"成为新的命题方式。到杜甫的时代，以歌行来呈赠友人，表达别情，已经成为创作风尚之一。歌行体发展至此，又和酬答诗、赠送诗建立了联系。天宝中，已有十多位诗人有过类似创作。绵延至晚唐，仍有作者数十。这一做法不仅给传统的送别酬赠诗带来了生机，也给古老的歌行体带来了新变，是古体诗的新面貌。如果这种诗体和题材的融合仅仅发生在盛唐，还可认为是一时的风尚，或是文学复古思潮在诗体运用上的体现，但事实不然，整个唐代都有创作，可见本质乃是诗人对送别酬赠诗的创作现状不满，追求新变，和文学复古无关，更非一度存在的风尚。而应理解为创作方式方法上的革新，从这个角度上去认识其意义。即使像李白等怀有复古

---

① 吴相洲：《乐府学概论》，人民文学出版社，2015，第 116~173 页。

情结的诗人,其诗作也是努力恢复古调,是在以复古为革新。

二 歌行体送别酬赠诗的发展演变、命题方式、形成原因

在人们印象中,送别、酬赠诗以五七言短章为主,至于以歌行体的七言长诗来送别,较为少见,只有盛唐诗人才偶尔如此。其实不然。据考察,自初唐后期起,歌行体不仅和送别诗有关系,和酬赠诗也有关系。唐代最早的歌行体酬赠诗的作者是刘希夷和宋之问。刘希夷有《洛中晴月送殷四入关》,七言短古,体式、风格接近王勃《滕王阁诗》,是最早将歌行体指事咏物的传统写法和送别诗相结合的成功典范,晴月构成送别的意境和作品的内涵,后面当省去作为歌行标志的篇、吟等字。又《全唐诗》卷五一有宋之问《浣纱篇赠陆上人》《冬宵引赠司马承祯》,均作于武后朝,为酬赠诗。《浣纱篇赠陆上人》据陶敏《沈佺期宋之问集校注》考证,乃景龙二年(708)五月至三年(709)秋,之问任景龙文馆学士期间一次酒会上的分题赋咏。当时是诸学士同题共作,之问分题,"得浣纱篇",并非赠人诗。后来因和陆上人交往,要拿此诗来送人,遂又改名《浣纱篇赠陆上人》。收入《文苑英华》卷二一九《释门》,云:"越女颜如花,越王闻浣纱。"实则越女、越王云云,都非写实,乃借古喻今,比兴体制,以古人古事指代陆上人和自己的交往。命题方式接近乐府,但非乐府诗,而是七言歌行。《冬宵引赠司马承祯》亦非古乐府,乃宋氏自制新题,且是七言为句,中带兮字,骚体诗型,八句一篇,平仄转韵,也是歌行体,且其写作年代更早。据陶敏《沈佺期宋之问集校注》,为其武后前期居嵩山,师事潘师正期间所作。这段时期,宋之问和司马承祯有交往,此诗且有司马承祯的答作,题为《答宋之问冬宵引》。宋氏的两首原作,都是借助古乐府的篇、引等字作标题,附以事名,属自制新题的歌行。诗的写作目的有两个:既要题咏事物,又要以此赠人。这在宋之问那里起初仅是个人行为,未必是有意识的创新之举,但其做法可能别有渊源。陈代诗人江总有《赠别洗马袁朗》,查《旧唐书·文苑传上》,袁朗陈后主时任太子洗马,江总此诗当作于陈后主朝。宋之问作歌行时,上距江总赠袁朗诗仅有百年,江氏此诗宋氏完全可以看到,并加以模仿。进一步推论,江总既然能有此诗,那就可能不止一篇,其他同时代人也可能有

同类创作，所以之间此诗，确实不能排除前代作品的影响。他将赠人和歌行结合，写成的是七言歌行，目的是借古事，申今情。这套做法，对后人有启发。因此，到开元中，沈佺期、宋之问等景龙文馆学士的下一辈诗人，就开始模仿这套做法来送别赠人。开元后期，作品愈多，创作突破日益显著。酬赠诗方面，最早的作者是孟浩然和李白。《全唐诗》卷一五九有孟浩然《大堤行寄万七》。从其生平看，当作于开元前期。《大堤行寄万七》为乐府诗题，收入《乐府诗集》卷四九，五言八句，歌行体，写襄阳大堤的男女游乐，表现襄阳地域风情，大堤作为主题词，是关键，万七仅是附丽，二者的关系不是对等的，诗中也未出现和万七的交往、情谊等字眼，孟氏当是以此诗寄赠他，以为戏笑。全诗无论送人赠友还是歌行体式都不成熟，二者的结合也不紧密，进一步的拓展，还要等待后面更有才力的作者。到开元末天宝中，李白写出十多首送别赠人的歌行体，这套做法才固定下来。《五月东鲁行答汶上翁》为其最早的作品，五古长篇。据郁贤皓《李白选集》，乃开元二十七年（739）往东鲁时作。标题中的行字非行走之意，乃歌行之行，是诗体的标志。此后，李白有《金门答苏秀才》《白云歌送刘十六归山》《灞陵行送别》，均天宝二年（743）长安作。《鸣皋歌送岑征君》《鸣皋歌奉饯从翁清归五崖山居》，天宝三载游梁宋作，前者为七言骚体，后者为七言古体，均属歌行。《西岳云台歌送丹丘子》，天宝四载（745）作。《梦游天姥吟留别》，天宝五载（746）作，以此告别东鲁友人。以上九首诗都有送别赠人、叙事写景双重主题，显然是要以一首诗达成两个目的。后来李白又在天宝、乾元年间继续创作，写出一批名篇。受他影响，与他同时或稍后的王维、任华、杜甫，乃至元结、顾况、钱起以下诸公，从而效之，遂成风气。今《全唐诗》中可查到的有数十首，代表性的有杜甫《醉歌行赠公安颜少府》《惜别行送刘仆射判官》《狂歌行赠四兄》、刘长卿《听笛歌留别郑协律》《小鸟篇上裴尹》、钱起《卢龙塞行送韦掌记》、独孤及《官渡柳歌送李员外承恩往扬州觐省》、皇甫冉《杂言湖山歌送许鸣谦》《江草歌送卢判官》《杂言月洲歌送赵冽还襄阳》《庐山歌送至弘法师兼呈薛江州》、顾况《黄鹄楼歌送独孤助》《庐山瀑布歌送李顾》《洛阳行送洛阳韦七明府》《五两歌送张夏》、窦庠《于阗钟歌送灵彻上人归越》、戴叔伦《柳花歌送客往桂阳》、卢纶《送张郎中还蜀歌》、李端《荆门歌送兄赴夔州》《茂陵村行赠何兆》、刘商《随阳雁歌送兄南游》《柳条歌送客》、韦应物《送褚校书归旧山歌》、皎然《桃花石枕歌赠康从事》《翔隼歌送王端公》《白云歌寄陆中丞使君长源》《武源行赠丘卿岑》《买药歌送杨山人》《饮茶歌送郑容》《花石长枕歌答章居士赠》《武源行赠丘卿岑》、武元衡《桃源行送友》、权德舆《锡杖歌送明楚上人归佛川》、孟郊《新平歌送许问》、刘禹锡《观棋歌送俨师西游》、韩愈《南山有高树行赠李宗闵》，都是这一风气下的产物，多数把"歌辞性标题"作为歌行的标志，写作都自由舒展，是一种散体的七言或杂言诗，跟律化的歌行风格迥异。查其作年，除开中晚唐少量作品零散，不好计算外，其余多作于开元后期到大历中，表明这一时段为此类诗歌的创作高峰，在一大批诗人的推动下走向成熟。

以上所举为标题显豁，容易判断者，此外又有多种变体。一类使用歌行类标题，而省去歌、行等字。如崔颢《古游侠呈军中诸将》，一作《游侠篇》，表明本是歌行，省去篇字。又刘商《姑苏怀古送秀才下第归江南》，"怀古"下省去篇字，以求省净。元稹《去杭州》："房杜王魏之子孙，虽及百代为清门……"题下注："送王师范。"知亦赠别类歌行，采用复合式结构，不过未正面表达出来而已。白居易《简简吟》，标题亦无赠、送二字，但吟字乃歌辞性标题，诗句亦为七言长篇，知属赠别类歌行。一类使用赋得等字眼，意为赋得某某篇赠送某人，如王翰《赋得明星玉女坛送廉察尉华阴》、高适《赋得还山吟送沈四山人》、刘商《赋得射雉歌送杨协律表弟赴婚期》、钱起《赋得青城山歌送杨杜二郎中赴蜀军》、卢纶《赋得白鸥歌送李伯康归使》、皎然《赋得吴王送女潮歌送李判官之河中府》《春夜赋得瀔水囊歌送郑明府》《奉同颜使君真卿清风楼赋得洞庭歌送吴炼师归林屋洞》。又有作"行送""词送""词别""歌送"之类者，如张说《送尹补阙元凯琴歌》、李颀《琴歌送别》、顾况《春鸟词送元秀才入京》、杨巨源《别鹤词送令狐校书之桂府》、白居易《莫走柳条词送别》等。上述作品，部分收入《文苑英华》卷三四〇歌行门杂赠类、卷三四一歌行门送行类，反映出宋人的歌行观，其说必有据。

那么，为什么会出现送别酬赠诗和歌行体的结合呢？仔细追寻，原因有三。

首先，唐人诗作，本有一题数意、一诗数事的惯例，一首诗要讲两个意思。受此制约，其命题常呈"某事+送别（留别、寄友、赠人）"的结构，前面的"某某篇（歌、行、谣、引、吟、篇、词）"为中心词，后面的送别或赠人为附丽，二者为主从关系。像这样一诗而有二意的，例子极多，在名气大、爱交往的诗人那里比较多见。李白就是典型，他的《庐山谣寄卢侍御虚舟》《陈情赠友人》《书情寄从弟邠州长史昭》就是显例，都是既要陈情述志，也要联络感情，巩固友谊。此外，初唐有张楚金《逸人歌赠李山人》，盛唐有丁仙芝《馀杭醉歌赠吴山人》，杜甫《醉时歌赠广文郑博士虔》，晚唐有顾云《池阳醉歌赠匡庐处士姚岩杰》，可见历朝都有创作。既然有此成例，那么加以援引，写作送别酬赠诗，也是一件很自然的事。

其次，缘于唐人以诗赠人寄友的习俗及歌行利于抒情写志的特点。唐代本有为游子唱离歌的习俗。元结《送孟校书往南海并序》："平昌孟云卿与元次山同州里，以词学相友……府主趣资装，云卿使北归，慎勿令徘徊海上。诸公第作歌送之。"皎然《桃花石枕歌送安吉康丞并序》："安吉，古桃州也，今为吴兴。右邑士遐副焉，于南山获桃花石，异而重之，珍于席上。士遐将赴京师，故帅诗人以君所宝之物，高歌赠行。"两个用例，都提到了作歌送行的问题，表明风会之普及。最初的歌行之所以多为送别酬赠类而不是别的题材类型，就与唐代的这一习俗有很大的关系。而从命题方式看，凡标为歌、行、吟、引、谣者，立意措辞必有歌谣风范、歌咏特点，便于吟唱。而所谓吟唱，也不是为了取乐，而是表达友情的一种方式。最为符合这一创作要求的，唯有歌行。可见也有来自歌行本身的原因，是它的抒情特点和咏叹格调促使诗人倾向于选择它。李白精通古乐府之学，长于歌行创作，故多以歌行送别。今宋编《李翰林集》卷五、卷六，均为"歌吟"类，所辑八十余首诗均有歌吟特点，散体为句，利于表现别情，是这方面的成功典范。李白的例子最能说明问题，启示我们既然饯行送别为社交场合之惯例，官场、文场上所常有，无法回避，那就必须认真对待，因此，怎样写好送别酬赠诗，是唐代诗人必须认真思考的问题。唐人选择的有效途径之一，是不写律体，而写古体；不用五言，而用七言或杂言。这样，目光自然聚焦到歌行体上来了。

最后，唐人认为大篇章可以见出高才华，表达深情谊，而歌行恰恰又是大篇章、古体式，没有严格的格律限制，可以尽情展示才气，因此诗人都不约而同地选用了非乐府的歌行来指事咏物。以歌行体来送别赠人，既达到了抒情目的，又起到了交际作用。但既然是送别赠人诗，思路就要受宴会离别等实际生活的牵制，不能驰骋想象，自由运笔，作品的写实性要大于虚拟性，对形象性有损害。怎样既不损害文学性，又无妨送别酬赠主题的表达？唐人的方式是将重点放在"某某歌"上，而不是送别赠人上，然而措辞立意又不离此，这样可以两全其美。不用乐府诗，不就事论事，而是纵笔写意，就可不受乐府诗前行作品的影响及写作规则的制约，绝去旧习，放笔遒辞，雍容包举，跌宕生姿。唐人送别酬赠诗在歌行体的领域之所以涌现出不少文情奇丽的大篇章，与所用诗体为非律化、非乐府的歌行有关系，因为脱离了律化和乐府的限制，就成了真正的自由抒写的诗作，是容易出精品的。

三 送别酬赠类歌行的两大类别及其各自特点

送别酬赠类歌行按照题目结构和内容的不同，可区分为两类：

一类缘于古歌行的指事咏物的写作特点，制作有歌辞性标题，呈"某某歌（行、篇、引、谣）送（赠、别）"的结构，意为作某歌来赠友送人，作歌是表达友情的手段、送别朋友的方式，送别是作诗的目的，但不直接以送别诗出现，而以歌咏某个事物的方式出现。歌咏的事物，必是和呈赠对象或送行酬赠诗的作者关系紧密的。既是送别酬赠的背景，有助于理解原作，也融入诗中，作为诗歌的主体部分存在。这些东西的加入，使得作品的重点放在了送别或赠人的环境、背景的庙会上，看上去更像是一般的写景抒情咏物诗，而去送别酬赠诗较远，可视为唐人送别酬赠诗的别派。尽管写法不同，但是个性鲜明，是作者的立意所在，较能展现才气个性，带有一定的歌咏色彩。赠送的部分所占比重较轻，带有叙述性、实用性、附加性的特点，往往出现在诗的后部甚至末尾。作歌要服从于送行，送行通过作歌来表达，以艺术化的方式巧妙地呈现，不像一般的送别酬赠诗直接表达出来，贵在将送别酬赠之意托付于写景咏物叙事之上，本质是寓思想于形象。代表作家作品已如前述，有三十多人。特点是标题呈复合式结构，一首作品有两个中心，一个偏于实用，一个偏于审美；一个为了生活，一个为了艺术。但出自生活实用目的的写作，可以通过艺术化的途径，以审美化的方式呈现，故此类诗歌的显著特点在于送别酬赠的艺术化呈现，或者说是生活诗的审美化再现。在达到了送别酬赠目的的同时，也未妨碍对审美性和艺术性的追求，是一种理想状态。李白、岑参为这方面的代表，两人在这方面都处理得较好。岑参作于西域的几首歌行，在以送别为主旨的同时，就始终未离开所咏之物。送别与所咏对象有机融合，后者能为前者服务。《白雪歌送武判官归京》将送友人和歌白雪很好地融合起来，通过对环境背景的描绘，衬托出离别之情。李白的《梦游天姥吟留别》《庐山谣寄卢侍御虚舟》两首送别赠人诗，更是虚虚实实，奇中之奇，东鲁诸公和卢虚舟由一般送别酬赠诗中的主人变成了李白诗中的客体，李白心声的旁听者。庐山和天姥山的奇丽景色，李白的复杂心境、苦闷情怀占据了全篇的重心。像这样半虚半实、半生活半艺术的作品在唐代为数不少，要比一般送别诗或咏物诗难写。

一类按照一般送别酬赠诗的方式命题，并无歌辞性标题，直接以"送某某""赠某某"开头。虽然只有少量作品，但亦为送别酬赠类歌行的一种。制题上，往往省去作为歌行篇体标志的行、篇、引、谣、吟等字，而标以"呈、赠、送、别、酬、答、寄、和"等词，来表示人际关系和写作目的。如崔颢《赠王威古》、李白《驾去温泉宫后赠杨山人》《自汉阳病酒归寄王明府回江夏》《答王十二寒夜独酌有怀》、杜甫《送孔巢父谢病归游江东兼呈李白》《送顾八分文学适洪吉州》、李颀《送陈章甫》《别梁锽》、高适《留别郑三韦九兼洛下诸公》、刘长卿《颍川留别司仓李万》、张谓《赠乔琳》、韩翃《送客之江宁》、皎然《送顾处士歌》、韩愈《寄卢仝》《赠刘师服》、李贺《送韦仁实兄弟入关》、白居易《送张山人归嵩阳》、杜牧《自宣州赴官入京路逢裴坦判官归宣州因题赠》、韦庄《赠峨嵋山弹琴李处士》，都无歌辞性标题，但都是当歌行写的。与前面的"歌送"类作品不同的是，歌行只是一个暗中的存在，给作者提供自由创作的方便，但在标题中并未体现出来。由于没有"某某歌""某某行"之类的指事咏物性标题作限定，诗歌就没有一个明确的歌咏的中心，诗就变成一般的送别赠人诗，从标题到写法都跟普通送别赠人诗一样。唯一不同的是，因是歌行体裁，还保留了歌行的歌咏特点。题为"赠某某"的，往往写成塑造人物形象的诗歌。题为"送某某"的，也要写景写人，文采和文情较之一般送别诗要丰富。最早的作者为上官仪。《全唐诗》卷四十有其《和太尉戏赠高阳公》："薰炉御史出神仙，云鞍羽盖下芝田……"系太尉长孙无忌同题诗的和作,作者要以此诗赠高阳郡公许敬宗。上官仪之前,有江淹《赠洗马袁朗别诗》,载《艺文类聚》卷二九、《文苑英华》卷二六六。因系歌行,《英华》卷三四〇另存目于歌行门"杂赠"类。中晚唐仍有张籍、王建、元稹、李商隐、温庭筠等数十人,主题单一、明确,纯为社交而作,艺术性要稍逊一筹。

四 送别酬赠诗给歌行体带来的改变

和送别酬赠题材的结合,也给歌行带来了一系列变化:

首先是出现了歌行的别体——散体歌行,以别于歌行的正体。任何文体都有正有变,出现较早,使用较多,较为普遍的为正宗、主流、正体,出现较晚,用得较少,写法不同的为旁支、别派、变体。歌行亦然。按照学界的研究成果,歌行正体都是七言长篇,主题多为闺怨、艳情,人物多为边塞游侠、征夫思妇,里面有各种社会生活的描写,体制宏大,内容丰富,文辞清丽。并且十分讲究采用叠字、顶针的修辞手法和复沓、层递、排比句式,音韵铿锵,声调圆转,辞气流畅,气势充沛。换韵、转韵、对偶、平仄都有规律。而且越到后来,律化的痕迹愈是明显,是一种受律体诗影响的律化歌行。[①] 看似事象纷繁,但不写具体的人物、事件,诗中的人物、情境,亦只能理解为对实际生活的概括,不能解为写实。其叙事和抒情都是一种泛叙事、泛抒情、概括式。以上所述,即人们心目中的歌行正体,时代在齐梁到初唐。作为变体的歌行则与此不同,起步较晚,是律化歌行的对立面,散体行文。而此类作品最先成熟的题材领域,恰恰是送别酬赠诗,所以我们有足够的证据和理由相信,散体歌行发展的推力,即在于送别酬赠诗的创作。此类诗系为社交目的而作,针对的是和自己关系密切的重要人事,送别赠人的内容要比诗歌形式重要。无论形式为何,对内容都不能过度约束。约束过度,会限制内容的充分表达,而律体诗做不到这一点,歌行却能,因此诗人放弃了律化,走上了反律化的道路。具体说来,此类送别酬赠类歌行,具有如下特征。

一是篇体和语句的变化:句式由整齐变为错综,句法从对偶变为散

---

① 葛晓音:《唐诗宋词十五讲》,北京大学出版社,2003,第6~12页、104~113页。

句，字数由每句七言到三五七言，不拘长短，错综变化，写成的是杂言歌行，句式、韵律都散漫化。甚至使用楚辞式的兮字句，古味尤浓。总之有意回避律化，绝去骈俪，放弃对偶，多用散句，是诗人有意识的反律化的产物，可称为散体歌行。[1] 其做法依照马茂元先生的说法，是"破偶为奇，不入律句"[2]。也很少有初唐歌行中常见的顶针、回环、互文手法。开元末、天宝中出现的早期作品，即如此。杂言歌行方面，如任华《杂言赠杜拾遗》《杂言赠李白》，即典型，均为三四五六七言句式，奇偶错杂，散文语句，文风古拙，辞气发露，缺乏锤炼，《文苑英华》编入卷三四〇"歌行一〇·杂赠"类，排在前三首，表明为初期作品。至于骚体歌行，最早的作品——宋之问的《冬宵引赠司马承祯》以及司马承祯的答作《答宋之问冬宵引》就是杂用兮字的歌行体，前四句都有兮字，虽均为七言，但不对仗，全用散句，跟惯见的歌行句法不同，显然是有意为之。又王维开元二十五年（737）在凉州为河西节度判官时作的《双黄鹄歌送别》，亦是这种写法，散体歌行，骚体诗，以七言为主，参以三五六言。开元、天宝中，此类作品较多，王维此诗当是受了这一风气的影响，可以视为一种盛唐散体歌行的典型风格。

二是非乐府的标题。歌行本来都出自乐府，使用乐府题目。故齐梁以来，歌行在命题上，一直以乐府题目为正体。直到初唐才出现长短不齐，句式错综而不用乐府古题，自拟新题者。此前一直沿用乐府旧题，七言句式，四句一换韵，平仄互换，以典雅修饰为宗，堆砌典故，泛咏古事为法，以此为常调。武后以前，尚未见到以歌行来送友赠人的。到开元末、天宝中，才发展为一种流行的新作派。以《全唐诗》为例，武后以前，未见用例。武后、中宗朝到开元中，偶见用例。贞元、元和以后，渐渐消歇，不成气象，诗人多数不再以此方式作诗，可见真正成为风尚、创作较盛的，只有开元到贞元这一时段。而送别赠人诗则是自拟新题的主体，用的都是非乐府的题目。《全唐诗》中，这样的作品可以找到百余首。《文苑英华》卷三四〇"歌行一〇·杂赠"十四首、卷三四一"歌行一一·送行"十七首，没有一首是乐府诗题，甚至多无歌、行二字，但都有赠、

---

[1] 薛天纬：《唐代歌行论》，人民文学出版社，2006，第494~495页。
[2] 马茂元：《唐诗选》，上海古籍出版社，1999，第853页。

送二字，可见赠、送作为诗题和内容的关键词，比仅仅作为形式的歌行要重要。因为这种诗歌写作目的明确，送别呈赠的对象及事情发生的时间、地点、背景都很具体，并且构成诗歌叙事的要素和抒情的起点，作者无法摆脱这些现实因素，而去另外创建一个想象虚拟的艺术空间。而且传统歌行中泛抒情、泛叙事的写法，与乐府诗都有曲调、有本事的特点也格格不入，故诗人确实不能采用一般乐府或歌行的泛叙事、泛抒情的写法去创作，只能即事名篇，脱去依傍，另拟新题。

其次是主题的复沓和文情的丰富。由于既是送别酬赠诗，又要抒发诗人怀抱，一首诗有两个中心，主题不像传统歌行那样单一，诗意显得既主观又客观，是二者的交融。强调主观表现的个性较强的作者，往往以友情为辅助，呈赠对象并不作为人物形象进入作品。这是突出自我的主观型。才气一般的作者则将友情和所咏之事各取一半，诗作四平八稳，缺乏个性，前述皎然的十多首酬赠诗，即典型。大历以下作者，大体如是。尽管写法各异，但因都是自由诗体，加入了叙事抒情等复杂内容，使得诗歌题材和艺术情趣都更加士大夫化，而不是向普通民众靠拢。李白的《金陵歌送别范宣》《峨眉山月歌送蜀僧晏入中京》《赤壁歌送别》即有这一特点，标题中都有歌行、送别、酬赠等关键词。另一些诗没有歌、行等字眼，但亦为送别酬赠类歌行，如李白《忆旧游寄谯郡元参军》，即歌行体，写于天宝五载（746），是寄赠给友人的，但结合时事政治、个人交游，表感想，抒怀抱，而以叙友情的话题作为收束。尽管友情所占的比重不大，但同样无损于赠友主题的表达。李白的这类作品又多又好。其《梦游天姥吟留别》和《灞陵行送别》虽题为送别，但主要放在对景物描写上，送别的主题并未突出，只在末尾数句点明，然而读者却感到浓浓情谊充溢其间，原因就在于通过作品展示的奇幻情境及作者的志趣、心情，可以让人感受到作者和读者的相知与信任。而诗人抒发的感情也绵长深厚，似乎不是单独的个人的情绪，而是由此及彼，包括对方的，是一种口气，两人情感。而乐府歌行优美流畅的语言节奏和回环往复的声调，也能让人感受到诗人欲别不忍的情绪，加上诗中的流水、征路、奇花、古木等意象也能暗示友情，故不必专门从正面去铺写友情，也可以借助写景抒情的方式，将友情熔铸到物象和意境中去，让读者从审美欣赏中，能够感受到友情的存在。诗中的写景抒情都具有连带作用或暗示效应，语言、声调和意象都能起到写景、抒情的作用，这在一般人那里是做不到的，在普通的歌行体或送别诗中也看不到，兼有二者之长，而去其所短。其次为岑参，他的《白雪歌送武判官归京》《热海行送崔侍御还京》《轮台歌奉送封大夫出师西征》《敷水歌送窦渐入京》《火山云歌送别》《青门歌送东台张判官》《梁园歌送河南王说判官》《函谷关歌送刘评事使关西》《胡笳歌送颜真卿使赴河陇》《秦筝歌送外甥萧正归京》，都有这一特点。

而无论怎么写，送别酬赠的主题都是不可忽略的，即使让送别酬赠成分退居次要，也须在末尾点醒题意，不能完全不顾。这就带来了一个问题：从前歌行中常见的游子思妇、征人荡子等人物不见了，他们经历的事情也不见了，作品的虚拟意味和摹写特点不再具有，取而代之的是具体明白的人和事，不具有虚构性质、象征色彩。总之，写成的不再是像《春江花月夜》《燕歌行》《帝京篇》那样的概括性强的泛抒情类作品。事情具体化以后，审美特点也就消失了，概括性没有了，典型性无从谈起。呈现的不再是一个艺术世界，而是脱离想象的生活实景，读者无法从中获得审美愉悦，展开想象和联想，对作品的艺术性有较大的损害。

五　歌行体给送别酬赠诗带来的新变

与歌行体的结合，也改变了送别赠人诗长期单一化的格局，丰富了送别酬赠诗的题材、内容、情调、风格，给此类诗歌带来了一系列的新变化，造成了可喜的新气象。

首先，题材的分化，出现写人、叙事、写景、咏物、咏怀五种类型。一般的送别赠人诗主题单一，并不杂以他意。歌行体因为有结构和篇体上的优势，却有五种类型。而之所以如此，又是因为送别酬赠类歌行有着特殊的复合式结构。此类诗，本是在传统歌行的基础上附加送别酬赠主题而形成的。一般的歌行都有指事咏物的特点，为此而采用七言及长短句式，不用古题。为了适应歌行指事咏物的写作特点，都制作有一个叙述性标题，作为诗题的中心词，置于诗题的前半，即"某某歌""某某行"中的"某某"，是诗歌的写作重心。例如《帝京篇》必写帝京，《神仙篇》必咏仙事之类。现在诗人要用歌行体来送别赠人，不再泛泛地写景叙事，势必在原有的叙述性标题之后,加上送别赠人的内容。但这些内容是附加上去的,和前面的主题不是对等的,而是主从的。这就使送别酬赠类歌行具有了结构上的优势:每首诗都由叙事写景和送别赠人两个部分组成,既可先叙事写景,后送别赠人,也可把友情熔铸到景物和事象中去,用叙事写景的方式来送人。像这样的结构上的优势,其他诗是不具有的,为歌行体所独擅。而且因是七言古体,间以杂言,造句、用韵上自由舒展,没有限制,可以纵笔抒写,又有篇体上的优势。结构、篇体两种优势的组合,开辟了作歌赠友的新道路,产生了送别诗创作的新方式,丰富了送别诗的种类、容量和内涵。一般的唐人送别诗,是"叙事+写景+抒情"的三段式、五七言短诗,感情浮泛,写法老套,从体裁到行文都缺乏变化。现在改为以歌行来送人赠友,方式就很新鲜。而且这么处理,也给送别赠友诗和送别赠友之事带来了新变化:题目中的关键词,可以置换为人物、事件、物象、景观。如果是人,那送别酬赠诗就要刻画人物形象;如是某地,就要以想象手法来铺写景物,再现所至地域的具体情境;如是某物,就要咏其外形,状其神韵,甚至比兴象征,托物言志。无论写人、写景、咏物,都是友情的表达方式,都可送人赠友。以下分五种情况依次说明。

以写人的方式来送别的,如杜甫《玄都坛歌寄元逸人》,作于天宝十一载(752),通过叙述元逸人居地之幽、道术之精来赞美他。皎然《送顾处士歌》:"吴门顾子予早闻,风貌真古谁似君……"通篇句句写人,而不妨碍其为送别诗。题下注:"吴兴丘司议之女聟,即况也。"知是送顾况的。这种方式富有新意,顾况喜爱。顾氏本人亦有创作,别人作此类诗赠他,正是投其所好。刘禹锡《送僧仲剬东游兼寄呈灵澈上人》也是如此,七言长篇,写作重点放在"僧仲剬"及"东游"上,而以"兼寄"为附丽。又僧鸾《赠李粲秀才》:"陇西辉用真才子,搜奇探险无伦比……十轴示余三百篇,金碧烂光烧蜀笺……"大写李粲秀才,赞其才华、人品、诗篇。像这样的诗,本有叙事写景和送别赠人两大主题,诗人根据呈赠对象加以取舍,将重点放在写人上,看似离题,实则是以此方式来送人赠友,应当理解为"歌以送之""歌以赠之"。笔者认为,通过多角度刻画人物,可以体现作者对对方的相知之深、情谊之切,获得对方更深层次的认同,比起泛泛而作要好。再则增强叙事写景抒情成分,也可使得作品述情深曲,细致委婉,避免单调重复,因此诗人乐意采用,李白、李颀等盛唐诗人尤其擅长此道，与李白交好的道友岑夫子、丹丘生，就多次出现在其诗中，并有数篇诗歌专门吟咏。

叙事的送别赠人诗，如杜甫《短歌行赠王郎司直》《短歌行送祁录事归合州因寄苏使君》《偪仄行赠毕曜》《入奏行赠西山检察使窦侍御》、齐己《短歌寄鼓山长老》，前面的某歌某行都是叙事的标志，意在以此方式来概述和议论时政。诗中有具体的叙事、细节的描绘、用典的技巧，以及对社会人生的概括和个人情怀的抒发，这些现实性内容占据了主体，弱化了对友情的泛述。读来文情顿挫，笔势起伏，实是反映时事的新题歌行，接近杜甫《丽人行》《兵车行》等新乐府，充分利用了歌行的赋化特点和篇幅长、容量大的好处。作者显然无意于作送别酬赠诗，而是借送别酬赠的话题表达对复杂时势的感想和见解。这样，送别诗就不是一种模式化写作，礼仪式陈辞，占据中心地位的，就不再是对对方行旅的关心、旅途风景的想象，所到之地情境的虚拟，而是诗题中的事件。

写景的送别诗，呈"景物+别情"的结构，如李白《西岳云台歌送丹丘子》《鸣皋歌送岑征君》《鸣皋歌奉饯从翁清归五崖山居》，大写西岳云台、河南鸣皋山，以颂其道友。武元衡《桃源行送友》大写桃花源、秦人家，表达对呈赠对方的关心和期待。岑参《敷水歌送窦渐入京》《天山雪歌送萧治归京》《火山云歌送别》《青门歌送东台张判官》《梁园歌送河南王说判官》《函谷关歌送刘评事使关西》，大写奇丽景色，含有以壮景、丽语来送人的用意。皇甫冉《杂言湖山歌送许鸣谦》《江草歌送卢判官》《杂言月洲歌送赵冽还襄阳》《庐山歌送至弘法师兼呈薛江州》大写友人前往隐居的湖山、江草、月洲、庐山。这些东西，看起来和送别赠人的主题关系不紧，其实都是写对方的将至之地，是作者目睹或设想中的生活情境，意思是要以此方式来表达对赠送对象的关爱。意在以写景的方式送人，但不是一般送别酬赠诗中对征路情境的虚拟，而是对所咏之地地理、人文特征的多角度表现。

咏物的送别赠人歌行，如岑参《胡笳歌送颜真卿使赴河陇》《秦筝歌送外甥萧正归京》、皇甫曾《锡杖歌送明楚上人归佛川》、杜甫《桃竹杖引赠章留后竹兼可为簝名桃笙》《丹青引赠曹将军霸》、卢纶《孤松吟酬浑赞善》、皎然《花石长枕歌答章居士赠》、孟郊《楚竹吟酬卢虔端公见和湘弦怨》、杨衡《宿云溪观赋得秋灯引送客》、齐己《谢徽上人见惠二龙障子以短歌酬之》，都是咏物诗，写生活中的器物，意在通过题咏与作者或诗歌赠送对象有密切关系的某件事物，来表达离别赠送之意。

咏怀的送别赠人歌行，如李颀《放歌行答从弟墨卿》、李白《万愤词投魏郎中》《歌行上新平长史兄粲》、杜甫《偪仄行赠毕曜》《惜别行送向卿进奉端午御衣之上都》，行字前面的形容词都是体现诗人感情或写作意图的关键词，意在借诗明志或抒情。

而无论写人、写景还是叙事、咏物、咏怀，都不是送别赠人的背景，而是送别赠人的内容、歌行的主体、作品的主题。这些东西的加入，丰富了送别酬赠诗的思想内涵和艺术容量，改变了其写法单一、题材单调，表现刻板的传统格局，使之从内容到形式都多样化，从而有别于一般的泛述别情的作品。

其次，使得送别酬赠诗歌行化，带上歌行的某些特征，比如歌吟特点和抒情性的增强，语意复沓，声韵悠然。传统的送别赠人诗，因为改用歌行体写作，而带上歌行体的放情长言特征和咏叹意味，具有歌的抒情本质。一般的送别酬赠诗则是社交的产物，难有真情的流露，人们不得不把精力放在辞藻、句法、押韵、对偶上，导致形式大于内容。改用歌行体以后，就成了歌行体中的歌吟类，带上了歌吟特点。歌行体本来脱胎于汉魏古歌行，保留了先唐古歌行多遍歌唱同一事物的特点，迟至盛唐，仍有反复歌唱同一主题的传统。送别酬赠类作为歌行的一类，亦有这一特点，不少作品仍然重章叠句，反复咏叹，语意复叠，韵律悠扬，节奏分明，宛如乐曲的主旋律，可以在同一诗中反复述说同一主题，表达相似的语意，抒情特色鲜明。语言风格也有变化。一类多传统歌行的语言特点，喜用对偶手法，清词丽句，不喜古拙。一类则不喜丽词，不用偶语，而用散句，甚至使用兮字，骚体诗型，风貌古朴。

最后，丰富了送别酬赠诗的表现方式，使之分化为客观再现型和主观表现型。歌行体送别酬赠诗，本有题咏之物和送别酬赠两个中心，二者相连，一前一后。既然有此双向结构、两种成分，也就会有两种不同的处理方式：侧重所咏之物的，即为主观表现型；侧重送别酬赠的，则为客观再现型。唐诗中的常态是以前者为辅，后者为主，叙述手法用得较多。像这样的写法，天宝以后，杜甫等人用得较多，他有十多首送别酬赠歌行都有这一特点。其《徒步归行赠李特进借马》《入奏行赠窦侍御》《赠严二别驾相逢歌》均作于天宝乱离之后，都是直陈时事，犹如诗史。像他这样用铺叙手法写社会生活、历史事件，在天宝以后，成为一种常态。这么写，可以展示创作主体多方面的活动及有关事件，展现自己心境及社会现实，增强了作品的客观再现特点，虽然艺术性不及意境创造的作品强，但也有所得，应予肯定。[①] 另一些作品则将注意力落在所咏对象上，弱化了送别对象及时间、地点、原因等。如李白《梦游天姥吟留别》、岑参《轮台歌奉送封大夫出师西征》《天山雪歌送萧治归京》，都没有细写送别对象，重点都是梦游天姥、轮台、天山雪等诗中的事名，突出了所赋事物的整体特点，创造出奇幻境界，以意境创造和艺术想象见长。而那些不擅长想象，创造力较差的诗人则取平实路线。如权德舆《奉和礼部李尚书酬杨著作竹亭歌》、齐己《顾渚行寄裴方舟》，都有具体的赠别对象，连事情都一一写明，跟写作一般送别诗没有两样。总之，送别酬赠诗只是一个大框架，不同的诗人有不同的表现。而且因为时代精神及创作观念不同，还有初盛唐和中晚唐的不同特点。主观性、表现型的诗人李白、岑参、李颀等，年代较早，个性张扬，其诗结构为"交情+身世"，是以自我为中心的社会人生感悟，主观抒情意味较强，不太有生活化气息和写实感。另一类出现较晚，为客观性、再现型诗人，有杜甫、元结、顾况等数十人，其作品也有两个表达中心，一为交情，一为时事，是"交情+时事"的双向结构，从标题到诗句都具体明白，侧重写实，和政治、时事及个人得失、人际交往有关系，是一种实感型诗作。但总体看，由于淡化了故事情节，只是概述时事，泛述交情，叙事意味仍不浓厚。论时代，主观性、表现型诗人多集中在肃宗以前，作品多个性鲜明，词气张扬，有盛世特点。客观性、再现型诗人多在肃宗以后，为中晚唐作者，作品多偏向叙事，写时代生活、乱世忧患和人身感悟，部分作品偏于陈述友情，风格平实，缺少意境创造，有乱世的暗影。

（作者单位：湖南科技大学人文学院）

[①] 余恕诚：《李白与唐代的叙情长篇》，载氏著《"诗家三李"论集》，中华书局，2014，第74页。

历史与文学

华阳公主的流风遗韵

——兼谈以白居易为代表的永贞期青年才子群像

摘　要：华阳观是唐代宗李豫为其女华阳公主所建的一座道观寺庙。白居易与元稹于贞元二十一年借住华阳观准备应试。对于元白来说，这里不仅是一个应试求学之所，也是与当时一批青年才俊燕集的重要场所。华阳观的历史也对二人产生了深远影响。以华阳观为中心的永崇坊，因与杨贵妃的关联，成为白居易追忆杨贵妃逸事的一个场所。《长恨歌》中的杨贵妃形象，当是糅合进了一些华阳公主的流风遗韵。

关键词：华阳观　华阳公主　白居易

〔日〕静永健

唐贞元二十一年，也就是八月改元为永贞元年的公元805年，为了参加将于明年（元和元年）特别举行的"制试"，白居易与元稹一起辞去了校书郎一职，借住在长安城内永崇坊一所名为华阳观的宿坊里，开始了两人的共同应试生活。这座道观，本是大唐第十一代皇帝代宗李豫（726～779，在位762～779）为其年少辞世的第五位女儿，也就是华阳公主所奉建的一所著名的道观寺庙。

在这段时间里，元稹与白居易似乎过着一种废寝忘食、埋头苦读的清淡生活。白居易在其所作《策林七十五道》（《那波本白氏文集》卷四十五～四十八）序中，对这段生活做了如下描述："元和初，予罢校书郎，与元微之将应制举，退居于上都华阳观。闭户累月，揣摩当代之事，构成策目七十五门。及微之首登科，予次焉。凡所应对者，百不用其一二，其余自以精力所致，不能弃捐，次而集之，分为四卷。命曰《策林》云耳。"另外,《白氏文集》卷十三开卷之作的《代书诗一百韵寄微之》诗,也对这段光阴做了一个回顾,其诗云:"两衙多请假,三考欲成资。运偶千年圣,天成万物宜。皆当少壮日,同惜盛明时。光景嗟虚掷,云霄窃暗窥。攻文朝矻矻,讲学夜孜孜。策目穿如札(时与微之结集策略之目,其数至百十),毫锋锐若锥(时与微之各有纤锋细管笔,携以就试,相顾辄笑,目为毫锥)。繁张获鸟网,坚守钓鱼坻(谓自冬至夏,频改试期,竟与微之坚待制试也)。并受夔龙荐,齐陈晁董词。万言经济略,三道太平基。中第争无敌,专场战不疲。辅车排胜阵,掎角寨降旗(并谓同铺席,共笔砚)。双阙纷容卫,千僚俨等衰(谓制举人欲唱第之时也)。恩随紫泥降,名向白麻披。既在高科选,还从好爵縻。东垣君谏诤,西邑我驱驰(元和元年同登制科,微之拜拾遗,予授盩厔尉)。"或正是通过如此刻苦的学习,元白二人才顺利地在之后的考试中金榜题名。然而对于白居易来说,这段华阳观的应试生活,留下的真的就只是那一段悬梁刺股的苦涩记忆吗?

一 燕集于华阳观的青年才俊

永贞元年八月十五日的中秋节,白居易在华阳观与友人召开了一场赏月之宴。对于这个宴会,白居易在《华阳观中八月十五日夜招友玩月》诗(《白氏文集》卷十三)中写道:"人道秋中明月好,欲邀同赏意如何。华阳洞里秋坛上,今夜清光此处多。"末句"清光"一词,既是清朗月光之雅称,也可视为一个对燕集于此处赏月之名士风采的比喻。

那么,出席这场赏月夜宴的又有哪些风流才俊呢?对于此,诗中虽然没有予以明确的注释,但根据《白氏文集》所留下的华阳观时期的诗文,我们还是可以对白居易的交友情况做一些调查,推测出以下之五名文人极有可能就参加了这场夜宴。(1)李谅,字复言。考《白氏文集》卷十三《华阳观桃花时招李六拾遗饮》诗云:"华阳观里仙桃发,把酒看花心自知。争忍开时不同醉,明朝后日即空枝。"(2)卢周谅。考《白氏文集》卷十三《春中与卢四周谅华阳观同居》诗云:"性情懒慢好相亲,门巷萧条称作邻。背烛共怜深夜月,蹋花同惜少年春。杏坛住僻虽宜病,芸阁官微不救贫。文行如君尚憔悴,不知霄汉待何人。"诗中的"杏坛",即道观之雅称。(3)李绅,字公垂(772~846)。考《白氏文集》卷十五《渭村酬李二十见寄》诗云:"百里音书何太迟,暮秋把得暮春诗。柳条绿日君相忆,梨叶红时我始知。莫叹学官贫冷落,犹胜村客病支离。形容意绪遥看取,不似华阳观里时。"追忆了与李绅于华阳观初识的情景。(4)韦八,名未详。考《白氏文集》卷十七《赠韦八》诗云:"辞君岁久见君初,白发惊嗟两有余。容鬓别来今至此,心情料取合何如。曾同曲水花亭醉,亦共华阳竹院居。岂料天南相见夜,哀猿瘴雾宿匡庐。"此诗提到了两人在华阳观的交友经历。另外,《白氏文集》卷十三《答韦八》亦是一首写于华阳观时期之元和元年春天的诗歌,其诗云:"丽句劳相赠,佳期恨有违。早知留酒待,悔不趁花归。春尽绿醅老,雨多红萼稀。今朝如一醉,犹得及芳菲。"(5)牛僧孺,字思黯(779~847)。对于与牛僧孺之华阳观交游的言及比较有意思,一直到晚年之会昌二年(842),白居易才在《酬寄牛相公同宿话旧劝酒见赠》(《白氏文集》卷七十一)中披露了两人于华阳观时期的友谊,其诗云:"每来政事堂中宿,共忆华阳观里时。日暮独归愁米尽,泥深同出借驴骑。交游今日唯残我,富贵当年更有谁。彼此相看头雪白,一杯可合重推辞。"从诗意来看,或是出于政治上的某种考虑,白居易才对两人之间的这段青春时期的交流,一直秘而不宣。

上述人物之中,既有与元白一样准备参加制考的年轻士人,也有诸如李绅一样为了应付即将于同年(元和元年)所举行的进士科考试的举子。另外还有诸如李谅一般已经被授予了拾遗官职的没有必要参加考试的皇帝近臣,这些人,当是能为白居易等考生提供一些制试对策的朝廷俊彦。

另外,根据徐松撰《登科记考》及孟二冬撰《登科记考补正》(北京燕山出版社,2003)所提供的元和元年及元和三年制试及第者数据来看,除了为数极少的几名经历不详者,这两次考试的及第者,大都已是之前进士科或吏部考试的合格者。如元和元年"才识兼茂明于体用科"的及第者名单中有贞元七年(791)进士及第的萧俛(771?~842)、贞元十二年(796)进士及第的崔护、贞元十四年(798)进士及第的独孤郁、贞元十八年(802)进士及第的崔管与罗让、贞元十九年(803)进士及第的曹景伯、贞元十九年"书判拔萃科"及第的白居易与元稹、贞元二十一年(805)进士及第的韦珩与沈传师(769~827)。元和三年"贤良方正能直言极谏科"及第者名单中有贞元十八年进士及第的徐晦(760~838)、贞元十九年进士及第的贾悚(?~835)、贞元十九年"博学宏词科"及的王起（760～847）、贞元二十一年进士及第的牛僧孺与李宗闵（？～846）、元和元年进士及第的皇甫湜、元和二年（807）进士及第的李正封等。另外，在与以上这些人同期科举及第的同人之中，之后有不少人成为白居易的终身密友，如李建（字杓直，？～822，贞元十四年进士及第）、崔玄亮（字晦叔，？～833，贞元十四年"书判拔萃科"及第）、李复礼（字拒非，贞元十四年"书判拔萃科"及第）、杨嗣复（字继之，783～848，贞元二十一年"博学宏词科"及第）、陈鸿（贞元二十一年进士及第）、樊宗师（字绍述，？～823？，元和三年"军谋弘达材任将帅科"及第）等。而这些人，无疑极有可能也曾出入过元白所居住的华阳观。

那么，这些青年才俊所燕集的华阳观，又是一所拥有什么样的地理环境与历史建筑的设施呢？接下来就让我们来对这一问题做一些考察。

二 位于华阳观的某一场所

《白氏文集》卷五所收《永崇里观居》诗，是一首作于贞元二十一年六月白居易等人移居华阳观不久之后的作品，其诗云："季夏中气候，烦暑自此收。萧飒风雨天，蝉声暮啾啾。永崇里巷静，华阳观院幽。轩车不到处，满地槐花秋。年光忽冉冉，世事本悠悠。何必待衰老，然后悟浮休。真隐岂长远，至道在冥搜。身虽世界住，心与虚无游。朝饥有蔬食，夜寒有布裘。幸免冻与馁，此外复何求。寡欲虽少病，乐天心不忧。何以明吾志，周易在床头。"诗中提到了华阳观之幽深静寂的环境，衬托出了白居易之平稳乐观的心情。

然而，现实中的永崇坊其实位于长安东城区域之中央，乃是一所人来人往、交通极为方便的里坊。如比白居易稍早一辈的欧阳詹（贞元八年，即792年进士及第）就曾与白居易一样在华阳观召开过玩月之宴，《欧阳行周文集》所收其文序云："月可玩。玩月古也，谢赋、鲍诗、朓之庭前、亮之楼中，皆玩也。贞元十二年，瓯闽君子陈可封在秦，寓于永崇里华阳观。予与乡故人安阳邵楚苌、济南林蕴、颍川陈诩，亦旅长安。秋八月十五夜，诣陈之居，修厥玩事。"又，史载大历七年（772）盛唐诗人元结（723～772）客死的"永崇坊之旅馆"，当也可推测为隶属华阳观宿坊中的一所。颜真卿《颜鲁公文集》卷五所收《唐故容州都督兼御史中丞本管经略使元君表墓碑铭序》云："（大历）七年正月，朝京师。上深礼重，方加位秩，不幸遇疾。中使临问者相望。夏四月庚午薨于永崇坊之旅馆，春秋五十，朝野震悼焉。"由这些记载可知，早在贞元以前华阳观就已经对外开放，成为一处地方官僚士人来京时借居宴集的重要设施。而白居易亦在《重到华阳观旧居》（《白氏文集》卷十五）一诗中，对初次被邀请到华阳观宿坊参加宴会时的情景有过回忆，其诗云："忆昔初年三十二，当时秋思已难堪。若为重入华阳院，病鬓愁心四十三。"

其实，道观具备旅馆及宴会场之机能，与其时的宗教理念并不冲突。如被认为大致成书于六朝末（最迟也不会晚于唐代初期）的金明七真撰《洞玄灵宝三洞奉道科戒营始》卷一（《道藏》第760~761册）对此即有规定，其文云："科曰，凡净人坊，皆别院安置。门户井灶一事已上，并不得连接师房。其有作客，亦在别坊安置。"要之，为了给来自全国各地的修行者提供住宿，道观一般会在本坊之外别设宿坊（净人坊），并需提供"门户井灶"等全套生活设施。此外，同卷别条还特别提到为了保持修行者的身心清净，宿坊之中必须设有"浴堂"，其文云："科曰：凡是观中须造浴堂。乃至别院私房，此最为急。每行道读经，登坛入静，奏告启愿，谢过首愆，外犯俗尘，内违真戒，或污垢流漓，灰尘染污，少不清净，则犯灵司，既触仙官，便乖正气，皆须沐浴，澡炼身心，使香气芬芳，方可行事。故行道之日，皆当香汤沐浴也。其缘浴所，须釜镬、井灶、床席、香粉，并皆具备。"由此可以看出，这些宿坊，不仅对于那些来京办事之地方官吏旅人来说是一个理想的暂住之地，对于那些懒散怠慢的科举考生来说，更可谓一个再舒适不过的方便之所了。

前文也提到过，华阳观所在的永崇坊，大致位于大唐长安都城中间之东城区内中央，正北面对大明宫，隔两坊之南边即大雁塔耸立的晋昌坊。因此，即使是对那些进京赶考不熟悉地理环境的地方考生来说，此处也是一个易找宜居之地。对于此，编撰于北宋时期的唐代逸事集《南部新书》丙卷云："新进士发榜后，翌日排光范门候过宰相。虽云排建福门，集于西方馆。昔有诗云：'华阳观里钟声集，建福门前鼓动期。'即其日也。"这是一则有关新科进士发榜翌日谒见宰相之仪式的记载，由之可知，华阳观的钟声，已经成为帝都长安的一个重要象征。要之，可以说一直到晚唐，华阳观都是一个诸如元白一类在京待考士人的云集之地。

　　另外，永崇坊北侧大路东进则直通长安都城东门延兴门，出延兴门再越过蓝关则是通往南方诸地的驿路主道。众所周知，这也是一条闻名的左迁之路。恰此时期，永贞元年八月顺宗退位，政坛风云突变，永贞革新方兴未艾即告失败，唐史上著名的"二王八司马（王伾、王叔文、韦执谊、韩泰、韩晔、柳宗元、刘禹锡、陈谏、凌准、程异）"一个接着一个被削官流放，而白居易等人正是在华阳观目睹了这场残酷的政治斗争。《白氏文集》卷一所收《寄隐者》诗，就是一首描写永贞元年十一月七日韦执谊左迁出都之一幕的诗歌，其诗云："卖药向都城，行憩青门树。道逢驰驿者，色有非常惧。亲族走相送，欲别不敢住。私怪问道旁，何人复何故。云是右丞相，当国握枢务。禄厚食万钱，恩深日三顾。昨日延英对，今日崖州去。由来君臣间，宠辱在朝暮。青青东郊草，中有归山路。归去卧云人，谋身计非误。"然而，元白所准备参加的"才识兼茂明于体用科"，恰恰就是一个选拔能实时参与中央政事策划之精英官僚的考试。因此，很难想象元白在道观之中只是"两耳不闻窗外事，一心只读圣贤书"。相反，为了应付即将到来的考试策问，元白应该是和其他考生或活跃于朝廷的友人们频繁交流信息，钻研推演时政潮流，拟文作策。更为凑巧的是，即将举行考试的元和元年，又正好是安史之乱长安沦陷、玄宗蒙尘奔蜀的五十周年，如何重振开元雄风，又自然而然地成为元白所需要共同思考的一个重要问题。这在之后两人的应试答卷之中也可得到证明，《白氏文集》卷三十所收白居易《才识兼茂明于体用科策（元和四年四月登科第四等）》写道："洎天宝以降，政教寝微，寇戎荐兴，兵亦继起，兵以遏寇，寇生于兵。兵寇相仍，迨五十载。财征由是而重，人力由是而罢。下无安心，虽日督农桑之课，而生业不固。上无定费，虽日峻管榷之法，而岁计不充。日削月朘，以至于耗竭其半矣。此臣所谓疲病之因缘者，岂不然乎。"《元氏长庆集》卷二十八所收《才识兼茂明于体用科策（校书郎时应制考入三次等充敕头授左拾遗）》则指出："臣以为国家兵兴以来，天下之人，惨怛悲愁，五十年矣。自陛下即位之后，戴白之老，莫不泣血而话开元之政。臣恐此辈不及见陛下功成理定之化，而先饮恨于穷泉。此臣之所以汲汲于心者。陛下能不怜察其意乎。谨对。"

其实，华阳观对于元白来说，还不仅是一个应试求学之所，其本身的历史，亦对两人产生了极为深远的影响。接下来就让我们再来回溯一下华阳观的历史渊源吧！

三　华阳公主的生涯

代宗皇帝李豫第五女华阳公主之生平介绍，见录于《旧唐书·列传第二·后妃下·代宗贞懿皇后独孤氏传》及《新唐书·列传第八·诸帝公主》之中。《旧唐书·列传第二·后妃下·代宗贞懿皇后独孤氏传》云："代宗贞懿皇后独孤氏，父颖，左威卫录事参军，以后贵，赠工部尚书。后以美丽入宫，嬖幸专房，故长秋虚位，诸姬罕所进御。后始册为贵妃，生韩王迥［天宝九载（750生）］、华阳公主。华阳聪悟过人，能候上颜色，发言必随喜愠。上之所赏，则因而美之，上之所恶，则曲以全之，由是钟爱特异。大历九年，公主薨，上嗟悼过深，数日不视朝。宰臣等因中使吴承倩附奏，言修短常理，以社稷之重，宜节哀视事。初，公主疾。上令宗师道教，名曰琼华真人。及疾亟，上亲自临视，属纩之际，啮伤上指，其爱念如此。"《新唐书·列传第八·诸帝公主》则云："华阳公主，贞懿皇后所生。韶悟过人，帝爱之。视帝所喜，必善遇；所恶，曲全之。大历七年，以病丐为道士，号琼华真人。病甚，啮帝指伤。薨，追封。"由此可知，华阳公主自幼聪慧可爱，深得代宗喜爱。只是天不怜人，公主生来柔弱多病，于大历七年入道，号琼华真人，移居华阳观疗养，不到两年，公主就撒手人寰了。甚为奇妙的是，从两唐书之记载可以看出，公主临终之时极有可能陷入了一种疯迷状态，以致咬伤了父亲代宗的手指，或是其不但身体虚弱，更有可能患有某种精神疾患。遗憾的是文献无征，具体情况如何也就不得而知了。

其实，包括华阳公主之母独孤妃在内的代宗皇帝的诸嫔妃，在安史之乱中可谓历经艰辛。对于此，《旧唐书》卷五十二所收《代宗睿真皇后沈氏传》之中有过详细的记载，其文云："代宗睿真皇后沈氏，吴兴人，世为冠族。父易直，秘书监。开元末，以良家子选入东宫，赐太子男广平王（即代宗）。天宝元年（742）生德宗皇帝。禄山之乱，玄宗幸蜀。诸王、妃、主从幸不及者，多陷于贼，后被拘于东都掖庭。及代宗破贼，收东都，见之，留于宫中，方经略北征，未暇迎归长安。俄而史思明再陷河洛。及朝义败，复收东都。失后所在，莫测存亡。代宗遣使求访，十余年寂无所闻。"沈妃出身于苏州望族，所生长男即为之后的德宗皇帝。然其在安禄山侵攻长安之际（756）来不及逃离，与诸王子、后妃以及一众侍从成为叛军俘虏，被移囚至东都洛阳。翌年之至德二载（757），以兵马大元帅之职指挥官军的代宗攻下洛阳，曾暂时救出过沈妃等人。然在之后转战之中，嫔妃一行不幸又落入了史思明军的包围中，重新被囚在洛阳长达五年之久。宝应元年（762）洛阳解放，囚徒之中已无沈妃踪影，此后数年，代宗虽多方寻找，终无音讯，或是早已牺牲在乱军之中了。

与其他嫔妃不同，位居代宗妃之第二位的崔妃，则有幸免于落入乱军之手。崔妃传同收于《旧唐书》卷五十二，文如下："代宗崔妃，博陵安平人。父峋，秘书少监。母杨氏韩国夫人。天宝中，杨贵妃宠幸，即妃之姨母也。时韩国、虢国之宠，冠于戚里。时代宗为广平王，故玄宗选韩国之女，嫔于广平邸，礼仪甚盛。生召王偲。初，妃挟母氏之势，性颇妒悍，及西京陷贼，母党皆诛，妃从王至灵武，恩顾渐薄，达京而薨。"要之，因为崔妃的母亲是杨贵妃二姐韩国夫人，因此在安禄山攻入长安之前，崔妃才有幸与母亲一行逃出都门，免遭贼手。而且在之后的马嵬兵变中，杨氏一族虽然被满门诛灭，然崔妃却以广平王妃身份免遭杀害，与夫同行到达灵武，此后平安返回长安，不久逝去。

遗憾的是，对于华阳公主之母独孤妃的经历，两唐书均无记载。不过，考虑到崔妃乃是因其特殊身份才免落敌手，独孤妃当是与沈妃等其他嫔妃一起落入叛军之手，被长期幽闭在了洛阳，此后代替失踪了的沈妃领导被囚宫女，看护年幼王子。或正是因此功绩，其在大历十年（775）薨去之际，被赋予了与沈妃同等的皇后谥号。

那么，让我们再来看看华阳公主的身世经历。对于公主之生年，文献之中虽无明载考证，然我们却可以从大历四年（769）册立其为公主的诏敕及大历九年（774）其逝去之际的追封诏敕之中找到一些线索。《唐大诏令集》卷四十一（《全唐文》卷四十九）所收代宗皇帝《册华阳公主文》云："维大历四年岁次己酉三月壬申朔五日景子。皇帝若曰，汉家旧制，诸女皆封，仪服比于藩王，膏腴封其井赋。咨尔第囗女，承徽自远，诞秀增华。仁孝才明，夙有天资之庆；言容法度，成于壶教之慈。敏达知微，周旋中节，肃雍是宪，婉静流芳。虽仅在龆年，礼未主于同姓，而载扬淑问，德已冠于成人。宜锡典章，用疏国邑。是用册曰华阳公主，钦承徽命，可不慎欤。"又，《唐大诏令集》卷四十二（《全唐文》卷四十六）收代宗皇帝《追封华阳公主制》云："周汉之仪，汤沐之制，车服次于王后，容卫荣于戚藩。其有淑德，竟夭于茂年，成礼未主于同姓，则加其懋荣，举于前典。是以东汉追平原之封，西晋崇宸献之命。故第五公主，天纵柔和，性成聪敏，爰自辨识秀于人伦，仁孝切于衷诚，怡顺过于师训。先意承旨，不待明言，省醴适馔，每加丰洁，送迎匪惮于寒暑，温扇无待于傍人。甘去繁奢，乐闻礼教。将有词请，必候温颜，或遇忧劳，辄形焦色。周旋六行，讽咏七篇。霁威怒以拯危，伺欢愉而进善，常求惠下，聚请求贤。而龆龀之辰，清羸多疾，沉绵衽席，弥历纪年，针艾婴身，药饵在口，异其殊常之命，实有兼爱之慈。与之名都，假以荣号，未及筑馆之盛，乃从受邑之期。优典未彰，幼龄已谢。追怀既往，痛悼滋深。方展礼于旧章，稍申哀于备物，叶予素志，厚尔饰终。可追封华阳公主。"从《册公主文》"仅在龆年"一语可以看出，此诏颁布之时正当公主换牙之龄，也就是六岁至七岁。再根据《追封制》"弥历纪年"一语，结合公主死于大历九年"甲寅"，便可推知其生年当为宝应二年（同年七月改元为广德元年，即763年）"癸卯"前后。

如上述考证无误的话，我们又可知公主诞生之前后，大唐王朝发生了一件重大的历史事件——此年（763）十月，二十万吐蕃大军突袭长安。这次入侵虽然不过几个星期便得到了平息，然在这事关生死存亡的几个星期，不但代宗皇帝遭遇蒙尘，以独孤妃为首的后宫嫔妃们无疑也遭受到了巨大的压力与恐惧。或正是在这一特殊背景之下，华阳公主于诞生之际便受到了巨大的身心损害，落下了不可挽回的病根。不过对于此，史书并无确载，而我亦没有多少医学知识，只能停留在一个臆测的阶段而已。

前文已经提到过，为了疗养身心，华阳公主遁入道门，脱离尘世。其实，华阳公主不仅托身道教，极有可能同时还皈依了佛门。《大正大藏经》史传部2056收赵迁《大唐故大德赠司空大辨正广智不空三藏行状》就提到了独孤妃、华阳公主母女与当时名僧不空三藏的关系，其文云："（大历）七年春，敕赐绢一百匹。是岁春夏旱，有诏请大师祈雨。中使李宪诚奉宣恩旨：若三日内雨足，是和上功。非过三日关和尚事。大师受制，建立道场，一日已终，及依法祈请，亦不过限，大雨丰足，皇帝大悦，设千僧斋，并僧弟子衣七副，以报功也。冬，大师奏造文殊阁，圣上（即代宗）自为阁主，贵妃（即独孤妃）、韩王、华阳公主赞之，凡出正库财约三千万数，特为修崇。"此文又见载于北宋赞宁所撰《大宋高僧传》卷一收《唐京兆大兴善寺不空传》，语句大致相同，想是无误。①

其实，不空三藏在安史之乱时即与唐王室保持着密切的联系，深为肃宗、代宗二帝所信赖。《大正大藏经》史传部2120所收本及日本所传十一世纪写本之《不空三藏表制集》，均还保存着提及华阳公主（琼华真人）的两篇文章。《不空三藏表制集》卷三（此处据青莲院藏平安写本、日本·汲古书院1993年影印本）所收《谢恩赐一切经一藏表一首并答》云："沙门不空言。内谒者监吴休悦奉宣圣旨。琼华真人真如金刚一切经一藏，凡五千五十卷，并是栴檀香轴，织成彩帙，众香合成经藏，香木经案，金宝香炉，云霞相辉，日月间错，光明芬馥，充溢街衢，并赐不空当院安置，令其转读奉迎礼拜。喜荷交并，未知何功，上答玄造，审复思惟，诸佛圣典，才受持者，获福无边，冀此胜因，以酬万一，谨即差二七人，长时转读，愿真人真如金刚，福德坚固，圣皇宝祚，万劫惟新。不胜喜跃之志，谨附中使吴休悦，奉表陈谢以闻。沙门不空诚欢诚悚。谨言。大历八年十月十八日。特进试鸿胪卿大兴善寺三藏沙门大广智不空上表。/宝应元圣文武皇帝（即代宗）批。三藏梵行精深，圣真加护，经行转读，福德无边。敬以藏经，置于香刹，愿祈嘉礼，保佑琼华，使瘵疾永除，庆善滋长，岂云殊渥，烦此谢恩。"又同卷三所收《奉慰琼华真人薨表一首并答》云："沙门不空言。伏承琼华真人薨逝，上轸圣慈，傍悲行路，不空拙自将理。伏枕多时，圣恩不以不空凡僧，遣养真人为女，痛切之至，实倍常情。真人乖摄之时，不空身正困惙，不获力疾，就内加持。昨廿七日，扶策欲请对，行至于城东南角，已承真人凶讳，中路却回，追感平生，无由取诀，哀情莫展，痛迫实深，伏望圣慈。许不空来月二日，扶力就真人丧次，转念获申情礼，实为悲幸，每虔诚发愿，上白诸佛，庶凭法力，保护亡灵。伏惟圣心俯垂昭鉴，不空稍候痊减，即冀扶持奉慰，谨奉

---

① 按，不空三藏（705～774）是唐朝密教弘扬之高僧，其弟子惠果（746～806）乃空海之师，因此，不空三藏亦在日本被尊为"真言八祖"之一。

表以闻。沙门不空诚悲诚恸。谨言。大历九年四月廿九日。特进试鸿胪卿大兴善寺三藏沙门大广智不空上表。/宝应元圣文武皇帝（即代宗）批。真人平生，朕深所钟念，以其久疾，依怙福田。和上慈悲，养之为女，膏肓莫救，悯悼诚深。和上乖候多时，体气虚弱，且宜将摄。不可劳到丧次，伫闻痊复也。"在此特别要引起我们注意的是《谢恩赐一切经一藏表一首并答》中提到公主"琼华真人"的道号之外，还提到了其另有佛名为"真如金刚"，此当是其密教灌顶之名，这也应该是一则今后我们考察唐王朝于佛道二教之关系的重要史料。附言一句，不空三藏修行之所为当时位于靖善坊的长安之最大的寺庙大兴善寺，距华阳观所在的永崇坊西行仅隔二坊。要之，公主的华阳观入道，还不单单是归顺道教，同时亦受到了不空三藏的加护，这也是本文之始将华阳观称为"道教寺庙"之主要根据。

四　华阳公主与杨贵妃

在此让我们再来探讨一下永崇坊的历史地理意义吧！

根据北宋宋敏求撰《长安志》卷八所记，永崇坊之里坊曾建有秘书监杨铦的宅邸，其文云："永崇坊。东南隅，七太子庙（天宝六载正月诏。章怀、节愍、惠庄、惠文、惠宣太子，与隐太子、懿德太子同为一庙），庙西，灵应观（隋道士宋道标所立）。街西之南，刑部尚书韦抗宅、秘书监杨铦宅、宗道观（本兴信公主宅。……大历十二年为华阳公主追福立为观）、司徒兼中书令李晟宅、东都留守杜亚宅、吏部尚书充诸道盐铁转运等使李巽宅、司徒兼中书令韩宏宅、放生池。"杨铦乃杨贵妃、杨国忠（杨钊）之长兄，是天宝年间杨氏一族的掌门人。遗憾的是，杨铦于安史之乱勃发之前就已经离世，其宅邸之后亦去向不明。然根据上引《长安志》的记载，或可推知华阳观所在之地、邻接之所便是杨铦旧邸。据史所载，杨铦宅还曾是得罪了玄宗李隆基而被驱赶出宫的杨玉环之暂留居所。《旧唐书·列传第二·后妃上·杨贵妃传》云："（天宝）五载（746）七月，贵妃以微谴送归杨铦宅。比至亭午，上思之不食。高力士探知上旨，请送贵妃院供帐、器玩、廪饩等办具百余车，上又分御馔以送之。帝动不称旨，暴怒笞挞左右。力士伏奏请迎贵妃归院。是夜，开安兴里门入内，妃伏地谢罪，上欢然慰抚。"要之,以华阳观为中心的永崇坊,也曾是一个与杨贵妃有着密切关联的场所,半世纪之后的永贞元年之白居易,当然对这一历史事实也就不会一无所知了。

《白氏文集》卷十三收有《春题华阳观（观即华阳公主故宅,有旧内人存焉）》一诗,其文云:"帝子吹箫逐凤皇,空留仙洞号华阳。落花何处堪惆怅,头白宫人扫影堂。"那么,此诗所提的"头白宫人",又是一位有着何种经历的人物呢？

几乎可以肯定,这位"宫人",当就是随华阳公主出宫入道,于道观侍奉公主疗养的侍女中的一位,也极有可能就是曾侍奉过其母独孤妃、被安禄山军俘虏幽闭于洛阳的宫女中的一位。如果是独孤妃的侍女,无疑其与侍奉代宗其他嫔妃的宫女们有过交往,对天宝年间以后宫中所发生的种种事件有过耳闻目睹,或亦曾从侍奉崔妃的宫女们那里听说过马嵬坡悲剧之详情。而元稹与白居易等人,在华阳观的学习之余,或曾就是通过这位历史的见证者,对安史之乱的前因后果及种种隐秘,得到了身临其境般的访谈见闻。

还要引起我们注意的是,《元氏长庆集》卷十五亦收有一篇题为《行宫》的五言绝句,其诗云:"寥落古行宫,宫花寂寞红。白头宫女在,闲坐说玄宗。"众所周知,这首小诗后被作为元稹的代表作之一而广为流传,然其所指的"行宫"究竟是何处——有认为是洛阳上阳宫者,有认为是骊山山麓华清宫者,众说纷纭,尚无定论。于此我想提出一个新的观点,即元诗所提到的"白头宫女",与白居易诗所提的"头白宫人",极有可能就是同一人物。而华阳观,根据前引《旧唐书·后妃传》所记,爱女华阳公主临终之际,其父代宗皇帝曾移驾暂居于此,亦可谓一个名副其实的"行宫"。

于此还可做进一步的推测,即白居易于华阳观应试准备中的所见所闻,还应与同年十二月写成的《长恨歌》不无关联。此外,《新乐府五十首》之《上阳白发人》也写道:"小头鞋履窄衣裳,青黛画眉眉细长。外人不见见应笑,天宝末年时世妆。"至少在《白氏文集》之中,我还没有发现一位比华阳观老宫女更符合上阳白发人之外形描写的原型人物。要之,此诗中所描写的老宫女之穿着打扮,或亦是以这位华阳观的老宫女为原型。

于此让我们再来联想一下《长恨歌》中所描写的种种场面——以天界仙女之身下凡人世界的杨玉环，不但是一位能歌善舞、容貌倾城的绝世美女，而且善解人意，洞悉玄宗皇帝心思。马嵬乱中失去了杨玉环的"圣主"李隆基，在返回长安之后，在一个连阶前落叶都无人打扫的寂寞离宫中打发暮年。而正在此时，出现了一位同情上皇的神通道士，通过其无所不能的道力为其寻访贵妃魂魄的下落。在华阳观滞留长达数月之久的白居易，当曾接触到了不少从地方来的游方道人；而留守道观的老宫女，又正是一位"椒房阿监"的"老青娥"；而道观之中，或还有一所现实中杨贵妃曾经使用过的"浴堂"。凡此种种，无一不是白居易咏唱以杨贵妃为题材之诗歌的绝好素材。要之，对于白居易来说，华阳观这一空间，正是其追忆杨贵妃逸事的一个再贴切不过的场所了。而华阳观影堂中所供奉的年轻公主的画像，或也成为白居易构思杨贵妃之容貌形态的一个重要原型。

要之，白居易的"杨贵妃"，或多或少，当是糅合进了一些华阳公主的流风遗韵。或也正因如此，《长恨歌》所咏的杨贵妃，才会与史载年龄大相径庭，以一位"养在深闺""初长成"之楚楚动人之少女形象出现在诗歌之中了。

（陈翀　译）

（作者单位：日本九州大学大学院人文科学研究院）

"平淮西"与元和士人的文学书写[*]

摘　要：平淮西是中唐元和时期的军国之大事，围绕"永贞革新"、武元衡之死、平蔡州之战，韩愈、元稹、白居易、刘禹锡、柳宗元等人均有诗文与之相关。韩愈是战事之亲历者，以白描短句写心声；白居易、元稹、刘禹锡、柳宗元为谪臣，为国家欢呼之余，亦祈望改变个人之处境，以投入国家建设之中。刘、白因其后与裴度的诗酒酬和，又有颂扬其平淮西功绩之书写。综观"平蔡州"的前前后后，文本、思想与史事交互呈现，体现出元和时期文学书写与时政密切相关之特征，文学世界、思想世界融入政治空间之内，文儒之内涵从初盛唐之际的以文为主转化为以儒为主。

关键词：平淮西　韩愈　元和时期　家国情怀

田恩铭

　　元和时期，因削藩引发多起战事，平淮西是其中的一件大事。从围绕"平淮西"议题的争论到武元衡之死，再到裴度、李愬统领的平蔡州大捷，元和士人均在诗文中有所体现。关于此一方面，彭万隆、陈冠明等先生或以之论元和诗风，或钩稽史事，均有论著及之。[①] 对待割据藩镇，唐宪宗能够力主出战，与武元衡、裴度不无关系。武元衡因之被刺身亡，白居易

---

[*] 国家社会科学基金一般项目"唐代胡姓士族与文学研究"（编号：14BZW047）。

[①] 彭万隆：《元和削藩与元和诗歌》，载氏著《唐五代诗考论》，浙江大学出版社，2006，第130~233页；陈冠明：《裴度集团平叛日历简编之一》，《周口师范学院学报》2012年第1期；陈冠明：《裴度集团平叛日历简编之二》，《周口师范学院学报》2012年第3期；陈冠明：《唐代裴度集团平叛日历考》，中国古文献出版社，2013。

为此进言而得罪权臣,被贬江州。元和十二年(817),胜利的消息传来,远贬之官员皆欣喜异常,诉诸笔下。立碑而有碑文,撰碑文者有之,进表者有之,写信者有之,为颂诗者有之。"永贞革新"、武元衡之死与"平蔡州"之战,均与之相关。"平淮西"的前前后后并不缺少文学书写,如陈冠明所论:"创作亦贯穿于整个平叛军事行动之中,既有诗歌,又有散文、公文等。"① 从中正可以见出士人之家国情怀,此或为唐宋思想转型之一面也。

一 故事的前奏:特殊年份里的叙事指向

让我们从"平蔡州"的两年前说起,这是整个故事的前奏。翻开《资治通鉴》,读元和十年(815)之纪事,柳宗元、刘禹锡等"王叔文之党"被召回后再被放逐是第一个重要的话题。《资治通鉴》所叙刘禹锡被贬的故事是这样讲的:

> 王叔文之党坐谪官者,凡十年不量移,执政有怜其才欲渐进之者,悉召至京师。谏官争言其不可,上与武元衡亦恶之。三月,乙酉,皆以为远州刺史,官虽进而地益远。永州司马柳宗元为柳州刺史,朗州司马刘禹锡为播州刺史。宗元曰:"播州非人所居,而梦得亲在堂,万无母子俱往理。"欲请于朝,愿以柳易播。会中丞裴度亦为禹锡言曰:"禹锡诚有罪,然母老,与其子为死别,良可伤!"上曰:"为人子尤当自谨,勿贻亲忧,此则禹锡重可责也。"度曰:"陛下方侍太后,恐禹锡在所宜矜。"上良久,乃曰:"朕所言,以责为人子者耳,然不欲伤其亲心。"退,谓左右曰:"裴度爱我终切。"明日,改禹锡连州刺史。②

在"考异"部分,司马光据实录及笺证集,参韩愈《柳子厚墓志》,增入对刘禹锡贬播州之原因及改为连州过程之分析。"刘郎"故事中,柳宗元占了重要的分量,裴度的助力也是不可忽略的因素。一位是刘禹锡的同道

---

① 陈冠明:《裴度集团平叛日历简编之一》,《周口师范学院学报》2012年第1期。
② (宋)司马光:《资治通鉴》,中华书局,1977,第7831页。

挚友，另一位则是平淮西的勋臣。司马光极为赞赏柳宗元的"雪中送炭"，故而，随后为柳宗元浓墨重彩地写上一笔，采撷《梓人传》《种树郭橐驼传》入史，乃因"此其文之有理者也"。胡三省则认为："《梓人传》以谕相，《种树郭橐驼传》以谕守令，故温公取之，以其有资于治道也。"① 其实，当年被召回的还有元稹，元稹、刘禹锡、柳宗元等人是获知平淮西消息后最为振奋的贬官群体，一方面他们以此为国强之讯息而激动，一方面"青春作伴好还乡"的愿望益加迫切。

元和十年被贬黜的还有白居易。武元衡被刺是导致白居易被贬的直接原因。唐宪宗欲讨吴元济，吴元济求救于王承宗、李师道，于是形成了双方三派的局面。一方是唐宪宗君臣，可分为两派，一派是坚持讨淮西的阵营，武元衡、裴度、韩愈等是也；另一派则是反对征战者，以钱徽、萧俛、独孤郁、段文昌等人为代表。另一方则为三个藩镇，吴元济、王承宗、李师道是也。较量的过程中，武元衡、裴度态度最为坚决，力挺讨淮西。武元衡、裴度俱是文儒，既有文化素养，又能治国理政。据《旧唐书·武元衡传》："沉浮宴咏者久之，德宗知其才，召授比部员外郎。"元和八年（813）拜相，并奉诏进旧诗。② 杨承祖认为武元衡遇刺"致令文学儒臣之誉望竟为政治事件之突发所掩"。③ 据《因话录》："晋公贞元中作《铸剑戟为农器赋》。其首云：'皇帝嗣位之十三载，寰海镜清，方隅砥平。驱域中尽归力穑，示天下不复用兵。'宪宗平荡宿寇，数致太平，正当元和十三年。而晋公以文儒作相，竟立殊勋，为章武佐命，观其辞赋气概，岂得无异日之事乎？"④ 武元衡、裴度因其文儒之身份而坚持一统天下，而不能任藩镇自治。战事一起，吴元济等人便作出多种干扰的恶行。《资治通鉴》云：

> 吴元济遣使求救于恒、郓。王承宗、李师道数上表请赦元济，上不从。是时发诸道兵讨元济而不及淄青，师道使大将将二千人趣寿春，声言助官军讨元济，实欲为元济之援也。师道素养刺客奸人数十

---

① （宋）司马光：《资治通鉴》，第7833页。
② 杨承祖：《武元衡传论》，载氏著《杨承祖文录》，华东师范大学出版社，2017，第541页。
③ 杨承祖：《武元衡传论》，载氏著《杨承祖文录》，第529页。
④ 周勋初：《唐人轶事汇编》，上海古籍出版社，2016，第1011~1012页。

人，厚资给之，其人说师道曰："用兵所急，莫先粮储。今河阴院积江、淮租赋，请潜往焚之。募东都恶少年数百，劫都市，焚宫阙，则朝廷未暇讨蔡，先自救腹心。此亦救蔡一奇也。"师道从之。自是所在盗贼窃发。辛亥暮，盗数十人攻河阴转运院，杀伤十余人，烧钱帛三十余万缗匹、谷二万余斛，于是人情恇惧。群臣多请罢兵，上不许。

刺客奸人制造混乱并没有改变唐宪宗的决心，只是"诸军讨淮西久未有功"，遂派裴度前往宣慰，裴度回来后力陈淮西可取，认为李光颜可用。韩愈也就此上言，献计献策。不久，李光颜大破淮西军，于是，李师道思行刺之事，将对付的目标锁定于武元衡、裴度的身上，《资治通鉴》云：

上自李吉甫薨，悉以用兵事委武元衡。李师道所养客说李师道曰："天子所以锐意诛蔡者，元衡赞之也，请密往刺之。元衡死，则他相不敢主其谋，争劝天子罢兵矣。"师道以为然，即资给遣之。王承宗遣牙将尹少卿奏事，为吴元济游说。少卿至中书，辞指不逊，元衡叱出之。承宗又上书诋毁元衡。

血腥的刺杀场面出现了，司马光是这样叙述的：

六月，癸卯，天未明，元衡入朝，出所居靖安坊东门。有贼自暗中突出射之，从者皆散去，贼执元衡马行十余步而杀之，取其颅骨而去。又入通化坊击裴度，伤其首，坠沟中，度毡帽厚，得不死。僚人王义自后抱贼大呼，贼断义臂而去。京城大骇，于是诏宰相出入，加金吾骑士张弦露刃以卫之，所过坊门呵索甚严。朝士未晓不敢出门。上或御殿久之，班犹未齐。

贼遗纸于金吾及府、县，曰："毋急捕我，我先杀汝。"故捕贼者不敢甚急。兵部侍郎许孟容见上言："自古未有宰相横尸路隅而盗不获者，此朝廷之辱也！"因涕泣。又诣中书挥涕言："请奏起裴中丞为相，大索贼党，穷其奸源。"戊申，诏中外所在搜捕，获贼者赏钱万缗，官五品；敢庇匿者，举族诛之。于是京城大索，公卿家有复壁、重橑者皆索之。

朝廷在追查的过程中，发现王承宗的手下张晏等八人"行止无状"，故"众多疑之"，拘捕按查的过程中，张弘靖疑其不实，屡上言，宪宗不听终杀之，并绝王承宗朝贡。武元衡之死并没有改变唐宪宗、裴度君臣平淮西的决策与决心。八月，查出是李师道所为，因忙于讨吴元济而未能惩治李师道。故事讲完了，没有白居易什么事，他又如何被贬的？白居易时为太子左赞善大夫，初授此职，颇觉心灰意冷，给李绅的诗中有"一种共君官职冷，不如犹得日高眠"之句。武元衡遇刺事件发生，白居易得知此事难以遏制，第一个上言，请求抓捕凶手。据白居易《与杨虞卿书》：

> 去年六月，盗杀右丞相于通衢中，迸血体，磔发肉，所不忍道。合朝震栗，不知所云。仆以书籍以来，未有此事。苟有所见，虽畎亩皂隶之臣，不当默默，况在班列，而能胜其痛愤耶？故武丞相之气平明绝，仆之书奏午入。两日之内，满城知之，其不与者，或语以伪言，或陷以非语，皆曰："丞、郎、给、舍、谏官、御史，尚未论请，而赞善大夫何反忧国之甚也！"仆闻此语，退而思之，赞善大夫诚贱冗耳，朝廷有非常事，即日独进封章，谓之忠，谓之愤，亦无愧矣！谓之妄，谓之狂，又敢逃乎？以此获辜，顾何如耳，况又不以此为罪名乎！

白居易认为自己因言此事获罪，"素恶居易者"则借他事陷之。据《旧唐书》本传："九年冬，入朝，授太子左赞善大夫。十年七月，盗杀宰相武元衡，居易首上疏论其冤，急请捕贼以雪国耻。宰相以宫官非谏职，不当先谏官言事。会有素恶居易者，掎摭居易，言浮华无行，其母因看花堕井而死，而居易作《赏花》及《新井》诗，甚伤名教，不宜置彼周行。执政方恶其言事，奏贬为江表刺史。诏出，中书舍人王涯上疏论之，言居易所犯状迹，不宜治郡，追诏授江州司马。"《新唐书》本传云："明年，以母丧解，还，拜左赞善大夫。是时，盗杀武元衡，京都震扰。居易首上疏，请亟捕贼，刷朝廷耻，以必得为期。宰相嫌其出位，不悦。俄有言：'居易母堕井死，而居易赋《新井篇》，言浮华，无实行，不可用。'出为州刺史。中书舍人王涯上言不宜治郡，追贬江州司马。既失志，能顺适所遇，托浮屠生死说，若忘形骸者。"之前白居易亦屡屡言事，主要有二：

一是李师道出钱为魏徵孙赎故第事,一是派中人吐突承璀率师讨王承宗事。将这些言事的内容结合起来,不难看出白居易亦是讨淮西的支持者,这点与韩愈的态度一致。元和十年的远贬江州是白居易人生的分界线,他的人生态度至此开始发生变化。① 白居易因此被贬,韩愈尚在京师,先有《论淮西事宜状》,行刺事件发生后又上《论捕贼行赏表》,亦遭降职。韩愈后来有幸随裴度赴淮西,以彰义行军司马的身份成为平淮西的见证者和记录者,写下了诸多关于战地现场的文字。

对此事有反应的还有已经外放的刘禹锡和柳宗元。刘、柳于元和十年三月外放,六月武元衡遇刺。对于武元衡的死,他们的态度有些微妙。刘禹锡有《代靖安佳人怨二首》,其引言曰:"靖安,丞相武公居里名也。元和十一年六月,公将朝,夜漏未尽三刻,骑出里门,遇盗,薨于墙下。初,公为郎,余为御史,繇是有旧故。今守于远服,贱不可以诔,又不得为歌诗声于楚挽,故代作《佳人怨》,以裨于乐府云。"诗云:"宝马鸣珂踏晓尘,鱼文匕首犯车茵。适来行哭里门外,昨夜华堂歌舞人。"其二云:"秉烛朝天遂不回,路人弹指望高台。墙东便是伤心地,夜夜流萤飞去来。"② 刘禹锡与武元衡的恩怨,学界多有探讨。刘禹锡又有《和武中丞秋日寄怀简诸僚故》《奉和淮南李相公早秋即事寄成都武相公》《江陵严司空见示与成都武相公唱和因命同作》等诗,元和七年(812)、元和八年(813)这两年,刘禹锡与武元衡亦多有私人交往。刘禹锡有《上门下武相公启》《谢门下武相公启》,从两文来看,武元衡对刘禹锡多有援助,过去或有矛盾却并非敌对者。《代靖安佳人怨二首》当无幸灾乐祸之快意。③ 这两首诗与其咏史诗风格相似,一是想象遇刺之场面,慨叹武元衡命运之变化;一是抒写人去台空后的现场图景。另一位因"永贞革新"被贬的柳宗元也有《古东门行》:"汉家三十六将军,东方雷动横阵云。鸡鸣函谷客如雾,貌同心异不可数。赤丸夜语飞电光,徼巡司隶眠如羊。当街一叱百吏走,冯敬胸中函匕首。凶徒侧耳潜慴心,悍臣破胆皆杜口。魏王卧内藏兵符,子西掩袂真无辜。羌胡毂下一朝起,敌国舟中非所拟。安

---

① 蹇长春:《白居易评传》,南京大学出版社,2011,第150页。
② (唐)刘禹锡:《刘禹锡全集编年校注》,陶敏、陶红雨校注,岳麓书社,2003,第219~220页。
③ (唐)刘禹锡:《刘禹锡全集编年校注》,陶敏、陶红雨校注,第222页。

陵谁辨削砺功,韩国讵明深井里。绝胭断骨那下补,万金宠赠不如土。"①此诗以乐府讽盗杀武元衡事,亦以同情为主,并无幸灾乐祸之感。不久前还同在长安,而今物是人非,此时的刘禹锡、柳宗元感慨遂深,至平淮西后,两人之表现可反证此时惋惜之情绪。有意味的是,当熟悉的旧日身影离开尘世,刘、柳,一以咏史的风味,一以拟古的手法,以旧格调写目前之时事,对武元衡本人的态度与对平淮西的态度纠缠在一起,个人之际遇与家国之情怀并存,复杂的心绪一目了然。当此际,刘、柳两人或已抛却往日的纠葛,毕竟他们熟悉的"伤心地"已不见"昨夜华堂歌舞人"。

  多年征讨淮西无果,这在白居易江州时期的诗作中也有反映。白居易多写因淮寇未平而多年征战带来的诸种困扰。如《放旅雁》:"九江十年冬大雪,江水生冰树枝折。百鸟无食东西飞,中有旅雁声最饥。雪中啄草冰上宿,翅冷腾空飞动迟。江童持网捕将去,手携入市生卖之。我本北人今谴谪,人鸟虽殊同是客。见此客鸟伤客人,赎汝放汝飞入云。雁雁汝飞向何处,第一莫飞西北去。淮西有贼讨未平,百万甲兵久屯聚。官军贼军相守老,食尽兵穷将及汝。健儿饥饿射汝吃,拔汝翅翎为箭羽。"借写旅雁而叹征战之苦。《送幼史》:"淮右寇未散,江西岁再徂。故里干戈地,行人风雪途。此时与尔别,江畔立踟蹰。"《春游西林寺》:"是年淮寇起,处处兴兵革。智士劳思谋,戎臣苦征役。"《元和十二年淮寇未平诏停岁仗愤然有感率尔成章》:"闻停岁仗轸皇情,应为淮西寇未平。不分气从歌里发,无明心向酒中生。愚计忽思飞短檄,狂心便欲请长缨。从来妄动多如此,自笑何曾得事成。"《东南行一百韵》:"岘阳亭寂寞,夏口路崎岖。大道全生棘,中丁尽执殳。江关未撤警,淮寇尚稽诛。(自注:时淮西未平,路经襄、鄂二州界,所见如此。)"倒是元稹对此留下的文字不多,元和九年(814),元稹在严绶幕,代作《代谕淮西书》,有诗《赠李十一》。诗云:"淮水连年起战尘,油旌三换一何频!共君前后俱从事,羞见功名与别人。"元和十年,元稹与刘、柳一道被召回,元稹出为通州司马。故有《归田》云:"千万人间事,从兹不复言。"赴通州过新政县,作《新政县》云:"已闻城上三更鼓,不见心中一个人。"《南昌滩》云:"物色可怜心莫恨,此行都是独行时。"一路之寂寞可想而知。后到通州,因病

---

① (唐)柳宗元:《柳宗元集校注》,尹占华、韩文奇校注,中华书局,2013,第2750页。

仅关心己事，白居易被贬，元稹虽有《闻乐天授江州司马》《酬乐天赴江州路上见寄三首》，却仅言彼此贬谪之苦，并没有留下关于武元衡遇刺之事的相关文字。

韩愈、柳宗元、元稹、白居易、刘禹锡等人身处政争旋涡之中，因所处境地、所居身份之不同，对于征讨淮西关注的程度不一，对于相关的战事及政事则均有文字涉及。韩愈、白居易身在朝中，故而表现最为直接，元稹、刘禹锡、柳宗元则俱为谪臣，刘、柳对武元衡之死的态度稍显复杂，元稹则徒为感怀而已。

二 平淮西：故事的完整图景

如果向前追溯，贞元十五年（799）唐德宗曾诏讨吴少诚，第二年无果而终。元和九年，时任淮西节度使的吴少阳去世，吴元济秘不发丧，自总兵柄。朝廷从此开始征讨吴元济，虽偶有小胜，却并无大的进展。从元和十年起，司马温公《资治通鉴》即以"平淮西"为中心叙述政事，形成了独立的叙事单元。元和十年，战幕拉开，却发生了以武元衡遇刺事件为主的系列滋扰。唐宪宗、裴度，还有已然长逝的武元衡，与妥协者形成了对峙。武元衡被刺，朝臣震恐，何去何从，议论蜂起。《资治通鉴》元和十一年（816）起笔即免去钱徽翰林学士、萧俛知制诰之职，而令其守本官，原因是"时群臣请罢兵者众，上患之，故黜徽、俛以警其余"。钱、萧均是吴越江南士族出身，钱徽乃是钱起之子，有文才。据《旧唐书·钱徽传》："（元和）十一年，王师讨淮西，诏朝臣议兵，徽上疏言用兵累岁，供馈力殚，宜罢淮西之征。宪宗不悦，罢徽学士之职，守本官。"随后唐宪宗削去王承宗职位并征讨之。李光颜、乌重胤讨淮西节节胜利，唐宪宗又将请罢兵的韦贯之、独孤郁贬黜。据《旧唐书·韦贯之传》："淮西之役，镇州盗窃发辇下，杀宰相武元衡，伤御史中丞裴度。及度为相，二寇并征，议者以物力不可。贯之请释镇以养威，攻蔡以专力。上方急于太平，未可其奏。贯之进言：'陛下岂不知建中之事乎？天下之兵，始于蔡急魏应，齐赵同恶。德宗率天下兵，命李抱真、马燧急攻之，物力用屈，于是硃泚乘之为乱，硃滔随而向阙，致使梁、汉为府，奉天有行，皆陛下所闻见。非他，不能忍待次第，速于扑灭故也。陛下独不能宽岁月，俟拔蔡而图镇邪？'上深然之，而业已下伐镇诏。后灭蔡而镇自服，如其策焉。"从中可见韦贯之并非反对讨淮西，只是策略不同而已。即便如此，唐宪宗求胜心切，仍然认为李光颜等"久无功"，派梁守谦宣慰并诏书切责，"示以无功必罚"。从急切的态度上即可看出唐宪宗身上的压力，战事不可久拖。可是，事与愿违，讨伐王承宗并不顺利，连吃败仗。直到年底，以李愬为唐、随、邓节度使，为下一年的胜利拉开了序幕。

元和十二年（817），先后隆重登场的正是李愬和裴度。李愬的谋略决定着战局的走向，裴度的总领显示着态度的坚决。读《资治通鉴》本年纪事，与韩愈《平淮西碑》、段文昌《平淮西碑》比较，则《资治通鉴》之纪事与段《碑》同者多，尤其是对征讨淮西战事发展之过程的叙述，《资治通鉴》与段文昌《平淮西碑》近乎一致。韩愈《平淮西碑》则对前一段叙述简单，仅以天子号令引之。关于平蔡州，韩愈《平淮西碑》云：

> 十二年八月，丞相度至师，都统弘责战益急，颜、胤、武合战亦用命。元济尽并其众洄曲以备。十月壬申，愬用所得贼将，自文城因天大雪，疾驰百二十里，用夜半到蔡，破其门，取元济以献。尽得其属人卒。辛巳，丞相度入蔡，以皇帝命赦其人，淮西平，大飨赉功。师还之日，因以其食赐蔡人。凡蔡卒三万五千，其不乐为兵，愿归为农者十九，悉纵之。斩元济京师。

段文昌《平淮西碑》云：

> 将决其机，以安海内，复命丞相裴度，拥淮蔡之节，抚将帅之臣，分邓禹之麾旆，盛窦宪之幕府，四牡业业，于藩于宣。先是光颜、重允、公武，戎旅同心，垒垣齐列，常蛇之势，首尾相从。胡骑之雄，纷纭纵击，逐余孽如鸟雀，猎残寇似狐狸。干矛如林，行次于洄曲，丞相之来也。群帅之志气逾励，统制之号令益明，势如雷霆，功在漏刻。贼乃悉其精骑，以备洄曲之师。唐随帅李愬，新总伤痍之军，稍励奔北之气，城孤援绝，地逼势危，而能养貔虎之威，未尝暴视，屈鸷鸟之势，不使露形。是以收文城栅而降吴秀琳，下兴桥而擒李祐。祐果敢多略，众以留之，或谓蓄患，不利吾军，诚明在躬，秉信不挠，爰命释缚，授之亲兵。祐感慨之心，出于九死。纵横之计，

果效六奇。粤十月既望，阴凝雪飞，天地尽闭。乃遣其将史旻、仇良辅留镇文城，备其侵轶，命李祐领突骑三千以为乡导，自领中权三千，与监军使李诚义继进，又遣其将田进诚领马步三千以殿其后。郊云晦冥，寒可堕指，一夕卷斾，凌晨破关，铺敦淮溃，仍执丑虏。虽魏军得田畴为导，潜出卢龙，邓艾得田章先登，长驱绵竹，用奇制胜，与古为俦。

韩《碑》以古文叙李愬雪夜入蔡州事仅不到四十字，段《碑》以骈体行文用近三百字渲染此事，自是不同。两《碑》均肯定裴度之统帅地位，因其代表国家，唯对平蔡州之过程描述存在差异，平蔡州乃是一锤定音之壮举，平淮西之重头戏，亦是震慑藩镇的关键一节。李愬调兵遣将之过程至关重要，这也是后来发生磨碑事件之缘由。故而，《资治通鉴》此一部分也颇费周折，《资治通鉴》卷二百四十关于李愬调兵遣将之过程，其如何对待丁士良、吴秀琳、李祐等降将则至关重要。从军事上，分为讨王承宗和讨吴元济两个部分。战局之变化则先因李愬之到任，其潜心策划而准备就绪，后因裴度、马总、韩愈的到任而志益坚。《资治通鉴》充分利用史料，人物各司其职，各有其功，从细节处突出了李愬雪夜入蔡州之生动图景。李愬一击得胜的重要性不言而喻。裴度作为统帅不改文儒本色，据王定保《唐摭言》："裴晋公赴敌淮西，题名华岳之阙门。大顺中，户部侍郎司空图以一绝纪之曰：'岳前大队赴淮西，从此中原息战鼙。石阙莫教苔藓上，分明认取晋公题。'"又白居易《题裴晋公女几山刻石诗后》诗序云："公出讨淮西，过女几山下，刻石题诗，末句云：'待平贼垒报天子，莫指仙山示武夫。'果如所言，克期平贼，由是淮蔡迄今底宁，殆二十年，人安生业。夫嗟叹不足则咏歌之，故居易作诗二百言，继题公之篇末。欲使采诗者、修史者、后之往来观者，知公之功德本末前后也。"[1] 以诗为史，追忆中有对裴度文儒情怀的书写。

这幅图景中，不能缺少彰义行军司马韩愈的身影，他的一路行程见证了"元和中兴"的壮丽景观。这些图景都在他的诗作中有所反映，据钱仲联《韩昌黎诗系年集释》，韩愈元和十二年共有相关诗作十七首，多以七

---

[1] 周勋初：《唐人轶事汇编》，上海古籍出版社，2016，第1012页。

言绝句为之,言简意明。甫一出发,韩愈便极为乐观,《赠刑部马侍郎》云:"红旗照海压南荒,征入中台作侍郎。暂从相公平小寇,便归天阙致时康。"在韩愈看来,平淮西乃是影响亿万苍生的大事,君王不可犹豫不决。《过鸿沟》云:"龙疲虎困割川原,亿万苍生性命存。谁劝君王回马首,真成一掷赌乾坤。"方世举评曰:"此诗虽咏楚、汉事,实为伐蔡之举,时宰有谏阻者,几败公事也。视为咏古则非。"① 咏古而思今,唯有坚定伐蔡之决心方可胜利,当是韩愈此际的内心所想。韩愈一路吟唱不已,随裴度征讨途中则有:

> 司徒东镇驰书谒,丞相西来走马迎。两府元臣今转密,一方遗寇不难平。
> ——《送张侍郎》
> 旗穿晓日云霞杂,山倚秋空剑戟明。敢请相公平贼后,暂携诸吏上峥嵘。
> ——《奉和裴相公东征途经女几山下作》
> 城上赤云呈胜气,眉间黄色见归期。幕中无事惟须饮,即是连镳向阙时。
> ——《鄩城晚饮奉赠副使马侍郎及冯、李二员外》
> 为文无出相如右,谋帅难居郤縠先。归去雪销溱洧动,西来旌旆拂晴天。
> ——《酬别留后侍郎,蔡平,命马总为留后》
> 四面星辰著地明,散烧烟火宿天兵。不关破贼须归奏,自趁新年贺太平。
> ——《同李二十八员外从裴相公野宿西界》

韩愈写其所闻所见,获知平蔡州之兴奋溢于言表。胜利归来,归途中更有诗作记录其畅快之心情,如《和李司勋过连昌宫》云:"夹道疏槐出老根,高甍巨桷压山原。宫前遗老来相问,今是开元几叶孙。"《桃林夜贺晋公》:"西来骑火照山红,夜宿桃林腊月中。手把命珪兼相印,一时重叠赏元功。"《次潼关先寄张十二阁老使君》:"荆山已去华山来,日出潼关四

---

① (唐)韩愈著,钱仲联集释《韩昌黎诗系年集释》,上海古籍出版社,1984,第1034页。

扇开。刺史莫辞迎候远，相公亲破蔡州回。"《次潼关上都统相公》："暂辞堂印执兵权，尽管诸军破贼年。冠盖相望催入相，待将功德格皇天。"读这些即兴之绝句，令人想起抗战时期田间的街头宣传诗，昌黎的这些文字颇似之，其作用或在文字之外。收尾之作则是《晋公破贼回重拜台司以诗示幕中宾客愈奉和》，诗云："南伐旋师太华东，天书夜到册元功。将军旧压三司贵，相国新兼五等崇。鹓鹭欲归仙仗里，熊罴还入禁营中。长惭典午非材职，得就闲官即至公。"韩愈在元和十三年（818）所作《送李员外院长分司东都》、元和十四年（819）所作《元日酬蔡州马十二尚书去年蔡州元日见寄之什》依然回忆"羁旅逐东征"之故事。元和十三年四月，王承宗献德、棣二州，朝廷赦免其罪。七月，讨李师道，斩杀之。至此，一扫藩镇之跋扈，渐显中兴之气象。直到元和十四年，因宪宗崇佛，韩愈上《论佛骨表》被贬至潮州，这些激动于心的故事才被冲淡了许多。随裴度平淮西是韩愈一生中的关键时期，其家国情怀由此根植于心，不可移易。这从他后来的一系列行为中得到了充分的展示。不过，集中表达平蔡州与其家国情怀之关系的还是其所撰而终被磨掉的《平淮西碑》，此点我们会在下文继续探讨。

三 中唐贬谪士人的文学书写

据《旧唐书·宪宗纪》："（元和十二年）十一月丙戌朔，御兴安门受淮西之俘。以吴元济徇两市，斩于独柳树；妻沈氏，没入掖庭；弟二人、子三人，配流，寻诛之；判官刘协等七人处斩。录平淮西功：随唐节度使、检校左散骑常侍李愬检校尚书左仆射、襄州刺史，充山南东道节度、襄邓随唐复郢均房等州观察等使；加宣武军节度使韩弘兼侍中；忠武军节度使李光颜、河阳节度使乌重胤并检校司空。以宣武军都虞候韩公武检校左散骑常侍、鄜州刺史、鄜坊丹延节度使，以魏博行营兵马使田布为右金吾卫将军，皆赏破贼功也。甲午，恩王连薨。以蔡州郾城为溵州，析上蔡、西平、遂平三县隶焉。戊申，以淮西宣慰副使、刑部侍郎马总为彰义军节度留后。十二月壬戌，以彰义军节度、淮西宣慰处置使、门下侍郎、同平章事裴度守本官，赐上柱国、晋国公、食邑三千户；以蔡州留后马总检校工部尚书、蔡州刺史、彰义军节度使、溵州颍陈许节度使。丙子，以右庶子韩愈为刑部侍郎。"平蔡州的消息快速传布开来，国威大振，士大夫群体更是喜出望外。这件军国大喜事对于贬谪在外的士人来说，来得恰是时候。元和十三年，唐宪宗发《平淮西大赦文》，宣布大赦天下，自然群情振奋。有元稹《贺诛吴元济表》《贺裴相公破淮西启》《上门下裴相公书》、柳宗元《上裴晋公度献唐雅诗启》《上襄阳李愬仆射献唐雅诗启》《献平淮夷雅表》、刘禹锡《贺收蔡州表》《贺门下裴相公启》、白居易《刘十九同宿》《三游洞序》等作品。

元和十二年，元稹仅有《贺诛吴元济表》《贺裴相公破淮西启》两文，其中《贺诛吴元济表》，杨军疑为代作①，代作与否并不影响文章所表达的个人之情感。元稹《贺诛吴元济表》云："五十年间，三后贻顾。眇尔元济，继为凶妖，谓君命可逃，谓父死为利，陛下凝兹睿算，取彼凶残，不越殷宗之期，遂剿淮夷之命。威动区宇，道光祖宗，凡在生成孰不懽忻！臣忝官藩翰，不获率舞阙庭，瞻望徘徊，无任踊跃屏营之至。"②这篇文章虽属常例贺文，用词未见个人之特色，却也可表群情。《贺裴相公破淮西启》则是元稹单独给裴度的。元稹一生与裴度多有交集，早年两人多有契合之处，元和元年（806），裴度因"密疏论权幸"由监察御史出为河南府功曹参军，元稹因"讼所言当行"由左拾遗出为河南县尉。《贺裴相公破淮西启》云："伏见当道节度使牒，伏承相公生禽吴元济，归斩阙下，功高振古，事绝称言，亿兆欢呼。天下幸甚。某闻举世非之而心不惑者谓之明，群疑未亡而计先定者谓之智。日者天弃淮蔡，蓄为污潴。五十年间，三后垂顾。眇尔元济，继为凶妖，谓君命可逃，以父死为利。圣上以睿谟神算，方议剪除；群下守见习闻，咸怀阻沮。公英猷独运，卓立不回。内排疑惑之词，外辑异同之旅。三军保任，一意诛锄。投石之卵虽危，拒轮之臂犹奋。赖阁下忠诚愤激，亲自拊巡。灵旗一临，余妖电扫。此所谓俟周公而后淮夷服，得元凯而后吴寇平。凡在陶甄，孰不忻幸。况某早趋门馆，抃跃尤深，僻守遐荒，不获随例拜贺，无任踊跃徘徊之至。"③元和十三年，元稹为求勋臣裴度的援引，有《上门下裴相公书》，先叙及旧情，亦言及淮蔡平之功勋，再言"构致群材，使栋梁榱桷

---

① （唐）元稹著，杨军笺注《元稹集编年笺注》（散文卷），三秦出版社，2002，第254页。
② （唐）元稹：《元稹集校注》，周相录校注，上海古籍出版社，2011，第927页。
③ （唐）元稹：《元稹集校注》，周相录校注，第1445~1446页。

咸适其用"之重要性，终进入主题："今殊勋既建，王化方行，亦当念魏郑公守成之难，而三复文皇帝'思危'之诏乎？以愚思之，欲人之不怨，莫若迁授之有常；欲人之竭诚，莫若援拯于焚溺。"然后述及自己的遭遇，希望裴度能够像裴垍荐拔人才，自己能够有用武之地。元稹诗作《连昌宫词》亦作于此时。卞孝萱先生《元稹年谱》"元和十三年"云："从诗中'官军又取淮西贼，此贼亦除天下宁'二句，可以看出是作于元和十二年十月平定淮西吴元济之后，十三年七月讨伐淄青李师道之前。因为'天下宁'三字反映出那时没有兵事。如果已经讨伐李师道，元稹就不能说'天下宁'，也不可能有'老翁深望幸'的下文。"① 周相录亦认为："元和十二年末或元和十三年七月前作于通州。"② 此诗于平蔡之事虽着笔不多，亦为元稹此际议论之证明。

　　元和十三年，大赦天下。柳宗元在柳州刺史任上，遇此国家之大事，自然会为之颂歌。柳宗元作《平淮夷雅》二篇，献给三方：宪宗皇帝、裴度和李愬。《献平淮夷雅表》是柳宗元上表陈情之良机，文章中先写自己垂荒十四年的事实，夸赞宪宗皇帝"太平之功，中兴之德，推校千古"，而后道出自己的意图。那就是："臣伏自忖度，有方刚之力。不得备成行，致死命，况今已无事，思报国恩，独惟文章。"继而柳宗元为献《雅》行为追溯古《雅》之意义所在。自周宣王之功业，包括平淮夷在内，因《雅》而传颂。经过这样的解读，则自己的献《雅》行为找到了经典的立足处。最后一部分则追溯宪宗即位以来之功业，独"《大雅》不作"，"臣诚不佞，然不胜愤懑。伏以朝中多文臣，不敢尽专数事，谨撰《平淮夷雅》二篇，虽不及尹吉甫，召穆公等，庶施诸后代，有以佐唐之光明"。行文至此，意图尽出，借献《雅》而述己之志向和见识，仍在希求致用，以能参与国家大事而自重之。《上裴晋公度献唐雅诗启》和《上襄阳李愬仆射献唐雅诗启》是写给平淮西的两位功臣的，两人此际正是"春风得意"，虽然后来因《平淮西碑》亦发生不快，仅以功劳之高下相争而已。《上裴晋公度献唐雅诗启》先述献《雅》之意义，后述裴度之功绩。张扬云："故天下文士，皆愿秉笔牍，勤思虑，以赞述洪烈，阐扬大勋。宗元

---

① 卞孝萱：《元稹年谱》，齐鲁书社，1980，第299~302页。
② （唐）元稹：《元稹集校注》，周相录校注，第706页。

虽败辱斥逐，守在蛮裔，犹欲振发枯槁，决疏潢污，馨效蚩鄙，少佐毫发。"于是，"谨撰《平淮夷雅》二篇，恐惧不敢进献，私愿彻声闻于下执事，庶宥罪戾，以明其心"。至于此，意思说得更清楚了，自己厕身于天下文士皆愿为之事，希望得到援手，能够创造一展志向的机遇。与《献平淮夷雅表》之意思不同在于自己只是文士之一员，并未言无文士献《雅》而遗憾之意。《上襄阳李愬仆射献唐雅诗启》则稍有不同之处，亦先从"周宣中兴"说起，言"天子中兴"得良将。而后与《献平淮夷雅表》的表述一致："然而未有嗣《大雅》之说，以布天下，以施后代，岂圣唐之文雅，独后于周室哉！"最后回到自我，这段表述颇值得注意，曰："宗元身虽陷败，而其论著，往往不为世屈，意者殆不可自薄自匿以坠斯时，苟有辅万分之一，虽死不憾。谨献《平淮夷雅》二篇，斋沐上献。诚丑言淫声，不足以当金石，庶继代洪烈，稗官里人，得采而歌之，不胜愤踊之至。"柳宗元要表达的意思是身败而以文存世，文存而能见己意之宏深。《平淮夷雅》二篇，一篇颂宪宗之功业兼及裴度，一篇述李愬之战绩，对应三人，因身份之不同，表述之措辞各异，展现自我的面相也不同，却体现出同样的书写意图。在柳宗元看来，借时事论政献颂以表用世之志是最为重要的，这或许可以追溯到元德秀，元德秀认为一时代要有本时代的正声，故而自制雅乐以献之。以新声而写时事，只要执着于此，国家之希望就会存在，个体价值也能够借此实现。从这件事可以看出柳宗元对续承道统的渴望，他以为时代歌唱的姿态弘扬大雅之声，献皇帝亦献勋臣。柳宗元继承河东柳氏之家学门风，欲积极参与时政以实现人生的价值，可惜早年一失足成终生之坎壈。如韩愈所说，如无这一贬谪经历或没有成为文学家，柳宗元仅为一个政治家而已，孰得孰失已然明了。此时的柳宗元，政治上无法实现之理想则可蕴于文字之中借以传世。

刘禹锡有《贺收蔡州表》《贺门下裴相公启》《贺赦表》《贺赦笺》《上门下裴相公启》《与刑部韩侍郎书》等多篇文字言及平蔡州事。《贺收蔡州表》云："伏见诏书，以唐州节度使李愬生擒逆贼吴元济献俘，文武百僚于兴安门列班称贺者。天威远被，元恶就诛。一方既平，万国咸庆。"与元稹之恳切相比，刘禹锡《贺门下裴相公启》则相对简约，云："制胜于尊俎之间，指踪于辅绁之末。萧斧既定，衮衣以归。君心如鱼水，人望如风草。一德交畅，万邦和平。运神思于洪炉，纳生灵于寿域。文武丕绩,冠于古今。"① 《平淮西大赦文》下,刘禹锡有《贺赦表》,述"网开三面,危疑者许以自新;耳达四聪,暇累者期于录用"之意。《上门下裴相公启》则与元稹用意相同,云:"以今日将明之材,行前修博施之义,笔端肤寸,泽及九垠,犹夫疾耕,必有滞穗。某顷堕危厄,尝受厚恩,诅盟于心,要之自效。"② 首赞裴度平淮西之功勋,次论人才得用之要,再述自家之愿望。《与刑部韩侍郎书》则与韩愈平等言之,故而直入主题,云:"退之从丞相平戎还,以功为第一官,然犹议者嗛然,如未迁陟。此非特用文章学问有以当众心也,乃在恢廓器度,以推贤尽材为孜孜,故人心乐其道行,行必及物故耳。"又言:"春雷一振,必歙然翘首,与生为徒。况有吹律者召东风以薰之,其化也益速。雷且奋矣,其知风之自乎!既得位,当行之无忽。"③ 虽含祈望援引之意,却重在立论,读之觉其议论之风姿。刘禹锡《城西行》写斩吴元济一事,城西所指长安城西独柳树下,乃是专门的行刑之所。诗云:"城西簇簇三叛族,叛者为谁蔡吴蜀。中使提刀出禁来,九衢车马轰如雷。临刑与酒杯未覆,雠家白官先请肉。守吏能然董卓脐,饥乌来龁桓玄目。城西人散泰阶平,雨洗血痕春草生。"④ 更值得注意的是《平蔡州》,这是特意为之的一组诗作。《平蔡州》共三首,乃是有序之组诗。其一写平蔡之过程,诗云:"蔡州城中众心死,妖星夜落照壕水。汉家飞将下天来,马箠一挥门洞开。贼徒崩腾望旗拜,有若群蛰惊春雷。狂童面缚登槛车,太白夭矫垂捷书。相公从容来镇抚,常侍郊迎负文弩。"李愬之战功,裴度之镇抚,各以一联言之。其二写胜利之场面,诗云:"四人归业间里间,小儿跳浪健儿舞。汝南晨鸡喔喔鸣,城头鼓角音和平。路傍老人忆旧事,相与感激皆涕零。老人收泣前致辞,官军入城人不知。忽惊元和十二载,重见天宝承平时。"欢庆之场面中还有老人的讲述,写出对承平之渴望,末句可理解为老人的赞颂之辞,亦可理解为作者的赞颂之辞。其三写平蔡之意义,诗云:"九衢车马浑浑流,使臣来献淮西囚。四夷闻风失匕箸,天子受贺登高楼。妖童擢发不足数,

---

① (唐)刘禹锡:《刘禹锡全集编年校注》,陶敏、陶红雨校注,岳麓书社,2003,第1027页。
② (唐)刘禹锡:《刘禹锡全集编年校注》,陶敏、陶红雨校注,第1030页。
③ (唐)刘禹锡:《刘禹锡全集编年校注》,陶敏、陶红雨校注,第1032页。
④ (唐)刘禹锡:《刘禹锡全集编年校注》,陶敏、陶红雨校注,第247~248页。

血污城西一抔土。南峰无火楚泽间,夜行不锁穆陵关。策勋礼毕天下泰,猛士按剑看恒山。"① "天子受贺登高楼"正是史家叙述之场面,以诗为史,截取片段构成叙事过程,这组诗堪称以平蔡州为主题的浑然一体的经典之作。

自大和年间至开成年间,刘禹锡、白居易与裴度多有唱酬往来。据《旧唐书·裴度传》:"自是,中官用事,衣冠道丧。度以年及悬舆,王纲版荡,不复以出处为意。东都立第于集贤里,筑山穿池,竹木丛萃,有风亭水榭,梯桥架阁,岛屿回环,极都城之胜概。又于午桥创别墅,花木万株;中起凉台暑馆,名曰'绿野堂'。引甘水贯其中,酾引脉分,映带左右。度视事之隙,与诗人白居易、刘禹锡酣宴终日,高歌放言,以诗酒琴书自乐,当时名士,皆从之游。"刘禹锡虽有与裴度唱和之作,却少有与平淮西相关者。大和二年(828),《和裴相公傍水闲行》云:"看花临水心无事,功业成来十二年。"末句所指"功业"正是平淮西事。《奉送裴司徒令公自东都留守再命太原》诗云:"星使出关东,兵符赐上公。山河归旧国,管籥换离宫。行色旌旗动,军声鼓角雄。爱棠余故吏,骑竹见新童。汉垒三秋静,胡沙万里空。其如天下望,旦夕咏清风。"送别之际暗含对其平淮西功绩的颂扬。白居易的相关书写则要完整得多。元和十二年,淮西初破,白居易有《刘十九同宿》(时淮寇初破):"红旗破贼非吾事,黄纸除书无我名。唯共嵩阳刘处士,围棋赌酒到天明。"至元和十四年,白居易《三游洞序》云:"平淮西之明年冬,予自江州司马授忠州刺史,微之自通州司马授虢州长史。又明年春,各祗命之郡,与知退偕行。三月十日,三会于夷陵。"后白居易、刘禹锡、裴度在洛阳多有唱和,交游频繁。从居洛时期白居易所写与裴度相关的诗作中亦可看出其态度。与平淮西相关者,白居易有《寄献北都留守裴令公》,诗序云:"司徒令公分守东洛,移镇北都,一心勤王,三月成政,形容盛德,实在歌诗,况辱知音,敢不先唱。辄奉五言四十韵寄献,以抒下情。"诗句中有:"天上中台正,人间一品高。休明值尧舜,勋业过萧曹。始擅文三捷,终兼武六韬。动人名赫赫,忧国意忉忉。荡蔡擒封豕,平齐斩巨鳌。两河收土宇,四海定波涛。"重在颂其功业。《侍中晋公欲到东洛先蒙书问期宿龙门思往

---

① (唐)刘禹锡:《刘禹锡全集编年校注》,陶敏、陶红雨校注,第243~245页。

感今辄献长句》，诗云："昔蒙兴化池头送，今许龙门潭上期。聚散但惭长见念，荣枯安敢道相思。功成名遂来虽久，云卧山游去未迟。闻说风情筋力在，只如初破蔡州时。"又有《题裴晋公女几山刻石诗后》专门颂"平淮西"之业绩，前已引其诗序，乃是白居易见裴度出征平淮西路过女几山刻石题诗有感而作。此诗显然借女几山刻石诗以歌颂裴度所建之大功业，正是平淮西之胜利给当地居民带来了二十年的和平生活。

此外，王建有《赠李愬仆射二首》，其一云："和雪翻营一夜行，神旗冻定马无声。遥看火号连营赤，知是先锋已上城。"其二云："旗幡四面下营稠，手诏频来老将忧。每日城南空挑战，不知生缚入唐州。"王建《赠李愬仆射》："唐州将士死生同，尽逐双旌旧镇空。独破淮西功业大，新除陇右世家雄。知时每笑论兵法，识势还轻立战功。次第各分茅土贵，殊勋并在一门中。"此外还有杨巨源《元日含元殿下立仗丹凤楼门下宣赦相公称贺二首》、姚合《送萧正字往蔡州贺裴相淮西平》、张祜《献太原裴相公三十韵》等，颂文歌诗如潮起，"平淮西"在当时及其后的影响从中可知一二。这些作品构成了群体的歌唱，他们在无任踊跃之际蕴含了自家的渴望，盛世华年，他们的梦想在一瞬间再度被激发而出。

四　余论：《平淮西碑》的风波

《旧唐书·韩愈传》云："元和十二年八月，宰臣裴度为淮西宣慰处置使，兼彰义军节度使，请愈为行军司马，仍赐金紫。淮、蔡平，十二月随度还朝，以功授刑部侍郎，仍诏愈撰《平淮西碑》，其辞多叙裴度事。时先入蔡州擒吴元济，李愬功第一，愬不平之。愬妻出入禁中，因诉碑辞不实，诏令磨愈文。宪宗命翰林学士段文昌重撰文勒石。"韩愈作为当事人自然有他的书写视角，从《平淮西碑》中能看出来。弃韩《碑》而用段《碑》，本身乃因如何评价李愬，但其背后却并非如此简单。段文昌与钱徽、萧俛等人对待征讨淮西的意见一致，均主张"消兵"[1]，段《碑》立而韩《碑》磨，或意味着保守者的和谐统一观念之上位。后来，挺韩者

---

[1] 陈寅恪：《元白诗笺证稿》，三联书店，2001，第77页。

多，如李商隐《韩碑》："帝曰汝度功第一，汝从事愈宜为辞。愈拜稽首蹈且舞，金石刻画臣能为。"也有与之不同的叙事文本，如罗隐《说石烈士》演绎此事，言有石效忠为李愬鸣不平，故而推倒重刻。至北宋，王安石、苏轼、陈师道等多有议论。苏轼《沿流馆中得二绝句》其一云："淮西功业冠吾唐，吏部文章日月光。千载断碑人脍炙，不知世有段文昌。"如今，段《碑》韩《碑》俱存，唯体式不同，叙事之结构并无较大的差异。

从史传所言"仍诏愈撰《平淮西碑》"之措辞，可见此非韩愈分内之事，又非韩愈莫属，这也是对居功者恩宠之表现。据韩愈《进撰平淮西碑文表》："今词学之英，所在麻列；儒宗文师，磊落相望；外之则宰相公卿郎官博士，内之则翰林禁密游侠侍从之臣，不可一一遽数：召之使之，无有不可。至于臣者，自知最为浅陋，顾贪恩侍，趣以就事，丛杂乖戾，律吕失次；乾坤之荣，日月之光，知其不可绘画，强颜为之，以塞诏旨，罪当诛死。"[①]韩愈自元和十三年正月十四奉命撰碑，三月二十五日上碑，历时七十日，自称"经陟旬月，不敢措手"。关于这一事件，虽然《新唐书》本传中没有提及，却采撷全文入史，态度上的褒奖意图可想而知。作为战事参与者，对于韩愈来说，受诏撰碑既无比荣耀而自己又是最适当的人选。韩愈提倡古文创作，故其精心结撰之，亦是古文登上庙堂之契机，不想却引发争端。

争端之引发经历了一个过程。碑文撰成献上后，宪宗称赏并分赐给一些将领，随后勒石树立。碑文具有说服力在于韩愈是平淮西过程的参与者。当时之语境下，得到了多数战事参与者的认同，而相距近一年后发生了磨碑之事。清人钱大昕《潜研堂文集·答问》中说：

> 退之斯文工则工矣，绳以史法，殊未尽善。如光颜、重胤除授于元和九年，公武、文通于十年，愬于十一年，并不同时，碑但云曰某曰某，而总之云"各以其兵进战"。文虽简，而事未核也。又碑云"颜、胤皆加司空"，不著"检校"，何以别于正授之司空？……唐邓随之帅，始用高霞寓，再用袁滋，三易而得李愬，不逾年遂成入蔡之

[①] （唐）韩愈：《韩昌黎文集注释》，阎琦校注，三秦出版社，2004，第389页。

功,似光颜等合攻三年,才克一二县者,优劣悬殊矣。退之叙其功,但与诸将伍,得毋以雪夜之袭不由裴相所遣,有意抑之邪?门户之见,贤者不免。断碑之举,有自来也。①

所说"碑辞不实"最主要是指对李愬战功的处理与定位。韩愈《平淮西碑》撰成之际,柳宗元在柳州刺史任上,刘禹锡在连州刺史任上。实际上,从柳宗元对"平淮西"一事的态度上就可以说明问题。柳宗元有《平淮夷雅》,共包含《皇武》《方城》等两首颂诗,一首旨在歌颂裴度,一首旨在歌颂李愬。《刘宾客嘉话录》说:

> 柳十八驳韩十八《平淮西碑》云:"'左飧右粥'何如我《平淮西雅》之云'仰父俯子'。"禹锡曰:"美宪宗俯下之道尽矣。"柳曰:"韩《碑》兼有帽子,使我为之,便说用兵讨叛矣。"
>
> 段相文昌重为《淮西碑》,碑头便:"韩宏为统,公武为将。"是用左氏"栾书将中军,栾黡佐之",文势也甚善,亦是效班固《燕然碑》样,别是一家之美。②

韩愈之议论并没有得到当时缙绅阶层的认可,引发争端的是文中因叙事而产生的议论效果的问题。《新唐书》卷二百一十四《吴元济传》云:"始度之出,太子右庶子韩愈为行军司马,帝美度功,即命愈为《平淮西碑》,其文曰:……愈以元济之平,繇度能固天子意,得不赦,故诸将不敢首鼠,卒禽之,多归度功,而愬特以入蔡功居第一。愬妻,唐安公主女也,出入禁中,诉愈文不实。帝亦重牾武臣心,诏斫其文,更命翰林学士段文昌为之。"《平淮西碑》突出了裴度的功劳而李愬似乎被忽略了,而宪宗出于安抚武将之目的而推倒碑文,这是出自政治格局之关系处理而造成的政治事件。关于序文用古文还是用骈体并没有引发古今体之争,虽然韩愈"文成破体书在纸"(李商隐《韩碑》),有另立一文体的主观创作意图,但是最终没能构成一次具有文体创新意义的历史书写。当然,这种意图的

---

① (清)钱大昕:《嘉定钱大昕全集》第9册《潜研堂文集》,陈文和点校,江苏古籍出版社,1997,第196页。
② 唐兰:《〈刘宾客嘉话录〉的校辑与辨伪》,载《文史》第4辑,中华书局,1965,第86页。

失败给予韩愈最大的打击在于其政治地位的影响上，韩《碑》被废弃导致其情绪低落，甚至与其激烈的辟佛文字有关联。因上《论佛骨表》，韩愈被贬潮州，磨碑与《论佛骨表》一起给予韩愈较为沉重的心理打击，尤其在公共舆论的认同方面使得韩愈对自己的"议论"产生反思，后来的《柳子厚墓志铭》大约就是这样的作品。

韩《碑》之受到非议还在于当时士大夫文人所持的基本态度与之不同，包括柳宗元、元稹、白居易、刘禹锡等人在内。韩愈仅仅站在自身所处立场发出议论，与时议自然在情绪表达上侧重点不同，站在国家立意基础上还需要表彰个人。韩愈从全局出发，以国家之大业立论，《新唐书》因持崇韩之态度，并没有在韩愈传记中提到《平淮西碑》被磨一事。王韬有言："《平淮西碑》昌黎归功裴度，李愬妻某公主，愬之上前，更命段文昌重立碑文。愬与度，将相同功一体，犹可言也，而梁首演功德碑，颂平蔡之功，使奄寺专美，良由作文者杨承和本宦者，自是气类相感，然国事不可问矣。"① 尘埃落定，磨了碑又重新立一个，并不能改变什么。韩愈的心情却变得极坏，这也不能改变磨碑的结局。但是，这一挫折却影响到了韩愈此后的言行，《论佛骨表》之措辞激烈与之不无联系。② 作为整个征讨过程的亲历者，自家的荣耀感自然大打折扣。关于《平淮西碑》被磨事件，主要涉及对平淮西功臣的评价问题，裴度的指挥，李愬的战略都仅仅是给个文字上的说法。这个说法会因碑文传布开来，活着的人总是把身后事看得过于重要了。韩《碑》被磨，不仅是政治之事件，也是重要的文学事件，此关骈文古文之地位问题。这段余波不独对韩愈之仕宦心态有刺激作用，对古文运动的走势也产生了极大的影响。

综观"平蔡州"的前前后后，文本、思想与史事交互呈现，体现出元和时期文学书写与时政密切相关之特征。文学世界、思想世界融入政治空间之内，文儒之内涵亦从初盛唐之际的以文为主转化为以儒为主，文学书写亦成为文士参与政事的组成部分。总而言之，平淮西是中唐时期的军国之大业，以裴度为中心，韩愈、元稹、白居易、刘禹锡、柳宗元等人均有诗文与之相关。因身份及境遇不同，书写的角度各异。战地壮歌是令人欢

---

① 中华书局编辑部编《王韬日记》（增订本），中华书局，2015，第15页。
② 关于此点可参阎琦《元和末年韩愈与佛教关系之探讨》一文，载氏著《唐代文学研究识小集》，三秦出版社，2011，第242页。

欣鼓舞的，何况足以震慑藩镇，国家便入和平一途，生当此际，能无颂者？韩愈是战事之亲历者，以白描短句写心声，以碑文实录功绩；白居易、元稹、刘禹锡、柳宗元为谪臣，为国家欢呼之余，亦祈望改变个人之处境，以投入国家建设之中。刘禹锡、白居易因后期与裴度有交游唱酬，为此主题之书写增加余响。平蔡州一锤定音，这些士人阶层之文化精英均"白日放歌须纵酒"，执笔为文，欲改变个人之处境为国家出力，家国情怀蕴于笔下，直是一览无余。

(作者单位：黑龙江八一农垦大学)

文献考辨

王昌龄诗集的版本问题

——兼论朱警《唐百家诗》及其前身的版本学价值

摘　要：明刊三卷本《河岳英灵集》有两首王昌龄的诗《咏史》和《观江淮名胜图》，其文字和此前各种版本均不相同。本文以宋本《河岳英灵集》、正德本《王昌龄诗集》为基础，核对其他宋、元文献，论证明刊本《河岳英灵集》特有的异文不可靠，不可轻信。本文顺带论述朱警本《唐百家诗》的文献价值。

关键词：明刊本《河岳英灵集》　宋本《河岳英灵集》　正德本《王昌龄诗集》　朱警本《唐百家诗》

吕正惠

一

王昌龄有两首诗，不同版本的异文多到无法对校，简直可以说是两种稿本，这两首诗是《咏史》和《观江淮名胜图》。在明刊三卷本《河岳英灵集》（以下简称《英灵集》）出现之前，这两首诗在各版本间虽然偶有异文，但差别不大，而三卷本《英灵集》却提供了几乎完全不同的文本。对于这两首诗，《全唐诗》又采取了完全不同的处理方式。《咏史》一首，《全唐诗》把《英灵集》的新版本列为正文，而在全诗之末，以小字注："本集《咏史》云……"以此方式将之前的版本附在后面。关于《观江淮名胜图》，《全唐诗》却又对《英灵集》的新版本完全不提，这种现象让人感到困惑。本文想从《英灵集》和《王昌龄诗集》的版本系统来证明，三卷本《英灵集》来源不明，它所提供的这两首诗的特异文本不能轻易相信。

关于《英灵集》的版本问题,傅璇琮先生已经有了详细的考证。唐宋文献提到《英灵集》时,都说二卷,但明代所见的却都是三卷,其中最著名的是嘉靖年间所刻的《唐人选唐诗六种》和毛晋汲古阁所刻的《唐人选唐诗八种》。《四部丛刊》所收的《英灵集》可能是嘉靖本,1958年中华书局上海编辑所出版的《唐人选唐诗十种》即据此排印。长期以来,只要提到《英灵集》,一般都是指明代的三卷本,没有人知道二卷本宋本的存在。一直要到1996年傅璇琮、陈尚君、徐俊共同编撰的《唐人选唐诗新编》在陕西人民教育出版社出版以后,我们才能看到二卷本的《英灵集》。遗憾的是,可能因为印数不多,流传似乎不广。后来三位学者又将《唐人选唐诗新编》加以增订,2014年由中华书局出版,《英灵集》的真面目才大显于世。

《唐人选唐诗新编》所收的《英灵集》不但是二卷本,而且是宋版,原由清末诗人莫友芝所收藏。在此之前,毛扆和何焯都见过宋版的二卷本,并且都据此校过汲古阁所刻的三卷本,毛扆所校颇为疏略,何焯却校得极为认真。"国家图书馆善本部藏明崇祯元年毛氏汲古阁刻《唐人选唐诗八种》,其中《英灵集》有傅增湘临何焯的批校。经校核,发现何焯所据以与汲本相校的,亦即两卷本的宋刻本。"[1] 何校的存在,证明这一宋版《英灵集》是极为可靠的。而且,这一宋版《英灵集》也于2002年由国家图书馆《中华再造善本》按原版框大小影印出版。至此,我们才能真正谈论原始面貌的《英灵集》。

现在我们先来比较《咏史》一诗的两种版本,左边是之前各版本和宋本《英灵集》所提供的文字,右边是三卷本明版《英灵集》的文字。

荷畚至洛阳,胡马屯北门。　　荷畚至洛阳,杖策游北门。
天下裂其土[2],豺狼满中原。　　天下尽兵甲,豺狼满中原。
明夷方济世,敛翼黄埃昏。　　明夷方遘患,顾我徒崩奔。
披云见龙颜,始蒙国士恩。　　自惭菲薄才,误蒙国士恩。

---

[1] 傅璇琮、陈尚君、徐俊编《唐人选唐诗新编》,中华书局,2014,第154页。
[2] "裂其土",宋本《英灵集》作"裂其七",与所有的版本都不同,"七"可能是"土"之误。

位重谋亦深，所举无遗奔。	位重任亦重，时危志弥敦。
长策寄临终，东南不可吞。	西北未及终，东南不可吞。
贤智苟有时，贫贱何所论。	进则耻保躬，退乃为触藩。
唯然嵩山老，而后知我言。	叹惜嵩山老，而后知其尊。

初读之下会觉得左边的文本不好理解，右边的文本似乎比较高明，这应该是《全唐诗》选择右边文本的原因。其实更根本的理由是，一般都不知道王昌龄所咏之史为何事。早在1962年王运熙先生已在《光明日报·文学遗产》副刊发表《王昌龄的籍贯及其〈失题〉诗的问题》，提出如下看法：《失题》一诗所咏的是，晋武帝没有听从齐王攸的建议除掉刘渊，后来终于让刘渊首先发难，导致十六国长期纷乱。而《咏史》一诗歌咏的是苻秦时王猛的事迹。"值得注意的是，这诗（指《咏史》）和《失题》咏的都是十六国时史实，体裁又都是五言古体。我们有理由认为：二者原是姊妹篇，是昌龄同时之作；只因《河岳英灵集》只选一首，另一首仅摘录数句，且不署诗题，因此就引起后人的误会了。"

王运熙的看法完全正确，但长期以来却没有引起足够的重视，也许有两个原因。首先，他的文章的标题并没有提到《咏史》；其次，他所引用的文本还是《全唐诗》列入正文的那一首，而不是其他版本和宋本《英灵集》的文字（那时王运熙还不可能知道宋本的存在）。王运熙说："《晋书·王猛传》记载猛少时贫贱，靠卖畚为生。其次在洛阳卖畚，遇一人引至嵩山，见一老者，尊呼猛为'王公'，并给他十倍于畚值的钱。这诗首尾即咏此事。"根据王运熙的解说，我们就可以了解左边文本几处难以解释的文字。"敛翼黄埃昏"一句是指王猛落魄而不得志，"披云见龙颜"以下四句是说，他终于受到苻坚的赏识，他的建议都被接受，"所举无遗奔"。最后四句"贤智苟有时，贫贱何所论。唯然嵩山老，而后知我言"是说，不必在乎一时的贫贱，只要是贤智之人总会有被识拔的机会，只要看看嵩山老者对待王猛的态度，就可以了解"我"所要说的话（王昌龄似有借此诗来表达自己"未遇"之感的意思）。左边的文本，"敛翼黄埃昏""所举无遗奔""唯然嵩山老，而后知我言"几句，都稍微有点"拙"，但只要读过《晋书·王猛传》就不难理解。

相反地，以王猛的生平来看待右边的文本，就会发现一些不合理之处。譬如，既然是"荷畚至洛阳"，怎么会是"杖策游北门"呢？第二句完全接不上第一句，中间六句"明夷方遘患，顾我徒崩奔。自惭菲薄才，误蒙国士恩。位重任亦重，时危志弥敦"完全不符合王猛的事迹。而且，左边的文本"胡马屯北门"和"天下裂其土"两句写的是五胡乱华的背景，但在右边的文本中却完全看不到这一背景，这都可以看出，新版本的改作者不了解王昌龄原本的诗旨。这不可能如某些学者所说的，是王昌龄的初稿（详后），而是看不懂原诗之后的篡改。

再看第二首《观江淮名胜图》。我们仍按上面的处理方式，把宋本的文字和明本的文字分列左右两边：

刻意吟云山，尤知隐沦妙。	刻意吟云山，尤爱丹青妙。
公远何为者，再诣临海峤。	棱层列林峦，微茫出海峤。
而我高其风，披图得遗照。	而我高其人，挥毫发幽眇。
援毫无逃境，遂展千里眺。	持此尺寸图，益展千里眺。
淡扫荆门壁，明标赤城烧。	淡扫霏素烟，浓抹映残照。
青葱林间岭，隐见淮海徼。	方溯江汉流，忽见淮海徼。
但指香炉顶，无闻白猿啸。	湘累谩兴哀，英皇复谁吊。
沙门既云灭，独往岂殊调。	遐踪既云灭，独往岂殊调。
感对怀拂衣，胡宁事渔钓。	感对怀拂衣，胡宁事渔钓。
安期始遗舄，千古谢荣耀。	安期始遗舄，千古谢荣耀。
投迹庶可齐，沧浪有孤櫂。	投迹庶可齐，沧浪有孤櫂。

关于这两个版本的高下，我只讲我意外的发现。我很想知道，明本《英灵集》所提供的《咏史》的特殊文本是如何被编进《全唐诗》的，因此就去翻阅季振宜的《全唐诗稿本》。我发现，关于王昌龄的部分，季振宜是以《唐诗纪》为底本来删改修订的。季振宜把《唐诗纪·咏史》的原稿裁去，然后补上明本《英灵集·咏史》一诗的抄写稿，并在抄写稿的末尾以小字注上"本集《咏史》云……"，这样我才知道，《全唐诗》的编者采用了季振宜的编辑方式。对于另一首诗，季振宜虽然没有把《唐诗纪》里的这首诗裁掉，但仍然在这首诗之后抄写了明本《英灵集》的《观江淮名胜图》，并在抄写稿之末仍然以小字注上"本集作《观江淮名胜图》，云……"，但奇怪的是，这一次《全唐诗》的编者并没有接受季振宜所提

供的新版本，甚至并未以小字注出这一版本。我觉得，《全唐诗》的编者应该是认为这一新版本不值得一提。我也认为，右边的文本远不如左边。原作有什么地方不能理解呢？为什么要改写呢？

　　还有一处异文也必须提一下。左边文本的第三句"公远何为者"，不论是《全唐诗》还是明本《英灵集》，都把"公远"改成了"远公"，认为是指慧远，这个改法其来有自（详后）。明人完全没有想到，这个"公远"可能是指唐玄宗时代极其著名的道士罗公远，从这一点就可以看出，明人并没有很慎重地面对王昌龄原有的文字。

　　我一直不理解，季振宜和《全唐诗》为何把不同于明本《英灵集》的另一稿称为"本集云……"，后来读了李云逸的《王昌龄诗注》（上海古籍出版社，1984）才恍然大悟。原来季振宜没有见过宋本《英灵集》，他以为明本《英灵集》中这两首诗的文本就是《英灵集》的原始文本；这一文本和出自三卷本《王昌龄诗集》（此一版本下面会详细讨论）的文字差异那么大，所以季振宜就称另一文本出自"本集"。季振宜当然知道三卷本《王昌龄诗集》，也知道这一版本是仿宋刻本（详后文），称为"本集"是可以理解的，但《全唐诗》和李云逸恐怕就未必理解这个"本集"到底从何而来。不过，李云逸据此而作出的判断却很有意思，他认为《英灵集》（他也不知道宋本的存在）的文字是"初稿"，"本集"的文字才是"定稿"，因此他校注时，弃《英灵集》而采用"本集"。李云逸读过王运熙的文章，所以能够作出正确的选择。其后，胡问涛、罗琴写作《王昌龄集编年校注》（巴蜀书社，2000）时，似乎并未见到1996年由陕西人民教育出版社出版的《唐人选唐诗新编》，所以，他们仍然和李云逸一样，把明本《英灵集》的这两首诗视为初稿。

　　除此之外，还有第三首诗的异文状况非常特殊，也要提出来讨论，先看作品：

　　　　真无御北来，昔有乘花归。如彼双塔内，熟能知是非。
　　　　愚也骇苍生，圣载为帝师。当为时世出，不由天地资。
　　　　万回至此方，平等性无违。今我一礼心，亿劫同不移。
　　　　肃肃松柏下，诸天来有时。（《香积寺礼拜万回平等二圣僧塔》）

这一首诗的另一个来源也是三卷本《王昌龄诗集》，文字完全相同，但其诗义实在无法理解，因此也就难以改动。我核对了各种版本，最后发现，首见提出合理改动的竟是《唐诗纪》。我推测，《唐诗纪》的编者在《文苑英华》中发现了第三个版本，而这个版本的异文相当有用：

真无御北来，昔有乘花归——俱无御化来，借有乘化归

万回至此方，平等性无违——万回主此方，平等性无违

《文苑英华》只错了一个字，"真无"错成"俱无"，其他的异文都很合理。嘉靖本的《英灵集》出版的时候，《唐诗纪》尚未问世，所以这首诗嘉靖本并未改动，到了汲古阁再刻《英灵集》时，就接受了《唐诗纪》的改动，最后这个版本也就进入了《全唐诗》中（好像还没有人发现，嘉靖本和汲古阁本在这首诗上的差异，傅璇琮的校稿虽然呈现这一差异，但似乎没有意识到这一差异的重要性）。这首诗之所以能够被合理地校正，功劳不应归于明本《英灵集》（当然这一明本只限于汲古阁本），而应归于《唐诗纪》。根据下面的讨论可以知道，《唐诗纪》在编辑王昌龄诗时的整体贡献是非常大的，只是后人没有留意到而已。

二

目前所能见到的最早的《王昌龄诗集》是明正德己卯（十四年，1519）勾吴袁翼所刻的三卷本，这一刻本台湾"国家图书馆"有收藏，可能是海内孤本。嘉靖十九年（1540）朱警汇刻的《唐百家诗》中的《王昌龄诗集》即用袁翼的刻本重印，其中部分板片抽换过（详后），现在大家见到的都是朱警本。后来铜活字版的《王昌龄诗集》二卷则是把袁翼本按诗体改编[①]，这只要把袁翼、朱警本各诗的排序和铜活字本加以比较，即可明白。两本的文字基本一致，只有一处明显的差异，前面讨论过的《观江淮名胜图》的前四句，活字本作：

刻意云吟山，尤知隐沧妙。远公何为者，再诣临海峤。

首句是误刻，第三句原本的"公远"改成"远公"，这应该是编刊者认为

---

① 活字本《唐五十家诗集》的刊刻时间可能在朱警本《唐百家诗》之前。

原来的文字有误而改的。嘉靖三十三年（1554）黄省曾浮玉山房编刊《唐诗二十六家》，是从活字本《唐五十家诗集》中选二十六家重刻。王昌龄的《观江淮名胜图》的一、三两句和活字本相同，都作"刻意云吟山"和"远公何为者"。首句的误刻，后出的各种版本都改正了，但"远公"从未被改回"公远"。如果没有宋本《英灵集》的存在，袁翼、朱警本的"公远何为者"就会成为孤例，让人怀疑其是否正确。这就说明，宋本《英灵集》和袁翼、朱警的三卷本《王昌龄诗集》同时并存是非常重要的，因为早期文献中只有这两本诗集同时收录了《咏史》和《观江淮名胜图》这两首诗，而且两者的文字完全一致（唯一的歧异是宋本《英灵集》第二首诗题为《观江淮名山图》）。明初高棅编《唐诗品汇》也选录了这两首诗，文字也和宋本《英灵集》和三卷本《王昌龄诗集》基本一致（《咏史》的第二句"胡马屯北门"，《品汇》作"牧马屯北门"，还有上面提到的"远公"，只有这两处差异）。因此，从版本流传来看，很难相信嘉靖年间才出现的三卷本《英灵集》里这两首诗截然不同的文字是其前有所承的。傅璇琮说："三卷本有可能据宋时某一刻本翻刻，因此在文字上保留了某些合理部分，不能因其明本而忽略之。"我很难认同傅先生的判断。

唐宋文献对王昌龄著作的记载如下。《旧唐书·王昌龄传》有集五卷、《新唐书·艺文志》有《王昌龄集》五卷、《崇文总目》有《王昌龄诗》二卷、《郡斋读书志》有《王昌龄诗》六卷、《直斋书录解题》有《王江宁集》一卷、《通志·艺文略》有《王昌龄集》五卷、《宋史·艺文志》有《王昌龄集》十卷、《唐才子传》有诗集五卷。各种记载分歧极大，但没有任何一本流传到明代，而且其中并无三卷本。还好，《后村诗话新集》卷三有这样一段话：

> 史称其诗句密而思清，唐人《琉璃堂图》以昌龄为诗天子，其尊之如此。集存者三卷，绝句高妙者已入诗选。

刘克庄所提到的三卷本应该就是袁翼所据以覆刻的祖本。袁翼的三卷本，下卷前三首诗是两首五言古诗和一首七言歌行，接着是十一首五言绝句，四十七首七言绝句。把这些绝句拿来和洪迈的《万首唐人绝句》（以下简称《万首绝句》）加以核对，可以发现，三卷本《王昌龄诗集》直接把

《万首绝句》里的王昌龄作品照抄过来,连排序都没变(但有两处遗漏,见下),只是删去了前两卷已收入的绝句。刘克庄说的"绝句高妙者已入诗选"的"诗选"不知何所指,如果是指《万首绝句》,那就刚好说倒了,是《王昌龄诗集》把《万首绝句》中王昌龄的作品全抄了进去,而不是《万首绝句》据《王昌龄诗集》采录。据此可以推测,这一三卷本刊刻于南宋末年,所以晁公武和陈振孙都没有看到。

袁翼、朱警所刻的三卷本《王昌龄诗集》,自正德到万历年间,一直是明人唯一能读到的王昌龄诗集。后来的活字本和黄省曾本(以下简称黄本)都是根据此本按诗体重编的,内容上唯一的差异是,三卷本收了149首,活字本和黄本收了148首:三卷本七绝《从军行》有六首,活字本和黄本删去了后面两首(胡瓶落膊紫薄汗、玉门山嶂几千重),另补上"关城榆叶早疏黄"一首,排在第三。在洪迈的《万首绝句》中,七首《从军行》被分成两组,第一组五首在卷十七,所收作品和排序和活字本、黄本相同,活字本、黄本删去的两首,在《万首绝句》卷六十七。三卷本在把《万首绝句》中的王昌龄作品收入卷三时,把两首组合在一起,但漏掉了"关城榆叶早疏黄"一首。活字本据三卷本分体重编时,编者发现了这一差异,只收《万首绝句》卷十七的那五首。所以未收卷六十七的两首,可能是重编者认为这两首在风格上不像王昌龄所作,黄本承袭了活字本。当然这只是我的推测。另外,三卷本漏收了卷六十七的最后一首《河上歌》,活字本和黄本也没有补上。

事实上,除了以上三个本子所收的150首外,在唐、宋人文献中仍可发现二十八首王昌龄的诗作。现在根据我的调查,按文献的先后,表列如下(见表1)。

表1 唐、宋人文献中王昌龄诗作一览

书 目	数 量
《国秀集》	一首
《王右丞集》	一首
《才调集》	一首
《文苑英华》	十七首
《唐文粹》	一首

续表

书 目	数 量
王安石《唐百家诗选》	一首
《唐诗纪事》	五首
《万首唐人绝句》	一首

令人惊讶的是，《唐诗纪》竟然把这二十八首诗全部补齐了，一首也不缺。《文苑英华》选录了王昌龄诗六十六首，其中误收了他人之作七首，《唐诗纪》完全分辨出来，一首也没收。后来，季振宜以《唐诗纪》为底本编辑他的《全唐诗稿本》时，又将这七首诗中的五首补了进来，而胡震亨的《唐音统签》也补了两首。《全唐诗》的编者只保留了胡震亨所补的那两首，其实这两首也是他人之作。由此可见，《唐诗纪·王昌龄诗》的编者要比季振宜、胡震亨和《全唐诗》的编者都高明。《唐诗纪》所编辑的《王昌龄诗》是明清时代最接近完美的版本，其成果不但被季振宜和《全唐诗》所"窃取"，而且还篡入一些错误数据，破坏了它的完美性。

我由此还产生了另外一点联想。《唐诗纪》的编者是有看到三卷本《英灵集》的，因为他们在许多盛唐诗人的小传里引述了殷璠的评语，而根据傅璇琮的校语，这些评语是出自明三卷本，和宋二卷本是有微小的差异的，因此他们一定知道《英灵集·咏史》和《观江淮名胜图》二诗引人注意的异文。但是，《唐诗纪》却完全没有提到这一独特的文本。同样地，胡震亨在《唐音统签》中也引述了许多殷璠的评语，他在《唐音癸签·集录二》也提到了《河岳英灵集》，并以小字注曰："殷璠撰，三卷。"所以他应该也看到了明本《英灵集》中《咏史》和《观江淮名胜图》这两首诗的特异文本，但是在《唐音统签》中却也没有注出来。我们应如何解释这一现象呢？当考虑明本《英灵集》的性质与价值时，我们也需要知道这一点。

三

从以上的讨论可以了解袁翼所刻三卷本《王昌龄诗集》的价值，这是唯一保留宋人编辑面貌的王昌龄诗集，这一诗集可以和宋本《英灵集》相互印证，让我们能够看到王昌龄诗比较原始的文字。另外，袁翼单刻本和朱警《唐百家诗》重印本的同时存在，也可以让我们了解朱警《唐百家诗》是如何形成的。

除了袁翼所刻的《王昌龄诗集》，我们还可以找到一些例证，说明朱警《唐百家诗》主要是收集在此之前的单刻本，再补上一些以前未刻的诗集，加以汇编而构成的。

丁丙提到，"（李）颀诗凡有数本，明正德乙亥辽东巡按蒲极刘成德刻于江宁，己卯吴郡包山陆泾又刻之"。刘成德本为分体，只有七十九首诗，"陆本凡一百一十五首"。[①] 朱警本的跋语最后说"正德己卯四月十日"（此句丁丙未引），完全可以证明，朱本源于陆本，但朱本将陆本的三卷改为一卷。[②]

傅增湘跋旧写本《玉川子诗集》云："后有徐献忠跋四行，云以家藏宋本寿梓。"[③]《中国古籍善本书目》（上海古籍出版社，集部，101 页）有"卢仝诗集二卷集外诗一卷，唐卢仝撰，明陆泾刻本"，据此而言，此一诗集应为陆泾始刻，朱警本即源于此，跋语为陆泾所书，旧写本应抄自朱本，因朱警把跋语中陆泾之名删去，抄写者遂擅加"后学徐献忠跋"数字。[④]

朱警本《严维诗集》末尾有跋语云："维诗虽不多，而炼饰精拔，足以发扬风雅，予家旧有宋刻本，因重刻之以广其传云。"按前三例，应可推测，朱警本源于之前的吴中刻本。又，朱警本《刘驾诗集》末行云"宋本翻刊"，应也是之前的"翻刊"者所加。

台湾"国家图书馆"藏有《李端诗集》三卷，目录上注明"明覆刻宋书棚本"。我将此本影印下来，发现版式和朱警本一模一样，但字迹比朱警本清楚得多，可以证明此本是朱警本汇刻之前的单刻本。

北京国家图书馆藏有《唐五家诗》六卷（明正德十四年陆氏刻本），我利用到北京开会之便，到国家图书馆调阅微卷，发现皇甫冉、皇甫曾、郎士元、包何、包结五家诗的编次都不分体，与刘成德的大历十才子诗集不同，编次、版式完全与朱警本一致，证明朱警本的这五家诗来源于此。

---

① 按，朱警本一百一十四首，集末跋语和丁丙引述的陆本跋语完全一样。
② 按，陆本目前在两岸善本书目中均未见。
③ 按，这个旧写本后为四部丛刊影印行世，跋语与朱警本同，但最后"后学徐献忠跋"数字，为朱警本所无。
④ 明、清有不少人误以为《唐百家诗》为徐献忠所编刊，其实徐献忠只写了《唐百家诗》前面的《唐诗品》，汇刻工作是朱警负责的。

而且,《包秘监诗集》末页有"吴郡陆氏宋本翻刻"一行字,《郎刺史诗集》末页也有"正德己卯吴门陆氏宋板重刻"一行字,情况与上举各诗集类似。①

作了以上的查考之后,我从陶敏、李一飞的《隋唐五代文学史料学》(第54~55页)读到,贾二强曾对季振宜《全唐诗稿本》做过研究,发现李振宜的稿本剪贴了许多明代刊刻的别集,其中包括《唐百家诗》中的三十四种。我把《全唐诗稿本》翻阅了一遍,全部找得出来(另外还有《牟融诗集》,版式完全相同,但并不在朱警本的总目中)。仔细翻看这三十四种,发现其中《刘威诗集》《苏拯诗集》两种尾叶分别有"吴郡陆氏宋本翻刻""吴郡陆氏宋本翻刊"字样,另外《李丞相诗集》也有"宋本翻刻"字样,而且其上有刊削痕迹,应该是削掉了"吴郡陆氏"四字。因此再回头查阅我原有的朱警本《刘驾诗集》复印件,发现"宋本翻刊"四字之上也有轻微的刊削痕迹。遗憾的是,季振宜把这三十四家诗集的末叶绝大部分剪掉了,不然可能还会有更大的发现。

这样,我就想起,陈伯海、朱易安《唐诗书录》有一条,"唐人小集五十八卷,佚名辑,录唐太宗至五代王周三十四家诗,明正德刻本(南京藏)"②。但非常遗憾的是,此前我已查了两岸许多善本书目,就是找不到这一套书。《唐诗书录》此条可能抄自旧书目,不知此书现在是否仍存?如能查到此书,即可轻易证明,朱警刻《唐百家诗》之前,以吴郡陆氏、袁氏为核心,至少刊刻了三十多种的"覆宋书棚本"唐人诗集。

把《全唐诗稿本》中剪贴的《唐百家诗》三十四种翻阅了以后,我比较能了解朱警刻本与之前的陆氏、袁氏等刻本的关系,以及朱警本的形成和刻印过程。我在台湾看到两种完整的《唐百家诗》,"国家图书馆"所藏的那一套,许多板片明显或挖改、或重刻,而且重刻不止一次(字体不一)。"中央研究院"傅斯年图书馆那一套好多了,漫漶的板片比例较小(但有的板片也很严重),重刻的也较少,字迹也较清楚。《全唐诗稿本》的那三十四种情况最好,很少看到重刻或漫漶痕迹,所以我怀疑,季振宜使用的可能是吴中原刻本,而不是朱警本。最明显的如《牟融诗集》,

---

① 按,王昌龄、李颀以及这五家诗都是正德己卯年刻的。
② 陈伯海、朱易安:《唐诗书录》,齐鲁书社,1988,第140页。

朱警本总目并未列入，应该是陆氏或吴中其他人的原刻本。如果找到南京原藏的《唐人小集》三十四家五十八卷来核对，《全唐诗稿本》所用那三十四种的性质就会更加清楚（后来我翻查丁丙书目，发现其中记载了好几种朱警之前的刻本）。

《全唐诗稿本》所剪贴的那三十四种唐人诗集，其中四种还有宋本流传下来，即皇甫冉、朱庆余、周贺、李建勋（李丞相）诗集，《中华再造善本》现在都有影印本。版式是十行十八字，末页有"临安府睦亲坊陈宅经籍铺印"一行字，这即一般习称的"南宋书棚本"，正德年间吴中陆氏、袁氏所刻的唐人诗集基本上是书棚本的覆刻本。

台湾"国家图书馆"所藏的那一整套朱警本《唐百家诗》，前有"唐百家诗目"，初唐二十一家、盛唐十家、中唐二十七家、晚唐四十二家，共计百家，其中十二种注明是"补"，这是否表明，之前已经有了八十八家诗集的刻本，朱警只是补刻了十二家。不过，根据这一"诗目"，百家的名目是确定的。清末民初的傅增湘从隆福寺购得清内府流出的一批唐人诗集，再配入他此前购得的二十余家，"共得一百一家"。他列出细目后，写了此则跋语：

> 丁氏目谓各家数多不同，余疑当时首汇刻者为吴中袁氏，其后逐渐增加，流布有先后不同，故多寡因之亦异，警乃裒集增为百十二家，冠以徐献忠唐诗品耳。卷中有正德袁翼跋语，字体刊工亦类彼时所刊，后印者乃有嘉靖补板，丁氏谓板刻半出成弘，亦未深考耳。①

丁丙没有看过完整的《唐百家诗》，而各藏书家所记载的家数和卷数都有参差，所以丁丙才会说"各家数多不同"。而傅增湘所收藏的却是内府传出的和他此前购得的两批书的合成，他列出细目后，先说"共得一百一家"，跋文中又说"警乃裒集增为百十二家"，前后并不一致，可见他写这则跋语时对朱警原刻的百家之目还不清楚（后来他才看到"唐百家诗目"）。他所列出的细目，也和朱警"唐百家诗目"并不完全相符（傅增湘的这一批书，后来转让给"中央研究院"，现在收藏在台湾"中央研究院"傅斯年图书馆）。

不过，傅增湘跋语"余疑当时首汇刻者为吴中袁氏"以下的话仍然值

---

① 傅增湘：《藏园群书经眼录》，中华书局，1983，第1456页。

得参考。因为吴中陆氏、袁氏覆刻宋书棚本唐人诗集的数目逐渐增加,才引发朱警汇刻为百家的念头。"后印者乃有嘉靖补板"尤其正确,因为朱警本是利用吴中原刻本的版片重印,有些地方不得不挖改或换版,导致许多地方字迹漫漶,甚至字迹不一致,远不如原刻美观。

正德年间,由于前七子复古风潮的影响,明人在刊刻唐人诗集时,逐渐开始按诗体重新编集,其实以前并不如此,朱警本所据的覆宋书棚本就是最好的证明。深受前七子影响的刘成德,在刊刻唐人诗集时,往往按诗体分卷,最极端的表现是把苗发两首诗分成两卷、崔峒三十八首诗分成四卷。吴中一带也开始跟着改变,如佚名编的《唐十二家诗》(后来为张逊业、杨一统、许自昌等人重刻)、活字本《唐五十家诗集》都是按体分卷。这两套诗集对明嘉靖以后刻印唐诗的风气影响甚巨,前者一再被人翻刻,后者不断有人从其中选择他所需要的来翻刻,如黄省曾选了二十六种来重印。

朱警刻于嘉靖十九年(1540)的《唐百家诗》是当时风气下最大的例外,除了大部分诗集不以诗体分卷外,还收了四十多家的晚唐诗,也与当时风气不合。又因为规模庞大,明、清两代似乎很少人拥有全套,即使有全套,也很少人仔细全部翻阅过,它的"真面目"至今仍然不甚清楚。再加上很多版面漫漶,字迹不清,因此也很少人注意这一套书在版本学上的价值。

前面已经说过,明正德以后,按诗体重编唐人诗集开始蔚为风气,至《唐音统签》和《全唐诗》而完成唐人诗集的全面改编。现在还有人一看到不按诗体排列的唐人诗集,就认为编次零乱,没有什么价值。很少人注意到,这是前七子复古以后才形成的风气。朱警本《唐百家诗》的价值,就在于它基本保留宋人所编的唐人诗集的面貌。明清人的唐诗观,特别是前七子复古运动之后的唐诗观,和宋人的唐诗观是很有差异的,《唐百家诗》为探讨这一差异提供了最好的入门媒介。

如果我们重视宋版书,那么明正德之前比较严谨的覆宋本的价值也不应受到忽视。如果我们能从全国的善本图书中找出正德前后吴中覆宋书棚本(即朱警本的前身)的所有唐人诗集,汇编出版,我相信其价值应该超过影印的活字本《唐五十家诗集》。

(作者单位:淡江大学)

《增广注释音辩唐柳先生集》编纂、刊刻及其底本考索

摘　要：《增广注释音辩唐柳先生集》是传世柳集中翻刻最多、流传最广的集注本。此书为怡堂刘君编纂，淳祐九年刊刻。但由于淳祐九年刻本长期以来不为人知，后代的传本又都脱去了介绍相关信息的刘钦后序，导致该书长期以来存在三大疑点：其一，该书的作者，被误认为童宗说、张敦颐、潘纬；其二，该书的刊刻年代，被误认为南宋中叶、孝宗前；其三，该书存在一个被隐匿的底本，这一隐秘，迄今为止尚未被学界揭示。本文的目的，就是破解上述的三大疑点，为柳集音辩本的研究提供一条新的思路。

关键词：增广注释音辩唐柳先生集　编纂　刊刻　底本　怡堂刘君　孙汝听《柳文全解》

刘真伦　岳　珍

《增广注释音辩唐柳先生集》（以下简称"音辩本"）是传世柳集中翻刻最多、流传最广的集注本，自四部丛刊影印元刊本行世，此本也就成为近代柳集的通行本。但在近八百年的流传历程中，此书本身存在不少疑点，一直没能得到学术界的足够重视。其中最突出的问题有三点。其一，该书淳祐九年（1249）刻本原书尚存，其中刘钦后序明确记载此书为怡堂刘君编刻。但历代书目著录此书，大都集中在首卷首叶题署的"南城先生童宗说注释、新安先生张敦颐音辩、云间先生潘纬音义"身上，认定此书编者为"童宗说""童宗说等"，或作"潘纬"。实际编刻者怡堂刘君反而隐没不彰。其二，该书刊刻时间为淳祐九年，刘钦后序有明确记载。在现

存柳集七种中，除刊刻于德祐前后的廖莹中世彩堂刻本之外，这是刊刻年代最晚的一种。但直至当代，学术界仍然认定此书为"现存《柳集》集注本中最早的一种"。其三，作为一部集注本，该书理应有一部底本作为全书的基本框架，为"参考诸说，会其至当"提供准确的文字基础。虽然前人早已注意到"书中所注，各以'童云'、'张云'、'潘云'别之，亦不似纬自撰之体例"（《四库提要》），而编刻者怡堂刘君于此书"不加一辞"，显然也不是此书的修撰者。但此书底本的修撰者到底是谁？学术界至今无人追索。概而言之，该书作为柳集的通行本，流传虽广，却研究不够。本文的目的，就是破解上述的三大疑点，为柳集音辩本的研究提供一条新的思路。

一　柳集音辩本的编刻与题署

音辩本的通行本，是元延祐（1314~1320）四十三卷刻本，四部丛刊即影印此本；而此书的第一个刻本，是南宋淳祐九年（1249）刻行的四十五卷本。淳祐本有刘钦后序，其编纂者与刊刻时间清晰准确；延祐本脱去刘钦后序，致使上述三大疑点模糊不清。

（一）音辩本的编纂与刊刻

1. 淳祐九年（1249）四十五卷刻本

现存柳集音辩本的第一个刻本，是《增广注释音辩唐柳先生集》四十五卷、外集二卷、附录一卷，南宋淳祐九年（1249）刻本，刘钦后序、怡堂刘君编刻。细黑口，左右双边，每半叶十二行，行二十一字，小字双行同。今藏北大图书馆。有刘钦《河东柳先生文集后序》：

> 河东柳子之文，古今之爱重者亦既多矣。昌黎韩子则言其雄深雅健似司马子长，中山刘子则言其如繁星丽天，芒寒色正，益人望而敬之者也。后之览者，三复二子之言，能爱之重之而会之于心，斯亦足矣，何必置一喙于其间哉！然音释之有正有讹，雠校之或详或略，则不可以无辨。今怡堂刘君之于是编，参考诸说，会其至当，虽不加一辞，而是否之间，了然易见，是岂非能爱之重之而会之于心也欤！其

或以心之所得者而淑诸人，当不在韩、刘二家门弟子之外。淳祐九年岁在己酉良月朔日，平山刘钦书识。

据刘钦序，此书为怡堂刘君编纂，刊刻于淳祐九年十月。"参考诸说，会其至当"，可知曾参稽多本，校订文字。但"不加一辞"，可知怡堂刘君本人没有增入注疏或评论。怡堂刘君，生平不详。怡堂，当为别号而非名、字。刘钦，字敬德，纯化黄塘人，吉州贡士，与文天祥友善。文天祥开府汀城，敬德来就，随招谕副使邹㵯聚兵宁都。元兵攻之，㵯兵败，刘钦战死（《宋史·文天祥传》）。文天祥《集杜诗》第一百一十二为"刘钦贡元"，称其："素有志气，好功名，上下今古，健于议论。予开府汀城，敬德来宁州，就招谕副使邹㵯。会敌暴至，竟死乱兵中。同时死者：鞠华叔、颜斯立、颜起岩，皆郡之英俊，能为时立事功者。天生人才若此，曾未施一技，遽折乃尔，哀哉！"[1]

2. 音辩本的题署

古籍版本鉴定的一般原则，判断一部古籍的书名，最可靠的依据，是其首卷首叶首行的题署；判断一部古籍的编撰者，最可靠的依据，是其首卷首叶次行的题署。首卷首叶的题署比封面题署更权威，约略相当于现代出版物的版权页。此书首卷首叶次行题署"南城先生童宗说注释"，首卷首叶三行题署"新安先生张敦颐音辩"，首卷首叶四行题署"云间先生潘纬音义"。在此书首卷首叶的题署中，此书编刻者怡堂刘君未署名；此书的主要校注者、校注条数有四千余条的"不着姓名之注"（杨守敬《日本访书志》）亦未署名。这是造成上述三大疑点的主要原因。

作为集注本，音辩本收录的校本、注本，应该体现在此本卷首"诸贤姓氏"中。今查"增广注释音辩唐柳先生集诸贤姓氏"，所录共计九家：中山刘禹锡编、河南穆修叙、眉山苏轼评论、胥山沈晦辩、南城童宗说音注、新安张敦颐音辩、新安汪藻记、张唐英论、云间潘纬音义。如果"诸贤姓氏"的著录无误，此书似乎应该收录了以上九家的校注内容。核查该书注文，除卷一《贞符》之末收录"沈晦云"一条，内容取自《四明新本柳文后序》，卷之九《故御史周君碣》题注收录"张唐英云"一条，内

---

[1] （宋）文天祥：《集杜诗》，载氏著《文山先生全集》卷十六别集，四部丛刊本，第31叶上。

容采自《唐书·张九龄传》之外，注文中未见刘禹锡、穆修、苏轼、汪藻等人踪迹。质言之，该书的卷首"诸贤姓氏"，与该书实际收录的校本、注本情况并不吻合。

3. 音辩本实际收录的校注本

实际考察该书注文，其主要条目来自以下五家："张云"114条、"张曰"2条，"童曰"4条、"童云"305条、"童本"1条，"潘云"255条、"潘本"34条，"朱云"43条、"朱本"5条，题下、正文下直接出注未署姓氏者4347条。今考察诸本情况于次。

（1）张敦颐《韩柳音释》

张敦颐《韩柳音释序》："唐初文章尚有江左余习，至元和间始粹然返于正者，韩、柳之力也。两家之文，所传寖久，舛剥殆甚。韩文屡经校正，往往凿以私意，多失其真。余前任邵武教官日，曾为雠勘颇备，悉并考正音释，刻于正文之下。惟柳文简古不易校，其用字奥僻或难晓。给事沈公晦尝用穆伯长、刘梦得、曾丞相、晏元献四家本参考互证，凡漫乙是正二千余处，往往所至称善，今四明所刊四十五卷者是也。惟音释未有传焉。余再分教延平，用此本篇次撰集，凡二千五百余字。其有不用本音而假借佗音者，悉原其来处；或不知来处，而诸《韵》、《玉篇》、《说文》、《类篇》亦所不载者，则阙之。尚虑肤浅，弗辨南北语音之讹，其间不无谬误，赖同志者正之。绍兴丙子十月新安张敦颐书。"①丙子，绍兴二十六年（1156）。据《韩柳音释序》，知《韩柳音释》以沈晦四十五卷本为底本，取诸家韵书及《玉篇》《说文》《类篇》等工具书，作音释凡二千五百余字，书成于绍兴二十六年。宋邵武军，治邵武县（今属福建）。延平，即宋南剑州（今福建南平）。

张氏书名，此本卷首"诸贤姓氏"及首卷首叶题署并作"音辩"，而张氏自序作"音释"，当以自序为准。张敦颐音释柳集二千五百余字，此书引"张云""张曰"不过116条，不足原书百分之五，可知此书于张敦颐《韩柳音释》，仅选录而已；百家注本引"张曰"221条，且大多较此本为详，可知此书于张敦颐《韩柳音释》，仅节录而已。

---

① （清）张敦颐：《韩柳音释序》，载五百家注《柳先生集》附录卷二，影文渊阁四库全书本，第15叶上。

张敦颐（1097~1183），字养正，婺源（今属安徽省）人。绍兴八年（1138）进士，历邵武、南剑州教授，知舒州、衡州致仕。有《柳集音辨》《衡阳图志》《六朝事迹编类》等著述传世。《宋史》无传，生平见《江西出土墓志选编》所录《故衡阳郡太守张公埋文》。张敦颐《韩柳音辨》二卷，宋陈振孙《直斋书录解题·别集类上》著录："南剑州教授新安张敦颐撰，绍兴八年进士也。"① 马端临《文献通考·经籍考》集部别集类著录同。原书已佚，百家注、五百家注、音辩本等柳集集注本卷首诸贤姓氏皆有"新安张敦颐音辩"，其征引条目有数百条。则《柳集音辨》基本面貌，仍约略可见。

（2）童宗说《柳文音释》

童氏书名，此书卷首"诸贤姓氏"作"童宗说音注"，首卷首叶题作"童宗说注释"，四十三卷本并同。传世诸本中，二十卷本题作"童宗说音注"。《郡斋读书志·附志》著录作《柳文音释》一卷。②

此书引"童曰"4条、"童云"305条、"童本"1条；百家注本引"童曰"762条。百家注本所引，大多较此本为详，可知此书于童宗说《柳文音释》，仅选录、节录而已。

童宗说，宋代史志无传，正德《建昌府志》卷十六："童宗说，字梦弼，南城人。官袁州教授。有《柳文音注》行于世，极其审博，称善本焉。"③《直斋书录解题》卷八著录童氏《旴江志》，作年在绍兴二十八年（1158）戊寅。绍兴二十九年（1159）为袁州教授，见《龙学文集》卷十二《袁州教授童宗说字梦弼春祭祖龙学》。民国《宜春县志》卷十五"袁州府学教授"下载其绍兴三十一年（1161）在任。④ 童宗说《柳文音释》作于袁州，成书时间当在绍兴三十年（1160）前后。童氏生平，可知者仅此。

（3）潘纬《柳文音义》

潘纬自序："韩柳文章齐驱当世，学士大夫之所宗师。其为文高古，

---

① （宋）陈振孙：《直斋书录解题》卷十六，徐小蛮、顾美华点校，上海古籍出版社，1987，第477页。
② （宋）赵希弁：《昭德先生郡斋读书志》卷五下，四部丛刊本，第6叶下。
③ （明）夏良胜：《建昌府志》卷十六，明正德刻本，第26叶上。
④ （民国）谢祖安修，苏玉贤纂《宜春县志》卷十五，民国二十九年石印本，第32叶上。

用字聱牙，读者病之，而柳尤甚。纬典教群舒，郡侯陆先生令之为二集训释，偶见江山祝季宾《经进韩文音》善本，不复增损，因放以音子厚之文。又见建宁本近少讹舛，乃依其卷次，先之以诸《韵》、《玉篇》定其音，次之以《尔雅》、《说文》训其义，而又考之以经传子史究其用字之源流。庶几观其书者，难字过目，无复含糊啜嚅之态。若夫推四声子母相生之法，正五方言语不合之讹，愧非素习，虽穷年矻矻，仅能终篇。然曾何补于问学，为之犹贤乎已。其间校雠稽考，有学正蔡畤元锡、望江吴杲子宽与焉。义未详则阙之，讵敢以为全尽，窃有望于博雅君子之删润也。乾道丁亥腊月云间潘纬书。"① 陆之渊《柳文音义序》："余读韩柳文，常思古人奇字，龃龉吾目，且枙吾喙也，开卷必与《篇》、《韵》俱，检阅反切，终日不能通一纸。偶得二书释音，如获指南。犹恨字画差小，不便老眼。至鸑山郡斋，属广文是正，将大其刻，以传学者。一旦广文携音训数帙示余曰：昌黎文有江山祝充音义，既反切难字，又注其所从出，亡以复加。惟子厚集，诸家音义不称是。自诡规模祝充，撰柳氏释音，数月书成。余实滥觞权舆是书者，序引其意，讵敢以语言不工为解？自小学不兴，六书罔诏，学者平日简牍间颇有不分点画，不辨偏傍，任私意，失本原，虽以字学名世者未免斯弊。若虞永兴不知姓，颜平原不知名，况下二子者耶？甚者以弄璋为獐，伏腊为猎，金根为银，至于古文奇字，能不失句读，辨重轻清浊者，几何人哉！惟柳州内外集凡三十三通，莫不贯穿经史，镠辖传记，诸子有家，虞初稗官之言，古文奇字，比韩文不啻倍蓰。非博学多识前言者，未易训释也。广文中乙丑年甲科，恬于进取，尚淹选调，生平用心于内不求诸外，遂能会粹所长，成一家言，将与柳文并行不朽无疑矣。非刻意是书者，未必知论著之不易也。广文讳纬，字仲宝，云间人，姓潘氏。乾道三年十二月吴郡陆之渊书。"②

潘氏书名，卷首"诸贤姓氏"及首卷首叶题署并作"音义"，与陆序相合。潘序之"建宁本"，即陆序之"三十三通"本，知潘氏之《柳文音义》底本，属于三十三卷本系统。此书引"潘云"255 条、"潘本" 34

---

① （唐）柳宗元：《增广注释音辩唐柳先生集》卷首，淳祐九年刻本，第 4 叶上至第 5 叶下。
② （宋）陆之渊：《柳文音义序》，载《增广注释音辩唐柳先生集》卷首，四部丛刊影元刊本，第 1 叶上至第 2 叶下。

条，百家注本未见征引。

潘纬，字仲宝，一字景纬，松江府娄县人。① 绍兴十五年（1145）乙丑刘章榜进士。恬于进取，乾道中教授安庆军，登科二十余年矣。尝规模祝充撰《柳文音义》，郡守吴郡陆之渊为之序。② 淳熙八年（1181）为润州太守，次年三月改知台州。③ 潘纬《柳文音义》作于安庆军，其成书年代当在乾道三年（1167）。

（4）朱熹《楚辞集注》

朱熹曾校理韩集，但未曾校注柳集。此书征引"朱云"43条、"朱本"5条，均在《天对》一篇之中，盖引自《楚辞集注·天问》。二者比对，《楚辞集注》不少条目，此书未曾征引；所引条目，大多较原本为略。可知此书于朱熹《楚辞集注》，仅选录、节录而已。

（5）未署姓氏者

此书题下、正文下直接出注未署姓氏者4347条，关于此本的具体情况，详见下文。

4. 小结

音辩本的编纂者是怡堂刘君，其刊刻年代是淳祐九年，刘钦后序对此有明确记载。但此书卷首"诸贤姓氏"以及首卷首叶首行的题署对此都没有反映，延祐本及此后的翻刻本脱遗刘钦后序，上述信息就此湮没。

此书收录的校注本共计四本：底本之外，有张敦颐、童宗说、潘纬等三本。另在《天对》一篇注文中收录了朱熹《楚辞集注·天问》48条文字。收录"朱云""朱本"，对了解此书的编纂过程具有重要的参考价值。众所周知，朱熹在宁宗、理宗朝地位迥异。作为庆元党案魁首，宁宗年间严禁朱熹著作出版，韩集五百家注采用了朱熹《韩文考异》的文字，却不敢在卷首"诸贤姓氏"中列名，就是最明显的例证；理宗年间，朱熹的地位逐渐恢复，并最终登上了圣人的宝座，其著作也都重新出版。此书卷首"诸贤姓氏"中没有朱熹，表明编纂之初，列名尚有顾忌。则此书的编纂，当始于宁宗、理宗之间。除此之外，此书收录朱本文字，足以否定有关音辩本成书于"南宋中叶、孝宗前"的猜测。盖朱熹撰《楚辞集注》，在其临终前庆元数

---

① （清）谢庭熏修，陆锡熊纂《娄县志》卷二十一人物传二，清乾隆五十三年刊本，第4叶上。
② （明）陈威修，顾清纂《松江府志》卷三十，明正德七年刊本，第15叶下。
③ （宋）卢宪纂《嘉定镇江志》卷十五，清道光二十二年丹徒包氏刻本，第12叶上。

年间。此书收录《楚辞集注》文字,其成书年代不得早于宁宗庆元。

二 柳集音辩本的流传

淳祐本的后出翻刻本,现存最早的是延祐本,其与淳祐本在卷次上的主要差别,是正集仅有四十三卷,《非国语》二卷另编为《别集》二卷。[①]就卷次编排而言,别无他异。其作品分类、编次以及内容、文字,都能谨守淳祐本原貌。其与淳祐本最重大的差别,是脱遗了刘钦后序。此后问世的诸多翻刻本,均与此本相同。可以说,元明之后的音辩本,都是延祐本的翻刻本。

(一) 四十三卷翻刻本

就其编次、行款而言,元明时期的诸多翻刻本可以区分为以下七个系列。

元刻《增广注释音辩唐柳先生集》四十三卷、别集二卷、外集二卷、附录一卷。每半叶十三行,行二十三字,小字双行同。明毛友仁跋以为元延祐间刻本,见清张金吾《爱日精庐藏书志》卷二十九集部。[②] 四部丛刊影印涵芬楼藏本即属这一系列。

日藏抄淳祐本。日蓬左文库藏有旧校钞本,其卷帙、文字以及版式、行款、避宋讳缺笔等,与淳祐本约略相侔。此外,此日抄本又用"余本"、"一本"以及南宋刻《音注唐柳先生集》参校并增补,具有重要的文献价值。此本为日僧名聪达者所抄,书成于日本镰仓时代正和元年即元朝皇庆元年(1312)。[③] 其时代还在后世通行本延祐本之前,上距淳祐本的刊刻年代不过三十一年,当为淳祐本的传抄补校本。

元刻《增广注释音辩唐柳先生集》四十三卷、别集二卷、外集二卷。每半叶十二行,行二十一字,小字双行同。细黑口,四周双边。国家图书馆(以下简称国图)录作元刻本,善本书号04977。

[①] 按,《非国语》为专著,按古人编集习惯,不当入集部。另编为别集,并无不妥。但从文献保护的角度讲,编入本集,有利于保存,亦无不当。

[②] (清)张金吾:《爱日精庐藏书志》卷二十九集部,清光绪十三年吴县灵芬阁集字版校印本,第12叶上。

[③] 参见〔日〕户崎哲彦《日本旧校钞〈增广注释音辩唐柳先生集〉四十五卷本及南宋刻〈音注唐柳先生集〉略考》,《文史》2014年第1期,第254页。

日藏《增广注释音辩唐柳先生集》二十卷，附别集、外集、附录。每半叶十三行，行二十六字。四周双边，黑口。此本不缺宋讳，卷一下无"南城先生童宗说注释、新安先生张敦颐音辩、云间先生潘纬音义"题署。杨守敬断为南宋刊本。① 国图有藏本，行款并同，正集二十卷、别集一卷、外集一卷。国图录作明刻本，善本书号05066。

明刻《增广注释音辩唐柳先生集》四十三卷、别集二卷、外集二卷、附录一卷。每半叶九行，行十八字。大黑口，四周双边。明正统十三年（1448）善敬堂刻本。国图有藏本，善本书号04405。

明初刊本《增广注释音辩唐柳先生集》四十三卷、别集一卷、外集一卷。每半叶十行，行二十四字。白口，四周双阑。傅增湘断为明初刊本，见《藏园群书经眼录》卷十二。

《增广注释音辩唐柳先生集》四十三卷、别集二卷、外集二卷、附录一卷、后录一卷。每半叶十一行，行二十二字。白口，左右双边。明嘉靖十六年（1537）游居敬本、嘉靖二十八年（1549）王士翘本、嘉靖三十一年（1551）朱有孚续刻本、明嘉靖三十五年（1556）莫如士本等同属这一系列。

（二）历代书目的著录

除日藏抄淳祐本之外，其余六大系列的元明翻刻本与宋淳祐九年原刻本相比对，有一个共同的差异：刘钦后序，在所有的翻刻本中均无踪影。由于淳祐九年原刻本长期不为人知，柳集音辩本的编刻者怡堂刘君以及刊刻时间淳祐九年就此湮没，由此也造成了后人题署此书作者以及判断此书刊刻时代的混乱。

清查慎行《得树楼杂钞》直称此本为"宋乾道中刊本""云间潘纬增广注释者"②，清彭元瑞撰《天禄琳琅书目后编》卷一著录此书，称"较其阙笔字，的是南宋中叶本"③。《天禄琳琅书目》著录此书，称"唐柳宗元著、童宗说音注、宋张敦颐音辩、潘纬增广音义"④。民国年间傅增湘

---

① （清）杨守敬撰《日本访书志》卷十四，清光绪刻本，第10叶上至第12叶下。
② （清）查慎行撰《得树楼杂钞》卷十"以卷为通"条，民国适园丛书本，第10叶下。
③ （清）彭元瑞撰《天禄琳琅书目后编》卷一，清光绪刻本，第18叶下。
④ （唐）柳宗元：《增广注释音辩唐柳先生集》，影文渊阁四库全书本，第29叶上。

《藏园群书经眼录》著录李木斋先生藏淳祐本，明明看见了"淳祐九年刘钦书后序，以手书上版"，仍然题作"唐柳宗元撰，宋童宗说注释，张敦颐音辩，潘纬音义"①。直至当代，学术界仍然认定："今传《增广注释音辩唐柳先生集》的前身，很可能是《柳集》集注本中最早的一种。它最初就只是集童、张、潘三家注。这个三家注本的集注者是谁，无明文记载。三人都是同时代人，而童、张略早于潘，也有可能即潘纬所辑。"②从而得出此书为"南宋孝宗前所辑"的结论。③

除了"唐柳宗元撰，宋童宗说注释，张敦颐音辩，潘纬音义"之外，一般书目题署此书作者，作"童宗说""童宗说等""潘纬所辑"者亦不一而足。这些当然都是不正确的。实际上，《四库提要》对这一集注本的编纂者早有判断："《柳河东集注》四十三卷，旧本题宋童宗说注释、张敦颐音辩、潘纬音义。宗说南城人，始末未详。敦颐有《六朝事迹》，已著录，纬字仲贤，云间人。据乾道三年吴郡陆之渊序，称为'乙丑年甲科，官灊山学广文'，亦不知其终于何官也。之渊序但题'柳文音义'，序中所述亦仅及纬仿祝充《韩文音义》撰柳氏释音，不及宗说与敦颐。书中所注各以'童云'、'张云'、'潘云'别之，亦不似纬自撰之体例。盖宗说之《注释》、敦颐之《音辩》，本各自为书，坊贾合纬之《音义》刊为一编，故书首不以'柳文音义'标目，而别题曰'增广注释音辩唐柳先生集'也。"④ 合童、张、潘三书刊为一编的是"坊贾"，《四库提要》的判断大致不误。只不过这个"坊贾"就是怡堂刘君。其书合童、张、潘三家音义刊为一编，而这"一编"还需要一部内容完备、体例完善的底本提供全书的结构框架以及校勘、注释的文字基础。这个真相，《四库提要》还未能悟透。

三　孙汝听本：音辩本底本

一部集注本一定需要一部内容完备、体例完善的底本提供全书的结构

---

① 傅增湘：《藏园群书经眼录》卷十二集部，中华书局，1982，第1074页。
② 吴文治：《〈柳宗元集〉版本源流考略》，载氏著《柳宗元诗文十九种善本异文汇录·代序》，黄山书社，2004，第8页。
③ 吴文治：《〈柳宗元集〉版本源流考略》，载氏著《柳宗元诗文十九种善本异文汇录·代序》，第10页。
④ （唐）柳宗元：《柳河东集注》卷首，影文渊阁四库全书本，第1叶上。

框架以及校勘、注释的文字基础，对于古籍整理而言应该是一个常识。凡是打着择善而从的旗号隐匿其底本信息的古籍整理著作，一定暗藏着不可告人的隐秘。本文判定：音辩本的底本，是成书于淳熙元年前后的眉山孙汝听本。

（一）音辩本存在一个童、张、潘三家之外的底本

仔细阅读《增广注释音辩唐柳先生集》，很容易发现一个奇怪的现象：该书的校语、注文不仅限于上述三家，三家之外，还存在一位不知名但似乎更为重要的注家。首先，发现这一现象的，是清末文献学家杨守敬，杨氏称为"不著姓名之注"①，即本文所称未署姓氏之注。这一部分注文多达4347条，就数量而言，远远超过张、童、潘、朱四家合计的763条注文。更重要的是，这批"不著姓名之注"在书中的地位，也远远超过其余四家。这首先表现为不少注文在题下或正文下直接出注，并没有题署"某云"等字样；其次，同一条注文中有底本注同时兼有他注，该书置底本注文字于"童云""张云""潘云"之前；再次，无论是注音、释义还是考史，童、张、潘三家注文多为对此前注文的补充、说明；最后，童、张、潘三家不少注文，直接针对底本正文或注文进行辨析、订正。种种现象表明：这位未署姓氏之注家，才是该书底本的真正作者。正因为如此，他才没有必要在每条注文下题署姓名，而只需要在封面和卷首题名即可。相反，被引用或被附入的条目，才有必要逐条出注作者姓氏，童、张、潘、朱四家注文就属于这种情况。明白了这一点，我们就可以做出判断：这部未署作者姓氏以及书名的底本，才是全书结构框架以及校勘、注释文字基础的提供者。童、张、潘三家注文，仅仅是被引用或被增补附入此书。此下各举数例，以为考察。

1. 底本注位于题下或正文下直接出注而不署注家姓名

卷一《献平淮夷雅表》题注："案《毛诗》注云：'淮夷，在淮浦而夷行也。'吴元济在淮蔡，故曰'淮夷'。宗元拟《江汉》之诗而作也。"

---

① （清）杨守敬撰《日本访书志》卷十四，清光绪刻本，第11叶下。

又"命守遐壤",注:"谓元和十年为柳州刺史。"

又"不得备戎行",注:"行,音杭,列也。"

又"思报国恩",注:"国恩,一本作'思德'。"

又"命官分土则崧高韩奕烝人",注:"'烝民'作'烝人',避唐太宗讳。"

又"荡人耳目",注:"荡,音荡,又他浪反。"

上列引文既包括题注,又包括音义注释、史实考证以及异文、讳字校订。类似的注文,自卷首至卷末,遍布全书。这表明:这位不知名作者的著述,应该是一部完整的柳文校注。

2. 底本注位于"童云""张云""潘云""朱云"之前而不署注家姓名

卷一《献平淮夷雅表》"然不胜愤踊",注:"一作'愤懑',一作'踊懑'。张云:踊,音勇。懑,音闷。"

《平淮夷雅·皇武》"于潋于淮",注:"潋,于斤切。童云:唐潋水县属陈州。"

又"狡众昏嚚",注:"嚚,鱼巾切。张云:口不道忠信之言曰嚚。"

又"既祃既类",注:"祃,莫驾切。童云:师祭。"

又"钖盾雕戈",注:"盾,之允切。戈,谓平头戟。潘云:钖,音阳,马头饰也。"

又"威命是荷",注:"荷,音何。童云:《左传》昭七年'弗克负荷',平声。"

又"既涉于浐",注:"浐,所简切。童云:水名,在京兆,唐都于此。"

又"衮凶鞠顽",注:"衮,薄侯切。张云:聚也。"

3. "童云""张云""潘云"补充、说明底本注

(1) "童云"

卷一《唐铙歌鼓吹曲·晋阳武》"靳枭鷔",音辩本注:"靳,侧略切。枭,古尧切。童云:《前汉·郊祀志》:古天子春祠黄帝,用一枭破镜。枭，鸟名，食母。破镜，兽名，食父。黄帝欲绝其类，使百吏祠皆用之。破镜，如貙而虎眼。汉五月五日作枭羹以赐百官。䴉，五高切，不祥鸟，白身赤口也。"此条原注出"䴉""枭"二字反切，童注补释义项，并补出"䴉"字音义。

《战武牢》"命之瞢"，音辩本注："瞢，母亘切（mèng）。童云：又蒙、薨、梦三音。"谨按："瞢"字，《广韵》有四读。《广韵》平声东韵："瞢，莫中切（méng），目不明也。"《广韵》平声登韵："瞢，武登切，目不明。"《广韵》上声董韵："懵，莫孔切，心乱儿。"《广韵》去声送韵："瞢莫凤切，云瞢泽，亦作梦。"此条原注出"瞢"字反切，童注补出又读。所谓"又三音"云云，显然针对原注云然。

《兽之穷》"弭矢箙"，音辩本注："箙，音服。童云：矢房。"此条原注出"箙"字音读，童注补出"箙"字义项。

《奔鲸沛》"披攘蒙雾"，音辩本注："雾，武赋切。童云：与'雾'同，又茂、梦二音。"此条原注出"雾"字反切，童注补出"雾"字义项及又读。

卷十五《晋问》"罩罶麗罜"，音辩本注："罩，都教切，曲梁。罶，力九切。麗，音鹿。童云：张衡《西京赋》'设罜麗。'注云：'鱼网也，音独鹿。'《唐韵》古卖切，又胡封切，皆不说是渔网。今上文四物皆是鱼网，当音鹿独。"此条原注出"罩""罶""麗"三字反切音读，童注补出"罜"字音读及又读并释义。显然针对原注而发。

(2) "潘云"

《平淮夷雅·皇武》"进次于郾"，注："郾，于宪切。童云：唐许州颍川郡有郾城县。潘云：音偃。"此条原注出"郾"字反切，潘注补出"郾"字释义。显然针对原注而发。

(3) "张云"

卷十四《设渔者对智伯》"肠流于大陆为鱻蔑"，音辩本注："鱻与鲜同。张云：蔍，音槁。二字并出《周礼》。"此条"张云"补出原注音切，并追溯出典。

卷四十二《酬韶州裴曹长史君寄道州吕八大使因以见示二十韵一首》"腾口任嘖嘖"，音辨本注："韩子云：'其斗嘖嘖。'张云：嘖，音颜，争也。"此条"张云"补出原注音切及其义训。

4. "童云""张云""潘云"直接针对底本正文或注文进行辨析、订正
（1）"童云"

卷二《解祟赋》"愈腾沸而骹䯒"，音辨本注："骹，丘交切。童云：骹，苦交切，脚腰也。"谨按：《尔雅·释畜》："騉四骹皆白驓。"郭璞注："骹，膝下也。"《说文》："骹，胫也。从骨，交声。"《广韵》："髐，许交切（xiāo），髐箭。骹，口交切（qiāo），同'跤'，胫骨近足细处。"《集韵》："髐，虚交切，鸣镝也。或作骹、髐，通作嚆、髇。骹，丘交切摘，《说文》'胫也'，或作跤。"是"骹"字有两音两义，原注"丘交切"，同"髐""髇"，指鸣镝，不确。童注订作"苦交切"，指胫骨，是。此条童注纠正原注反切，针对性非常明显。

卷七《南岳云峰寺和尚碑》"吾师轨行峻特"，音辨本注："轨，屋洧切，法也。"百家注引童曰："轨，法也，又《说文》云：'车辙也。'轨，居洧切。"①谨按：《说文》："轨，车彻也。从车，九声。居洧切。"《玉篇》："轨，居美切，法也，车辙也。"音辨本注讹"居"作"屋"，童注是。此条童注纠正原注反切，针对性非常明显。

卷二十《沛国汉原庙铭》"以翙天门"，音辨本注："翙，一本作'肛'，音工。童云：翙，音贞，飞至也。今本作'肛'，非是。"此条原注出校"翙"字异文及音读。童注补出"翙"字音读并释义，同时辨析异文非是。更值得注意的是，童注指明：异文"肛"即"今本"正文原貌，可知底本正文原作"肛"，改为"翙"，为童本文字。童注直接校改底本正文，此条最为明显。

---

① 本文所引百家注，均采用文谠详注、王俦补注《新刊增广百家详补注唐柳先生文集》，上海古籍出版社，1994年影宋乾道、淳熙间刻本。此下不再出注。

卷四十一《舜庙祈晴文》"望诛黑蛟",音辩本注引童云:"蛟,本作'蟜',或从戾。"百家注:"蛟,音戾,一本作'蟜'。"此条童注直接校改底本正文,与上条相同。

别集卷下《非国语下·葬恭世子》"其耿光于民矣",音辩本注:"耿,犹昭也。童云:耿,古逈切,与'炯'同。"谨按:耿,光明、照耀。《楚辞·离骚》:"跪敷衽以陈辞兮,耿吾既得此中正。"王逸注:"耿,明也。"谨按:"耿"在"其"下,应为名词。"昭"为动词,不确。释为"炯",是。此条为纠正原注释义而发。

(2)"潘云"

卷一《平淮夷雅·皇武》"若饥得餔",音辩本注:"餔,音步。潘云:音步,糖餔饵;又音布,与食也。又音逋,歠也。"谨按:《集韵》:"餔,博故切,与食也;蒲故切,糖餔饵也。"前者音"步",并母,"糖餔饵也";后者音"布",帮母,"与食也"。原注误,潘注是。此条原注出"餔"字音读,潘注补出"餔"字音读及释义,显然为纠正原注而发。

《平淮夷雅·方城》"胡甈尔居",音辩本注:"甈,丘例切(qì)。潘云:颜师古音五列切(niè),字当作'臲',危也。杨子音五计切(qì)。"郑定添注:"此谓杌陧不安。字当作'臲',音五结切(niè),不安也。"谨按:甈,《广韵》去例切,去声祭韵;又五计切,去声霁韵。又五结切,入声屑韵。"甈"通"毁",义同,音憩;又通"臲"、"陧",不安貌,音孽。《周礼·牧人》:"凡外祭,毁事用尨可也。"郑玄注:"外祭,谓表貉及王行所过山川用事者。故书'毁'为'甈','尨'作'庬'。杜子春云:甈,当为'毁';庬,当为'尨'。尨谓杂色不纯,毁谓副辜候禳。毁除,殃咎之属。"陆德明《音义》:"甈,丘例反。"杨雄《法言·先知篇》:"刚则甈,柔则坏。"晋李轨注:"甈,燥也。"宋咸注:"甈,破瓦,又破罂也。"司马光注:"甈,五计切。"《尚书·秦誓》:"邦之杌陧,曰由一人。"孔传:"杌陧,不安,言危也。"陆德明《音义》:"陧,五结反。"就本篇而言,以上二音,义俱可通。此条"潘云"纠正原注音切,至为明显。

《唐铙歌鼓吹曲·战武牢》"卑以斯",音辩本注引潘云:"卑,当作'毕'。《楚辞》(《七谏》):'羌两足以毕斯。'"此条"潘云"纠正音辩本正文,至为明显。

卷六《曹溪第六祖赐谥大鉴禅师碑》"人畏无噩",音辩本注:"噩,逆各切,哗讼也。潘云:《周礼》:噩当为惊愕之愕。"韩醇注:"噩,音号,《说文》曰:'哗讼也。'"①《柳集点勘》卷一:"注'噩,哗讼也'误。《玉篇》云:'噩,惊也。'"谨按:此"噩"当训为惊。《周礼·春官·占梦》"二曰噩梦",郑注引杜子春云:"噩,当为惊愕之愕,谓惊愕而梦。"《经典释文》:"噩,本或作号,字同五各反。"此条纠正原注及韩醇注义训之误,潘注是。

卷十二《故殿中侍御史柳公墓表》"撰期定宅",音辩本注:"撰,息转切。潘云:须兖切,选择也。"谨按:撰,同"选"。《周礼·夏官·大司马》:"群吏撰车徒,读书契。"陆德明释文:"撰,息转反,又仕转反。注音算,息缓反。"《集韵》上声狝韵:"选,须兖切(xuǎn)。《说文》:'遣也。从辵、巽,巽遣之;巽亦声。一曰选,择也。'或从手。"此条纠正原注音切之误,潘注是。

(3)"张云"

卷九《唐故朝散大夫永州刺史崔公墓志》"一曰不菁",音辩本注引张云:"菁,七入切,当是'葺'字写转作'菁'。吴本《楚辞》中有如此书者。"此条"张云"辨析音辩本字形,至为明显。

《唐故万年令裴府君墓碣》"决高施磶",音辩本注引张云:"磶,字当作'隙',乞逆切。柳文'隙'字皆作'磶',检韵并无。"此条"张云"辨析音辩本字形,至为明显。

上文的讨论很容易引发一个疑虑。张敦颐《韩柳音释》成书于绍兴二十六年,童宗说《柳文音释》成书于绍兴三十年(1160)前后,潘纬《柳文音义》成书于乾道三年。孙汝听的柳文校注,成书于乾道后期、淳熙初年,在淳熙元年(1174)前后,较童、张、潘三家为晚出。那么,

---

① (唐)柳宗元著,(宋)韩醇音释《柳河东集》卷六,影文渊阁四库全书本,第3叶上。

"童、张、潘三家注文多为对此前注文的补充、说明""童、张、潘三家不少注文，直接针对底本正文或注文进行辨析、订正"的说法，似乎就有些难以理解了。其实，选择他本文字补充、说明、辨析、订正底本文字的，是集注本编纂者怡堂刘君，而不是童、张、潘。选择恰当的校语、注文，对底本文字进行补充、说明、辨析、订正，以达成"参考诸说，会其至当"的目标，正是编纂者的职责。所选材料在底本之前，可以视为溯源。所选材料在底本之后，可以视为沿流。能补充、说明、辨析、订正底本不足与错讹即可采用，而不必在乎所选他本较底本早出或晚出。事实上，童、张、潘三家所订正的"今本"，应该是他们自己的底本，即沈晦四十五卷本、建宁三十三卷本，而不是此时尚未问世的孙汝听本。但如果孙汝听本已经订正了上述的问题，那么怡堂刘君直接采用底本文字即可，没有必要改正为误，然后再引用童、张、潘三家之说重复订正。所以从这个意义上讲，音辩本采用的童、张、潘三家订正"今本"的文字，同样可以对孙汝听本沿袭沈晦本的错讹具有直接的针对性。上述疑虑，大可不必。

（二）此书底本为孙汝听本

此书底本的正文以及注文内容完善、体例完备、自成体系，南宋孝宗以后问世的不少柳集著述，如韩醇《新刊诂训唐柳先生文集》，文谠、王俦《新刊增广百家详补注唐柳先生文集》，魏仲举《新刊五百家注音辩唐柳先生文集》，郑定《重校添注音辩唐柳先生文集》，廖莹中《河东先生集》等，对此书底本的注文多有征引。通过比对，我们可以发现：各书所征引的"孙曰"，与此书底本的注文高度吻合。柳集百家注本卷首"诸儒名氏"有"眉山孙氏"。注云："名汝听，字良臣，全解①。"则此书底本，应为成书于南宋孝宗初年的孙汝听本。

成书于淳熙四年的韩醇《新刊诂训唐柳先生文集》征引了此本：

> 《非国语上·轻币》"缕綦以为奉"，韩醇注引孙曰："注云：'奉，藉也，所以藉玉之藻也。缕綦，以缕织綦，不用丝，取易共也。'"②

---

① 按，"全解"，当为简称，意为全书通解而非诠释部分篇章。
② （唐）柳宗元著，（宋）韩醇音释《柳河东集》卷四十四，第21叶下。

刊刻于南宋孝宗年间的《新刊增广百家详补注唐柳先生文》大规模征引"孙曰",全书征引多达2683条。征引的内容,多与音辩本原注相合。如:

卷一《献平淮夷雅表》"命守退壤",音辩本注:"谓元和十年为柳州刺史。"百家注引孙曰:"谓元和十年三月为柳州刺史也。"

《平淮夷雅·皇武》"威命是荷",音辩本注:"荷,音何。"百家注引孙曰:"《诗》(《商颂·玄鸟》)'百禄是何',注:'何,任也,通作荷。'"

又"既涉于浐",音辩本注:"浐,所简切。"百家注引孙曰:"浐,水名,出京兆蓝田关,入灞。"

又"裒凶鞫顽",音辩本注:"裒,薄侯切。"百家注引孙曰:"裒,裂也。鞫,告也。《诗·采芑》曰:'陈师鞫旅。'谓告其师旅也。裒,蒲侯切。鞫,音掬。"

比对音辩本原注与百家注本所引"孙曰",二者内容高度吻合。类似的条目数以千计,显然不是巧合。结论只能是:音辩本的底本,就是百家注本"诸儒名氏"所记载的孙汝听《全解》。

孙汝听,宋元史部无传记,亦无碑志墓铭传世,生平不详。历代史料有少量记载,有助于钩稽其生平。

韩集五百家注本征引"孙曰"3680条,其内容分布在正集四十卷及外集十卷之中。其卷首"诸儒名氏"有"眉山孙氏"。注云:"名汝听,字良臣,全解。"

柳集百家注本征引"孙曰"2683条,其内容分布在正集四十五卷及外集三卷之中。其卷首"诸儒名氏"有"眉山孙氏"。注云:"名汝听,字良臣,全解。"据百家注卷首"诸儒名氏",知其字良臣,眉山人。

《直斋书录解题》著录其《三苏年表》三卷,解题云:"右奉议郎孙汝听撰。汝听当是蜀人,所述甚详。"① 知其官至右奉议郎。

《舆地碑记目·成都府碑记》载:"眉山人孙汝听修《成都古今前后记》六十卷,见《眉州江乡志》。"又"眉州碑记"著录有《眉州古志》,"孙汝听编"。② 知其著有《眉州古志》《成都古今前后记》六十卷。谨按:据民国

---

① (宋)陈振孙:《直斋书录解题》卷十七,影文渊阁四库全书本,第19叶下。
② (宋)王象之:《舆地碑记目》卷四,影文渊阁四库全书本,第4叶下、第6叶上。

《眉山县志·艺文志》载,《眉州江乡志》为张伯虞撰,刘光祖序。① 张伯虞生平不详。刘光祖,宋史有传,光祖为简州人,幼居德清,乾道五年(1169)进士,除剑南东川节度推官、潼川提刑司检法,淳熙五年(1178)召对离蜀。据此,可以判定刘光祖为《眉州江乡志》作序,应在淳熙五年之前。换言之,孙汝听作《成都古今前后记》,应在淳熙五年之前。

宋王象之《舆地纪胜》潼川府景物下:"棠阴馆,在郡圃。尽历任太守遗像七十七人,孙汝听为记。"② 知孙汝听曾作《棠阴馆记》。

《蜀中广记》载《梓潼古今记》,注:"淳熙间郪令孙汝听作。"③ 据此,知孙汝听南宋孝宗淳熙年间曾任郪县令。

明刘大谟、杨慎纂修《嘉靖四川总志》卷十二(明嘉靖刻本)"选举"绍兴进士中有"孙汝听"。④ 知其进士及第在南宋高宗绍兴年间。

清董梦曾《盐亭县志》卷三录《张尚书右丞传》,并跋其后曰:"右传,乾道己酉郪令眉山孙汝听刻石牛头山。"⑤ 今检乾道无己酉,己酉为淳熙十六年。知牛头山孙汝听刻石当署作"己酉","乾道"为董氏臆断。孙汝听担任郪县令,当在淳熙十六年前后。

缪荃孙辑永乐大典本《苏颍滨年表》,卷首署"左奉议郎赐绯鱼袋孙汝听编"。后跋云:"《苏颍滨年表》一卷,宋孙汝听撰。陈振孙《书录解题》载《三苏年表》三卷,右奉议郎孙汝听编。《大典》止收老泉一卷、颍滨一卷,馆臣着于存目。今不特原书失传,即大典本亦不见。昔年在馆,从大典'苏'字韵录出,又失去老泉一卷。此书纪载翔实,究胜于后代所编者。惟转辗钞讹,再取《颍滨遗老传》及诗文集较之,十得八九矣。宣统己酉九秋,江阴缪荃孙跋。"⑥ 孙汝听职衔,可据此考定。

综合上文所考,可以判定:孙汝听,眉州人,南宋高宗绍兴年间进士,淳熙十六年前后曾任郪县令;有《眉州古志》《梓潼古今记》《棠阴

---

① (民国)王铭新修,郭庆琳纂《眉山县志》卷十四,民国十二年石印本,第5叶下。
② (宋)王象之:《舆地纪胜》卷一百五十四,清影宋钞本,第12叶上。
③ (明)曹学佺:《蜀中广记》卷九十六,影文渊阁四库全书本,第27叶下。
④ (明)刘大谟、杨慎纂修《嘉靖四川总志》卷十二,明嘉靖刻本,第17叶上。
⑤ (清)董梦曾:《盐亭县志》卷三,清乾隆二十八年刻本,第12叶下。
⑥ (宋)孙汝听:《苏颍滨年表》,清缪荃孙光绪宣统间刻藕香零拾本,卷首。

馆记》《成都古今前后记》六十卷及《韩文全解》《柳文全解》等著述传世，并佚；今存《苏颍滨年表》一卷。孙汝听所校理的韩、柳两集，其内容包括题注、异文、讳字校订、音义注释、史料梳理考证等，尤以史实考订为多，征引史料较为丰富。其书虽佚，但南宋中后期韩、柳注本曾大规模征引其注文，所以其书的主要内容得以幸存。更幸运的是：音辩本选择其书为底本，所以该书的基本面貌也由此得以保留。孙汝听校注柳集的具体时间虽然无法确定，但可以参照文谠校注韩、柳的时间约略判定：文谠本韩集成书于绍兴十九年（1149），但今传蜀刻本讳"慎"不讳"敦"，可以确定其刊刻时间在孝宗年间。[①] 文谠本韩集没有提及孙本，孙本韩集成书应晚于百家注韩集；刊刻于南宋孝宗年间的文谠《新刊增广百家详补注唐柳先生文》大规模征引"孙曰"，孙本柳集成书时间应早于百家注韩集。宋人校注昌黎集、河东集，大多先韩后柳。由此可以判断，孙汝听校理韩集的大致时间，应在绍兴、乾道之间；孙本柳集成书，应在乾道后期、淳熙初年。考虑到成书于淳熙四年的韩醇《新刊诂训唐柳先生文集》也征引了孙本文字，则柳集成书并流传，不得晚于淳熙四年（1177），在淳熙元年前后。

（三）音辩本对孙汝听《柳文全解》的承袭与增删改订

音辩本对孙汝听《柳文全解》的采用，有承袭也有增删。具体说来，音辩本对孙本主体全面承袭，包括总体框架、分类编目、作品编次以及正文、校语、注释乃至文字避讳，都严格遵循；但少量文字，有所改订。对其注文内容，则有选择地录用；入选诸条，文字也有较大程度的节略。准确地讲：作为音辩本底本的柳集孙本，只能算是经过选录、节略、改订后的孙汝听《柳文全解》的略本。

1. 音辩本对孙本避讳字的承袭

宋刻音辩本的文字避讳情况，傅增湘、李盛铎先生曾有考察。傅增湘《藏园群书经眼录》谓"宋讳贞、征、恒、桓、匡、敦缺笔""避宋讳至'慎'字止"。[②] 李盛铎《木樨轩藏书书录》谓"贞、侦、征、完、玄、

---

① 参见刘真伦《柳集百家注作者及刊刻时地补证》，载《唐代文学研究》第十四辑，广西师范大学出版社，2012。
② 傅增湘：《藏园群书经眼录》卷十二集部，中华书局，1983，第1074页。

廓、敦、桓、恒均阙末笔"。① 考虑到音辩本的刊刻时间淳祐九年（1249）已经确定，则此前对诸帝讳字的考察已无意义。需要注意的是，对孙本成书时间孝宗年间到音辩本刊刻时间理宗年间诸帝讳字的考察。

一般来说，古籍刊刻的文字避讳，官刻本较严，家刻本稍宽，坊刻本较为随意。在任君主，避讳从严；离任或已逝君主，时间愈久，避讳愈宽。以下按照上述的原则，具体考察孝宗到理宗诸帝讳字的避讳情况。

（1）孝宗讳"眘"字

音辩本正文无"眘"字，"慎"字凡31见，避讳者20。

卷二《牛赋》"慎勿怨尤"，卷四《辨列子》"读焉者慎取之"，卷八《段太尉逸事状》"慎勿纳"、《故银青光禄大夫右散骑常侍轻车都尉宜城县开国伯柳公行状》"固宜慎重""刑官慎恤之事"，卷十二《先君石表阴先友记》"畏慎为相"，卷十三《故尚书户部侍郎王君先太夫人河间刘氏志文》"其嗣慎言"，卷十八《乞巧文》"汝慎勿疑"、《斩曲几文》"慎保其传"、《辨伏神文》"后慎观之"，卷二十二《送邠宁独孤书记赴辟命序》"往慎辞令"、《送苑论登第后归觐诗序》"慎进药石"、《送独孤申叔侍亲往河东序》"慎勿以知文许之"，卷三十四《报袁君陈秀才避师名书》"慎勿怪勿杂"、《复杜温夫书》"慎思之则一益也"，卷三十六《上权德舆补阙启》"若慎守其常"、《上岭南郑相公献所著文启》"复阙周慎"，卷三十七《礼部贺立皇太子表》"自符于慎择"，卷三十八《谢除柳州刺史表》"不慎交友"，卷四十《祭李中丞文》"慎择寮吏"，卷四十三《田家三首》"努力慎经营"。以上"慎"字，右半"真"字腹中缺一横作"慎"。②

（2）光宗讳"惇"字

音辩本正文，"惇"字仅1见，不避讳。

卷三十二《答周君巢书》"日以惇大府之政"，不阙笔。

（3）光宗讳"敦"字

音辩本正文，"敦"字凡21见，避讳者14。

卷首《诸贤姓氏》"新安张敦颐音辩"，卷一首叶题署"新安先生张

---

① （清）李盛铎著，张玉范整理《木犀轩藏书题记及书录》卷四集部《木犀轩藏书书录》，北京大学出版社，1985，第268页。

② 按，历代字书无"慎"字，此字非俗体而为避讳，应无疑问。

敦颐音辩",卷七《南岳般舟和尚第二碑》"功庸以敦",卷十《故岭南盐铁院李侍御墓志》"介厉敦勤",卷十一《故大理评事柳君墓志》"敦谕克顺"、《亡友故秘书省校书郎独孤君墓碣》"崔群敦诗",卷十二《故殿中侍御史柳公墓表》"敦柔峻清""敦迫上道",卷十三《亡妻弘农杨氏志》"敦睦夫党",卷二十四《送澥序》"敦朴有裕"、《送内弟卢遵游桂州序》"敦大朴厚",卷二十五《送韩丰群公诗后序》"敦朴而知变",卷二十六《兴州江运记》"敦尚儒学",卷二十八《道州毁鼻亭神记》"敦忠睦友"。以上"敦"字,并阙末笔。

(4) 宁宗讳"扩"字

音辩本正文无"扩"字,"廓"字凡 21 见,无一避讳。

卷一《唐铙歌鼓吹曲·战武牢》"廓封略",卷二《佩韦赋》"彼穹壤之廓殊兮"、《闵生赋》"殷周之廓大兮",卷五《道州文宣王庙碑》"阶序廓大",卷十一《故大理评事柳君墓志》"刺济房兰廓四州",卷十二《先侍御史府君神道表》"隋刺齐房兰廓四州",卷十四《天对》"圜焘廓大",卷十九《吊苌弘文》"黜寥廓而殄绝",卷二十《沛国汉原庙铭》"宏器廓度",卷二十五《送元十八山人南游序》"以寄声于寥廓耶",卷二十七《潭州东池戴氏堂记》"辽廓眇忽"、《永州万石亭记》"寥廓泓渟",卷二十八《永州龙兴寺东丘记》"幽郁寥廓",卷二十九《柳州山水近治可游者记》"则廓然甚大",卷三十六《上大理崔大卿应制举启》"廓然而高迈",卷三十八《柳州贺破东平表》"霾暗廓清"、《为裴中丞举人自代伐黄贼表》"廓清海滨",卷四十《祭万年裴令文》"廓尔其宇",卷四十一《舜庙祈晴文》"以廓天倪",外集卷上《河间传》"廓庑廓然"。均不阙笔,亦不改字,无一避讳。

(5) 理宗讳"昀"字

音辩本正文无"昀"字,"匀"字凡 3 见、"畇"字凡 2 见、"驯"字凡 5 见、"巡"字凡 19 见,无一避讳。

卷十五《晋问》"匀匀涣兮"、卷三十八《代裴行立谢移镇表》"平匀徭赋"。

卷五《道州文宣王庙碑》"畇畇其原"。

卷一《平淮夷雅二篇方城》"柔惠是驯"、卷十五《晋问》"斗目相驯"、卷二十《剑门铭》"暴非德驯"、卷三十七《礼部贺白鹊表》"性惟驯狎"、卷三十八《代裴行立谢移镇表》"黄贼不驯"。

卷五《唐故特进赠开府仪同三司扬州大都督南府君睢阳庙碑并序》"南阳张公巡",卷八《故银青光禄大夫右散骑常侍轻车都尉宜城县开国伯柳公行状》"请出巡尽征之地"、《唐故秘书少监陈公行状》"巡狩告至",卷九《唐故朝散大夫永州刺史崔公墓志》"玄宗南巡"、《唐故万年令裴府君墓碣》"按覆校巡",卷十《张公墓志铭》"为安南经略巡官"、《唐故邕管招讨副使试大理寺直兼贵州刺史邓君墓志铭并序》"巡视南楚"、《唐故岭南经略副使御史马君墓志》"凡佐治由巡官",卷十四《天对》"成汤东巡""汤巡爰获",卷三十五《谢李中丞启安抚崔简》"凡在巡属",卷三十六《上权德舆补阙温卷启》"喔咿逡巡",卷三十八《为裴中丞贺克东平赦表》"然则虞巡可复"、《为王户部荐李谅表》"以谅为巡官",卷四十二《古东门行》"徼巡司隶眠如羊",卷四十三《登蒲洲石矶望横江口潭岛深迥斜对香零山》"羁心屡逡巡"、《种白蘘荷》"饥至益逡巡",卷四十一《舜庙祈晴文》"勤事南巡",外集卷上《记里鼓赋》"听希声克正于时巡"。

以上诸字,均不阙笔,亦不改字,无一避讳。

按上述的避讳原则,时君从严,逝者从宽,音辩本理当从严避讳理宗、宁宗诸讳字,孝宗、光宗诸讳字可避可不避。但实际情况恰恰相反,理宗、宁宗诸讳一无所避,而孝宗、光宗却避讳较严。这表明:音辩本不避时君讳字,符合坊刻本的一般规律;而避孝宗、光宗讳,显然来自其底本。之所以如此,存在两方面的可能性。其一,淳祐本直接以孙本上版,然后再插入增选的童、张、潘、朱七百余条目。一一回改讳字,费时费力,耗费成本,所以孙本原貌得以保存。其二,保留贞、征、恒、桓、匡、慎、敦等宋讳,让当时的购书者认定所购之书为前代古籍,增加含金量,以扩大其销路。至于淳祐本之后的多种翻刻本,延祐本、日抄本避讳较严,二十卷本则一无所避。① 情况不一,不能一概而论。

还需要说明的是:本文认定音辩本避孝宗、光宗讳来自其底本孙汝听本,但孙本成书于淳熙元年前后,应避孝宗讳,而不可能避光宗讳。比较合理的解释是:孙本成书于孝宗年间,而刊刻于光宗年间。避孝宗、光宗

---

① (清)杨守敬撰《日本访书志》卷十四,清光绪刻本,第12叶上。

讳，并非不可理解。

2. 音辩本对孙本正文、注文的增删改订

卷十三《亡妻弘农杨氏志》"醴泉生今礼部郎中凝"，传世诸本并同。音辩本注："杨凝之兄曰凭，为礼部郎中，子厚娶其女。'凝'字当作'凭'。"但百家注引孙曰："成名三子：凭字虚受，凝字懋功，凌字恭履。"可知音辩本注非孙注原文，应为此本编者怡堂刘君所改。

卷四十《祭杨凭詹事文》"年月子婿"下，音辩本注："宗元娶凭弟杨凝女，为凭之从子婿。或云：即凭之婿也。一本'子婿'字下有'使持节柳州诸军事守柳州刺史柳某'字。"但百家注云："孙本有'使持节柳州诸军事守柳州刺史柳某'一十五字。"知孙汝听本"子婿"下有"使持节柳州诸军事守柳州刺史柳某"十五字。音辩本无此十五字，应为此本编者怡堂刘君所删。

杨凝，字懋功，虢州弘农人，杨凭之弟。大历十三年（778）进士擢第（柳宗元《与杨京兆凭书》孙汝听注引《唐登科记》）。兴元元年（784）正月，以秘书省校书郎为山南东道节度使府掌书记（《杨君墓碣》孙汝听注）。由协律郎三迁侍御史，入为起居郎（《杨君墓碣》），迁司封员外郎。坐厘正嫡媵封邑，为权幸所忌，徙吏部。稍迁右司郎中（权德舆《唐故尚书兵部郎中杨君文集序》）。贞元十二年（796）八月，自左司郎中检校吏部郎中，充宣武观察判官（韩愈《赠太傅董公行状》），行亳州刺史事。十四年冬朝正京师。十五年使还次于汴郊，帅丧卒乱不可以入，走还京师。十八年，拜兵部郎中（《杨君文集序》）。十九年正月以瘖疾卒（《杨君墓碣》）。

杨凭，字虚受，一字嗣仁，虢州弘农人。大历九年（774）举进士（柳宗元《与杨京兆凭书》孙汝听注引《唐登科记》），累佐使府。征为监察御史，累迁起居舍人、左司员外郎。贞元十五年（799）为礼部郎中（柳宗元《亡妻弘农杨氏志》）。历兵部郎中，太常少卿。十八年九月乙卯，出为潭州刺史湖南观察使（《旧唐书·德宗纪下》）。二十一年十一月甲申，为洪州刺史江西观察使。元和二年，入为左散骑常侍，迁刑部侍郎。四年，拜京兆尹。御史中丞李夷简劾奏前为江西观察使赃罪及他不法事，七月壬戌，贬贺州临贺县尉（《旧唐书·宪宗纪上》）。七年，徙杭州长史。十二年，以太子詹事卒（柳宗元《祭杨凭詹事文》）。

卷十三《亡妻弘农杨氏志》谓"郎中娶于陇西李氏，生夫人"，则子厚岳丈应为礼部郎中。而杨凝生平未曾担任礼部郎中，担任礼部郎中者为杨凭。所以，"醴泉生今礼部郎中凝"一句中，"凝"当为"凭"字之讹。韩醇注云："公盖凭之婿，凭尝为礼部郎中，而诸本误作'凝'，非是。观其《祭杨詹事文》可见矣。"百家注等后出诸本皆从韩氏之说，唯先于韩本的孙本谓"宗元娶凭弟杨凝女，为凭之从子婿"。到淳祐年间，柳宗元为"凭之婿"已经成为定论，所以怡堂刘君编音辩本，对底本的错讹进行了删削、改订。"杨凝之兄曰凭，为礼部郎中，子厚娶其女。'凝'字当作'凭'"，虽然遵从韩醇注，但校语为怡堂刘君自拟，应无疑问。至于卷四十《祭杨凭詹事文》"子婿"下"使持节柳州诸军事守柳州刺史柳某"十五字，在确定了柳宗元为"凭之婿"之后本来不应删去，但由于传世诸本除孙本外皆无此十五字，音辩本从众删去。

从上文看，《亡妻弘农杨氏志》一篇，怡堂刘君删孙本原注一条，自拟校语一条。《祭杨凭詹事文》一篇，怡堂刘君删去正文"使持节柳州诸军事守柳州刺史柳某"十五字，增入校语"一本'子婿'字下有'使持节柳州诸军事守柳州刺史柳某'字"二十三字。这里的"一本"即指底本，孙汝听本人当然不会这样出注。刘钦所谓"不加一辞"，看来也不能绝对化。

3. 音辩本对孙本正文的改订

音辩本对孙汝听《柳文全解》正文的改订辨析，上文所列《沛国汉原庙铭》"以翊天门"条、《舜庙祈晴文》"望诛黑蜧"条、《唐铙歌鼓吹曲·战武牢》"卑以斲"条、《唐故朝散大夫永州刺史崔公墓志》"一日不菅"条、《唐故万年令裴府君墓碣》"决高施隟"条皆是。今再列举数例于次：

卷一《平淮夷雅·皇武》"钖盾雕戈"，粹本、百家注本、五百家注本、郑本"钖"作"锡"。音辩本注："盾，之允切。戈，谓平头戟。潘云：钖，音阳，马头饰也。"百家注引孙曰："《说文》：'银铅之间曰钖。'盾，矛盾，所以扞身蔽目者。雕，琢也。《说文》：'戈平头戟。'盾，之允切。"谨按："钖盾"与"雕戈"同义，有纹饰的盾牌。"钖"质地软脆，不能用作盾牌。"钖"字当为形讹。《说文》："钖，马头饰也。从金，阳声。《诗》曰：'钩膺镂钖。'一曰锞，车轮铁。与章切。"段注："钖，马头饰也。《韩奕》传曰：'镂钖，有金镂其钖也。'笺云：'眉上曰钖，刻金饰之，今当卢也。'谨按：人眉目间广扬曰扬，故马眉上饰曰钖。卢，即'颅'字。从金阳声。与章切，十部。今经典作'钖'。《诗》曰：'钩膺镂钖。'一曰锞，车轮铁也。锞车轮，谓以铁锞附车轮，箸地周匝处也。其锞谓之'钖'。"此处"钖"即《说文》"钖"。孙注引《说文》"银铅之间曰锡"，可知孙本正文作"锡"。改"锡"为"钖"，当出潘本。

卷十《唐故岭南经略副使御史马君墓志》"今年志虑耗"，音辩本注："志，一本作'至'，谓年至七十。"百家注引孙曰："年至，谓七十当致仕也。今俗本误作'年志。'"知孙本当作"至"。韩本"至"作"志"，此当据韩本改。

卷十《唐故安州刺史兼侍御史贬柳州司马孟公墓志铭》"安州迫寇攘"，韩醇本"攘"作"壤"，百家注本引韩曰："安州迫淮西之境，时淮西吴元济叛。"音辩本注："近淮西吴元济境。"知孙本当作"壤"，"攘"字当为音辩本所改。

卷十二《先侍御史府君神道表》"悉取仲父之所陈而繫其辞"，音辩本"繫"作"繁"，注："繁，一本作'繫'。"百家注引孙曰："繫辞者，谓系属于正文之下，犹《易·系辞》之义。"知孙本当作"繫"，"繁"字当为音辩本所改。

卷十四《天对》"而廷彼角亢"，音辩本注："廷，具往切，欺也。"韩本作"迋"。谨按：廷（tíng），特丁切，平声青韵。平也，正也，国家朝廷也，人所停集之处。见《广韵》。迋（guàng），通"诳"，欺骗。《广韵》俱往切，上声养韵。注作"具往切，欺也"，是孙本原作"迋"，"廷"字当为音辩本所改。

4. 音辩本对孙本注文的选录与删削

音辩本采用孙汝听《柳文全解》注文属于选录而非全录，对照一下他本引用的"孙曰"注文不见于音辩本，就能够得出这一结论。上列韩醇本所引"孙曰"一条不见于音辩本，就是明显的例证。类似的不见于音辩本的注文，百家注本中更是成百上千，如：

卷一《献平淮夷雅表》"有社有人"，百家注引孙曰："《论语》（《先进》）：'有民人焉，有社稷焉。'"

又"有方刚之力"，百家注引孙曰："《诗》（《小雅·北山》）：'膂力方刚，经营四方。'"

又"然征于《诗》大、小雅"，百家注引孙曰："小雅：《六月》、《采芑》、《车攻》、《吉日》。大雅：《崧高》、《烝民》、《韩奕》、《江汉》、《常武》。"

《平淮夷雅·皇武》"庙于元龟"，百家注引孙曰："元龟，大龟也。'庙于元龟'者，谓以元龟卜之于庙也。"

又"金节煌煌"，百家注引孙曰："《周礼》（《小行人》）：'凡邦国之使节，山国用虎节，土国用人节，泽国用龙节，皆以金为之。'"

又"犀甲熊旗"，百家注引孙曰："《周礼》（《函人》）：'函人为甲，犀甲七属。'《楚辞》（《山鬼》）：'操吴戈兮被犀甲。'以犀为铠甲也。又《周礼》（《车仆》）'熊虎为旗'，今作'旗'，通用。"

又"天子饯之"，百家注引孙曰："是岁八月度赴淮西，上御通化门送之。"

又"罍斝是崇"，百家注引孙曰："罍，《说文》云：龟目酒樽，刻木作云雷之象，象施不穷也。斝，玉爵。夏曰琖，商曰斝，周曰爵。一说：斝受六升。一音举下切。"

孙汝听《柳文全解》注文入选音辩本的条目，文字大多有所节略，上文列举的例证为数不少，一目了然，这里就不再举例了。

从总体上讲，音辩本对底本孙汝听本的承袭大于改订，保留了孙汝听原书的结构框架、文字系统以及校勘、注释的基本面貌；增入的张、童、潘三家注，也都属于较早的注本。所以，音辩本较为完整地保存了柳集早期校注本的原始状态，仍然具有比较重要的版本价值与文献价值。

四 结语

通过上文的考证，本文开篇提出的三大疑点，基本上可以算是解决了。

《增广注释音辩唐柳先生集》编纂、刊刻及其底本考索

其一，虽然该书淳祐九年四十五卷刻本原书尚存，其中刘钦后序明确记载此书为怡堂刘君编刻。但由于淳祐九年刻本长期以来不为人知，通行的四十三卷本又都脱佚了刘钦后序，所以历代书目著录此书，大都集中在首卷首叶题署的"南城先生童宗说注释、新安先生张敦颐音辩、云间先生潘纬音义"身上，认定此书编者为"童宗说""童宗说等"，或作"潘纬辑"。实际编刻者怡堂刘君反而隐没不彰。

其二，该书刊刻时间为淳祐九年，刘钦后序有明确记载。在现存柳集七种中，除刊刻于德祐前后的廖莹中世彩堂刻本之外，这是刊刻年代最晚的一种。但由于此书的底本孙汝听本成书于孝宗淳祐元年前后，时间在现存所有的四十三卷本之前，音辩本增入的张敦颐、童宗说、潘纬三家注本都是柳集早期注本，成书年代也都在绍兴、乾道年间，更由于音辩本比较完整地保留了孙汝听本的避讳字，学术界据此认定此书为"南宋中叶本""现存《柳集》集注本中最早的一种"，也不是毫无道理。

其三，此书底本的修撰者是眉山孙汝听，其书名不详，后人简称"全解"。由于编纂者怡堂刘君的有意隐匿，所以无论是卷首的"诸贤姓氏"还是首卷首叶的题署，都没有底本作者及其著作的相关信息。甚至在校改底本文字的时候，校语中也只称"一本"而不透露真实的版本信息。所以，音辩本底本信息的湮灭，是人为造成的。

编书的怡堂刘君为什么要隐匿此书的底本来源以及作者信息？抄袭蜀刻百家注本成书的闽刻五百家注在卷首"诸儒名氏"中删去百家注作者文说、王俦，吴文治先生对这一现象进行过推测："在宋代，坊贾刻书牟利是有竞争的。百家注的时代略早于魏仲举，魏仲举为把蜀刻百家注本改为闽刻五百家注本，掠他人之美，因而略增闽人，而把原辑注者的姓氏删去，这是很有可能的。"[①] 吴文治先生的看法，很具有启发性。

如果我们以今逆古，用当代学术界抄袭剽窃的案例，考察怡堂刘君隐匿此书底本来源及作者信息的真实意图，或许可以有更多的发现。现代书籍的法定著作权集中体现在版权页，古代书籍的法定著作权则分散表现在卷首"诸儒名氏"、首卷首叶题署，乃至卷首卷末的序、跋、题辞中。此书在"诸儒名氏"、首卷首叶题署中都没有出现"怡堂刘君"字样，在众

---

① 吴文治：《柳宗元诗文十九种异文汇录·代序》，黄山书社，2004，第13页。

所瞩目的场合低调隐身，但卷末的刘钦后序中，却明确地交代了怡堂刘君编纂者、刊刻者的身份。这样，读者阅读此书，发现此书凡引用童、张、潘、朱的注文都能标明注家姓氏，自然会相信编纂者学风谨严；当发现还有85%的注文未署姓名，正常情况下，都会自然而然地将其归结为编纂者怡堂刘君的手笔。这样，孙氏的一部著作，包括柳集正文和4347条校语、注释，也就一起收入囊中了。

如果我们扩大视野，还可以发现：隐匿蜀地作者姓氏，正是闽地坊贾的惯伎。闽刻柳集中将蜀地注家姓氏改为闽地注家的做法公开而普遍，五百家注本之后的郑定本更为突出。到了廖莹中世彩堂本，则干脆将所有注家姓氏概行删除，比他们的祖师爷朱熹干得更为彻底。闽地得风气之先，著作权观念远远领先于蜀地。所以宋代蜀本大多属于家刻，少有署名；而麻沙本大多属于坊刻，署名多有作伪。但市场经济的本质是创新而不是剽窃，商品交换的前提是信用而不是欺诈，八百年前作为朱门弟子的坊贾们开创出这样一种风气，福兮祸兮，值得后人深思。怡堂刘君隐匿了其底本孙汝听《全解》的信息，而明清翻刻其书的诸多坊贾则删去了刘钦后序，从而隐匿了编刻者怡堂刘君的信息。为法自弊，一至于斯，嗟夫！

（作者单位：华中科技大学中文系）

颜真卿《送福建观察使高宽仁序》疑伪辨[*]

摘　要：清辑《全唐文》于颜真卿名下收录《送福建观察使高宽仁序》，该篇不见于通行颜真卿别集与唐宋时期各类总集，作品所涉人物无交游往还可能，所云州县隶属关系与唐代不合，文本撰作存在模拟拼凑痕迹。高宽仁为宋、明以来贵溪高氏追奉之始祖，疑此文出现与明中叶之后高氏族人增修谱牒有关，进而为地方志乘采撷，又因清代官方纂辑唐五代文而流传渐广，撰者身份、文本真伪值得存疑。

关键词：颜真卿《送福建观察使高宽仁序》　贵溪高氏　谱牒　明清方志　伪托

夏　婧

清辑《全唐文》卷三三七收录颜真卿《送福建观察使高宽仁序》，文云：

> 国家设观察使，即古州牧部使之职，代朝廷班导风化，而宣布德意，振举万事，而沙汰百吏者也。民俗之舒惨，兵赋之调发，刑狱之冤滥，政治之得失，皆得以观察而行之，其任可谓重矣。江西贵溪高君宽仁，初举明经，历任中外，克勤职务，政绩昭著，升福建观察使。夫君子之仕，不以位尊为荣，而以尽职为贵。福建大藩也，其地东带沧溟，南接交广。居民若是其众也，政务若是其烦也。职乎州郡

---

[*] 本文系教育部人文社会科学研究青年基金项目"清辑唐五代文篇目来源考索"（项目编号16YJC751031）阶段成果。

者果皆循且良，尚不能保其无一事之不举，矧未必皆循良乎。弱之食，强之取，饥寒颠沛而渔夺之不厌，则畎亩之民若之何能求其安也，自古为民之病者多类此。是以居高位而欲下之安其道，难也。故众皆以位高为宽仁喜，予独以尽职为宽仁勉。所以尽职者无他，正己格物而已，忠君爱民而已。予与宽仁交久且厚，予所以望于宽仁者，岂但在于政事文字之间而已哉。振肃风纪，表仪一方，尽致君泽民之道，使声名流芳史册，兹行是望，于是乎书。①

据殷亮《颜鲁公行状》、令狐峘《颜真卿墓志铭》，颜氏文集先后编有《吴兴集》十卷、《庐陵集》十卷、《临川集》十卷，《新唐书·艺文志》即据以著录②，各本皆未传。北宋嘉祐间宋敏求以旧集久佚，遂辑颜氏文刊于金石者为十五卷。③ 南宋嘉定中留元刚征访旧刻，铨次董理，又作年谱、集行状碑志为拾遗、附录各一卷。明以来行世者，则有嘉靖锡山安国据都穆藏本重刻本、万历间（1596）颜胤祚刊本等。④

此篇《送福建观察使高宽仁序》不见于颜氏别集，唐宋总集如《文苑英华》《唐文粹》等亦未著录。据上海图书馆藏钞本《全唐文目》，知系清代康、乾之际朝臣陈邦彦奉命纂辑唐五代作品而稽考群籍采入，唯其所据源出文献不详。陈辑初稿后为嘉庆间官修《全唐文》沿承，流传遂广。至道光间黄本骥编订《颜鲁公文集》，补入卷五序文部分，云："案《唐书·方镇表》，大历六年废福建节度使，置都团练观察处置使，序当作于六年设使之后。高宽仁科贯无考，旧集不载此序，《全唐文》未知从何书采入。"⑤ 因序文关涉福建节度观察使更迭废置，又论及藩镇观察职守、州郡关系，加以撰者声望崇重，故在相关文史研究中多有引证。⑥ 然细审

---

① （清）董诰等编《全唐文》卷三三七，中华书局，1983，第3416页。
② （宋）欧阳修、宋祁：《新唐书》卷六《艺文志》，中华书局，1975，第1604页。
③ （宋）陈振孙撰《直斋书录解题》卷一六，徐小蛮、顾美华点校，第471页。
④ 参万曼《唐集叙录·颜鲁公集》，中华书局，1980，第64~67页。
⑤ （唐）颜真卿撰，（清）黄本骥编《颜鲁公文集》卷五，《三长物斋丛书》本，叶5a~5b。
⑥ 如郁贤皓《唐刺史考全编》卷一五一将高氏任使时间系于大历十二年至十四年（安徽大学出版社，2000，第2157页）、张国刚《唐代藩镇研究》第一章"唐代藩镇形成的历史考察"引以论证安史乱后诸道军事权与行政督查权合一趋势（湖南教育出版社，1987，第44页；中国人民大学出版社，2010年增订版同，第19页）等。

文意及所涉人事，是篇真伪不无可疑。

赠序对象高宽仁，其人事迹在宋前典籍无载。两宋之际贵溪高氏奉其为始祖，相关记述始见于汪应辰（1118~1176）《桐源书院记》（画线部分为本文所加，下同）：

> 桐源在贵溪县南，<u>高氏之族，唐时有讳宽仁者，累官至福建观察使</u>。自后以诗书显庸者，代有其人。<u>今国子监学录可仰先生，宽仁七世孙</u>。在家未仕时，刻苦学问，作书院于所居之旁，乃收召宗族及乡人之子弟教之，因名曰桐源书院。可仰出身科第，授今职。予与先生同郡，征言于予，以记书院创立之始。①

据此，虽提及唐有仕至福建观察之高宽仁，但并未指明具体时代。此后其人经历愈有增益，至明清志乘在重申确认高宽仁、高可仰为七世祖孙同时，又进一步定其世次。嘉靖五年（1526）刊修《广信府志》卷一二《学校志》云："桐源书舍，县南十里。唐福建观察使高宽仁所居，其七世孙高可仰为国子学录，建书舍于此，以教其族及乡之子弟，置田百亩给焉，有宋学士汪端明记。年久废弛，宣德初，其十四世孙高吉昌重修之，有按察使王增佑记。"② 同书卷一七《人物志·宦业》云："高仁字宽仁，贵溪人。广德纪元举明经，大历间仕福建观察使。一时名公若颜真卿等皆托交。今邑南江头坪有高观察墓在焉。"③ 类似记述后为《（康熙）贵溪县志》卷六《人物·宦业》、《（康熙）广信府志》卷一七《人物志·宦业》、《（康熙）江西通志》卷八五《人物·广信府》等沿袭。诸书虽未收载此序文本，但云"若颜真卿等皆托交"，疑据之概言，却因此形成世系之间的矛盾断裂。南宋之际高可仰因有同时之人交谊佐证，其人固无可疑。若高宽仁确系其七世先祖，上溯生活年代最早约在唐末④，实无与肃、

---

① （宋）汪应辰：《汪文定公集》卷五《桐源书院记》，《四库全书存目丛书》集部第 15 册影印中山图书馆藏明嘉靖二十五年刻本，第 342 页。
② （明）张士镐修，江汝璧纂《（嘉靖）广信府志》卷一二《学校志》，载《天一阁藏明代方志选刊续编》第 45 册影印明嘉靖刻本，上海书店出版社，1990，第 697 页。
③ 《（嘉靖）广信府志》卷一七《人物志·宦业》，第 981~982 页。
④ 高可仰年辈不详，暂以其交游之汪应辰（1118~1176）类推（事具《宋史》卷三八七《汪应辰传》），以三十年为一代上溯，生活于 10 世纪前后，也较为符合唐末士人播迁徙居各地的时代背景。即稍放宽限，其活动上限也不超出 9 世纪中叶。

代之际颜真卿（709～785）往还可能。又其人果于代宗广德间（763～764）举明经，至大历中（766～779）即仕至观察使，权总一方军政，与唐代一般仕途迁转通例也多有扞格。唐人科考及第在原则上具备入仕资格，是否实授官职则需再经吏部铨选，且依出身不同各有守选年限。此外，六品以下旨授官员每任官停，也需依例守选，由此导致入仕前期迁转相对迟缓。① 福建观察使品级约当正四品下，高氏在十数年内即自白身而跃居中层官员职列，实违常态。

从文章本身推绎，其间多处表述也不类唐人口吻。行文风格体会或涉言人人殊，不宜作为考据力证，但不妨移录确出颜氏手笔文辞，以资比照：

《送刘太冲序》：刘太冲，彭城之华望者也。自开府垂明于宋室，泽州考绩于国朝，道素相承，世传儒雅，尚矣。夫其果行修洁，斯文彪蔚，鄂不照乎棣华，龙骥骧乎云路。则公山正礼，策高足于前，冲与太真，嗣家声于后有日矣。昔予作郡平原，拒胡羯而请与从事；掌铨吏部，第甲乙而超升等夷。尔来蹉跎，犹屑卑位，虽才不偶命，而德其无邻。故冲之西游，斯有望矣。江月弦魄，秦淮顶潮。君行句溪，正及春水。勖哉之子，道在何居。②

《送辛子序》：醇白之士曰陇西辛晃，锐业班汉，颉门名家，十五而志学克明，五十而励精益懋。拳拳不失，慕回也之服膺；衮衮可听，同茂先之善说。昔我高叔祖郓州使君，著《决疑》一十二卷，问答称为大颜。曾伯祖秘书监府君，集批注成一十二帙，[名]儒斟酌烦省，捃摭英华，勒成三十篇，名之曰《汉略》。夫其发凡举例，晃序言之已详。惜乎困于缥缃，不获缮写，遂使精义沉郁，暗然未彰，吁足叹也。二月初吉，金陵气暖，抵淮上之诸侯，所如必合。及滁川之美景，未至方欢，群子赋诗以宠之。③

---

① 参王勋成《唐代铨选与文学》第二章、第四章，中华书局，2001，第46～73、102～137页。
② （唐）颜真卿：《颜鲁公文集》卷一二《送刘太冲序》，《四部丛刊初编》影印明锡山安氏馆刊本，叶4a。
③ （唐）颜真卿：《颜鲁公文集》卷一二《送辛子序》，叶4b。

二序犹可见当时讲求骈俪偶对的文风特征，与此篇全然不加润饰、以散句为主且多拗宕的差异明显。再由具体内容推考，此篇云"江西贵溪高君"，江西地区自安史乱后渐次发展①，唐时犹属偏荒，至宋代人文鼎盛。唐代高氏向以渤海为著望，不应以此自作标举，此言"贵溪"颇有据后世子孙占籍倒称之嫌。贵溪县置于唐永泰元年（765）十月，"丁亥，分宣、饶、歙户口于秋浦县置池州，分信州弋阳置贵溪县"②，隶属信州（今江西上饶）。两宋时期信州属浙江东路，仍领贵溪。③ 元至元十四年（1277）置江西等处行中书省，升信州为路，依旧领县。④ 明初仍之，改信州路为广信府⑤，后相继改行中书省为江西都卫（洪武三年十二月）、都指挥使司（洪武八年十月）、江西等处承宣布政使司（洪武九年六月）⑥。如以唐宋人撰作，应称"信州贵溪"。唐人所言"江西"多为江南西道略称，治所洪州（今江西南昌），与元、明江西行省区划概念并不等同。直至两宋，典籍中未见以"江西贵溪"并称之例，元明以来随州郡建置变动而渐多以此指称籍贯，此点也隐约反映序文实际撰者更为熟稔的知识背景。又如"所以尽职者无他，正己格物而已，忠君爱民而已"，强调"正己""格物"明显为宋代理学观念之下的产物，甚或可能受到明人王艮（1483~1541）"本治而末治，正己而物正也"学说影响⑦，而"忠君爱民"一语在唐代文献中几无用例，凡此均可旁证序文未必出自唐人手笔。更可疑者，此篇部分文句与其他作品存在雷同情形，不乏依拟改撰可能。如以下两例：

[第1例] 国家设观察使，即古州牧部使之职，代朝廷班导风化，而宣布德意，振举万事，而沙汰百吏者也。民俗之舒惨，兵赋之调发，刑狱之冤滥，政治之得失，皆得以观察而行之，其任可谓重矣。

---

① 参黄玫茵《唐代江西地区开发研究》，台湾大学出版委员会，1996年。
② （后晋）刘昫：《旧唐书》卷一一《代宗纪》，中华书局，1975，第278页。
③ （元）脱脱：《宋史》卷八八《地理志》，中华书局，1977，第2186、2187页。
④ （明）宋濂：《元史》卷六二《地理志》，中华书局，1976，第1507、1502页。
⑤ （清）张廷玉：《明史》卷四三《地理志》，中华书局，1974，第1058页。
⑥ （清）张廷玉：《明史》卷四三《地理志》，第1053页。
⑦ （明）王艮《重刻心斋王先生语录》有大量类似表述，《续修四库全书》第938册影印明刻本；（清）黄宗羲著《明儒学案》卷三二《泰州学案一》"心斋语录"，沈芝盈点校，中华书局，1985，第711页。

(《送福建观察使高宽仁序》)

国朝之设布政司，即古所谓方伯连帅之任，以总领郡牧之政者也。(明梁潜《送史参政之任广东序》)①

且古今监司之任，所以代朝廷班导风化，条举纲目，振治万事，而沙汰百吏者也。民俗之惨舒，刑罪之报决，尤其所急。(明张俭《寺田议》)②

[第2例] 福建大藩也，其地东带沧溟，南接交广。居民若是其众也，政务若是其烦也。职乎州郡者果皆循且良，尚不能保其无一事之不举，矧未必皆循良乎。弱之食，强之取，饥寒颠沛而渔夺之不厌，则畎亩之民若之何能求其安也，自古为民之病者多类此。是以居高位而欲下之安其道，难也。(《送福建观察使高宽仁序》)

夫江西大藩且盛地，自匡庐而之庾岭之东，山水之清，何如其美也，身车之会、商贾之湊、居民室屋之繁富、仙宫佛宇登览之台榭，何如其盛也。……独今所谓病于民者，非习之然，激之使然欤？弱之食，强之取，饥寒颠顿而渔夺之未厌，若之何而责畎亩之民之安其分耶？夫自古为民病者多类此。顾受天子之命而牧民者，宜有以处之。邵公之贤，闻于朝久矣，一朝承命而往，吾民之病庶其有瘳也哉。夫居高位而求下之安其道之难也。姑息者尝养患，猛厉者尝过之，不姑息猛厉而民安焉，非邵公其谁欤？(明梁潜《送邵廉使之任江西序》)③

上引第1例开篇，与梁潜序起句多有形似之迹；"代朝廷班导风化"以下，连续数处语意、次序皆与张俭奏议相同。第2例"弱之食"云云一段，几乎完全袭取梁潜文而削落涉及赠行对象身份的语句。综观《送福建观察使高宽仁序》，无论是文本来源、人物往还、历官迁转、地理沿革、行文遣词，乃至文句叙述模拟痕迹，均存在诸多不合理处。如仅一个别疑点，尚可以偶有疏漏弥缝，但诸多破绽集于一篇，则不得不令人反向质疑其本身真伪。

---

① (明)梁潜：《泊庵先生文集》卷五《送史参政之任广东序》，沈乃文编《明别集丛刊》第一辑第20册影印清刻泰和三梁文集同治修补本，黄山书社，2013，第412页。
② (明)张俭：《圭山近稿·圭山杂著》卷五《寺田议》，沈乃文编《明别集丛刊》第二辑第47册影印《仙居丛书》，黄山书社，2013，第526页。
③ (明)梁潜：《泊庵先生文集》卷五《送邵廉使之任江西序》，第412页。

此篇真伪待考的赠序并未提供已知线索之外有关高氏其人的特别经历，高宽仁见于史载，几乎均伴随后代高氏子弟修缮本贯贵溪县桐源书院的叙述，除前引汪应辰记，至少在明代尚有两篇相关撰作：

> 王增祐《桐源书院记》：吾邑桐源书院，宋国子学录高可仰先生讲学之所也。高氏之先曰宽仁，仕唐为观察使，卜居桐源。传云先生建书院于其地，迨宋末，随毁。元时，先生之孙惠甫复创之，以收其祖以供书院之费。元季又毁。明初，惠甫孙字希颜，尝命其孙原杰重修，未就而殁。吉昌公，原杰之孙也。宣德始，造屋数十楹，构堂三间，揭以旧扁，示不忘先德也。……书院之设，视昔为尤盛，复属余记其事。抑余闻吉昌公操守端谨，襟宇坦夸，不绝情以自高，亦未尝随俗以自混。……其次子厚，器宇凝重，诸孙又皆岐嶷，异于伦辈。由此而观，高氏之后人，衣冠闻望之隆，德业声华之重，必不止于是也。①
>
> 萧镃（1393～1464）《桐源书院记》：监察御史贵溪高君明，间述其尊府吉昌甫所筑桐源书院始末，属予记。贵溪，广信属邑。桐源在邑西十里……高氏［世］（曲）家焉，始祖曰宽，繇唐之时徙于此。七世至可仰，仕宋为国子学录，乃作室于居之左，开乡校学者，无问远近，翕然从之，因扁曰桐源书院，此书院所繇始也。元之时有曰惠甫，又割团墩以西田百亩，资书院之费。兵燹之后，屋毁基存。国初，明之高祖曰希颜，以太原府判致仕，乃命其孙原杰重建之，未就而卒。宣德改元，吉昌甫慨然念前人之志不可泯也……盖书院数百年之废，一旦尽复其旧。……天下之事有兴者不能无废，废而复兴，必世有其人，然后足以振起之，可幸而致哉。……明字上达，以诗经中庚午乡试，明年登进士第，拜今官，炜然持风裁。至是吉昌甫以子贵，封文林郎、山东东道监察御史。盖书院之光显，自今未艾也。因牵联书之，以为后人劝云。②

此支贵溪高氏在宋元明三朝多次兴复乡学、修崇书院，汪、王、萧氏受托

---

① （清）华西植修《（乾隆）贵溪县志》卷一六《艺文》，上海图书馆藏清刻本，叶33a～34b。
② （明）萧镃：《尚约居士集》卷一《桐源书院记》，《日藏明人别集珍本丛刊》第一辑第5册影印日本国立公文书馆藏明弘治七年萧昉刻萧乾修补本，西南师范大学出版社，2017，第44～46页。

撰记，称颂其事，奉高宽仁为始祖之世系描述必然得自高氏子弟提供撰作素材，以家藏谱牒文献最具可能。但在此条线索中尚未特别凸显高氏与颜真卿之渊源，如前所考，高宽仁即确有其人，亦大抵生活于唐末，或曾徙居占籍信州贵溪，广德、大历之说实不可信。

明清志书增出的颜氏赠序，文本本身颇多疑点。其因袭之迹，如参考张俭《寺田议》，则奏议为嘉靖十年（1531）张氏任建宁道按察司佥事期间所作。① 即便仅据梁潜（1366~1418）序文为蓝本，撰拟也不早于宣德②，很可能在明中叶之后始剪裁成文，托名颜真卿以行，而萧镃《桐源书院记》中提及的"贵溪高君明"或是此间关键人物。

对于贵溪高氏而言，王僧祐记中寄许"衣冠闻望之隆，德业声华之重"很快便在高明身上获得应验。高明（1422~1485）景泰二年（1451）进士，历任山东道监察御史、大理寺丞、南京右佥都御史、左佥都御史，成化十四年（1478）巡抚福建，二十一年（1485）卒世，事具《明史》本传③、何乔新《中宪大夫都察院左佥都御史高公神道碑》（以下简称《神道碑》）。《神道碑》云："公讳明，字上达，世家信之贵溪。其先有讳仁者，仕唐为福建观察使，寔公远祖。讳观，仕宋为国子学录，以道学鸣，作桐源书院，以淑其徒。曾祖讳元杰，祖讳则铭，再世不仕，皆以端厚称。父讳吉昌，以公贵，累封中宪大夫、都察院右佥都御史。"④ 因高明仕途显达，得以移崇父祖，萧氏记亦曾加以表彰。而其出巡福建经历，在时人心目中大概也可视作世德再膺，值得特书。

反观所谓颜氏赠序，内容不外乎彰显高宽仁官声宦绩卓著，此序之出现，很可能与此后贵溪高氏一族再修宗谱有关。⑤ 明清谱牒纂修通过剪裁

---

① 张氏《圭山杂著》篇题下署"建宁作"，按其任事福建在嘉靖八年（1529）（夏玉麟、郝维岳等修，汪佃等纂《（嘉靖）建宁府志》卷五、卷一九，《天一阁藏明代方志选刊续编》第38册影印明嘉靖二十年刻本，叶23a）。此篇系年据奏议云"嘉靖九年二月……本年十月"（叶56b~59a）定为十年，张集正式刊行则在嘉靖十二年（1533）。
② 梁潜系明初江西籍翰林，赠序对象亦赴官江西，文本或在当地流传，为后世拟作者取资。《寺田议》涉及福建治理问题，与此序近似处或有承用共同格套蓝本可能，姑列以备参。
③ （清）张廷玉：《明史》卷一五九《高明传》，第4349页。
④ （明）何乔新：《椒丘文集》卷二九《中宪大夫都察院左佥都御史高公神道碑》，《域外汉籍珍本文库》第三辑集部影印日本筑波大学附属图书馆藏明嘉靖五年广昌知县余氏刊本，人民出版社、西南师范大学出版社，2012，第518页。
⑤ 据《中国家谱总目》著录现存三百余部高氏宗谱，未见贵溪高氏支裔，相关谱牒或未传世，上海古籍出版社，2009，第2207~2235页。

拼接成篇、套用已有程序文本等手段假托历代名贤每成积习。① 颜真卿大历三年（768）五月至大历六年（771）闰三月间曾任抚州刺史②，地邻信州，或为比附因由；颜氏暮年出使李希烈乱军，抗节不屈而遇害，唐廷追崇，两宋时期官方也多次访求褒奖颜氏后裔，垂名史册。序文撰者题署颜真卿，如非细究世次之失，假此有唐忠烈之臣亲为褒扬，自有助于拔高声望。私家谱录所载事迹，往往又为本邦撰作史乘志书征访采撷，进而附存官修典籍行世，原本作为私人记忆或想象的文辞转而进入更为广大的文本流动空间，很可能是此篇作品最初的流播轨迹。

以目前可追溯史料而言，高宽仁在唐人记载中全无踪迹，见诸高氏子孙追记约出现于两宋之际（汪应辰《桐源书院记》），其身份或云福建观察使，其后贵溪高氏多祖述此说。所谓颜真卿与高宽仁交游往还之记载上限，则未突破明嘉靖初（嘉靖五年刊《广信府志》），此后明清相关总志（如《嘉庆一统志》《江西通志》）、州郡县志（如《广信府志》《贵溪县志》）等因循承袭。清辑《全唐文》之外，此篇送行序主要附存明清地方志乘流传，通篇文本较早见于乾隆十六年（1751）《贵溪县志》卷一《列传·人物》、四十八年（1783）《广信府志》卷一六《人物·先正》③，其后道光四年（1824）《贵溪县志》卷二二《人物·宦业》，同治十年（1871）《贵溪县志》卷八《人物·宦业》，同治十二年《广信府志》卷九《人物·宦业》、卷一一《艺文·文征》各承旧志载存。目前所见最早收录该篇文本的《（乾隆）贵溪县志》凡例云"府志近本及邑旧志漫列前贤遗构以充卷帙"即举有"颜鲁公送高宽仁序"，卷一篇末注又云据"旧志增订"，而康熙二十二年（1683）刊修《贵溪县志》尚不见此序，则作品行世或在此期间。

---

① 叶晔：《从阳明伪作考源看宗谱文献中的互袭与套用现象》，《苏州大学学报》（哲学社会科学版）2014年第3期，第184~190页。
② （唐）颜真卿：《颜鲁公文集》卷五《乞御书题额恩敕批答碑阴记》，《三长物斋丛书》本，叶23a~23b。
③ （清）华西植著《（乾隆）贵溪县志》卷一，上海图书馆藏清刻本，叶1b~2a；（清）连柱等纂修《广信府志》卷一六，《中国方志丛书》华中地方江西省第3期919号影印乾隆四十八年刻本，第1884~1885页。二书存文与《全唐文》差异甚微，《全唐文》"克勤职务"，二书作"克谨职务"；"岂但在于政事文字之间而已哉"，《广信府志》无"之"字，余皆同。

清人总辑唐五代单行文章，曾多方网罗散佚，此篇《送福建观察使高宽仁序》作为颜真卿集外文而列目，疑即经由私家宗谱采入地方志乘，又随《钦定全唐文》刊行，定名于颜真卿，影响更为显著。然而综上所考，该篇文本来源晚出、所涉人物世次不接、所言唐代地理相悖、文句多有拟改因袭痕迹，在在显示真伪不无可疑，不乏出自明中叶以后依托造作可能。在文献检索比勘日益便捷的当下，对历代总集中传误、重出篇目的甄别相对容易，且多可直接考实作者，形成定谳。相形之下，如非太过拙劣的变造文辞未必依傍单一蓝本，腾挪拼凑、嫁名行世反而多可得逞，对伪托作品的考辨往往难以锁定实际撰人，如未留下太多破绽，不易达成讨论共识。如果暂且搁置先入之见，不仅仅凭据清人辑考意见判定此篇出于颜真卿手笔，重新追索文献由来、所涉人事渊源以及行文叙述的内在问题，对其真伪，似宜秉持更为审慎的态度，在缺乏进一步确证的情况下，尽可能避免作为唐人作品称引，至少不作为相关问题讨论的孤证。

　　　　　　　　　　（作者单位：复旦大学中国语言文学系）

接受与传播

试论韩愈诗歌在唐代的际遇

——以唐代唐诗选本为中心

摘　要：中唐韩愈横空出世，一部韩诗惊耀当代。然而唐人的唐诗选本却反应冷淡：《御览诗》不选韩愈，难"集柔翰以对宸严"；《极玄集》不选韩愈，因不属"唐人射雕手"；《又玄集》虽选韩愈，但仅掇其"清词丽句"；《才调集》不选韩愈，因"自乐所好"的视野局限。韩愈继承李、杜的创作传统，跟中晚唐社会的主流倾向相背离，也不符合人们追求清幽雅致格调的艺术旨趣，因而必然是属于未来的艺术，但晚唐，依然显露出韩诗接受史上的一抹曙光。

关键词：韩愈诗歌　唐人唐诗选本　接受史

吴振华

　　一位作家完成全部作品之后，其文学史地位的建立，一般在多重因素影响下完成。首先，同时代人的评价、学习甚至模仿，取得一定的声誉，乃至影响一时的风尚；其次，一些带有独特文学观念的选本也会起到推波助澜或抑制淘汰的作用；最后，后代的评论和创作上的模仿。其中，作品的经典化和文学史地位的经典化历程，往往要经过一番钟摆式的肯定与否定的争论，这在大量的文学选本中一定会留下深深的印痕。因此，考察历代选本中某位作家作品的入选或删汰情况，就可以明白该作家文学史地位的建构历程。本文想从唐人唐诗选本收录或不录韩愈诗歌的情况，论述韩诗在唐代的际遇，从一个侧面考察韩愈创作的基本特征，以及何以会在未来时空获得追捧推崇。敬祈通家指正。

　　唐代唐诗选本随着唐诗的繁荣而空前兴盛。据陈尚君先生统计，唐代唐诗选本有一百三十七种之多①，而今仍可见者，仅十种。据《唐人选唐诗（十种）》所录，除敦煌唐人写本《唐人选唐诗》残卷二十页外，其余九种保存都较完整。② 其成书年代分列见表1。

表1　今存九种唐代唐诗选本成书年代

书名	作者	成书年代
《搜玉小集》	佚名	天宝末年
《河岳英灵集》	殷璠	天宝十二年（753）
《国秀集》	芮挺章	约乾元三年（760）
《箧中集》	元结	乾元三年（760）
《中兴间气集》	高仲武	大历十四年（779）
《御览诗》	令狐楚	元和十二年（817）
《极玄集》	姚合	开成二年（837）
《又玄集》	韦庄	光化三年（900）
《才调集》	韦縠	五代后蜀时

韩愈生于唐代宗大历三年（768），卒于穆宗长庆四年（824），享年五十七岁。今存最早的作品七古《芍药歌》作于贞元元年（785），而其诗歌创作的高峰则在贞元二十年（804）贬谪阳山以后。结合表1可以看出有可能选韩愈诗歌的唐诗选本分别是：《御览诗》《极玄集》《又玄集》《才调集》。这四部选本距离韩愈生活时代并不远，其中《御览诗》与韩愈同时，且其成书年代都在韩愈创作高峰期之后，这些选本必然体现唐人作为诗歌接受者的审美风尚和文学史观。对我们研究韩愈诗歌在当时的传播、接受以及当时选家的美学观和价值标准都有重要的参考价值。

一　《御览诗》不选韩愈，难"集柔翰以对宸严"

《御览诗》为宪宗时翰林学士令狐楚奉敕选诗进奉，其书成于元和十

---

① 陈尚君：《唐人编选诗歌总集叙录》，载氏著《唐代文学丛考》，中国社会科学出版社，1997。
② （唐）元结、殷璠等：《唐人选唐诗（十种）》，中华书局，1958。

二年（817）。毛晋《御览诗》题跋云："唐至元和间，风会几更。章武帝命采新诗备览。学士汇次名流，选进妍艳短章三百有奇。"指出此集的编集是时风所趋，因而它必然体现当时诗坛的艺术趣味。据陆游后记载："御览诗一卷，凡三十人，二百八十九首，元和学士令狐楚所集也。按卢纶墓碑云，元和中，章武皇帝命侍丞采诗第名家，得三百一十篇。"《御览诗》所选都是"名流"的"新诗"。其中选李益诗 36 首，数量最多，选卢纶诗 32 首，位居第二；被称为"三杨"的杨凭（18 首）、杨凝（29 首）、杨凌（17 首）三兄弟选诗多达 64 首。可见其基本倾向和艺术嗜好。

《御览诗》是现存十种唐人唐诗选本中唯一经帝王钦命编纂的，一方面，反映了宪宗对诗歌的爱好和提倡，体现君臣及上层贵族的审美趣味和价值观；另一方面，个体的审美情趣和价值观，又必然反映一个时代一部分人的好尚。因而，《御览诗》必然传达出时代风气变化和诗运起伏变迁的重要讯息。它真实地展现了元和中后期，在政治文化中心，哪些诗人诗歌享有"面圣"的殊荣，具备了影响当时诗坛的能力。当《御览诗》于元和十二年编成时，韩愈已五十岁，无论古体还是近体创作都取得了丰硕成果，然而这一盛况在《御览诗》中没有丝毫体现。韩诗在当时的接受情况怎样？《御览诗》为何不选录韩愈的诗歌呢？

"御览"二字彰显入选者可以获得一个特殊身份，这无疑是提高入选者名声、地位的契机。虽说"奉敕纂进"表明这本选集体现了唐宪宗的意志，不同于一般选集的选家可以自由地甄别、删取来体现自己的审美趣味，但是毕竟如毛晋所说，令狐楚可以"集柔翰以对宸严"，借其作为选家的特殊身份，曲折表达自己的价值观。元和十二年，决意削藩的唐宪宗用兵淮西已经四年了，藩镇依然跋扈嚣张。因此，宰相李逢吉、王涯等人以出师久而无功，劳师弊赋，意欲罢兵。而宰相裴度则独排众议，愿亲自前往督战，深获宪宗赞许。宪宗让裴度以宣慰处置使之名，行元帅之职，并以李逢吉与裴度不和为由，免除其宰相之职，出为剑南东川节度使。韩愈也属主战派，并被奏为彰义行军司马，随裴度出征，淮西平后迁刑部侍郎。这样看来，当时韩愈正是志得意满之时，令狐楚选韩诗以讨宪宗欢心，也不会出人意料。但令狐楚与李逢吉相善，属于保守反战派。令狐楚起草裴度淮西招抚使制，不合裴度之意，裴度请改制内三数句语，言其革制失辞，罢楚内职，守中书舍人。[①] 让令狐楚仕途遭受挫折的事件恰好发生在《御览诗》成书的当年八月，这是矛盾斗争激化的结果，不难想象在此之前庙堂上多次的剑拔弩张的交锋，令狐楚不把政敌韩愈的诗篇送去取悦皇帝也在情理之中。即便令狐楚心胸足够宽阔，不因人废诗，也有足够的理由不选韩愈诗歌，因为韩诗并不符合当时诗坛的审美风尚。

随着唐王朝的国力由盛转弱，格式化且规范性强的近体诗取代古体诗成为诗人抒情言志的工具是一种必然趋势。统治者的倡导、近体诗自身的特质、诗人的才气等都是这种趋势的促成因素。我国古代，文学从来都不是独立的"纯文学"，而是与政治相通、与国家命运密切相关的经国大业。诗大序言："治世之音安以乐，其政和；乱世之音怨以怒，其政乖；亡国之音哀以思，其民困。"[②] 这种音乐与政教相通的观念根深蒂固。唐朝建立后，仍实行隋朝的科举制度，并加以逐步完善，增试诗赋，其中试诗以五言长律为考试科目。近体诗在篇幅、对偶、声韵、辞藻、结构等方面有严格的限制，比古体诗更适合在有限的时间内考验诗人的诗才。同时，除了在思想内容方面以温柔敦厚对士人的思想加以钳制外，又增加了形式方面的限制，有利于统治者以文治国策略的实施。上有所倡，下有所应。唐代科考试诗，促进了近体诗的迅速发展与普及。方应和《唐诗矩嫛》序云："窃稽以诗选士肇自李唐，其时上以此求下以此应，三百余年来，虽有初、盛、中、晚之别，而后先媲美，争妍竞爽，讴歌之盛，洵旷代所未有也。"[③] 就近体诗自身的特质而言，讲求声律，音调和谐流畅，便于吟咏，乃至入乐歌唱，便于借助音乐管道的传播扩大其影响。而篇幅较短，便于学习、记忆，因而赠别、赠答及筵席酬唱也多用近体。在这种趋势的驱使下，唐代近体诗的数量远多于古体诗。从现存唐人唐诗选本近体与古体所占份额的比较中更能清晰看到这种趋势（见表2）。

---

① （宋）司马光《资治通鉴》卷二百四十载："李逢吉不欲讨蔡，翰林学士令狐楚与逢吉善，（裴）度恐其和中外之势以沮军事，乃请改制书数字，且言其革制失辞，壬戌，罢楚为中书舍人。"
② 李学勤主编《十三经注疏·礼记正义》，北京大学出版社，1999。
③ （清）方德辉：《唐诗矩嫛》，参孙琴安《唐诗选本研究》，上海书店出版社，2005。

表2　唐人唐诗选本中近体诗与古体诗比较一览

单位：首

选本名称	古体诗	近体诗
《搜玉小集》	32	31
《河岳英灵集》	178	56
《中兴间气集》	26	106
《国秀集》	27	191
《箧中集》	24	0
《御览诗》	0	286
《极玄集》	3	97
《又玄集》	18	269
《才调集》	143	857

据表2不难看出：盛唐选本古体、近体兼重，且古体诗略占上风。如《搜玉小集》《河岳英灵集》所录古体皆较近体为多。殷璠明确宣称自己的选编宗旨是："既闲新声，复晓古体。"（《河岳英灵集·叙》）事实上，其选古体数量占全书分量的四分之三强。中唐除《箧中集》全选古体外，从《国秀集》以选录近体为主开始，偏重近体的倾向非常明显，直至晚唐这种趋势仍有增无减。这说明：由盛唐到中、晚唐，唐人诗歌审美观念由古体、近体兼重，转向偏重近体。《箧中集》全选古体，正是对这种趋势不满而采取的反拨，试图扭转这种趋势。元结在《箧中集》序中感叹"风雅不兴，几及千年"，批评当时诗风"拘限声病，喜尚形似，且以流易为词，不知丧于雅正"。他对唐初以来蓬勃发展的近体诗非常不满，认为它过分追求声律、形式以及语言的流美，丧失了《诗经》质朴古雅、有益政教的传统，因而竭力推崇古体。事实证明，这种逆诗歌发展潮流而动的观念，是不合时宜的，只能成为诗歌发展潮流中一朵旁逸斜出的浪花。

韩愈生于贞元、元和中兴之际，面对诗歌呈现风骨顿衰与气格内敛的趋势，力图以骨力、气势给诗歌注入一种新的活力。对力大才雄的韩愈来说，古体诗无疑是一种较好的形式，这是他在盛唐诗歌高潮过去之后寻求新变的一种自觉追求，同元结否定近体、追求质朴古雅的古体有区别。不过，韩愈也因太强调古体而相应轻视近体，赵翼《瓯北诗话》说："盖（退之）才力雄厚，惟古诗足以恣其驰骤，一束于格式声病，即难展其所长，故不肯多作。"① 赵翼的看法很有道理。其原因有二：客观上，近体诗体制短小，篇幅有限，对韩愈是一种束缚；主观上，韩愈不愿步人后尘，在未找到有效革新近体的方法之前，宁可不作。关于这一点，叶燮《原诗》说："昔人可创之于前，我独不可创于后乎？古之人有行之者，文则司马迁，诗则韩愈是也。"② 此并非韩愈轻视近体诗的孤证，白居易赠诗就提供了相关信息。韩愈对以元白为代表的平易浅俗诗风极为不满，在《调张籍》中说："李杜文章在，光焰万丈长。不知群儿愚，那用故谤伤。蚍蜉撼大树，可笑不自量。"③ 白居易心知肚明，他在《久不见韩侍郎戏题四韵以寄之》中说："近来韩阁老，疏我我心知。户大嫌甜酒，才高笑小诗。静吟乘月夜，闲醉旷花时。还有愁同处，春风满鬓丝。"④ "小诗"即形制规模相对较小的近体诗，不仅道出了韩愈对雕琢过度、气度孱弱诗风的不满，更直接指明韩愈对近体诗的轻视。

当然，随着复古思潮渐趋式微，近体诗的声势日盛，韩愈也不能超然物外，而是采取较为务实的做法，在元和十年（815）左右写了相当数量的近体诗，以致元稹有"喜闻韩古调，兼爱近诗篇"⑤（《见人咏韩舍人新律诗，因有戏赠》）的评价。不过韩愈近体诗吸收古文、古诗创作经验，显示出"奇崛"风格。而令狐楚在诗歌的审美趣味上，重视格调的富丽深厚，喜欢色泽妍艳、饶有情思的作品，与劲健怪奇的韩诗风格有相当的疏离，因此其不选韩愈近体，也在情理之中。但这不仅对韩愈来说是件遗憾的事，而且就《御览诗》来说，不选韩愈的作品，无疑会降低其在史诗上的地位。

二 《极玄集》不选韩愈，因不属"唐人射雕手"

《极玄集》是著名唐诗选本。高棅《唐诗品汇》极力赞扬曰："选唐诗者非一家，惟殷璠之河岳英灵，姚合极玄集，又以知唐人之三尺。"⑥

---

① （清）赵翼：《瓯北诗话》，人民文学出版社，1963。
② （清）叶燮：《原诗》，人民文学出版社，1979。
③ （唐）韩愈著，钱仲联集释《韩昌黎诗系年集释》，上海古籍出版社，1984。
④ （唐）白居易：《白氏长庆集》，上海古籍出版社，1994。
⑤ （唐）元稹：《元氏长庆集》，上海古籍出版社，1994。
⑥ （明）高棅：《唐诗品汇》，上海古籍出版社，1981。

《极玄集》反映了特定历史时期的诗歌风貌，显示出姚合的独特眼光。然而正是这独特的艺术旨趣，使韩愈诗歌无缘入选《极玄集》。

姚合约生于大历十年（775），卒于会昌六年（846），生活在衰颓没落时代，藩镇割据、宦官专权、朋党之争成为社会发展的三大毒瘤。其间虽出现欲除其弊的"永贞革新""元和中兴"，但这些举措只带来政治上的一时振作，犹如昙花一现，政治困局的根源未能根除。大和九年（835）十一月，文宗与朝臣合谋欲诛宦官，仓促发动"甘露之变"，终因宦官掌握军权而功败垂成，朝臣及相关人士近二千人被杀，酿成一场举世震惊的惨祸。此后直到唐亡，唐朝君臣再也无法扭转宦官控制朝政的局面。姚合亲身经历唐王朝中兴，感受到国势的转机所带给士子的希望；更切身体会短暂的中兴后迅速衰败所带来的刻骨铭心的失望。处身于日落黄昏、积重难返的王朝的颓靡光景中，忧国忧民之情化作凄苦之音。"颠倒醉眠三数日，人间百事不思量"（《赏春》）①，诗人万念俱灰，遂以冷漠的态度去看待周围的事物。作诗讲布局，重雕刻，吟咏内心那份真实的孤寂，如"疏拙只如此，谁当与我同"（《寄贾岛》），"饮酒谁堪伴，留诗自与书"（《喜贾岛至》），"秋风千里去，谁与我相亲"（《别贾岛》），"远思应难尽，谁当与我同"（《闻蝉寄贾岛》）。处在这种心绪之中，姚合选诗不可能对唐诗作宽范围、全景式的展现，而是通过选诗展现内心的真实，寻求精神的慰藉。大历诗人在安史巨变后伤时哀世，与晚唐诗人经甘露之变后，理想破灭，心情无比凄楚正好合拍，大历诗人的哀伤与姚合产生了强烈的情感共鸣。这一特点通过《极玄集》所选诗人可以看出来。

《极玄集》共选诗人二十一位。姚合《极玄集》序中说："此皆诗家射雕手也。合于众集中更选其极玄者，庶免后来之非。凡念一人，共百首。"② 这些"射雕手"是：王维、祖咏、李端、耿湋、卢纶、司空曙、钱起、郎士元、畅当、韩翃、皇甫曾、李嘉佑、皇甫冉、朱放、严维、刘长卿、灵一、法振、皎然、清江、戴叔伦。这些诗人大部分生活在大历时期，其中王维、祖咏为盛唐诗人；李端、耿湋、卢纶、司空曙、钱起、韩翃隶属大历十才子；灵一、法振、皎然、清江为诗僧，与其他大历诗人有

---

① 彭定求主编《全唐诗》，中华书局，1960（下同）。
② （唐）元结、殷璠等：《唐人选唐诗（十种）》，中华书局，1958。

诗歌来往。如灵一《送朱放》、刘长卿《和灵一上人新泉》、严维《哭灵一上人》、李端《忆皎然上人》、耿湋《与清江上人及诸公宿李八昆季宅》、李益《晚春卧病喜振上人见访》等。而刘长卿、皇甫冉、皇甫曾、严维、戴叔伦、郎士元、李嘉佑、畅当都曾在大历朝任官。如刘长卿于大历中任转运使判官，皇甫冉大历末任郡州刺史，皇甫曾大历初官监察御史、殿中侍御史，严维大历末官河南尉，戴叔伦大历中为监察御史主湖南转运，郎士元大历末自员外郎出为郢州刺史，李嘉佑大历中官袁州刺史，畅当于大历七年进士及第。① 姚合选诗独重大历这一特定历史时期，也许大历诗人才是他的隔代知音，这些人替他唱出了动乱时代真实的凄苦之音。

　　韩愈与姚合都经历过"永贞革新"和"元和中兴"，这是一个危机四伏却充满希望的时期。一方面，藩镇割据、宦官专权困扰着唐王朝，影响政治统一、经济兴盛；另一方面，出现了顺宗、宪宗、文宗等积极有为的皇帝，王叔文、韦执谊、裴度等致力于革除弊政的大臣，革新运动此起彼伏。但同样的时代，诗坛两极的韩愈与姚合处境完全不同。有说话做事机会的韩愈可以"洪亮的嗓音，向佛老挑衅"，而远远的，在古老的禅房或小县的廨署里，姚合却只能"领着一群青年人作诗，为各人自己的出路，也为着癖好，做一种阴暗情调的五言律诗（阴暗由于癖好，五律为着出路）。"② 尤为重要的是，韩愈没看到大和九年那场血腥的屠杀，而姚合却体会到了血腥所带来的压抑。韩愈所感受的更多是"荆山已去华山来，日出潼关四扇开"③（《次潼关先寄张十二阁老使君》）式的盛大场面，而姚合体会的却是"寂寂春将老，闲人强自欢"④（《春晚雨中》）的无奈与凄苦。因此，生活年代的显著差异与权力中心距离远近，导致姚合与韩愈对社会的感受明显不同。如果说韩愈是主流社会的代言人，那么姚合就是非主流社会的代表，他所代表的广大文士与韩愈很疏离，韩愈诗歌无论从思想内容，还是从艺术审美都与姚合有很大的差异。因此，韩愈的诗歌很难得到姚合的青睐。

---

① 吴汝煜主编《唐五代人交往诗索引》，上海古籍出版社，1993。
② 闻一多：《唐诗杂论》，上海古籍出版社，1998。
③ （唐）韩愈著，钱仲联集释《韩昌黎诗系年集释》，上海古籍出版社，1984。
④ 彭定求主编《全唐诗》，中华书局，1960。

姚合选诗除注重大历外，在审美情趣方面偏爱描清景、抒悲情的五律，追求淡雅之美。偏重个人生活圈子的描绘，境界局促狭小。《极玄集》今存99首诗中，五律87首，五排1首，占89％。姚合对五律情有独钟，既受"中唐以后，诗人皆求工于七律，而古体不甚精诣，故阅者多喜律体，不喜古体"①，读者普遍崇尚近体的时代风尚影响，又有"五律与五言八韵的试帖最近，做五律即等于做功课"②的因素。因此，无论是作为案头读物，还是当作应试的课本，推广普及都是重要目的。再者，五律多尚淡逸高远，对失落的晚唐文士而言，"拈拾点景物来烘托出一种情调，五律也正是一种标准形式"③。王维、祖咏入选《极玄集》，就是由于其诗歌的情调。尤其王维，写景清澈，以禅入诗，格调清雅，读其诗使人身世两忘，万念皆寂。祖咏多写山水、寺观，表现幽寂之景和方外之趣。他们诗中清新幽冷的情调与姚合追求凄清的韵味天然契合。

盛世如梦，面对理想与现实的巨大反差，仕途的无望，大历诗人转而把诗歌创作当作人生的重要部分，将诗歌与生命融为一体。其诗学观体现出清幽峭拔的特点，与姚合清峭人格相合。在大历诗人眼中，清幽景色与落寂人生融为一体。如李端《云际中峰》："自得中峰住，深林亦闭关。经秋无客到，入夜有僧还。暗涧泉声小，荒村树影闲。高窗不可望，星月满空山。"写中峰所选景物"深林""暗涧""荒村"，均为冷色意象；写人物"闭关""无客"，内心冷寂；而"泉声小""树影闲"既写景之幽远，又写心之闲适。整首诗极幽冷清寂。又如皎然《微雨》："片雨拂檐楹，烦襟四坐清。霏微过麦陇，萧散傍莎城。静爱和花落，幽闻入竹声。朝观趣无限，高咏寄深情。"写雨紧扣"微"字展开，气局狭小。同样写雨，杜甫《春夜喜雨》"好雨知时节，当春乃发生。随风潜入夜，润物细无声。野径云俱黑，江船火独明。晓看红湿处，花重锦官城"，紧扣"喜"字，疏朗明丽。从意象看，皎然写"檐楹""麦陇""莎城""落花""竹"，清幽细微，而杜甫写"野径""江船""红花""锦城"，明亮开阔；从节奏上看，皎然诗舒缓，杜诗明快。二者相较，不难看出皎然诗清幽冷寂的格调。

---

① （清）赵翼：《瓯北诗话》，人民文学出版社，1963。
② 闻一多：《唐诗杂论》，上海古籍出版社，1998。
③ 闻一多：《唐诗杂论》，上海古籍出版社，1998。

姚合选诗重情调的凄清悲凉，它映合了动乱伤别的社会现实。还集中体现在选了大量的送别、酬答、寄赠等交往诗。现存99首中交往诗有64首，占65%，其中送别诗29首，占交往诗的45%。也许在姚合看来，送别诗才能折射出诗人内心深处的凄清与悲凉。芬芳朗丽的盛唐对大历诗人来说恍如隔世，往日繁华与今日萧条形成鲜明对比，儒家思想影响下文人的理想抱负与客观现实形成强烈反差。为了生计，他们不得不四处漂泊，在聚散离合中，写出一首首带着心灵暗影的诗。《极玄集》中的送别诗既没有"劝君更尽一杯酒，西出阳关无故人"的深情，也没有"海内存知己，天涯若比邻"的豁达，更没有"洛阳亲友如相问，一片冰心在玉壶"的坚毅，有的是"对酒惜余景，问程愁乱山"（戴叔伦《别友人》）的愁苦，有的是"茫茫汉江上，日暮欲何之"（刘长卿《送李中丞归汉阳》）的迷茫。即使相逢的喜悦，也写得幽暗凄苦，如司空曙《喜外弟卢纶见宿》："静夜四无邻，荒居旧业贫。雨中黄叶树，灯下白头人。"至于离别，更是凄苦难堪，如卢纶《送李端》："掩泪空相向，风尘何所期。"

姚合选诗重五律，重清幽哀婉的交往诗。而韩愈仕途坎坷，一生颠沛流离，也写了相当数量的交往诗。下面以钱仲联先生《韩昌黎诗系年集释》为准，分体统计如表3。

表3 韩愈交往诗诗体与数量一览

单位：首

诗体	五古	七古	五排	五律	七律	五绝	七绝
数量	40	17	14	16	8	23	33

韩愈相当重视交往诗的创作，共创作了151首，占现存诗歌总数（408首）的37%，但韩愈交往诗用得最多的是古体和绝句，分别占交往诗总数的38%、37%，而五律仅约占11%，显示出韩愈并不看重五律。尤其与大历诗人不同，韩愈是儒家思想坚定的信奉者，有一颗"欲为圣明除弊事"的雄心。志得意满时自不必说，即便在痛苦乃至绝望时仍然是昂扬奋进的。诗歌风格呈现与大历诗人截然不同的风貌。如《送汴州监军俱文珍》："奉使羌池静，临戎汴水安。冲天鹏翅阔，报国剑铓寒。晓日驱征骑，春风咏采兰。谁言臣子道，忠孝两全难。"虽为送别却无一丝伤感，语言刚劲有力，情感激越，意境开阔，风格刚健质朴。"鹏翅阔""剑铓

寒""驱征骑""咏采兰"意象写出了友人文武兼善、志得意满的豪情。再如《送李六协律归荆南》:"早日羁游所,春风送客归。柳花还漠漠,江燕正飞飞。歌舞知谁在,宾僚逐使非。宋亭池水绿,莫忘蹋芳菲。"写景清新明丽,境界阔大。虽有离别的哀愁,有对仕途坎坷的埋怨,但情感是明朗的、积极的。即便面对苦难,韩诗也很难发现大历诗人的无奈与凄苦。如《赠河阳李大夫》:"四海失巢穴,两都困尘埃。感恩由未报,惆怅空一来。裘破气不暖,马羸鸣且哀。主人情更重,空使剑锋摧。"虽以质朴的语言、雄浑的气象描绘战乱给人们带来的深重灾难,但灾难却能激起韩愈平定战乱的豪情,进取之志挫而弥坚。

从以上分析可以看出:生活年代、与权力中心的距离及时代风尚对姚合、韩愈二人的影响存在明显差异。诗歌审美趣味方面,二者也存在着很大不同:姚合重五律的交往诗,而韩愈更看重古体、绝句;姚合崇尚清幽凄苦的淡雅之美,而韩愈则偏爱清峭雄浑的壮阔之美。因此,姚合不选韩愈诗歌也就不难理解了。

三 《又玄集》选录韩愈,仅掇其"清词丽句"

《又玄集》是韦庄选纂的著名唐诗选本。韦庄,字端己,京兆杜陵人。生于唐文宗开成元年(836),卒于蜀高祖武成三年(910),终年七十五岁。该书编于唐光化三年(900),离韩愈去世七十六年。从现存的数据看,在此之前没有选本选入韩愈诗歌。因为《又玄集》选编标准有所变化。

《又玄集·序》云:

谢玄晖文集盈编,止诵澄江之句;曹子建诗名冠古,唯吟清夜之篇。是知美稼千箱,两岐爱少;繁弦九变,大护殊稀。入华林而珠树非多,阅众籁而紫萧惟一。所以撷芳林下,拾翠岩边。沙之汰之,始辨辟寒之宝,载雕载琢,方成瑚琏之珍。故知颔下采珠,难求十斛;管中窥豹,但取一斑。自国朝大手名人,以至今之作者,或百篇之内,时记一章,或全集之中,唯征数首。但掇其清词丽句,录在西斋,莫穷其巨派洪澜,任归东海,总计其得者,才子一百五人,诵得者,名诗三百篇……昔姚合撰《极玄集》一卷,传于当代,已尽精微,今更采其玄者,勒成《又玄集》三卷。①

选诗人一百五十家,诗三百首,实际上为一百四十二家,诗二百九十七首。选诗标准是"但掇其清词丽句",其书名显受姚合《极玄集》影响,其选诗准则也相去不远。何谓"清词丽句",各家理解多有分歧。王运熙先生认为:"从'掇其清词丽句'句,可知韦庄选录作品的标准,重在清词丽句。按杜甫《戏为六绝句》其五云:'不薄今人爱古人,清词丽句必为邻。窃攀屈宋宜方驾,恐与齐梁作后尘。'清词丽句语当本此。从杜诗,可知清词丽句,可以涵盖屈辞赋之艳逸,南朝诗歌之婉丽。屈宋辞赋与南朝诗歌风格虽有不同,但词句都有丽的一面。丽和清相配合,则作品具有清新风味,而不流于浮靡繁缛"。② 莫立民则认为,"据《又玄集序》及'清丽'一词整体内意看来,韦庄的文学清丽之说,乃是提倡文学形式与内容纯净高洁,文学情韵的风雅秀美,文学欣赏的公正客观和闲情逸兴","韦庄的文学清丽说实是我国古代温柔敦厚以中和为美的传统诗教某些内涵意味深长的阐发"。③ 而张学松力辨"清丽"不是一种诗歌风格,通过对"清丽"的古今释义及《又玄集》中所选作品的分析认为"清词丽句"是"赋颂歌诗"的基本特征,指诗歌的审美特质。这反映了韦庄轻功利、重审美的文学倾向。④

《又玄集》中,杜甫赫然位列在首席,选诗七首,对杜甫的重视由此可见。韦庄有崇杜情结,其弟韦蔼《浣花集·序》说:"(韦庄)辛酉春,应聘为西蜀奏记。明年,浣花溪寻得杜工部旧址,虽芜没已久,而柱砥犹存。因命芟夷,结茅为一室。盖欲思其人而成其处,非敢广其基构耳。"为了表示对杜甫的尊崇,韦庄还把自己的诗作"命之曰《浣花集》,亦杜陵所居之义也"。为了更清楚把握韦庄所谓"清词丽句"的内涵,不妨以其所选杜诗为例进一步探究。

《西郊》:"时出碧鸡坊,西郊向草堂。市桥官柳细,江路野梅

---

① (唐)元结、殷璠等:《唐人选唐诗(十种)》,中华书局,1958。
② 王运熙:《韦庄、韦縠的文学思想》,《河北师院学报》(社会科学版)1993年第1期。
③ 莫立民:《韦庄〈又玄集〉文学旨趣略论》,《漳州师院学报》(哲学社会科学版)1993年第3期。
④ 张学松:《〈又玄集·序〉"清词丽句"义辨——兼论韦庄的文学思想》,《北京大学学报》(哲学社会科学版)2000年第4期。

香。傍架齐书帙，看题减药囊。无人觉来往，疏懒意何长。"

《春望》："国破山河在，城春草木深。感时花溅泪，恨别鸟惊心。烽火连三月，家书抵万金。白头搔更短，浑欲不胜簪。"

《禹庙》："禹庙空山里，秋风落日斜。荒庭垂桔柚，古屋画龙蛇。云气嘘青壁，江声走白沙。早知乘四载，疏凿控三巴。"

《山寺》："野寺残僧少，山园细路高。麝香眠石竹，鹦鹉啄金桃。乱水通人过，悬崖置屋牢。上方重阁晚，百里见纤毫。"

《遣兴》："干戈犹未定，弟妹各何之。拭泪沾襟血，梳头满面丝。地卑荒野大，天远暮江迟。衰老那能久，应无见汝期。"

《送韩十四东归觐省》："兵戈不见老莱衣，叹息人间万事非。我已无家寻弟妹，君今何处访庭闱。黄牛峡静滩声转，白马江寒树影稀。此别应须各努力，故乡犹恐未成归。"

《南邻》："锦里先生乌角巾，园收芋栗未全贫。惯看宾客儿童喜，得食阶除鸟雀驯。秋水才深四五尺，野航恰受两三人。白沙翠竹江村暮，相送柴门月色新。"

从时间上来看，这些诗歌全部写于安史之乱以后。从空间上看，除《山寺》写于秦州，其余皆写于巴蜀。坚强乐观、直面人生是杜甫人格的主导因素，但安史之乱后的唐王朝处于风雨飘摇之中，杜甫在生命的最后十几年始终漂泊在巴蜀一带。动乱、贫病、饥苦、困顿以及寄人篱下的生活使杜甫时常在诗歌中流露出悲苦的心绪。像《春望》《禹庙》《遣兴》《送韩十四东归觐省》《山寺》或思家恋国，或忆昔怀旧，物是人非，盛景不再，无不饱含着深沉的感伤与凄苦，即便如《西郊》《南邻》看似闲谈的作品也暗含着无奈。结合对《又玄集》所选杜诗的考察，对韦庄所谓"清词丽句"不妨这样认为：清丽既是指一种诗歌风格，同时也包含语言优美精致，感情深挚（尤其重视感伤情感），意境明朗自然的审美特质。

《又玄集》又为何选录韩愈的两首诗歌呢？一首是《贬官潮州出关作》："一封朝奏九重天，夕贬潮阳路八千。本为圣明除弊事，岂将衰朽惜残年。云横秦岭家何在？雪拥蓝关马不前。知汝远来深有意，好收吾骨瘴江边。"因一封奏书获罪，竟然"朝奏"而"夕贬"，且一贬就是八千里，悲苦之情油然而生；接着申诉因忠而获罪、无罪远贬的愤慨；进而借景抒发被贬南荒、家事国事两茫茫的悲苦；最后吐露残年被贬，弃身南荒、必死无疑的凄凉。句句哀叹，联联凄苦，情感沉挚、深厚、苍凉。另一首是《赠贾岛》："孟郊死葬北邙山，日月星辰顿觉闲。天恐文章浑断绝，再生贾岛在人间。"既表达了对孟郊、贾岛文才的高度赞扬，又透露出对孟郊逝去的深深的感伤。在韩愈七十五首七绝中，韦庄独选这首《赠贾岛》，而《又玄集》选入贾岛《送安南惟鉴法师》《题杜司户亭子》《题李凝幽居》《哭柏岩和尚》《哭孟郊》五首诗，可见韦庄重视贾岛刻摹细腻、清奇冷寂僻苦的诗歌，而不是奇僻艰涩之作，从对韩愈具有"奇崛"特色的诗歌一首不选可得到佐证。韦庄独选这两首有浓厚悲感的韩诗，印证了韦庄选诗重悲情的特点。韦庄为何以悲为美呢？这与其生活的时代、生活经历、诗歌风格密切相关。他生活在晚唐宣、懿、僖、昭四朝及五代初，正值空前繁荣的大唐由衰微到灭亡，进入五代十国分裂动乱的时期。韦庄的青年时代，唐王朝处在各种社会矛盾空前激烈冲突的关头，国运衰微，山河残破，民不聊生。他虽多次应举，但"千蹄万毂一枝芳，要路无媒果自伤"（《下第题青龙寺僧房》），均不及第。为了逃避战乱，长期流亡江南，行程万里，历时数十年。在漫长岁月里，一直在艰险的生活道路上奔波，在动荡不安的环境中挣扎。乱离漂泊中经历的种种艰辛，在客居穷困中体验的忧愁痛苦，是常人所难以想象的。"往来千里路长在，聚散十年人不同"（《关河道中》）和"多病似逢秦氏药，久贫如得顾家金"（《寄州舍弟》）等诗句，是他颠沛流离、贫病交加生活的写照。频繁的战乱，把他卷入了社会的底层，使他与难民为伍，同贫士、山僧相交，才有可能熟悉当时的社会弊病，了解动乱中人民的疾苦，写下伤时悯乱、忧国忧民的诗篇。他流传至今的294首诗作中很多充溢着强烈的感伤情绪，涂抹上浓重的感伤色彩。如"满目墙匡春草深，伤时伤事更伤心"（《长安旧里》）、"多少乱离无处问，夕阳吟罢涕潸然"（《过渼陂怀旧》）等，感伤国运衰微，感叹盛世难再，哀叹身世飘零，感喟人生无常。因而韦庄选诗重作品的感伤色彩，是晚唐社会以悲为美的审美观影响的结果。

　　《又玄集》所选韩诗又有怎样的特点呢？最能代表韩诗主体倾向的是古体诗，尤以五古最为突出。然而，韦庄为何选了韩愈两首近体诗？我们先看这两首诗的美学特质。首先，这两首诗虽情感凄凉感伤，但《贬官潮州出关作》的感伤有屈原"虽九死其犹未悔"的精神，是一种气势昂扬，有积极倾向的感伤。《赠贾岛》有对孟郊逝去的感伤,更有对上天把贾岛赐予人间的庆幸,也是一种带积极倾向的感伤。且这两首诗境界开阔,语言简洁流畅,具有疏朗明丽的特色。其次,这两首诗一首七律、一首七绝均为近体诗,语言平易而无生僻怪字,笔调清新,读起来朗朗上口,给人以清雅之感。结合对"清词丽句"内涵的探讨可知:无论是意境的疏朗明丽,还是诗句的清雅,都符合韦庄选诗"清丽"的标准。在近体诗当中,这两首未必是韩愈最好的诗歌,而韦庄却对这两首诗情有独钟,也许正是契合自己"清丽"的审美标准。韦庄选诗对"清词丽句"的崇尚,不仅决定了其选韩诗独重近体,也决定了选其他诗人诗作也以近体诗为主。《又玄集》收录 297 首诗中近体共 279 首,占全书的 94%。

当然,《又玄集》毕竟第一次收录韩愈诗歌,体现了韦庄的眼光敏锐、视野宽阔。《御览诗》《极玄集》或受视野限制,或局限于所处时代,没有发现韩诗的价值,没能为韩诗的接受做出自己的贡献。而韦庄全面观照唐诗,再加上对此前选本成败经验的借鉴,得以在璀璨的星空中发现韩愈。

韦庄受其"清词丽句"标准的限制,没能发现韩愈最有价值的古体诗,也没能发现韩愈对近体诗革新的杰出贡献。但其失败处也正是其成功处,以选本的形式告诉后人韩愈诗除了"奇崛"的古诗,也有"清词丽句"的律诗、绝句。从而为全面认识韩愈诗歌做出了自己的独特贡献。

当然,韦庄对韩愈律诗、绝句的认识也还较为模糊。《又玄集》选诗囊括了唐代初、盛、中、晚四个时期,每个时期都有其代表人物入选。如初唐宋之问引领一时风尚,盛唐李、杜、王、孟堪称一代巨匠,中唐元白、韩孟、姚贾开启一代诗风,晚唐李商隐、杜牧各领风骚。但在编次中并未体现对引领风潮诗人的正确认识。其编次不以年代划分,否则宋之问不会排在杜甫之后。也不是以诗人诗坛地位的高低划分,否则贾岛不该排在武元衡之后。编次的混乱显示出对诗人的地位缺乏清晰认识。后来的唐诗选本正是认识到这些缺陷才不断走向成熟和完备。韦庄对韩愈律诗、绝句的模糊认识为正确认识韩愈提供了重要线索。

四 《才调集》不选韩愈,因"自乐所好"的局限

《才调集》是现存唐人选唐诗规模最大的选本。选诗"总一千首,每

一百首成卷，分之为十目"(《才调集·序》)。古律杂歌，各体兼收，然以近体为多；编选范围兼及初、盛、中、晚，以晚唐最多，初唐最少；编选次序，既不以诗体，又不以作家先后。

(一)《才调集》与《又玄集》

《才调集》成书晚于《又玄集》，在编排顺序、选诗体裁、选诗准则等方面都受《又玄集》影响。首先，从编排上看，《又玄集》既不以诗人时代先后、诗坛地位的高低，也不根据诗体，仅以韦庄对入选对象的偏好，将初、盛、中、晚四期的作者杂糅在一起，各体作品混合在一起。而《才调集》古律杂歌诗融于一卷，既不以诗人世次，也不按年代选录，竟列白居易于第一卷之首，彰显韦縠对白诗的崇尚。韦縠于编排上应当借鉴了《又玄集》。从入选诗歌、诗人看，《又玄集》初、盛、中、晚四期的诗作皆选，偏重中晚唐；各诗体皆选，偏重近体。尤其值得注意的是《又玄集》收入两类特殊诗人——方外诗人、女性诗人。而《才调集》也是初、盛、中、晚四期的诗作皆选，又偏尚中晚唐、偏尚近体。尤其《才调集》在第九卷选二十位僧人、诗二十六首，卷十选二十七位女性诗人、诗七十三首，受《又玄集》影响显而易见。根据二集目录统计，《才调集》所选作者与《又玄集》相同者多达一百人，重选诗达一百首。不少入选诗人诗篇篇目、数量完全相同。如表4所示。

表4 《才调集》与《又玄集》选诗情况一览

单位：首

	《才调集》选诗数量	《又玄集》选诗数量	相同篇目	相同数量
韦应物	1	3	《西涧》	1
常建	1	2	《长安卧病秋夜言怀》	1
刘禹锡	17	3	《寄乐天》《鹦鹉》《和乐天送鹤》	3
李华	1	1	《长门怨》	1
姚伦	1	1	《感秋》	1
刘方平	2	2	《秋夜泛舟》《春怨》	2
韩琮	6	4	《春怨》《暮春浐水送别》《骆谷晚望》《公子行》	4
于鹄	5	2	《送客游塞》《江南曲》	2

续表

	《才调集》选诗数量	《又玄集》选诗数量	相同篇目	相同数量
薛逢	3	2	《开元乐后》《汉武宫词》	2
于濆	3	3	《古宴曲》《思归引》《苦辛吟》	3
纪唐夫	1	1	《赠温庭筠》	1
雍陶	1	2	《鸬鹚》	1
李郢	1	3	《赠羽林将军》	1
于武陵	9	3	《长信愁》《感怀》	2
高蟾	2	2	《下第后献高侍郎》《金陵晚眺》	2
罗邺	9	3	《牡丹》《下第呈友人》	2
张乔	5	4	《游终南山白鹤观》《送友人归宜春》	2
皎然	2	1	《酬崔侍御见赠》	1
无可	2	2	《金州夏晚陪姚员外游》《夏日送田中丞赴蔡州》	2
清江	1	1	《赠淮西贾兵马使》	1
栖白	2	2	《哭刘得仁》《八月十五夜月》	2
法照	1	1	《寄钱郎中》	1
濩国	1	1	《徐州赵使君孩子晬日》	1
太易	2	2	《赠司空拾遗》《宿天柱观》	2
惟审	1	1	《赋得闻晓莺啼》	1
沧浩	1	1	《留别嘉兴知己》	1
李季兰	9	2	《送韩三往江西》	1
元淳	2	2	《秦中春望》	1
张夫人	2	2	《拜新月》《拾得韦氏钿子因以诗寄》	2
崔仲容	2	2	《赠所思》	1
鲍君徽	2	1	《惜花吟》	1
赵氏	2	1	《闻夫杜羔登第》	1
张窈窕	2	1	《春思》	1
常浩	2	1	《赠卢夫人》	1
蒋蕴	1	1	《赠郑女郎古意》	1
张琰	1	1	《春词》	1
崔公达	1	1	《独夜词》	1

续表

	《才调集》选诗数量	《又玄集》选诗数量	相同篇目	相同数量
刘云	2	1	《有所思》	1
葛鸦儿	1	1	《怀良人》	1
张文姬	2	2	《溪口云》《沙上鹭》	2
程长文	3	1	《狱中书情上使君》	1
鱼玄机	8	1	《临江树》	1

所录诗人诗作，尤其方外诗人、女性诗人的诗作在《又玄集》收录的大部分也在《才调集》之内，由此可见《才调集》深受《又玄集》影响。在选诗标准方面，《又玄集·序》曰："自国朝大手名人，以至今之作者，或百篇之内，时记一章，或全集之中，唯征数首。但掇其清词丽句，录在西斋；莫穷其巨派洪澜，任归东海，总计其得者，才子一百五人，诵得者，名诗三百篇。"而《才调集叙》曰："暇日因阅李、杜集，元、白诗，其间天海混茫，风流挺特，遂采摭奥妙，并诸贤达章句，不可备录，各有编次。或闲窗展卷，或月榭行吟。韵高而桂魄争光，词丽而春色斗美。但贵自乐所好，岂敢垂诸后昆。"二者编纂缘由、内容风格有惊人的相似之处；然选诗标准，一曰"但掇其清词丽句"，一曰"但贵自乐所好"。可见《又玄集》对《才调集》影响之深。傅璇琮、龚祖培先生认为《才调集》是韦縠在短时间内抄撮而成，杂抄《又玄集》处尤多。① 《才调集》是不是韦縠在短时间内抄撮而成的，他为何不整本照抄《又玄集》？因材料有限，姑且存疑待考。

（二）《才调集》不选杜甫、韩愈诗歌

《才调集》成书于《又玄集》之后，并深受《又玄集》影响。而《又玄集》既选韩诗又选杜诗，且将杜诗置于第一卷之首，韦縠不可能不了解。而《才调集》却于韩、杜之诗一首不录，实在令人费解。尤其让人纳闷的是韦縠并非接触不到杜诗，其在选诗时曾广泛阅读了李白、杜甫、元稹、白居易等大家的集子。韩愈作为韩孟诗派的领袖，自然也属于"贤

---

① 傅璇琮、龚祖培：《才调集考》，载《清华汉学研究》（第二辑），清华大学出版社，1994。

达", 其集子也当在阅读之列。

对《才调集》弃选杜甫、韩愈，前人多有关注，众说纷纭。冯班《二冯评点才调集》云："卷中无杜诗，非不取也。盖是崇重杜老，不欲芟择耳。"① 而《四库全书总目》却认为："实以杜诗高古，与其书体例不同，故不采录。"② 傅璇琮、龚祖培先生认为："《才调集》编者的主要意图不在于选诗，更谈不上选择精审，或者编者的主要意图就是汇总、集结诗篇，那个署名'书监察御史韦縠集'下的'集'字可能正是编者的主要意图……《才调集》确实没有固定的选诗标准。"③ 对韩愈诗不见录，冯班认为："韩退之非不协雅颂而不取也，以其调不稳也。"④ 我认为冯班所说"崇重杜老，不欲芟择"，而竟至于不选杜诗，终归勉强。傅璇琮、龚祖培先生认为《才调集》就是汇总、集结诗篇，没有固定的选诗标准，也值得商榷。既然汇总、集结诗篇，为何不把《又玄集》中诗歌悉数选入？既然《又玄集》有的诗人诗作被选入《才调集》，有的却不选，说明韦縠选诗还有一定标准。至于冯班所说韩诗因调不稳而不见录，韩诗中并不缺乏清新精工之作。通过仔细阅读《才调集》所选作品，结合各家品评，我认为《才调集》有自己的取舍标准。

（三）《才调集》的选诗准则

《才调集》产生于晚唐五代之际。这是一个战乱频仍的时代，武将有用武之地，而文人常怀性命之忧。武夫出身的军阀常视文人生命如草芥。如军阀朱温和其幕僚，在黄河边的白马驿以莫须有的罪名处死多位进士出身的唐朝仕臣。《资治通鉴》载："六月，戊子朔，敕裴枢、独孤损、崔远、陆扆、王溥、赵崇、王赞等并所在赐自尽。时全忠聚枢及朝士贬官者三十余人于白马驿，一夕尽杀之，投尸于河。"⑤ 险恶的社会环境，对文士、诗人产生了深远影响。传统的儒家观念日趋淡薄，忠君思想逐渐淡漠。由于政治上无所作为，遂生活上纵情声色，流连歌舞，表现在诗歌创

---

① （蜀）韦縠：《才调集》，清康熙四十三年垂云堂本。
② （清）纪昀等：《四库全书总目》，中华书局，1965。
③ 傅璇琮、龚祖培：《才调集考》，载《清华汉学研究》（第二辑），清华大学出版社，1994。
④ （明）冯班、冯舒：《二冯评点才调集·凡例》，垂云堂本。
⑤ （宋）司马光：《资治通鉴》卷二百六十五，中华书局，1956。

作上，则是注重个人娱乐休闲，追求绮艳诗风。作为五代追求逸乐生活的风潮下产生的选本，《才调集》自然也烙上了崇尚绮艳的时代色彩。

韦縠强调"或闲窗展卷，或月榭行吟"功用，显然注重选作的休闲娱乐作用。而"韵高而桂魄争光，词丽而春色斗美"向来被视作《才调集》选诗标准。"韵高"即音韵和谐流美；"词丽"与韦庄所谓"清词丽句"有相似之处，既是诗歌风格，又是语言精工流利、蕴含深情的审美特质。与韦庄"清丽"不同，韦縠所追求的"丽"偏向于"绮丽"，情感取向上偏重于艳情。所选爱情、宫怨、闺怨诗离不开艳情自不必说，就是咏物、游仙、咏史诗都染上了浓重的脂粉气息。

韦縠推崇李白，卷六选其诗二十八首：《长干行》（二首）、《古风》（三首）、《长相思》、《乌夜啼》、《白头吟》、《赠汉阳辅录事》、《捣衣篇》、《大堤曲》、《青山独酌》、《久别离》、《紫骝马》、《宫中行乐》（三首）、《愁阳春赋》、《寒女吟》、《相逢行》、《紫宫乐》（五首）、《会别离》、《江夏行》、《相逢行》。不选李白豪放飘逸的作品，所选诗歌或写弃妇的哀怨，或写征妇的思夫，或描绘宫人生活，无一例外涉及妇女情感，好尚艳情的倾向相当明显。当然，乱离的社会、政治的险恶、民生的疾苦，没有激发起晚唐文人建功立业的雄心壮志，诗歌也没有建安诗歌慷慨悲凉的阳刚之气。相反，面对江河日下的唐王朝，他们只抒发无望的感伤，掬一把无奈的眼泪。如卷一、卷五所选白居易二十七首诗歌中，《代书一百韵寄微之》《江南喜逢萧九彻因话长安旧游戏赠五十韵》《杨柳枝二十韵》《祓禊日游于斗门亭》《玩半开花赠皇甫郎中》《题令狐家木兰花》《王昭君》《邯郸至除夜思家》稍涉风情外，《南行一百韵》《贫家女》《无名税》《伤大宅》《胶漆契》《合致仕》《古碑》《江南旱》《牡丹》《伤阌乡县囚》《四不如酒》《五弦琴》《送鹤上裴相公》《题王侍御池亭》《蓝桥驿见元九诗》《闻龟儿咏诗》《同李十一醉忆元九》《忆晦叔》《初与元九别后忽梦见之及寤而书适至兼寄桐花诗怅然感怀因以此寄》或写行旅，或咏怀，或寄赠，或讽社会之不公，无论哪一类总关涉诗人自我情感，且蕴含无奈的感伤，缺乏凛然气骨。

总之，韦縠选诗"但贵自乐所好"，或尚艳情，或尚抒怀，很适合末世文人"闲窗展卷，月榭行吟"，沉浸在自我世界里，用"韵高而桂魄争光，词丽而春色斗美"的诗作麻醉无奈的心灵。

（四）《才调集》不选杜甫、韩愈诗歌的原因

杜甫出身"奉儒守官，未坠素业"的家族，受正统儒学教育，深受儒家思想影响，终生弘扬儒家思想。即便十载困守长安时期，过着"朝扣富儿门，暮随肥马尘"（《奉赠韦左丞丈二十二韵》）的屈辱生活，以致"饥饿动即向一旬，敝衣何啻悬百结"（《投简咸华两县诸子》），但他既不畏惧苦难，也不回避苦难，而以积极的心态写下《兵车行》《丽人行》《自京赴奉先咏怀五百字》等揭露统治阶级罪恶的诗篇，以实现其"致君尧舜上，再使风俗淳"的政治理想。"安史之乱"爆发后，国家岌岌可危，人民深陷灾难，他更是积极献身恢复事业，以同情心勉励人民积极参战，写下《悲陈陶》、《哀江头》、《春望》、《羌村》、《北征》、《洗兵马》和"三吏"、"三别"等一系列具有高度人民性和爱国精神的诗篇。杜甫晚年"漂泊西南"，生活依然艰辛，不论生活有多苦，也不管漂泊到什么地方，心里依然想着国家的安危、人民的疾苦，写下《茅屋为秋风所破歌》《闻官军收河南河北》《遭田父泥饮》《诸将》《秋兴》《岁晏行》等诗篇。杜甫继承《诗经》《离骚》的优良传统，重视诗歌的思想内容，主张发挥诗歌的教化作用。他综合各家艺术优长，突破当代审美局限，主张"转益多师"。他赞赏庾信的清新、鲍照的俊逸，称为"清新庾开府，俊逸鲍参军"（《春日忆李白》）；倾慕谢朓诗的富丽精工、清新秀美，赞曰"谢朓每篇堪讽诵"（《寄岑嘉州》）；盛赞李白"笔落惊风雨，诗成泣鬼神"（《寄李十二白二十韵》）；赞赏孟浩然"清诗句句尽堪传"（《解闷十二首》）。他以既"不薄古人"又"爱今人"的宽广艺术视野，达到了"尽得古今之体势，而兼人人之所独专"（元稹《唐故工部员外郎杜君墓志铭并序》）的艺术境界。杜诗既有"沉郁顿挫"之作，也不乏"清词丽句"之篇。然而杜诗杰出的艺术成就，可能正是不被选入《才调集》的原因。杜诗中强烈的忠君爱国思想，与五代文人淡漠的情怀恰好相左。尽管杜甫不在其位，却偏要谋其政；尽管"万国尽穷途"（《舟出》），却说"艰危气益增"（《泊岳阳城下》）。这一切对五代文人来说是遥远的梦，在政治上，他们不能也不想有所作为，只想沉醉于逸乐之中。这也许正是《四库全书总目》所说的"杜诗高古"之处，也是不被采录的原因。当然，杜诗并非全是"高古"之作，也不乏清新流利的闲适之篇，如"两个黄鹂

鸣翠柳，一行白鹭上青天。窗含西岭千秋雪，门泊东吴万里船"（《绝句》）。但杜甫以清词丽句为载体，构筑的是豪迈劲健、气势奔放的阔大诗境，蕴含着昂扬向上的乐观精神。与韦縠所尚清词丽句的纤弱柔靡之作大异其趣。

韩愈既是杜甫的追随者，高唱"李杜文章在，光焰万丈长"（《调张籍》），也是儒教的捍卫者。他敢冒天下之大不韪，在全国一片崇佛声中，写下《谏迎佛骨表》，抗颜直谏，指陈时弊，抵斥释氏，宣扬儒家道统。他在《原道》中说："今也欲治其心，而外天下国家，灭其天常，子焉而不父其父，臣焉而不君其君，民焉而不事其事。"他作《师说》指出"无贵无贱，无长无少，道之所存，师之所存也"，为弘扬儒道摇旗呐喊。他在《答李翊书》中宣誓为儒学奋斗："行之乎仁义之途，游之乎《诗》《书》之源，无迷其途，无绝其源，终吾身而已矣。"在思想上，韩愈欲恢复儒家的正统地位；在政治上，力主削藩，维护国家的统一；在诗歌艺术上，追求奇怪雄豪，平平常常的事物，却偏要写得奇崛雄豪。主要原因是"能自树立，不因循"（《答刘正夫书》）。韩愈的审美理想与五代文人在清词丽句中无奈的感伤是格格不入的。当然，韩愈诗中也有清词丽句，如《早春呈水部张十八员外二首》（其一）："天街小雨润如酥，草色遥看近却无。最是一年春好处，绝胜烟柳满皇都。"通过朦胧如轻纱般纷飞的细雨，感受的是初生草芽所带来的生命律动，后两句否定晚春，认为不如早春的清淡朦胧，生机勃勃，通过清新秀美的诗句展现的是昂扬奋进的精神。再如《晚春》："草树知春不久归，百般红紫斗芳菲。杨花榆荚无才思，惟解漫天作雪飞。"那明明"知春不久归"却依然"百般红紫斗芳菲"的草树的顽强进取精神，那虽"无才思"却仍然要"漫天作雪飞"的"杨花榆荚"的不畏困难、奋勇前行的勇气，远非颓废的五代文人所能比，当然也就不为他们所欣赏。

要之，五代动乱的时局、重武轻文的国策、儒学地位的下降导致五代文人君臣、国家观念的淡薄，他们沉浸于悠闲娱乐之中，或欣赏绮艳的清词丽句，或感伤无可奈何的现实。在思想上，他们与韩、杜诗崇儒，积极维护国家的统一的观念很隔膜。在审美风尚上，他们与韩、杜诗中宽阔的境界、高昂的情绪，也很疏离。因此，韩、杜诗不见选录也就不足为奇了。

五　从唐代唐诗选本看韩愈诗歌接受的境况

唐代诗人中文运、官运皆亨通者，韩愈当为其翘楚。就文运而言，韩愈"文起八代之衰"（苏轼《潮洲韩文公庙碑》），文名煌然显赫；就官运而言，韩愈一生虽三次遭贬，但均被起用，累官至刑、兵、吏三部侍郎。然而从现存唐代唐诗选本看，韩诗在唐代的接受却难以尽如人意。为何韩愈诗文烜赫一时，大行其道，而在《御览诗》《极玄集》《又玄集》《才调集》或不见选，或所选寥寥呢？

（一）重武轻文的政治架构

唐代崇尚武功，实施一系列重武措施。这在开国之初，本是必要之举。但建国之后，依然倚重武将，而无有效措施限制武将权力，随着这种制度弊端的显现，唐王朝终为其所困，竟至于灭亡。唐高祖李渊以武力得天下后，唐太宗、唐高宗两朝依然继续对外扩张，虽然大大拓展了唐帝国的版图，然而要对这些领土实行有效的管制，就必须实行一定的军事管制措施。这进一步加大了唐政府对武力的依重，并逐渐演变成后来的节度使制度。节度使除了统军外还兼管财赋，太守刺史也必须受其节制，实质上是将地方的军、政、财权集于节度使一人之手，这就大大助长了他们的割据心态，进而萌生觊觎皇位的野心。安史之乱，便是依重武人酿成的苦果。中唐时代，面对藩镇割据，宪宗虽有削藩之举，但却并不能根除弊制，军阀割据隐患依旧。至晚唐更变本加厉，藩镇雄踞各州，不听唐中央政府调度，擅自委任文武官吏，征收赋税，节度使"父死子代，以祖以孙，如古诸侯自擅其地，不贡不朝"（《潮州刺史谢上表》）。在藩镇割据的情况下，国家分崩离析，士人道德沦丧。文人地位低下，国家观念日益淡薄，沉浸于娱乐之中，对劲健诗风缺乏兴趣。无论是选者还是读者必然对韩愈奇崛劲健的诗歌失去兴趣。

（二）重佛老轻儒的社会思潮

唐代道、儒、佛三教并存，但地位并不相同。唐高祖李渊起义时曾得到过道士的指点与支持，唐太宗在兄弟相争时也得到过道士的指点，加之老子姓李，对太宗最有影响的大臣魏征本身是道士出身，所以崇道在初唐成了国策。武德八年（625）曾颁布诏令："老教孔教，此土先宗；释教后兴，宜从客礼。令老先次孔，末后释。"① 高祖、太宗都抑制佛教的发展，但采取限而不灭的措施，佛教仍得到了长足的发展。武后时，佛教地位超过道、儒。② 初、盛唐道教佛教的兴盛在某种程度上掩盖了儒学的繁荣。③

中唐时期，藩镇割据严重威胁中央集权，佛、道二教得到长足发展，佛教天台宗、禅宗，道教茅山宗、天台宗都门庭兴旺，信徒众多。相对于佛、道二教，儒学则显得衰飒不振。盛唐以后虽有李鼎祚《周易集解》，有啖助及其门徒对《春秋》的发挥，但经学总体处于因循守旧状态，无论从义理角度还是从文献角度都无大的创获。④

由于藩镇割据和佛老盛行，中唐儒士普遍感到危机深重，掀起一股复古潮流。《旧唐书·韩愈传》说："大历、贞元之间，文士多尚古学，效杨雄、董仲舒之述作，而独孤及、梁肃最称渊奥，儒林推重。（韩）愈从其徒游，锐意钻仰，欲自振于一代。"⑤ 韩愈以独得儒家之传自居，宣称要"寻坠绪之茫茫，独旁搜而远绍，障百川而东之，回狂澜于既倒"⑥（《进学解》）。他宣扬儒家道统，痛批佛老，要"人其人，火其书，庐其居"（《原道》）。批判道家"绝圣弃智"，认为"如古之无圣人，人之类灭久已。何也？无羽毛鳞介以居寒热也，无爪牙以争食也。是故君者，出令者也；臣者，行君之令而致之民者也；民者，出粟米麻丝，作器皿，通货财，以事其上者也。君不出令，则失其所以为君；臣不行君之令而致之民，民不出粟米麻丝，作器皿，通货财，以事其上，则诛。"（《原道》）

---

① （清）董诰：《先老后释诏》，载《全唐文·唐文拾遗》第 11 册，中华书局，1983，第 10373 页。吴按：乾封元年二月有《追尊玄元皇帝制》，追尊老子为"太上玄元皇帝""冀崇追远之怀，用申尊祖之义"。（宋敏求：《唐大诏令集》卷七十八，中华书局，2008，第 442 页。）
② 武则天天授二年（691）有《释教在道法之上制》，规定"释教宜在道法之上，缁服处黄冠之前"。见宋敏求编《唐大诏令集》卷一百三十，中华书局，2008，第 587 页。
③ 卿希泰：《中国道教史》，四川人民出版社，1996。
④ 李生龙：《儒家文化与中国古代文学》，岳麓书社，2009。
⑤ （后晋）刘昫：《旧唐书》卷一百六十，中华书局，1975，第 4195 页。
⑥ （唐）韩愈撰、马其昶校注《韩昌黎文集校注》，上海古籍出版社，1986，第 45～46 页。下引同此书，不注。

其反对佛老，态度可谓强硬；维护君主专制，意志可谓坚决。但是，儒学中兴犹如昙花一现，随着韩愈等复古派的离去，儒学走向凋零。尤其是晚唐日趋衰落，虽有一批儒士如皮日休、陆龟蒙、罗隐等弘扬儒家理念，关注民病民瘼，但整体上看，晚唐文士缺乏积极入世的责任感，也没有韩愈那种投入滚滚时代洪流的勇气，而是局限于自己的小天地中吟咏无法摆脱的末世悲情。唐末文人对儒教的坚定性已经动摇，对儒教的神圣性也产生了怀疑，再大声疾呼"明道"已没有意义。因此韩诗中强烈的"原道""宗经"思想也成了"落伍"，若在诗选中选入韩诗便不合时宜，韩诗受到轻视是时代环境使之，是一种必然趋势。

（三）科举考试对诗风的影响

从汉末到隋朝，中国一直处于分裂动荡之中。唐王朝的建立，结束了长期分离的局面。唐建国之初，诗人们既因袭前朝，又不断创新；既敷饰六朝锦色，又以气骨性情加以改造。以宫廷为中心的诗人以雅正、宏丽的诗歌展现宏大的气势。以四杰和陈子昂为代表的诗人则承袭汉魏风骨。盛唐诗达到"风骨声律"兼备的境界。律体的定型及其创作的繁荣，促使进士考试中加试诗赋。唐玄宗开元年间，进士科考或以赋居其一，或以诗居其一，有时则全用诗赋，尚未形成定制。开元二十五年（737），确定了进士科考的三科格局：试帖一大经，杂文考诗赋，再加上对策。天宝末，完全以诗、赋代替杂文。[①] 科举考试重视诗赋客观上刺激了文士对诗歌的重视。因此，诗人有意识地侧重近体诗创作。加上"行卷""温卷"之风盛行，"行卷"的作品以诗文为主，这也在某种程度上促进了近体诗创作的繁盛。

从上述选本的分析也可以看到盛唐以后，不仅诗人好尚近体创作，而且形成一种社会风气。面对近体声势日盛，受复古思潮影响，韩愈不重视近体，而偏好古体。虽然韩愈在元和十年左右写了相当数量的近体诗，然而其近体创作终不能与其古体相媲美，与中唐以后崇尚近体诗的艺术美也有一层之隔。因而在中、晚唐的选本中很难觅到韩诗的身影。

[①] （清）徐松：《登科记考》，中华书局，1984。

(四) 韩愈的审美追求与时代审美风尚

韩愈性好奇。他在《县斋有怀》中说："少小尚奇伟。"《岳阳楼别窦司值》中，又自称："念昔始读书，志欲干霸王。"好奇的个性、非凡的抱负，正是形成韩愈奇崛诗风的基础。在文学审美上，韩愈也特别好奇尚异，欲自成一家，独标一格。他在《答刘正夫书》中说："夫百物朝夕所见者，人皆不注视也，及睹其异者，则共观而言之。夫文岂异于是乎？汉朝人莫不能为文，独司马相如、太史公、刘向、扬雄为之最。然则用功深者，其收名也远。若皆与世沉浮，不自树立，虽不为当时所怪，亦必无后世之传也。"他赞许司马相如、扬雄赋作之奇，认为其用功深者，方能传名后世。其诗是这种创作观的体现，呈现"奇崛"特色。

韩愈诗歌风格也是崇奇尚险。于前代诗人，极力推崇"盛唐双星"李白、杜甫。他在《醉留东野》中说："昔年因读李白、杜甫诗，长恨二人不相从。"究其原因是李、杜诗中有韩愈崇尚的奇崛不凡的一面。赵翼《瓯北诗话》曰："韩昌黎生平所心摹力追者，惟李、杜二公。顾李、杜之前，未有李、杜，故二公才气横恣，各开生面，遂独有千古。至昌黎时，李、杜已在前，纵极力变化，终不能再辟一径。惟少陵奇险处，尚有可推扩，故一眼觑定，欲从此辟山开道，自成一家。"[1] 其实奇险处只是韩愈学习杜诗的最重要一面。韩愈追寻李、杜，不仅是好奇的天性使然，更由于李、杜在前，难乎为继，唯其奇险处尚可推扩，使他可以实现"能自树立，不因循"的理想。

在诗歌创作中，喜奇尚怪的审美理想在其古体诗创作中体现得尤为明显。如《苦寒》《石鼓歌》《赤藤杖歌》《有青龙寺赠崔大补阙》等都是以奇想幻笔，呈怪怪奇奇之态，以极限思维，做超越常规之举。近体诗本以婉转蕴藉，韵味悠长为美。而韩愈近体诗在广泛汲取前人的创作经验的基础上，学习李白诗歌的豪迈、雄奇，杜甫诗奇险、议论、句式，并吸收自己古文、古体诗创作的成功经验，显示出不同惯常的"奇崛"，其近体诗呈现语奇、象奇、句奇、章奇、境奇、意奇、式奇的艺术特征，确立了近体诗的一种新的"奇崛"范式。

---

[1] （清）赵翼：《瓯北诗话》，人民文学出版社，1963。

中唐以后日趋动乱的时局导致文人国家观念淡薄,沉浸于悠闲娱乐之中,或欣赏平易流畅的闲适诗,或欣赏绮艳的清词丽句,或感伤无可奈何的现实。在审美风尚上,他们与韩诗中宽阔的境界、高昂的情绪、以怪奇为美的审美追求相当疏离。因此,韩诗不见选录也就不足为奇了。

余论:晚唐,显露韩诗接受史上的一抹曙光

韩愈平生以复兴儒学、攘斥异端为己任,以儒家道统继承者自期。韩愈去世前后,他的弟子门生对他在意识形态方面的拨乱反正、兴衰起弊之功大加赞颂。但除了与其思想学术有着直接关系的弟子门生及推崇韩愈诗歌者的议论、评说外[1],在当时以及后来相当长的时间内,人们对韩愈关注更多的是他的古文。

中唐以后,随着社会形态的变化,世风浇漓,文人或苟活于幕府,或避世于山林,或麻醉于感官刺激,或在嬉笑怒骂中愤世。罗隐、陆龟蒙、皮日休等以小品文为武器,对当代社会政治经济进行尖锐的批判和讽刺,俨然是道统的继承者。皮日休发现了韩愈之道的社会思想文化意义。他的《请韩文公配飨太学书》表明了他的卓见,在唐末令人窒息的学术气氛中,这是值得珍视的思想火花。

总的来说,这个时期韩愈的形象杂乱而含混,韩愈的意义也没有为人们所真正认识。这个时期涉及韩愈的文字更多集中在笔记小说中。[2]《旧

---

[1] 李汉《昌黎先生集序》云:"汗澜卓踔,渊泫澄深。诡然而蛟龙翔,蔚然而虎凤跃,铿然而韶钧鸣。日光玉洁,周情孔思,千态万貌,卒泽于道德仁义,炳如也。洞视万古,愍恻当世,遂大拯颓风,教人自为。时人始而惊,中而笑且排,先生志益坚,终而翕然随以定。呜呼!先生于文,摧陷廓清之功,比于武事,可谓雄伟不常者矣!"又,张祜《读韩文公集十韵》说:"天纵韩公愈,才为出世英。言前风自正,笔下意先萌。尘土曾无迹,波澜不可名。词高碑益显,疏直事终明。片段随水释,丝毫人镜清。文雕玉玺重,诗织锦梭轻。别得春王旨,深沿大雅情。穷奇开蜀道,诡怪哭秦坑。骥逸终难袭,雕蹲力更生。谁当死后者,别为破规程。"唐末司空图《题柳柳州集后》:"韩吏部歌诗数百首,其驱驾气势,若掀雷挟电,撑抉于天地之间,物状奇怪,不得不鼓舞而徇其呼吸也。"吴按,如果说李汉的评价带有很强的门人推荐的个人色彩的话,那么张祜和司空图则相对显得公允。张祜对韩诗波澜起伏、雄奇诡怪、雕刻凝重、打破规范的特点有明确认识;司空图则对韩诗的美学特征有清晰准确的审美判断。二人能代表唐人对韩诗的赞誉。但是,这种评价和认识并未成为主流。

[2] (唐)韦绚:《刘宾客嘉话录》,文渊阁四库全书本,台北:商务印书馆,1986年。

唐书》韩愈本传，史臣对他"为文纰缪"提出批评，对他"辟佛兴儒"说"至若抑杨墨，排释老，虽于道未弘，亦端士之用心也"①，看似公正客观却流露出浓重的鄙夷之情。但韩愈思想所显示的新趋势、新倾向，还是受到了一些人的关注。他们的声音虽然微弱，却成了宋代儒学复兴的先声，也成为韩学繁盛的先声。这说明韩愈的知音在未来的时空，一旦遇到真正的识宝者，韩诗将会大放异彩。

唐代唐诗选本，选家们对韩诗价值的体认与晚唐人对韩愈的认识基本相合。姚合《极玄集》、韦縠《才调集》都不选韩诗，韦庄《又玄集》只选了韩愈两首并非最出色的作品，加之《又玄集》编次混乱，说明韦庄对韩诗缺乏正确认识。即便如此，《又玄集》在其他选本都不选韩诗的背景下，毕竟看到了韩愈近体诗的价值，声音虽然微弱，却成为后人全面认识韩愈近体诗的先声。从这个意义上，我们认为晚唐显露出韩诗接受史上的一抹曙光。

（作者单位：安徽师范大学文学院）

---

① （后晋）刘昫：《旧唐书·韩愈传》卷一百六十，中华书局，1975。

贺知章文化的东亚传播

——以缉考韩国汉诗文献为中心*

摘 要：作为中国文坛上的一位重要诗人，贺知章的诗作在初、盛唐诗坛上颇有高誉。其诞放不羁的性情，挥毫论道的才气，衣锦还乡的仕宦经历，以及与众多一流诗人交往的风雅故事，亦被后世屡加赞美。他的诗酒文章，在唐代与东亚诸国的文化交流中广泛流传，在传世文献中多有体现。缉考贺知章诗歌韩国汉诗接受文献，可知韩国文人对贺诗中流露的清狂文化、荣归文化、赏识文化等理解深刻，中国上层阶级文人的经历秉性、诗文艺术在域外接受传播过程中形成了深厚的文化内涵。

关键词：贺知章　清狂文化　荣归文化　赏识文化　韩国汉诗

沈文凡　徐婉琦

中国唐代与东亚各国交流频繁，文化传播广泛。中国文人的品格秉性、仕宦经历、交游行迹作为后世研究接受的对象，对东亚文学与文化产生了深远影响。贺知章作为上层阶级的文人，饮酒乐道，崇尚心灵自由，与诗仙太白情趣秉性相似，且深富才情。"晚节尤诞放……每醉，辄属辞，笔不停书，咸有可观"（《新唐书》）。其清狂超逸的性格，读书致仕、衣锦还乡的人生经历以及爱赏后学、知遇相惜的佳话在韩国文人接受贺知章的文献中多有体现，在流传化用的过程中形成了广远深厚的文化内涵。

---

* 基金项目：国家社会科学基金"《全唐诗》创作接受史文献缉考"（14BZW082）。

一　清狂文化文献缉考

贺知章性情疏狂不羁，晚年自号"四明狂客"。"性放旷，善谈笑，当时贤达皆倾慕之"（《旧唐书·文苑传》），饮酒赋诗，挥毫泼墨，最显名士风流。肃宗赞其"器识夷淡，襟怀和雅，神清志逸，学富才雄"（《旧唐书·贺知章传》），他雍容省闼的诗风、诞放轻狂的醉态，行云流水的墨迹有着深刻的"清狂文化"内涵。其谈谐纵诞，反映的是人格主体的旷放自由和精神世界的洒脱不羁。韩国诗人对贺知章"清狂文化"的接受多表现在以"清狂""狂客""风流""诗酒"等词论贺的文献中。

林椿（1150—1185）"贺老隐庐山，自号四明狂客"（《上李学士启》，《西河先生集》卷第六）。

李奎报（1168—1241）"醉来眼花落井底，自称风流贺季真"（《全履之家大醉口唱使履之走笔书壁》，《东国李相国全集》卷第五）；"摄我同归道大融，呼作谪仙因贺老"（《次韵李学士再和笼字韵诗见寄》，《东国李相国后集》卷第五）；"呼作谪仙人，狂客贺知章。降从天来得见否，贺老此语类荒唐。及看诗中语，岂是出自人喉吭。名若不书绛药阙，口若未吸丹霞浆。千磨百炼虽欲仿其体，安可吐出翰林锦绣之肝肠。皇唐富文士，虎攫各专场。前有子昂后韩柳，又有孟郊张籍喧蜩螗。岂无语宏肆，岂无词屈强？岂无艳夺春葩丽，岂无深到江流汪？如此飘然格外语，非白谁能当？虽不见乘鸾驾鹤去来三清态，已似寥廓凌云翔。所以呼谪仙，贺老非真狂"（《读李白诗》，《东国李相国全集》卷第十四）；"李叟欲晦名，思有以代其名者曰，古之人以号代名者多矣。有就其所居而号之者，有因其所蓄，或以其所得之实而号之者，若王绩之东皋子，杜子美之草堂先生，贺知章之四明狂客，白乐天之香山居士，是则就其所居而号之也。其或陶潜之五柳先生，郑熏之七松处士，欧阳子之六一居士，皆因其所蓄也，张志和之玄真子，元结之漫浪叟，则所得之实也，李叟异于是"（《白云居士语录》，《东国李相国全集》卷第二十）。

李谷（1298—1351）"安能擅此湖中景，狂客狂名继四明"（《次镜浦台安谨斋诗韵》，《稼亭先生文集》卷之十九）。

李穑（1328—1396）"论世深惊孔文举，赏宾谬被贺知章"（《次林橡所赠诗韵三首》,《牧隐诗稿》卷之五);"三笑风流已陈迹,四明寂寞但狂名"(《忆家山》,《牧隐诗稿》卷之十二)。

郑枢(1333—1382)"公心已合孟轲醇,吾道唯知学季真"(《次韵酬韩山君》,《圆斋先生文稿》卷之中)。

崔恒(1409—1474)"玉山半颓凭花钿,贺老未必夸乘船"(《谢赐宴艺文馆并叙》,《太虚亭诗集》卷之一)。

金守温(1409—1481)"昔谢公之登东山也必以妓女,则是流连光景而已矣;贺监之赐镜湖以漫日遇,则是清狂形骸之外而已矣,是皆尚一映于千载之"(《狎鸥亭记》,《拭疣集》卷之二)。

徐居正(1420—1488)"形骸放浪自生平,痛饮狂歌拟四明"(《密阳德民亭次权吉昌诗韵五首》,《四佳诗集》卷之五);"自笑季真狂嗜酒,人言高适晚能诗"(《述怀寄尹同年》,《四佳诗集》卷之八);"高放陶元亮,风流贺季真"(《再和》,《四佳诗集》卷之八);"一生长笑百年身,无奈清狂贺季真"(《淡叟见和复用前韵兼简蔡子休五首》,《四佳诗集》卷之十二);"清狂余故态,自拟贺知章"(《四和四首》,《四佳诗集》卷之十二);"前生四明老,人笑本清狂"(《七用前韵》,《四佳诗集》卷之三十一);"早识杜康天下士,皆言贺老酒中仙"(《酌酒戏题》,《四佳诗集》卷之五十);"冯唐已老嗟何及,贺监虽狂晚自奇"(《叹老》,《四佳诗集》卷之五十一)。

李承召(1422—1484)"鬓毛欲雪犹羁束,怪杀清狂贺季真"(《连山途中》,《三滩先生集》卷之四)。

成侃(1427—1456)"儿童错认耽杯酒,比杀当年贺老狂"(《登高诗五首》,《真逸遗稿》卷之二)。

金宗直(1431—1492)"檀公上策君能了,贺监清游吾久违"(《送金怀德闾宗还故居金作亭扁以柳种莲其下》,《佔毕斋集》卷之五);"鹿鹿自惭非贺监,谁言骑马似乘船"(《孙凤山用前韵作演雅以寄复和》,《佔毕斋集》卷之六)。

金时习(1435—1493)"地僻人稀午梦长,晚年偏学贺监狂"(《和箕叟韵十五首》,《梅月堂诗集》卷之六)。

金孟性(1437—1487)"满座俱非尘世客,风流谁是贺知章"(《次孝叔诗韵》,《止止堂诗集》)。

洪贵达（1438—1504）"隐逸何如三径老，风流还有四明狂"（《次金近仁韵》，《虚白先生续集》卷之三）。

成俔（1439—1504）"我非清狂诗酒客，傍人错比贺知章"（《次清州东轩韵》，《虚白堂诗集》卷之六）。

曹伟（1454—1503）"何时乞得黄冠去，最爱风流贺季真"（《次韵酬蔡耆之寿权叔强健六首》，《梅溪先生文集》卷之二）。

申光汉（1484—1555）"醉里深杯只可传，贺老风流应未远"（《骊兴金使君出示容斋相公送别诗韵求和甚勤敬酬而复》，《企斋集》卷之六）。

沈彦光（1487—1540）"贺老清狂吴语好，钟仪憔悴楚音长"（《送灌之令公秩满还京三十韵》，《渔村集》卷之四）；"坡翁诗酒传千古，贺老风流隔九泉"（《咸镜道观察使时》，《渔村集》卷之五）；"四明孤往思狂客，七贵同游似谪仙"（《述怀示友人》，《渔村集》卷之二）。

郑士龙（1491—1570）"明朝别酒休相恼，骑马还愁贺监船"（《依韵答昌世》，《湖阴杂稿》卷之一）。

林亿龄（1496—1568）"唐有贺知章，名狂心则不。四海空无人，唯白与之匹。长啸卧镜湖，公卿是何物。东方亦有湖，与古相甲乙。如何千载余，空作鱼鼋窟。我本淡荡人，麋鹿偶缨绂。分忧得陕东，臣子志愿毕。凉风洗埃尘，山川新画出。朝登湖上台，快若囚脱桎。笛奏老龙惊，风静轻纨熨。吟肩雪岭齐，柔橹沙鸥拂。平生磊魄怀，顿向杯中失。舍舟上竹岛，东南水天一。何惭博望查，益壮子长笔。吾将入蓬方，骨青须鬓漆"（《镜湖》，《石川先生诗集》卷之一）；"海边无贺老，谁识谪仙人"（《与朴城主民献游郑生员家》，《石川先生诗集》卷之四）。

严昕（1508—1553）"晨昏有假勤寻访，狂客遗风在镜湖"（《送崔演之归觐江陵》，《十省堂集》下）。

金麟厚（1510—1560）"醉睡归来接两乡，逢人尽道四明狂"（《山人大远将石川橘亭眉岩诸作求和》，《河西先生全集》卷之七）；"一声啼鸟天将暮，匹马风流贺季真"（《宋君纶有同知所题堂咏和之》，《河西先生全集》卷之十）。

郑惟吉（1515—1588）"坐常临涧起行空，忙里清狂误贺公"（《翠屏山道中又用前韵》，《林塘遗稿》上）；"谢世陶朱子，耽湖贺季真"（《宜宁湖阴叔旧宅二首》，《林塘遗稿》上）。

黄俊良（1517—1563）"浔阳归去陶元亮，鉴水风流贺季真"（《汾川爱日堂次李监司彦迪李先生景浩韵》，《锦溪先生文集》卷之一）。

杨士彦（1517—1584）"萧洒如王右军风流，如贺李季真笔法"（《寄清虚书》，《蓬莱诗集》卷之三）。

李后白（1520—1578）"自笑清狂态，前身贺季真"（《题薛上舍瑭环翠堂》，《青莲先生集》）。

许震童（1525—1610）"人斯谓何，可呼季真客。我自乐此，故作龟蒙散人"（《松山上梁文》，《东湘先生文集》卷之五）。

具凤龄（1526—1586）"霜丛绝致陶三径，月濑清襟贺四明"（《次章仲韵》，《柏潭先生文集》卷之四）。

权好文（1532—1587）"季伦陈迹嗤金谷，贺老风流慕镜湖"（《次赠赵真宝子美》，《松岩先生续集》卷之五）。

宋翼弼（1534—1599）"醉里光阴本不忙，谪仙来伴贺知章"（《次湖南按使韵二首》，《龟峰先生集》卷之二）。

尹根寿（1537—1616）"君不见黄冠道士飘然临四明，鉴湖敕赐千顷青玻璨，又不见谪仙又向人间谪夜郎"（《游延安南大池》，《月汀先生集》卷之三）。

郭说（1548—1630）"一声啼鸟天将暮，匹马风流贺季真"（《西浦先生集》卷之七）。

李廷馨（1549—1607）"爱酒晋山简，风流贺季真"（《季涉见和又次之》，《知退堂集》卷之三）。

柳根（1549—1627）"五柳先生陶，四明狂客贺"（《次赵从事希逸诗韵》）；"懒慢无堪杜工部，风流难遇贺知章"（《次赠崔简易》，《西坰诗集》卷之二）。

车天辂（1556—1615）"而况湖海之介绝而旷远乎？吾恐子之不得鉴湖一曲之贺季真为也"（《东湖别业记》，《五山集》卷之五）。

任錪（1559—1611）"殷勤贺老呼仙客，珍重章仇识酒星"（《送闵道人朝天并序》，《鸣皋集》卷之五）。

李尚毅（1560—1624）"我乃四明，其也是酒"（《戏题》，《少陵先生文集》卷之一）。

金中清（1566—1629）"异梅福之仙去，非季真之风流"（《次归去来辞并序》,《苟全先生文集》卷之一)。

丁运熙（1566—1635）"知己丁夫子，风流贺季真"（《次谢柳少隐子惧忆》,《孤舟集》卷一）。

李惟弘（1567—1619）"直道安三黜，风流慕四明"（《次士健十首》,《艮庭集》卷之一）。

梁庆遇（1568—1629）"陈蕃礼徐孺，谪仙逢四明"（《郑正字畸窝以计拙无衣食途穷仗友生为韵寄诗十篇奉次以谢》,《霁湖集》卷之一）。

李时发（1569—1626）"台沼清芬挹季真，风流今古未鲁沦"（《次云水亭鹅溪韵》,《碧梧先生遗稿》卷之一）。

李民宬（1570—1629）"放翁狂态晚谁似，贺老鉴湖理钓丝"（《三日无诗自怪衰》,《敬亭先生集》卷之十）。

金尚宪（1570—1662）"紫芝眉宇挹枌榆，贺老风流在镜湖"（《权正郎昕挽词》,《清阴先生集》卷之六）。

李安讷（1571—1637）"且将樽酒追文举，更爱风流似季真"（《发京城还江都道中》,《东岳先生集》卷之十八）；"称公知己同韩子，呼我为仙愧季真"（《杨花渡旅次奉酬溪谷张都宪人日遇雪用前韵见问》,《东岳先生集》卷之十八）。

朴弘美（1571—1642）"芳馨不自掩，美名传万口。伯伦荷锸至，贺老当门扣。朝迎谪仙人，暮引高阳叟"（《美酒无曲巷歌寄赵飞卿翼》,《灌圃先生文集》卷之上）。

赵缵韩（1572—1631）"高评少陵疵，况论苏黄卑。世无贺季真，谁贵谪仙姿"（《哭任鸣皋》,《鸣皋集》卷之八）。

睦大钦（1575—1638）"越溪渔客贺知章，今古风流擅一场"（《谢人送酒》,《茶山集》卷之一）；"襟抱苏公子，风流贺季真"（《曹家店和书状》,《茶山集》卷之一）。

郑荣邦（1577—1650）"小舟来往碧湖滨，因忆当时贺季真"（《题挹翠亭五首》,《石门先生文集》卷之三）。

宋梦寅（1586—1612）"野阔思裴相，湖清忆贺监"（《有人夸西湖亭榭之胜仍为赋之在杨花渡》,《琴岩集》）。

李景奭（1595—1671）"且将尊酒追文举，更爱风流似季真"（《公辞罢扬州后拘于解由久处散地迭用前韵奉寄东岳》,《白轩先生集》卷之三);"放旷嵇中散,风流贺季真"(《酬龙门》,《白轩先生集》卷之五)。

李海昌(1599—1651)"我爱贺季真,嗜好与人殊。自以饮中仙,爱此山中湖"(《鉴湖课作》,《松坡集》卷之六)。

安献征(1600—1674)"山阴有贺老,每惜谪仙才"(《奉呈城南》,《鸥浦集》卷之一);"荀爽幸陪元礼御,季真唯许谪仙名"(《次呈许半刺》,《鸥浦集》卷之二)。

李晚荣(1604—1672)"登仙眼冷班生远,对酒人称贺老狂"(《重次乡字韵追寄李学士弼卿》,《雪海遗稿》卷之一)。

洪宇远(1605—1687)"稽山镜水总伤心,贺老风流何处寻"(《却掉酒船回》,《南坡先生文集》卷之一)。

申濡(1610—1665)"空吟越国庄生病,未放稽山贺老狂"(《和螺山迭韵三首》,《竹堂先生集》卷之五)。

朴长远(1612—1671)"名因贺监风流胜,阁擅滕王州邑雄"(《金子公自岭南移家忠州之新塘即日见访盛称镜湖堂之胜为赋一律》,《久堂先生集》卷之二)。

俞㲾(1614—1690)"他时倘荷君恩赐,贺老风流定不孤"(《鉴湖》,《秋潭集》卷之元)。

沈攸(1620—1688)"贺老风流今寂寞,稽山落月有余哀"(《月夜与朴晦叔铣同醉题感》,《梧滩集》卷之四);"四明狂客自非狂,凤兮高歌游帝都。金门大隐玉帝臣,颀然道骨清而癯。开元之间羽仪朝,绮陌无心其毂朱。在位清谐雅吴语,观世唯将藏玉壶。大儿李长庚,小儿杜少陵。饮中之仙游于酒,人乎五千言中悟知止。轩冕倘来聊寄吾,少住人间八十年。光景苒苒随织乌,乞恩三章辞阊阖。碧霄东望冥鸿徂,侈尔御制新篇奎藻明,赐尔剡川一曲宸渥殊。千官祖帐上东门,嘉客于焉絷白驹。归欤此行似登仙,越中湖山天下无。圣朝宁不惜贤达,遗荣入道期自娱。秋风命驾张舍人,暮龄乞骸疏大夫。恩波浩荡三百里,象外天游超八区。南极老人翁独寿,旸谷蒙汜朝又晡。钓台临濑翁自闲,酒星在天翁不孤。摩挲金狄度世客,拍浮酒舫明镜湖。湖中风味肯许武子知,羊酪何能敌莼鲈。荷花桂子碧云香,烟雨楼台开画图。稽山禹穴恣探讨,弄江潭明月珠。独立振衣千仞岗,春来挂冠三花株。黄庭道帙青玉案,伯阳真诀丹砂炉。蓬莱可到问群仙,风袂长揖羡门徒。不然冥机云卧千秋观,典酒金龟谁与俱"(《镜湖词送贺知章入道》,《梧滩集》卷之十二);"稽山贺老在,狂是谪仙知"(《醉后我倚舟中泛翁立岸上口号》,《梧滩集》卷之十二)。

李惟樟(1625—1701)"谁怜三代直,自许四明狂"(《述怀次李相国奎报上赵相国诗韵寄意于同庚诸友》)。

李敏叙(1633—1688)"贺老隐庐山,自号四明狂客。子陵卧钓濑,亦称东汉故人。"(《上李学士启》,《西河先生集》卷第六)。

李瑞雨(1633—1709)"山公不骑马,贺老似乘船"(《南村醉后复次前韵》,《松坡集》卷之一)。

申翼相(1634—1697)"灵龟返绿水,不愿藻梲之居。孔翠望赤霄,愁思雕笼之养。物固然矣,人亦有之。四明狂客,神仙中人。江湖散迹,芥千金而不盻。潇洒出尘之标,屣万钟其如遗,耿介拔俗之志。半世梦断,轩冕几年,兴酣林泉,翻然鹤头之书,遽入豹隐之谷。天开间阖,纵承来汝之恩。春满鉴湖,难禁归欤之兴。鸿鹄一举,肯同鸡鹜之谋粱。凤凰高翔,不顾鸱枭之吓鼠。长辞万乘天子,归来一介山人。纡皇情于数行,口诵宸翰,赐清湖之一曲,手擎鸾书,荣动百僚,事光千古。黄冠野服,宛带御炉之香。绿水青山,不改旧日之色。于时云起,别路雨散。离亭乡心,随越鸟共飞,归意与春水俱逝。花冥冥日杲杲,那堪解携之情?车辚辚马萧萧,尽是倾城之别。十里五里,千人万人,啧舌咸嗟,还悲白驹之难絷。畜眼未见,应有绘事之相传。仆尝世味而齿寒,阅人情而头白。几多思归,梦犹作未归之人。正是忆山时,复送还山之客。追仙踪于象外,何用买山之钱?结茅屋于云边,庶遂终老之约"(《送贺知章归乡序》,《醒斋遗稿》册一)。

李世白(1635—1703)"平湖起望清如镜,千载心期贺老狂"(《次老杜七言短律韵》,《雩沙集》卷之二)。

任堕(1640—1724)"兰亭醉墨羲之笔,镜水狂歌贺老竿"(《赵声伯闻余栏字韵和寄二首次韵以报》,《水村集》卷之三)。

金声久(1641—1707)"庞公只合山中去,贺监偏工水底眠"(《次李鸣瑞凤征韵四首》,《八吾轩先生文集》卷之一)。

权綠(1658—1730)"萧洒如王右军,风流如贺季真"(《谩录》,《滩村先生遗稿》卷之七)。

李海朝(1660—1711)"江乡随处足莼鲈,狂客何烦乞镜湖"(《李仲宾世观冒雨远访喜赋》,《鸣岩集》卷之二)。

孙命来(1664—1722)"稽山鉴水之胜,较中国未知优劣何如,而亦不曰山川以人物而轻重尔乎?贺监一清狂诗酒流耳,荣赐台池于告老之日侈矣"(《亦乐亭记山阴正谷驿村姜友命基亭名》,《昌舍集》卷之三)。

蔡彭胤(1669—1731)"文园淹卧相如渴,镜水归思贺老狂"(《两学士见和复用前韵演成七言奉希斤正》,《希庵先生集》卷之三)。

蔡之洪(1683—1741)"乡山归计与云并,客风流继四明"(《李大来泰将入铁原峡中书来求诗谨步前韵以呈》,《凤岩集》卷之一)。

赵显命(1691—1752)"归去追陶令,清狂忆贺监"(《又联句没韵》,《归鹿集》卷之一)。

金信谦(1693—1738)"沉冥竹林贤,飘逸四明客"(《又次仪韶》,《橧巢集》卷之三)。

赵普阳(1709—1788)"四明吾狂客,三清尔谪仙"(《赠丁法正》,《八友轩先生文集》卷之三)。

徐命瑞(1711—1795)"风流全付笔家王,镜水稽山结构长。别有朱栏称道观,不妨分属贺知章"(《道士观》,《晚翁集》卷一)。

申光洙(1712—1775)"千载诗仙贺季真,风流不尽鉴湖滨"(《又用别韵录寄》,《石北先生文集》卷之三);"一乡于勒是前身,千载风流又季真"(《后夜惜别》,《石北先生文集》卷之六)。

朴齐家(1750—1805)"四海襟期嵇叔夜,百年醒醉贺知章"(《寄霞石幽居》,《贞蕤阁》二集)。

李野淳(1755—1831)"尝有诗曰羲皇日月陶三径,狂客风流贺四明"(《龙山逸稿序》,《广濑文集》卷之八)。

朴宗庆(1765—1817)"风流传四明狂客,平章待三山老翁"(《镜浦台重修上梁文》,《敦岩集》卷之六)。

朴允默(1771—1849)"潘岳早衰嘲射雉,贺监泥醉笑乘舡"(《次韵画舫寄示》,《存斋集》卷之三)。

郑元容(1783—1873)"我如醉贺监,转眸玄花重"(《江行杂咏五绝》,《经山集》卷一)。

闵在南(1802—1873)"季真湖上右军亭,唐晋文章去后声。从古山阴名胜地,几人诗酒唤风情"(《登换鹅亭》,《晦亭集》卷之三);"公以风流雅致,大鸣于江右之山阴,殆古之贺季真、王子猷、陆放翁之流也。人之在世,凡可以闻于后者皆声也"(《枕声斋重建记》,《晦亭集》卷之六)。

赵冕镐(1803—1887)"怊怅饮中仙少一,剡川遄返贺知章"(《海藏养疴琴泉诗社大寂寥也韦公又值其生朝往会琴泉是日陡不禁驰想》,《玉垂先生集》卷之九)。

南秉哲(1817—1863)"敢将佳句论三昧,不妨狂衔作四明"(《白莲社与洪芍玉钟应春湖钟序兄弟金苔溪大根洪醉裘在赫作》,《圭斋遗稿》卷一)。

姜瑋(1820—1884)"相逢便呼李谪仙,四明狂客非子耶"(《次李芛垣中书有菜赠宁斋侍读韵奉赠宁斋走笔一夕作》,《古欢堂收草诗稿》卷之十三)。

金兴洛(1827—1899)"风流贺老厌尘喧,晚卜剡川一壑专"(《题柳叔温润文剡溪别业》,《西山先生文集》卷之一)。

二 荣归文化文献缉考

诗作之中,贺知章以《回乡偶书二首》闻名于世,在如叙家常的言语字句间,折射出古代儒士阶层读书致仕,逢老返乡,荣归故里的人生轨迹。贺知章从年少离家至86岁回乡,漫漫50余载宦游经历积淀了深刻的生命思索。诗人"荣归"的感慨中,一方面有修齐治平的伟大抱负得以实现的荣耀,一方面有韶光流逝,昔我往矣的沧桑慨叹。"惟有门前镜湖水,春风不改旧时波",几十年的宦游生涯,抵不住人间世事的消磨变迁。然观门前湖水碧波不改,对比之中流露出的是"变"与"常"的哲学化体悟。所谓"言常而不住,称去而不迁。不迁,故虽往而常静,不住,故虽静而常往。虽静而常往,故往而弗迁"(释僧肇《物不迁论》)。韩国文人接受贺知章的文献中,频有"镜湖""君恩""归老"字样,所言之事,所抒之慨,亦可见其对"荣归文化"的认识。

林椿(1150—1185)"诏书虽未赐镜湖,恳表终须乞岣嵝"(《书莲花院壁》,《西河先生集》卷第二)。

李奎报（1168—1241）"好在镜湖水，何时赐贺监"（《黄骊乡校诸生为予具船楫乘月泛江至五更方罢时大醉不能作长篇以答厚意明日将向尚州出宿根谷村以记昨日游赏之乐以谢乡党二三子云》，《东国李相国全集》卷第六）。

安轴（1282—1348）"若赐城南镜湖月，旧居何必恋吾州"（《次韵杆城客馆诗》，《谨斋先生集》卷之一）。

李穑（1328—1396）"病余喜跃真天幸，敕赐镜湖恩泽新"（《即事》，《牧隐诗稿》卷之十）；"敕赐镜湖溢简策，长江两岸多良田"（《赐田申省状至，去岁十二月所申也，今年三月始得之，未及展阅向阙谢恩，吟成一首》，《牧隐诗稿》卷之十五）；"只喜相从今可必，镜湖恩赐已多时"（《奉寄大姨夫闵判事》，《牧隐诗稿》卷之二十一）；"马山已矣不可往，敕赐镜湖荷王灵"（《得子复鱼酒因起骊江之兴作短歌》，《牧隐诗稿》卷之二十二）。

郑梦周（1337—1392）"一曲镜湖如许我，他年当作贺知章"（《送柳按廉珣二绝》，《圃隐先生文集》卷之二）。

徐居正（1420—1488）"盖谢傅之于东山，贺监之于镜湖，潘阆之于三峰，和靖之于西湖，好之已癖"（《假山记》，《四佳文集》卷之一）；"天惜贺监辞老日，社开白传退休年"（《送崔直提学乞退还乡德之》，《四佳诗集》卷之二）；"尝读唐史贺秘监知章将告老，明皇敕赐鉴湖，亲制五言四韵赐之，有以见贺监出处之明，有以见明皇待臣之厚"（《御制狎鸥亭诗序》，《四佳文集》卷之五）；"镜湖曾敕赐，杰阁倚云深"《又次日休陪左相游西湖韵》，《四佳诗集》卷之八）；"何日镜湖蒙敕赐，好将骸骨送残生"（《次韵沈判事璇丰壤别墅诗韵六首》，《四佳诗集》卷之八）；"镜湖人去千年后，赤壁名高百载间"（《次韵金子固见寄三首》，《四佳诗集》卷之二十二）；"诗酒风流自在身，谁教名利强簪绅。金门早隐东方朔，镜沼终归贺季真"（《题申大谏同年自绳汉江别墅十首》，《四佳诗集》卷之二十九）；"栗里将归陶靖节，鉴湖终老贺知章"（《又用前韵录似》，《四佳诗集》卷之三十）；"红尘白发已残生，身世多惭贺四明"（《次逍遥亭权兄见寄诗韵六首》，《四佳诗集》卷之五十）；"刘伯伦贺季真，古来贤达推第一"（《醉歌行》，《四佳诗集》补遗一）。

金时习（1435—1493）"我忆贺知章，归老镜湖曲。虽无印绶荣，心闲万事足"（《岁晚居城东瀑布之顶青松白石甚惬余意和靖节归园田诗五首》，《梅月堂诗集》卷之四）。

丁寿岗（1454—1527）"狂情摇荡出风尘，厌却襕衫绊此身。恩许鉴湖归卧处，半生朝市梦非真"（《次东坡书王晋卿画韵》，《月轩集》卷之二）。

金净（1486—1521）"明主恩波阔，将身得自由。本缘辞宠禄，却为慕仙游。江海冥飞鹄，沧浪不系舟。浮尘身外累，孤棹镜湖秋"（《送贺知章归鉴湖》，《冲庵先生集》卷之二）。

苏世让（1486—1562）"常愧季真烦敕赐，有谁争棹鉴湖桡"（《李府尹惠示和什次韵》，《阳谷先生集》卷之七）。

沈彦光（1487—1540）"人惊贺老常吴语，谁念钟仪独楚音"（《咸兴别德源宰赵君玉昆》，《渔村集》卷之三）。

郑士龙（1491—1570）"还乡不要贺公湖，试向桑田费蒉芜"（《题世珍牙湖精舍用鱼子游韵》，《湖阴杂稿》卷之一）；"君恩赖有汾江在，荣赐何须羡季真"（《退休时别帖》，《聋岩先生文集》卷之五）。

周世鹏（1495—1554）"圣恩若许全湖赐，肯把风流让四明"（《三日浦次前贤韵二首》，《武陵杂稿》卷之二）。

李瀣（1496—1550）"君恩赖有汾江在，荣赐何须羡季真"（《送李参判贤辅南行》，《温溪先生逸稿》卷之一）。

李滉（1501—1570）"贺公若得归吴地，杜老宁辞食楚萍"（《十三抵醴泉再辞待命呻吟之余见轩有己酉经行拙句有感二绝》，《退溪先生文集》卷之四）。

辛应时（1532—1585）"褒赠宜师古，愚言未必遵"（昔唐处士司马承祯卒，赠银青先禄大夫，谥贞一先生，贺知章请还乡里，擢其子为司马云，故未句偶及之。）（《有怀故成处士守琛三十韵》，《白麓遗稿》）。

李珥（1536—1584）"昔者，贺知章之退也，唐玄宗至于赠诗而不固挽"（《辞直提学疏》，《栗谷先生全书》卷之五）。

尹根寿（1537—1616）"他年发轫荣途日，更溯渊源续贺公"（《奉赠刘以安名世范》，《月汀先生集》朝天录）。

李达（1539—1618）"无人识贺老，家在镜湖边"（《画》，《荪谷诗集》卷之五）。

李廷馣（1541—1600）"风月涵千顷，恩波当镜湖"（《贞洲精舍八咏用茅斋元韵八首》，《四留斋集》卷之一）。

郭说（1548—1630）"四明狂客老归吴，君宠汪洋赐镜湖。我今来作江山主，一曲西湖帝赉予"（《屋前有湖潮满则如镜故戏吟》，《西浦先生集》卷之四）。

吕大老（1552—1619）"名符贺监故宅，镜湖之秋荷复香"（《镜阳书院重修上梁文》，《鉴湖先生文集》卷之三）。

裴龙吉（1556—1609）"安得颠狂同贺老，为将君赐作身荣"（《镜浦》，《琴易堂先生文集》卷之一）。

李恒福（1556—1618）"怀归贺老雅吴语，卧病庄生犹越吟"（《朴通官随册使在倭营述怀寄诗次韵却寄》，《白沙先生集》卷之一）。

郑经世（1563—1633）"其在山阴，爱镜湖换鹅之胜，公余挂笏赏玩遣怀"（《家状》，《悠然堂先生文集》卷之四）。

李廷龟（1564—1635）"栗里田园陶处士，鉴湖流水贺知章"（《又迭前韵二首》，《月沙先生集》卷之十六）。

申钦（1566—1628）"鉴湖流水贺知章，一村酒熟新开瓮"（《次月沙韵六首》，《象村稿》卷之十四）；"湖光晴绕兰亭曲，月色秋连贺监家"（《送董生忠还吴生随天将东来》，《象村稿》卷之十二）。

李惟弘（1567—1619）"飞白表直臣之补阙，大宗爱才于魏征，龙章歌道士之还乡，明皇惜贤于贺监，有何一善之可奖，敢与二子而同荣"（《拟宋陈抟谢赐御制诗表》，《艮庭集》卷之四）。

李回宝（1594—1669）"四明狂客见几明，早见明皇志气盈"（《遗荣入道月课》，《石屏先生文集》卷之二）。

姜瑜（1597—1668）"白首淹留人莫怪，君王将赐季真湖"（《次永安尉韵》，《商谷集》卷之一）。

李时省（1598—1668）"贺老四明趣，陶公三径心"（《奉呈闵金知》，《骐峰集》卷之二）；"杜陵作吏趋三辅，贺老休官向四明"（《次韵寄何山崔圣许孝骞》，《骐峰集》卷之三）；"清芬每忆陶弘景，高趣宁忘贺季真"（《直中》，《骐峰集》卷之三）。

俞㻐（1614—1690）"人生适志即为贤，进退由吾岂问天。贺老当年归镜水，文饶晚计在平泉。琴书亦足成三友，风月何曾费一钱？此乐不知衰暮至，世间荣辱总悠然"（《适志》，《秋潭集》卷之亨）；"他时倘荷君恩赐，贺老风流定不孤"（《鉴湖》，《秋潭集》卷之元）；"人生适志即为贤，进退由吾岂问天。贺老当年归镜水，文饶晚计在平泉。琴书亦足成三友，风月何曾费一钱？此乐不知衰暮至，世间荣辱总悠然"（《适志》，《秋潭集》卷之亨）。

沈攸（1620—1688）"天边梅柳休题句，早乞江湖忆季真"（《壬子立春》，《梧滩集》卷之三）；"诗成楚调怜元亮，兴入吴门忆季真"（《月夜有怀寄洪柳二词伯求和》，《梧滩集》卷之八）；"春色深藏刁老坞，天恩长借贺公湖"（《过慎学士天翊居》，《梧滩集》卷之十）；"时题八咏临清汉，何似三章乞镜湖"（《壶谷金华两尚书任江陵文仲宋承旨汉卿来访座中以"江湖余乐也"分韵余得"湖"字》，《梧滩集》卷之十）。

李震白（1622—1707）"谢公诗与贺公湖，平地神仙也不无"（《再迭》，《西岩遗稿》卷之上）。

洪柱国（1623—1680）"几向稽山寻贺老，重游赤壁负苏仙"（《次文仲韵寄仲美》，《泛翁集》卷之四）。

任弘亮（1634—1707）"展拜茔前移玉节，荣乡何羡季真湖"（《拟海伯巡到西河省先茔会宗人次故任观察弼亨韵二首》，《敝帚遗稿》卷之二）。

任相元（1638—1697）"贺监道缘终不浅，匡生儒术竟虚称"（《早起》，《恬轩集》卷之十三）；"君恩未报官先罢，敢望知章赐镜湖"（《恬轩集》卷之二十）。

李玄锡（1647—1703）"窃以名场暮景，鹏力倦于风云。灵界退心，凤想疲于烟月。在凡情而尚尔，矧道气之浩然。贺监道士，金门谪仙，香案旧吏，俗缘如梦。阅了八十六光阴，真性若珠，磨尽千百亿尘劫，将寻汗漫之约。岂恋轩冕之荣，指仙境于归鞭。路连禹穴，遗宦情如脱屣，迹谢尧阶。斯为入道之行，奚但致仕而止。是用恩比割地，特许镜湖之分。礼隆惜贤，更赐青门之饯。奉宸翰而再拜，离歌一篇，承帝命而咸臻，送车几两。还乡，转纡于盛眷；临歧，岂叹于销魂。于时寒驴暂留，落日移碧山之影，浮蚁频罄，野水添玉舟之波。霞佩星冠，将举御风之袂，清都紫府，争羡出尘之游。想其扫宿云于瑶坛，炼法火于金灶。剡川烟浪，重结鸥鹭之盟；蕙帐清宵，应绝猿鹤之怨。骖鸾他日，伫见阆苑之归。絷驹今朝，谁止空谷之遁？第以飞升之术虽妙，何关廊庙之材？箕颍之志虽高，莫补唐虞之化。肆切群英之怅，仍起九重之嗟。因兹赠言，引而成序。虽复忘世已久，更无论口忘言，别口则长思，少纾于别语"（《拟送贺知章归乡序》，《游斋先生集》卷之十五）。

李玄祚（1654—1710）"扫尘开榻迎徐孺，扶醉乘船送贺监"（《寄呈任上舍二十韵》，《景渊堂先生诗集》卷之三）。

权斗经（1654—1726）"昔贺知章年八十乞为道士，玄宗作诗送之，群臣多和之者。文潞公当元丰末告老，神宗赐宴赐诗，古今荣之，然知章狂客，其归以黄冠"（《代人贺李相公观征致政序》，《苍雪斋先生文集》卷之十二）。

李喜朝（1655—1724）"则岂非圣上尊贤养老之盛德，仍引贺知章故事以证之，并嘉纳"（《大匡辅国崇禄大夫议政府领议政兼领经筵弘文馆艺文馆春秋馆观象监事世子师退忧堂先生金公行状》，《芝村先生文集》卷之二十六）。

赵正万（1656—1739）"随子之官者，曾闻贺季真"（《到宁边日示吉别提仁和诸人》，《寤斋集》卷二）。

赵泰亿（1675—1728）"千秋贺老意，吾欲与鸥盟"（《泛镜湖即换亭下江水》，《谦斋集》卷之三）；"唯须敛迹归盘谷，敢冀蒙恩赐镜湖"（《偶阅东文选漫次卷中韵示尹李两君》，《谦斋集》卷之十三）。

李秉成（1675—1735）"贺老归时轻驷马，庞公卧处有云山"（《次牛冈赵丈完璧悠悠堂诗韵》，《顺庵集》卷之三）。

沈錥（1685—1753）"孤怀每忆镜湖时，几岁欣沾雨露滋"（《四月二日》，《樗村先生遗稿》卷之十五）。

郑基安（1695—1775）"湖山最荷君王赐，千载堪夸两季真"（《戏酬黄金枢子长櫹》，《晚慕遗稿》卷之三）。

南有容（1698—1773）"贺季真以太子宾客致仕，白乐天以刑部尚书致仕"（《有怀鉴湖香山吟成一诗》，《雷渊集》卷之七）；"唐臣贺知章之去也，天子赐诗以宠之，可谓异恩"（《景贤堂宣麻录跋》，《雷渊集》卷之十一）。

李献庆（1719—1791）"贺老四明之湖，何待敕赐"（《平康有年亭上梁文》，《艮翁先生文集》卷之十）。

李福源（1719—1792）"贺知章致仕而归，唐宗赐以五律一篇，当时夸为盛事而未尝闻宣取其稿也"（《保晚斋集序》）。

柳道源（1721—1791）"贺知章，唐天宝中，为集贤学士，请为道士还乡，诏赐鉴湖剡川一曲"（《书堂次金应霖秋怀书堂》，《退溪先生文集》考证卷之一）。

尹愭（1741—1826）"贺知章乞还乡，诏赐镜湖一曲，百僚祖道，御诗送行"（《论致仕》，《无名子集文稿》册六）；"僧道与朝士：先为道士后入仕者，唐魏征，卢程，元张雨，明陈鉴，先仕后为道士者，唐贺知章，郑铣，郭仙舟，宋李太尉"（《井上闲话》，《无名子集文稿》册十二）。

洪仁谟（1755—1812）"将伴贺监老，宁随屈子醒"（《以红入桃花嫩青归柳叶新为韵命题赋各体》，《足睡堂集》卷之三）。

丁若镛（1762—1836）"西池作汤沐，谁羡贺知章"（《重寄南皋》，《与犹堂全书》第一集诗文集第三卷）。

赵秀三（1762—1849）"退而与宾客故旧，赏花于汾阳之园，载酒于贺监之湖，歌乐觞咏，则于斯时也"（《石厓赵公周甲寿序》，《秋斋集》卷之八）。

姜浚钦（1768—1833）"贺老辞荣日，延平就养时"（《呈澹翁翁方就养于其子交州任所相见喜甚以琴歌叙欢》，《三溟诗集》七编）。

赵秉铉（1791—1849）"逮斯适兹告退，曰彼知章，数行草疏丹日，八耋茎发银霜。疏大夫之晚年悬车，贤哉休计"（《诏赐鉴湖一曲律赋韵一片扬州五湖》，《成斋集》卷之三）。

洪翰周（1798—1868）"元亮定归栗里日，季真还到剡溪时"（《贺外舅西渔权公归乡》，《海翁诗稿》卷一）。

申佐模（1799—1877）"贺监一曲元居水，白傅千金且买山"（《东峡纪行并小序》，《澹人集》卷之三）；"丹穴期梅尉，名湖访贺监"（《朝发咸阳向晋州》，《澹人集》卷之八）。

闵在南（1802—1873）"陶令田园仍旧宅，贺监台沼又今贤"（《次介隐山亭韵三首》，《晦亭集》卷之三）。

金允植（1835—1922）"颜其室曰诏湖亭，盖取贺知章鉴湖故事也，昔贺监知唐室之将乱，休官远势，放浪于江湖之上，可谓明哲保身者也"

(《诏湖亭记》,《云养集》卷之十)。

三 赏识文化文献缉考

贺知章赏识李白才华,曾脱口呼其"谪仙人",把酒言欢,忘带酒钱,贺知章便解御赐金龟换酒,二人豪饮畅谈,相聚甚欢,互许忘年莫逆。"金龟换酒"自成佳话。"李白初自蜀至京,舍于逆旅。贺监知章闻其名,首访之。既奇其姿,复请所为文……号为'谪仙',解金龟换酒,与倾尽醉"(孟棨《本事诗·高逸第三》)。同爱饮酒,同有仙风,可见李、贺二人风骨才情的相似,这种相似促成了贺知章对李白的赏识。李白诗作中每每谈及贺知章,常饱含感遇知音的深挚情谊:"昔好杯中酒,翻为松下尘。金龟换酒处,却忆泪沾巾。"(《对酒忆贺监二首》)后世文学作品中,言诗酒风流也常见李、贺二人同出。心性相同、互许知音的诗人相知相赏,或在政治上举荐,或在文学作品中唱酬,于后世文坛往往同出并美,二人事迹得以流传。以李、贺二人为例,这样的过程诠释出中国自古具有的一种"赏识文化"。韩国诗人接受中国汉诗,论及贺知章,往往亦言李白;论及李白,往往亦言贺知章;论及俊才仙骨、诗酒文章,诸般相似品性倾好,往往将二人同诗并提。

林椿(1150—1185)"从此匡庐无贺监,谁能呼我谪仙才"(《追悼郑学士》,《西河先生集》卷第二);"加以解贺监之金龟,唤洞庭之春色"(《答从兄启》,《西河先生集》卷第六)。

徐居正(1420—1488)"李白高才世不多,风流曾见八仙歌。沈香亭北花如海,采石江头月似波。贺老交情松下土,汾阳高议日边霞。骑鲸一去无消息,千载何人续大家"(《读李白诗》,《四佳诗集》卷之十二);"相寻沽酒金龟在,贺监心知李翰林"(《五用前韵二首》,《四佳诗集》卷之二十二)。

金安老(1481—1537)"满斟聊荷换金龟,贺知章见李白,金龟换酒"(《尧卿和寄且送酒复用韵谢之》,《希乐堂文稿》卷之二)。

李德弘(1541—1596)"金龟老,子才以太白自许,故拟主人于贺知章"(《古文前集质疑》,《艮斋先生续集》卷之四)。

成文浚(1559—1626)"池荷忆贺监,梁月怀仙李"(《挽李台征寿征》,《沧浪先生诗集》卷之一)。

崔有渊（1587—?）"李太白作蜀道难,而贺季真知其为谪仙子"（《仙游峰记》,《玄岩遗稿》卷之四)。

金得臣（1604—1684）"司马相如、李白皆能文章而困阨,然杨得意荐司马相如,贺监荐李白,终售其才"（《与友人序》,《柏谷先祖文集》册五)。

金益熙（1610—1656）"今日崔而仰,当时贺季真。家临鉴湖水,客有谪仙人"（《鉴湖主人崔君酒席题赠》,《沧洲先生遗稿》卷之三)。

沈攸（1620—1688）"笑余非贺老,呼尔谪仙人。笔下诗无敌,樽前兴有神"（《次泛翁韵走酬》,《梧滩集》卷之一);"俯仰抚宇宙,星岳君返真。文章留剩馥,宛对卷中人。江汉一茅宇,图书生绿尘。泪尽绝弦后,怀古复湿巾"（《卷中阅久堂诗用李太白对酒忆贺监韵》,《梧滩集》卷之十一);"蜀道风流作,谁逢贺四明"（《又和都使君》,《梧滩集》卷之五)。

朴守俭（1629—1698）"乃以四君子为题,赋诗各一首,韵用李青莲送贺监律以蔽之,盖欲售其工而遣其趣也"（《四君子诗并序》,《林湖集》卷之二)。

赵持谦（1639—1685）"平生许与贺知章,末路扶持郭汾阳。一自长鲸天上去,寥寥宇宙几千霜"（《李白》,《迂斋集》卷之一)。

李世龟（1646—1700）"昔李翰林未达时,以蜀道难谒贺四明。贺公击节叹曰谪仙人也,遂解所佩金龟,换酒而饮之,大加称奖。至今传以为美事。丙午孟秋之末,余将南行,往辞于郑东溟,侍语移日,酌酒盈瓯,谈论风生。以为文章初非难事,在于勤学。学周秦则为周秦,学汉唐则为汉唐。所可恨者,滔滔末世,科业是务,呼朋引类,举皆涂抹于曲径污泥之中。一条正路,荒芜久矣。吾子年少,盍不勉焉？犹记幼时受韩文公集一秩于先相公门下,得与于高弟子之列,今日逢君,怀不能已也,辞意激昂,气像儡鬼,诱掖奖劝,亹亹忘倦。已而暝烟乍起,鸟归荷塘,敛衽辞退,恍然如有所得焉者。自念蒙陋微才,有愧于昔人。而况执策骚坛,颉颃当世,自非吾辈事,而郑老之风则或者不绌于贺氏长者之意,不可终泯而无述焉,故用是作序。丙午孟冬晦日,南岳病人书。

昔谒东溟老,须发白于霜。气习似战国,出语多激昂。论文许先秦,论诗止盛唐。每恨世俗人,名利皆猖狂。酌酒满金樽,劝我学文章。门馆事如昨,黾勉须肯堂。星斗缀佩缥,芷兰作衣裳。青天四开豁,白日当中央。秣马遵正路，长驱勿彷徨。当年足自乐，千古有耿光。亹亹说不已，暝色生荷塘。迩来阻音尘，木落江山长。独坐歌激烈，斯言未敢忘"（《忆东溟丈诗并小序》，《养窝集》册一）。

金履万（1683—1758）"贺老昔忻逢太白，韩公今惜失元宾"（《追和李敬辑滨字》，《鹤皋先生文集》卷之六）。

李献庆（1719—1791）"芳邻傥屋同王翰，清夜论诗得贺监"（《除太常正后简洪台君平》，《艮翁先生文集》卷之五）。

成大中（1732—1809）"王右军换鹅书，乃道德经也，而世皆谓之黄庭经者，以有太白赠贺监诗也。然诗注亦以为道德经，其非黄庭审矣，览是帖者，不可不知此"（《书金义铉所藏黄庭经后》，《青城集》卷之八）。

尹愭（1741—1826）"贺知章见李白诗，呼为谪仙，金龟换酒"（《峡里闲话》，《无名子集文稿》册十三）。

朴齐家（1750—1805）"杀鸡侯范卿，解龟惊贺老"（《权处可来宿》，《贞蕤阁》四集）。

李五秀（1783—1853）"如随柏叶从三峡，肯换金龟向四明"（《正月上日鲁孙进屠苏酒续闻宗君景涵瓒有四韵一律追次以示》，《东里集》卷之二）。

李昆秀（1783—1853）"漫思贺老之换龟，三酌不知"（《拟唐翰林供奉李白谢于白莲池宴群臣之日不治呼来不上船之罪仍使黄门扶以登舟表亲试》，《寿斋遗稿》卷之二）。

李尚迪（1803—1865）"余岂青莲匹，君惟贺季真"（《集保安寺赠墨农》，《恩诵堂集》卷二）；"千秋吊古，曾寻郭隗之台；四海论交，谁换贺监之酒"（《送朴茨山学官归杨江序》，《恩诵堂集》卷一）；"多惭呼我谪仙人，贺监风流出世尘"（《题朴清珊韩斋赠别诗册》，《恩诵堂集》续集诗卷七）。

贺知章性格与人生经历折射出的清狂文化、荣归文化、赏识文化对东亚上层阶级文人影响深远。此命题亦可勾陈延展出地域文化、致仕文化、交游文化等更广泛细致的思考，对未来进一步研究东亚文化在文学、文献学、考古学、哲学等领域的传播接受有重要的启示意义。

（作者单位：吉林大学文学院）

朝鲜文人的韩柳论

摘　要：韩愈和柳宗元都是在朝鲜半岛影响巨大的古文家，他们的作品很早就传入了朝鲜半岛，受到朝鲜人的喜爱和推崇。从朝鲜文人对韩柳的评论来看，一方面，韩柳并称，将他们看作古文学习的典范，在这个基础上，则尊韩抑柳者有之，尊柳者亦有之；但另一方面，与对韩愈人文一致的尊崇不同，对柳宗元则有着对文章和人品认识上的严重分裂，对柳宗元人品持激烈否定和批评的声音持续不断。

关键词：韩愈　柳宗元　朝鲜半岛

苏　岑

韩愈和柳宗元都是在朝鲜半岛影响巨大的古文家，他们的作品很早就传入了朝鲜半岛，受到朝鲜人的喜爱和推崇，得到多次刊刻出版，是古文学习的重要典范。据《增补文献备考·艺文考》记载，高丽宣宗二年（1085），宋哲宗即位，向高丽赐《文苑英华》一书，而《文苑英华》收录韩愈、柳宗元诗文各一百余首，可视为韩柳诗文传入朝鲜半岛的确证。[①]《高丽史·宣宗世家》和《宋史·高丽传》都记载此事，可知确有所本。那么韩柳作品传入朝鲜半岛的时间最晚可以确定在十一世纪八十年代。在高丽朝后期，韩柳文集逐渐成为文士们阅读的基本典籍，和《文选》、李杜诗等一起成为文人学者学习的典范，其地位要高出其他文人别集一等，如崔滋《补闲集》记载："文安公常言凡为国朝制作，引用古事，于文则

[①]《增补文献备考》卷二百四十二下，艺文考一，明文堂，2000，第842页，"宣宗二年，宋哲宗立，遣两使奉慰致贺，请市刑法之书：《太平御览》《开宝通礼》《文苑英华》，惟赐《文苑英华》一书"。

六经三史，诗则《文选》李杜韩柳，此外诸家文集，不宜据引为用。"[1]可见在为政府所创作的公文中，所用典故有严格要求，必须来自韩柳集、《文选》等重要典籍才算合格，韩柳的重要地位可见一斑。朝鲜半岛的文人对韩柳的接受是韩柳域外传播的重要一部分，本文拟对朝鲜文人对韩柳二人的比较评论作一番考察。

一　韩柳并称

在中国文学中，韩柳一向并称为古文创作的典范，就朝鲜文人的记载来看，整体上仍坚持韩柳并称，认为二人是古文甚至文学的杰出代表和典范。如金时习《赠敏上人》写道："雄文学韩柳，雅句师李杜。奇谈杂老庄，笔法传石鼓。"[2] 郑伩在《赠金庆叔善基》序中说："文章之雄者，莫盛于韩柳。"[3] 徐宗伋则说："文章法韩柳，落笔何浩放。"[4] 申维翰甚至认为："余谓文之有序记各体，非古也。自唐韩柳作法以后，名公巨擘，虽有超乘之才，率不能脱此科臼。"[5] 李光庭则认为："常以为秦汉以来，太史公、韩昌黎、柳柳州最大家。自少用力，必以数家为准，自宋已下不数也。"[6] 都是把韩柳看成古文典范。也有将韩柳和欧苏并称作为古文典范，如徐居正说："后世文章之盛，莫如唐之韩愈、柳宗元，宋之欧阳修、苏轼。"[7] 权五福在《寄叙之》中说："韩柳宏辞何落落，欧苏大手极恢恢。"[8] 姜沆在《与申生思孝书》中则说："世之论文者，于唐数韩柳，于

---

[1] 蔡美花、赵季主编《韩国诗话全编校注》第1册，人民文学出版社，2012，第112页。
[2] 〔朝〕金时习：《梅月堂集》卷三《赠敏上人》，载韩国民族文化推进会编《韩国文集丛刊》第13册，1996，第130页。以下所引《韩国文集丛刊》皆为韩国民族文化推进会编。
[3] 〔朝〕郑伩：《愚川先生文集》卷五《赠金庆叔善基》，载《韩国文集丛刊》第29册，第155页。
[4] 〔朝〕徐宗伋：《退轩遗稿》卷一《奉别俞友之岭南》，载《韩国文集丛刊》第69册，第6页。
[5] 〔朝〕申维翰：《青泉先生续集》卷九《三家狐白评》，载《韩国文集丛刊》第200册，第534页。
[6] 〔朝〕李光庭：《讷隐先生文集》卷十九《生员申公行记》，载《韩国文集丛刊》第187册，509页。
[7] 《成宗实录》55卷，成宗6年5月7日条，韩国国史编纂委员会编影印本，第9册，第221页。
[8] 〔朝〕权五福：《睡轩集》卷二《寄叙之》，载《韩国文集丛刊》第17册，第350页。

宋数老苏。"① 或者将韩柳和司马迁、班固并称为古文模范，如李时省说："文则祖述班马，宪章韩柳。"② 金得臣说："班马与韩柳，文章日月争。"③ 而在称赞某人文章才能卓越时，则往往更多地以韩柳作比，韩柳代表了古文写作的理想境地：

"韩柳文章，钟王笔法。"④
"文超韩柳，学穷篆籀。"⑤
"门压陶朱董富贵，气凌韩柳巨文章。"⑥
"事业压倒山西东，文章定奋韩柳碑。"⑦

朝鲜朝是一个朱子性理学占据主导地位的时代，同时兼具道学与文章成为文人追求的理想境界，兼具二者也成为对一个人的最高称赞，而文章的代表则是韩柳，如卞季良在所作《祭阳村文》中称赞权近："濂洛其学，韩柳其文。"⑧ 崔恒在《谢赐宴艺文馆序》中说："非惟升程朱之堂，踵韩柳之辙，纲维国体。"⑨ 将韩柳作为文章典范，和道学、程朱对称，如李恒福说："论文章，则首以班马韩柳李杜为本；论道学，则又以《小学》《心经》《近思录》为阶梯。"⑩ 朝鲜宣祖大王甚至声称："韩柳文章，程朱议论，此圣人日月之明，千秋断案也，人何敢间焉。"⑪ 申球则说："程朱之道德，韩柳之文章，皆本于直。是以孔子曰人之生也直。"⑫ 则指出韩柳文和程朱之道德在本质上是相通的。这些言论足见韩柳文的重要

---

① 〔朝〕姜沆：《睡隐集》卷三《与辛生思孝书》，载《韩国文集丛刊》第73册，第65页。
② 〔朝〕李时省：《骐峰集》卷四《苞桑轩记》，载《韩国文集丛刊》第27册，第563页。
③ 〔朝〕金得臣：《柏谷先祖诗集》册一《偶吟》，载《韩国文集丛刊》第104册，第25页。
④ 〔朝〕金时忱：《愚川先生文集》卷七《祭文》，载《韩国文集丛刊》第29册，第191页。
⑤ 〔朝〕金守温：《拭疣集》卷四《吉昌权公荣亲诗》，载《韩国文集丛刊》第9册，第118页。
⑥ 〔朝〕金守温：《拭疣集》卷四《上河东府院君》，载《韩国文集丛刊》第9册，第128页。
⑦ 〔朝〕崔恒：《太虚亭诗集》卷一《送李佐郎善老之平安咸吉二道》，载《韩国文集丛刊》第9册，第164页。
⑧ 〔朝〕卞季良：《春亭先生文集》卷十一，载《韩国文集丛刊》第8册，第143页。
⑨ 〔朝〕崔恒：《太虚亭文集》卷一《谢赐宴艺文馆序》，载《韩国文集丛刊》第9册，第185页。
⑩ 〔朝〕李恒福：《思庵先生文集》卷五，载《韩国文集丛刊》第38册，第355页。
⑪ 〔朝〕卢守慎：《苏斋先生集后叙》，载《韩国文集丛刊》第35册，第289页。
⑫ 〔朝〕申球：《默庵集》卷一《题茴叟窝说》，载《韩国文集丛刊》第56册，第124页。

地位。

甚至有学者认为，比起其他古文模范，韩柳最适合学习，如河受一说：

"仆尝究《正宗》之文，自《左传》及两汉名贤疏奏之外，韩柳居其半。《续正宗》则宋元明贤臣名士之片言只字合于文轨者，皆采录之。森然若开群玉之府，琮璜圭璋，无不备焉，诚志古文者所宜遍观而尽识。然左氏，太上而简遂；宋已下，太下而委蘼。得其中者莫如韩柳。读韩柳熟，宜古宜今，天下之文章，无驾于此矣。"①

于是，韩柳文就成为大家模仿学习的楷模，被许多学者列为学习古文的必读作品，如赵翼在《致知》一文中认为人生有限而书无穷，在《词学》一栏所罗列的不多的必读作品中就包括韩柳文在内："《文选》、韩柳、李杜及他名家。"② 李植在《示儿孙等》一文中指导儿孙读书作文，就把韩柳文列为要先读之书："科文工夫：韩柳苏文、《文选》、《八大家文》、《古文真宝》、《文章轨范》等中，从所好钞读一卷，限百番。此属先读。"③ 具凤龄在《寄诚胤书》一文中甚至说可以通过循环精读韩柳文来体会作文之法："来后汝之读学几何？须百分致功，幸甚幸甚。韩柳文选，限季夏循环读之。而择其中可读者，尤宜考其始末，观其体段，会其意绪，准其辞语而读之，则庶可得其古人精意所到，而自有作者手法矣。"④ 李玄锡甚至说："然苟有问古文之宜讲读可师法者，即必以《诗》、《书》、《孟子》、《礼记》、《左传》、迁固之史、韩柳之文、楚人骚、唐人诗而应之。"⑤ 因此有人就致力于学习韩柳文，如"纂言则根于韩柳，奇而有致，险而不诡"。⑥ 又如"馆课所作散文赋词，辄入高等，为文颇得韩柳篇法"。⑦

---

① 〔朝〕河受一：《松亭先生文集》卷三《答李昌会》，载《韩国文集丛刊》第 61 册，第 95 页。
② 〔朝〕赵翼：《浦渚先生集》卷二十《致知》，载《韩国文集丛刊》第 85 册，第 354 页。
③ 〔朝〕李植：《泽堂先生别集》卷十四《示儿孙等》，载《韩国文集丛刊》第 88 册，第 513 页。
④ 〔朝〕具凤龄：《柏潭先生集》卷八《寄诚胤书》，载《韩国文集丛刊》第 39 册，第 133 页。
⑤ 〔朝〕李玄锡：《游斋先生集》卷十四《答李秀才万秀书》，载《韩国文集丛刊》第 156 册，第 498 页。
⑥ 〔朝〕赵缵韩：《玄洲先生集序》，载《韩国文集丛刊》第 79 册，第 208 页。
⑦ 〔朝〕张维：《谿谷先生漫笔》卷一，载《韩国文集丛刊》第 92 册，第 592 页。

甚至有人"一取韩柳欧苏氏及盛明诸家之轨度绳尺，以为己有"①，有人"诸子非两汉以上不读，晚又着工于韩柳二集"②，有的人"喜为诗，晚更喜为文。其诗以少陵为师，而文则取法韩柳"。③

由上可见韩柳并称古文典范是当时朝鲜文人的基本观念，受到朝鲜文人的喜爱和推崇，是古文写作的基本教材。

二　韩柳抑扬

在这种韩柳并称的背景下，自然就会涉及韩柳抑扬的问题。许多朝鲜文人认为韩柳都为古文典范，但若要强分高下，则韩愈略胜。如朝鲜初期学者严昕就认为："韩子，道学胜者也；柳子，文章胜者也。言必有中者，宜韩而不宜柳也。"④ 赵龟命则说："远卿尝云，韩文圆，柳文峭。峭者宜哀，圆者宜不哀。而韩之祭文诸作，片言只字，无不刺骨。柳则乃或华侈不切者。何也？余曰：夫有意于文者文胜，文胜则情逊。此柳所以不及韩也。"⑤ 认为柳文情逊于韩，故柳不如韩，这种认识恐难服今人。

甚至有学者不喜柳文，多有批评。如郑弘溟记载："东皋又言，柳文平生不曾寓目。顷因一宰相督令钞出，始得披阅，全无意味。"⑥ 权斗经则说："韩、柳文恐非急务。且柳文谪居以后，志气局促不长远，可戒而不足法也。"⑦ 一般认为柳文正因贬谪而更工，这里所说"志气局促不长远"或就其时柳文之悲感愁苦而言。李颐命甚至说："平生不喜柳文，得朱子之说而尤信所见。其长篇，气短而语急。其短文，颇有好者，盖精悍

---

① 〔朝〕李敏求：《乐全堂集序》之《东阳尉申公文集序》，载《韩国文集丛刊》第93册，第137页。
② 〔朝〕李健命：《寒圃斋集》卷九《行状苍渊奉公行状》，载《韩国文集丛刊》第177册，第505页。
③ 〔朝〕李德寿：《西堂私载》卷三《耐斋集序》，载《韩国文集丛刊》第186册，第217页。
④ 〔朝〕严昕：《十省堂集》卷上《韩柳论史辩》，载《韩国文集丛刊》第32册，第493页。
⑤ 〔朝〕赵龟命：《东谿集》卷八《焚香试笔》，载《韩国文集丛刊》第215册，第172页。
⑥ 〔朝〕郑弘溟：《畸庵集续录》卷十二《漫述》，载《韩国文集丛刊》第87册，第194页。
⑦ 〔朝〕权斗经：《苍雪斋先生文集》卷十《书·答叔章》，载《韩国文集丛刊》第169册，第183页。

雄强，摸拟酷肖则罕伦。而大抵无一唱三叹之意。"① 李说所论过于严苛。有学者批评柳文太巧："柳文太巧颉，蛓弩射人影。所以巧俗者，往往中其病。"② 也有学者受朱子影响，批评柳文过奇："柳州，固以奇见爱于人，而其病处亦在此。朱子尝见人读柳文，谓不读好文而读不好文，其意不偶也。"③ 还有学者说："柳宗元亦与韩氏齐名，然今考宗元之文，专事剽窃，逞其奇巧，已为作文之病。且无韩氏见识，其笔下所成，自不侔也。"④ 认为柳文"专事剽窃，逞其奇巧"，且无见识，这简直接近诋毁。

有的学者则否定柳宗元诗文两能的说法："若陈子昂、柳宗元，当时推其两能。然诗不及李杜，文亦不及韩。其所谓两能，乌足多哉？"⑤ 还有学者比较韩愈的《送穷文》和柳宗元《乞巧文》，认为柳文怨怼诽谤，所言也极为苛刻："昌黎之《送穷》，本出于乞怜之心，而其词有炫能之陋，有好名之累，甚不满人意，然和平温厚而不怨怼克伐，犹有君子之气象。柳州之《乞巧》，直是怨怼诽谤，直是忮害暗毒，乃女子小人之性，不可同日而语也。"⑥ 这些观点并不占主流，但也反映了一部分文人对柳文批评指责和否定的态度。其中一些看法和朱熹的影响密不可分，而一些极其过分的说法则足让人瞠目，恐怕和时人认为柳宗元失节一事不无关系，因人而影响到对他文章的客观评价。同时也不无一些人更为喜欢柳宗元。如柳梦寅就认为柳文比韩文更适合学习："韩文窃古意，削支辞，拔其粹，促其节也。故不善于学之则流于宋文之无味。柳文命意明，立语精也。故语虽涩，而趣则畅，文章之捷径也。此学者不可以不察也。"⑦ 指

---

① 〔朝〕李颐命：《疎斋集》卷十二《杂著·漫录》，载《韩国文集丛刊》第172册，第299页。
② 〔朝〕李溆：《弘道先生遗稿》卷二《诗·论柳文体》，载《韩国文集丛刊续编》第54册，第54页。
③ 〔朝〕朴世堂：《西溪先生集》卷二十《简牍·与沈诚甫余庆》，载《韩国文集丛刊》第134册，第418页。
④ 〔朝〕韩百谦：《久菴遗稿》上《送芝峰李润卿令公朝京序》，载《韩国文集丛刊》第59册，第182页。
⑤ 〔朝〕安重观：《悔窝集》卷五《题跋·五物咏跋》，载《韩国文集丛刊续编》第65册，第344页。
⑥ 〔朝〕金平默：《重菴先生文集》卷三十六《杂著》，载《韩国文集丛刊》第320册，第20页。
⑦ 〔朝〕柳梦寅：《于于集》卷五《与尹进士彬书》，载《韩国文集丛刊》第63册，第414页。

出韩文对前人多所袭用，不善学者会画虎不成反类犬，柳文反倒是学习的捷径。著名理学家曹植就喜欢柳文，郑仁弘《南冥曹先生行状》记载："及长，于书无不通，尤好左、柳文字，制作好奇高，不拘程式。"① 金宇顒《南冥先生集·补遗·行录》更说曹植："少时，大奋业文章家。最喜读柳文，而力慕效之。"②

三　对韩柳认识的深化

朝鲜文人在熟读韩柳文的背景中，虽然对韩柳有所轩轾，但对韩柳文风格的体会和认识则不断加深。如李睟光云："韩退之，柳子厚所着多相似。韩有《平淮西碑铭》，而柳有《平淮夷雅》。韩有《送穷文》，而柳有《乞巧文》，韩有《张中丞传》，而柳有《段太尉逸事状》。且韩之《原道》《佛骨表》《南山诗》，柳不能作矣。柳之《晋问》《天对》，韩亦无矣。"③ 认为韩柳为文，既有接近的一面，也各有所长，不应强分高下。河受一在《李杜韩柳诗文评》一文中说："韩子之文，乘快马临周道，其行如飞，其气如仙，彼款段驽骀，蹢躅皂枥；柳子之文，衣绣裳坐华筵，其香芬郁，其光粲烂，彼缊袍百结，屏迹泥尘。孰为胜也，孰为负也？绣裳不可废也，快马不可弃也，吾将衣绣裳而乘快马也。"④ 以比喻的方式描写韩柳文风，指出柳文绚烂华美的一面，对二者不强分高下而兼容之。

而更多人则注意到了柳文之峭拔精练，韩文之雄深雅健，如李时省《读柳文》说："柳州清峭莫能攀，惟有昌黎若是班。"⑤ 金若炼说："柳文言论刻迫，文辞奇僻。韩文颇浩汗汪洋，而诡谲百态。"⑥ 徐命膺说："韩文之宏大深厚，柳文之峭劲精炼。"⑦ 洪奭周则云："昌黎之文，春容如洪

---

① 〔朝〕郑仁弘：《来庵先生文集》卷十二《南冥曹先生行状》，载《韩国文集丛刊》第43册，第445页。
② 〔朝〕金宇顒：《南冥先生集》卷四《补遗·行录》，载《韩国文集丛刊》第31册，第547页。
③ 〔朝〕李睟光：《芝峰类说》卷八《文章部一·文》，首尔：景仁文化社，1970。
④ 〔朝〕河受一：《松亭先生文集》卷三《李杜韩柳诗文评》，载《韩国文集丛刊》第61册，第103页。
⑤ 〔朝〕李时省：《骐峰集》卷三《读柳文》，载《韩国文集丛刊续编》第27册，第554页。
⑥ 〔朝〕金若炼：《斗庵先生文集》卷五《杏堂童子传》，载《韩国文集丛刊》第91册，第598页。
⑦ 〔朝〕徐命膺：《保晚斋集》卷十六，载《韩国文集丛刊》第233册，第399页。

钟。柳州之文，刻厉如引商。其为体不同，其能动人则一也。"① 申维翰则认为柳文精刚而韩文雄博："比屋而谈，同轨而趋，一鹄而射者，非唐宋八大家乎？昌黎之博厚，柳州之精刚，始能琢古文而为方为圆，示天下规矩。"② 权绋则认为柳文精密："读柳文者，为其精密也。"③ 也有人则曰精工："杜陵苍崛添夔后，子厚精工得柳州。"④ 洪贵达则注意到柳文文字古雅的一面："柳州文字穷尤古，韩子声名谤又新。"⑤ 还有学者注意到了柳文和《左传》接近的一面："老泉，柳州文近左氏。文从字顺则一也。"⑥ "始知柳子之文，得力于左氏者，为尤多也。"⑦

这些观点所描述的韩柳文章风格特点，虽然以印象式居多，但无疑是在深入阅读基础上达成的，也丰富了我们对韩柳文的认识。

四 韩柳在朝鲜半岛接受上的差别

韩愈一生以恢复儒家道统自任，在文学和立身上几乎无可挑剔，而在朝鲜半岛他也是朝鲜王朝和普通文人都一致称颂的人物。但柳宗元的情况却与之截然有别。柳文虽然与韩文同被看作经典，但批评柳宗元人品的声音却非常之多。高丽后期文人李奎报（1168~1241），在《柳子厚文质评》一文中最早提出了柳宗元人品和文品分离的问题，称其文而贬低其人，这种认识矛盾一直延续到朝鲜朝。从《朝鲜王朝实录》的记载来看，朝鲜王朝一方面盛赞柳文，"如《杜诗》，韩、柳文等书，靡不

---

① 〔朝〕洪奭周：《渊泉先生文集》卷二十一《题八家诗钞》，载《韩国文集丛刊》第293册，第486页。
② 〔朝〕申维翰：《青泉集》卷四《赠朴圣光履坤序》，载《韩国文集丛刊》第200册，第305页。
③ 〔朝〕权绋：《滩村先生遗稿》卷七《谩录》，载《韩国文集丛刊续编》第52册，第179页。
④ 〔朝〕徐宗伋：《退轩遗稿》卷一《效王摩诘体》，载《韩国文集丛刊续编》第69册，第15页。
⑤ 〔朝〕洪贵达：《虚白亭文集》卷一《感怀寄大虚》，载《韩国文集丛刊》第14册，第24页。
⑥ 〔朝〕李裕元：《嘉梧藁略》册十四《玉磬觚剩记》，载《韩国文集丛刊》第315册，第543页。
⑦ 〔朝〕郑伏：《愚川先生文集》卷五《赠金庆叔善基序》，载《韩国文集丛刊续编》第29册，第155页。

熟看可也。"① "唐韩、柳氏所著文章，雄伟雅健，杰立宇宙，实万世作者之轨范也。"要求科举考生"亦令兼习李、杜、韩、柳等诗，令艺文馆考其所读卷数，赋诗科次时，并录启闻"。② 同时还不遗余力地为韩柳文作注释并多次刊刻出版。

可见，朝鲜王朝是极为推崇柳文的，作为古文学习的典范，其地位足可与四书五经并列。但是另一方面，对于柳宗元为人的评价却恰恰相反，认为他参与永贞革新，与王叔文等为伍，成为失节和无行文人的代表，甚至被列入小人之列。如成宗55年记载："若唐之王叔文、柳宗元之辈，定为死交，乘顺宗不豫之时，朝廷要职，尽以所亲授之，唯其所欲，不拘程式。此真所谓交结朋党，紊乱朝政者也。"③ 中宗2年记载："昔唐之柳子厚一时文士也，玷身于王伾，则宪宗斥之，况如殷尹之攀附内人乎？"④ 中宗14年写道："唐顺宗时，柳子厚、王伾、王叔文之徒，相与朋比。此朋党，乃真小人也，名与实副。"⑤ 中宗16年记载："大节既亏，则余无足观。柳子厚、刘禹锡附王叔父之党，遂被窜逐，十年之后，有复用之议，以其失节已多，故终不见用也。"⑥ 这些评价用词是非常严厉的，参与永贞革新，在朝鲜王朝看来，是柳宗元一生洗刷不掉的污点。宣祖14年评价说："昔韩愈之于柳宗元，司马光之于王安石，苏轼之于章惇，论其心事则有若燕、越，论其情厚则无异兄弟。岂可谓情厚，则心事必同乎？"⑦ 将韩柳以君子小人而对立起来。因为柳宗元的名气巨大，朝廷议政时每每将柳宗元作为小人乱政之例提起，如肃宗6年记载："且以古事言之，元和之时，柳宗元、刘禹锡以伾文之党，皆至窜流。此则不过

---

① 《世宗实录》48卷，世宗12年5月18日，韩国：国史编纂委员会影印本，第3册，第237页。
② 《世宗实录》68卷，世宗17年6月26日，韩国：国史编纂委员会影印本，第3册，第639页。
③ 《成宗实录》175卷，成宗16年2月4日，韩国：国史编纂委员会影印本，第10册，第682页。
④ 《中宗实录》4卷，中宗2年9月9日，韩国：国史编纂委员会影印本，第14册，第187页。
⑤ 《中宗实录》37卷，中宗14年12月15日，韩国：国史编纂委员会影印本，第15册，第600页。
⑥ 《中宗实录》42卷，中宗16年8月3日，韩国：国史编纂委员会影印本，第16册，第57页。
⑦ 《宣宗实录》15卷，宣祖14年8月1日，韩国：国史编纂委员会影印本，第25册，第500页。

染迹于小人，而犹且如此，况此辈为逆贼之所倚重，浊乱朝政，非特伾文之罪也。"① 肃宗 7 年记载："一时染迹者，似当酌处，而但以古事言之，伾文之党，柳宗元、刘禹锡辈，屏黜数十年，今此被罪诸人，诚难轻议。"② 对永贞革新的看法，是评价柳宗元的要害。韩愈的《柳子厚墓志铭》，对柳氏的政绩、为人和文学上的成就给予高度评价，并极力地为他"材不为世用，道不行于时"鸣不平，但还是委婉地提到遭贬之事："子厚前时少年，勇于为人，不自贵重顾藉，谓功业可立就，故坐废退。"在其他地方，则称王叔文集团为"小人乘时偷国柄""夜作诏书朝拜官，超资越序曾无难"，在撰写的《顺宗实录》里也持否定评价。《旧唐书》高度称赞刘、柳的"文学"，以为是"一代之宏才"，但却说他们"蹈道不谨，昵比小人，自致流离，遂隳素业"。到宋代朱熹仍然对柳宗元参与王叔文集团持批评态度，并因此扬韩抑柳。朝鲜王朝对永贞革新和柳宗元的认识显然受到影响并延续了这些传统看法，尤其是考虑到朱子性理学在朝鲜的巨大影响，朱熹的看法则更为关键。同时，朝鲜朝党争极为激烈，绵延几百年，对君子小人之辩甚为敏感，所以在他们看来，柳宗元以杰出文人而参与王叔文集团的行为树立了一个文人失节的典范，就更加为朝鲜王朝所批判。

而朝鲜普通文人也是一方面盛赞柳文，但同时仍然难掩对柳宗元立身失节的批评，指责他与小人为伍而身败名裂的文字不断出现，有些则持论甚严。如金平默认为柳宗元"乃伾文党人，本不足道"。③ 申硕蕃则认为柳宗元"一切便佞善柔"的方式党于王叔文，不是真正的交友之道。④ 更有人则直接指责柳宗元谄附权奸，不知羞耻："故如韩愈之自谓知道者，犹不免朵颐于贵富之涂。刘禹锡、柳宗元辈，又是当时杰然者，皆谄附权奸，曾不知羞耻。其他则又何说。"⑤ 还有人说："如柳宗元辈，其文章才

---

① 《肃宗实录》10 卷，肃宗 6 年 9 月 4 日，韩国：国史编纂委员会影印本，第 38 册，第 482 页。
② 《肃宗实录》11 卷，肃宗 7 年 4 月 28 日，韩国：国史编纂委员会影印本，第 38 册，第 526 页。
③ 〔朝〕金平默：《重菴先生文集》卷十三《书·答申圣邦》，载《韩国文集丛刊》第 319 册，第 270 页。
④ 〔朝〕申硕蕃：《百源先生文集》卷三《书·与赵景久兴远》，载《韩国文集丛刊》第 99 册，第 443 页。
⑤ 〔朝〕洪葳：《清溪先生集》卷七《杂著·闲居问答·湖堂朔制》，载《韩国文集丛刊》第 125 册，第 88 页。

艺，岂不可惜。而窜谪十五年，卒死于远恶地，后世论者不以为过。"相当无情。李光庭在《二胜传》中甚至说柳宗元不识忠孝节义字，连不识字的村妇都不如："廉妇，记其颠末，请余为传。严生曰：先民有言，人读书，多不识字。孔光不识进退字，张禹不识刚正字，许敬宗、柳宗元不识忠孝节义字。以此论之，若此妇者，虽不读书，而所识字多矣。"[1] 这些观点无疑是朱子性理学笼罩下以道德标准衡量一切的结果，而严苛的道德评判则反过来又影响了对柳文的客观评价，如朴世采就说："君子小人之分，至于文章亦然。常曰荆公之文暗，以余观之，柳州之文细而巧，苏氏之文粗而谲。其视韩、欧二家之正大端庄，不啻为阴阳之判。"[2] 把柳文细而巧的风格归结于柳宗元的为人之上。而从道学的立场出发衡量一切，则批评柳文不本于儒道："惜乎韩柳两家，但知文体之当变，而不曾本之于道……特文而离道，正者少而偏者众，终无以夺时好而一洗之。"[3] 宋征殷在《读柳文》中已经承认柳文"文章雄伟雅健，杰立千古，宜与韩陆齐镳，而足为作者之轨范也"。但是又从"文者，所以明道，固不可为炳炳烺烺，务谲奇而夸巧丽也"出发，"今考其书，无一言髣髴于道者，往往崇信浮屠，攀慈航望彼岸，而不以为怪焉，何其识之惛而辞之谬也"。[4] 这种对柳文和柳宗元为人的两极分化，无疑引起了一些人的困惑，偶尔有人则能有通达的认识，曹兢燮就说："岂不以论文与论人，自当殊观也。来喻以崔家门客嗛文顺，孰不谓然。然孟坚事窦氏，子厚党伾文，而论文章者必宗班马韩柳。采葑采菲，无以下体。此君子之用心也。其曰正宗，亦据文体而言。"[5] 将文和人分开评论，但这样的认识显然不多。

此外，也有学者试图为柳宗元的失节作一些回护，如李献庆说："柳子厚何如人也。当年少时，志锐识浅。虽陷于伾文之党，今其书具在。盖

---

[1] 〔朝〕李光庭：《讷隐先生文集》卷二十《二胜传》，载《韩国文集丛刊》第187册，第526页。
[2] 〔朝〕朴世采：《南溪先生朴文纯公文正集》卷五十四《杂著》，载《韩国文集丛刊》第140册，第106页。
[3] 〔朝〕李震相：《寒洲先生文集》卷十四《答宋康叟》，载《韩国文集丛刊》第317册，第326页。
[4] 〔朝〕宋征殷：《约轩集》卷十《杂著·读柳文》，载《韩国文集丛刊》第164册，第85页。
[5] 〔朝〕曹兢燮：《崖栖先生文集》卷十《书·答金仁吉泰麟》，载《韩国文集丛刊》第350册，第139页。

亦读书学道之士，而峭直峻洁，往往出于退之之上。其作《贞符》，不欲语怪神，则所存可知也。"[1] 强调柳宗元虽陷于伾文之党，但也是读书学道之士，文章更不可废。朝鲜后期的实学家李瀷所言则更大胆，如他说："自古权奸或有才智过人者，故往往正士亦为之屈身，如柳宗元之于伾文，张浚之于汪黄是也。"[2] 又说："盖年少气锐，意在事功，权奸之有时名者，容有许与之理。如柳宗元之于伾文，张魏公之于汪黄是也。若果后来收拾尽好，未必可以前过而掩后也。"[3] 不仅强调了柳宗元结党伾文的行为有一定合理性，不全是柳宗元的错，同时也指出不可因前过而掩盖后来的悔过，不能将柳宗元一棍子打死。他又说："子厚当无事优游之际，势去而窜死，殆不得与永比并，其后来一点悔悟之心，谁得以省之？特其不幸之甚矣。"[4]

总之，从朝鲜文人对韩柳的评论来看，一方面，韩柳并称，将他们看作古文学习的典范，在这个基础上，则亦有所轩轾，尊韩抑柳者较多，而尊柳者亦有，但另一方面，与对韩愈人文一致的尊崇不同，对柳宗元则有着对文和人认识上的严重分裂，对柳宗元人品持激烈否定和批评的声音持续不断，而这和朱子性理学在朝鲜半岛的巨大影响显然密切相关。

（作者单位：西北大学文学院）

---

[1] 〔朝〕李献庆：《艮翁先生文集》卷二十三《杂著·题罗池庙碑后》，载《韩国文集丛刊》第234册，第484页。
[2] 〔朝〕李瀷：《星湖先生僿说》卷二十三《经史门》，首尔：景仁文化社，1970。
[3] 〔朝〕李瀷：《星湖先生僿说》卷十七《人事门》，首尔：景仁文化社，1970。
[4] 〔朝〕李瀷：《星湖先生僿说》卷二十二《经史门》之《谷永条》，首尔：景仁文化社，1970。

第十八辑作者索引

（按汉语拼音字母顺序排列）

〔美〕傅君劢（Michael A. Fuller） Department of East Asian Studies, University of California, Irvine, USA（教授）

胡可先　浙江大学人文学院教授

〔日〕静永健　日本九州大学大学院人文科学研究院教授

李德辉　湖南科技大学人文学院教授

李芳民　西北大学文学院教授

卢盛江　广西民族大学特聘教授、南开大学教授

吕正惠　淡江大学教授

刘真伦　华中科技大学中文系教授

〔日〕浅见洋二　日本大阪大学文学研究科教授

苏岑　西北大学文学院讲师

沈文凡　吉林大学文学院教授

田恩铭　黑龙江八一农垦大学教授

吴振华　安徽师范大学文学院教授

〔日〕下定雅弘　日本冈山大学名誉教授

夏　婧　复旦大学中国语言文学系讲师

徐婉琦　吉林大学文学院博士研究生

岳　珍　华中科技大学中文系教授

《唐代文学研究》约稿启事

《唐代文学研究》是国家一级学会中国唐代文学学会会刊，由中国唐代文学学会与西北大学文学院共同主办。自2019年始，每年出版两辑。

本刊主要刊发关于唐代文学研究的学术论文，内容涵盖唐代文学创作与作家研究（除总体综合研究外，包括对诗、词、赋、散文、骈文、小说、俗文学等各体文学及其作家的研究）、唐代文学文献与史料研究、唐代文学理论与文学批评研究、唐代文学与其他学科的交叉研究、唐代文学的接受史与传播史研究、域外唐代文学及文献研究等，鼓励学术创新、学术争鸣与学术个性。热忱欢迎国内外同人赐稿！

投稿要求：

一、来稿应具有学术性与理论性，并且在选题、文献、理论、方法或观点上有创新性。特别欢迎视野宏阔、文献扎实、论证深入、有问题意识的稿件。

二、来稿请用Word文档，中文简体字排版，一般1万字～2万字，特别稿件可不受此限制。正文前应附上300字以内"摘要"、3～5个"关键词"。"摘要"请客观陈述论文主要观点，一般不作评价。"关键词"请紧扣论文内容，以有利于检索为标准。

三、本刊实行双向匿名专家审稿制度。稿件正文中请勿出现作者个人信息。请另页附上作者姓名、工作单位、职称、通信地址、联系电话，以便联系，并提供以下各项之英译：论文题目、作者、工作单位、摘要、关键词。

四、来稿如为项目成果，请使用＊在论文题目处进行注释，脚注写明项目来源、名称、编号等相关信息。

五、来稿中古代纪年、古籍卷数，一般用中文数字，而古代纪年首次出现时须加注公元纪年。如：开元十五年（727）；《旧唐书》卷一。其他的数字，一般用阿拉伯数字。凡是第一次提及外国人名，在汉译之外，须附外文原名，如：柏拉图（Plato）。

六、本刊注释采用脚注形式，注释码，请用①②③之类表示，并标注在正文相应内容的上方，每页重新编号。引用文献需严格遵守学术规范，参考格式如下：

1. 引用专著，如：傅璇琮：《唐代诗人丛考》，中华书局，1980，第20页。

2. 引用文集之文，如：陈寅恪：《清华大学王观堂先生纪念碑铭》，载《金明馆丛稿二编》，上海古籍出版社，1980，第218页。

3. 引用期刊文章，如：葛晓音：《初盛唐七言歌行的发展——兼论歌行的形成及其与七古的分野》，《文学遗产》1997年第5期。

4. 引用学位论文，应标注学校、学位及提交时间。

5. 相同书籍的第二次引用，可省略出版信息。如：胡适：《中国哲学史大纲》卷上，第100页。

七、编辑部对来稿可提出修改意见，但除了技术性的处理之外，不代为作者修改，文责自负。

八、本刊只发表原创性成果，请勿一稿多投，投稿两个月后若未收到采用通知，作者可自行处理。

九、来稿一经刊用即奉稿酬，并赠样刊两册。

联系方式

投稿邮箱：tdwxyj@163.com

通信地址：陕西省西安市长安区学府大道1号西北大学文学院《唐代文学研究》编辑部

邮政编码：710127

电话：029-88308946

《唐代文学研究》编辑部

图书在版编目（CIP）数据

唐代文学研究. 第十八辑 / 李浩主编. -- 北京：社会科学文献出版社，2019.12
ISBN 978-7-5201-5590-8

Ⅰ.①唐… Ⅱ.①李… Ⅲ.①中国文学-古典文学研究-唐代 Ⅳ.①I206.42

中国版本图书馆 CIP 数据核字（2019）第 209838 号

唐代文学研究（第十八辑）

主　　编 / 李　浩
执行主编 / 李芳民

出 版 人 / 谢寿光
组稿编辑 / 宋月华　孙美子
责任编辑 / 孙美子
文稿编辑 / 程彩彩

出　　版 / 社会科学文献出版社·人文分社（010）59367215
　　　　　 地址：北京市北三环中路甲29号院华龙大厦　邮编：100029
　　　　　 网址：www.ssap.com.cn
发　　行 / 市场营销中心（010）59367081　59367083
印　　装 / 三河市龙林印务有限公司

规　　格 / 开　本：787mm×1092mm　1/16
　　　　　 印　张：18　字　数：288千字
版　　次 / 2019年12月第1版　2019年12月第1次印刷
书　　号 / ISBN 978-7-5201-5590-8
定　　价 / 98.00元

本书如有印装质量问题，请与读者服务中心（010-59367028）联系

▲ 版权所有 翻印必究